STEPHANIE VON WOLFF
Die Frauen von der Davidwache

Weitere Titel der Autorin:

Fräuleinwunder – Goldene Zeiten
Fräuleinwunder – Damenwahl

DIE
FRAUEN
VON DER
DAVIDWACHE

HOFFNUNGSSCHIMMER

ROMAN

STEPHANIE
VON WOLFF

Lübbe

Die Bastei Lübbe AG verfolgt eine nachhaltige Buchproduktion. Wir verwenden Papiere aus nachhaltiger Forstwirtschaft und verzichten darauf, Bücher einzeln in Folie zu verpacken. Wir stellen unsere Bücher in Deutschland und Europa (EU) her und arbeiten mit den Druckereien kontinuierlich an einer positiven Ökobilanz.

Originalausgabe

Copyright © 2023 by
Bastei Lübbe AG, Schanzenstraße 6–20, 51063 Köln

Vervielfältigungen dieses Werkes für das Text- und Data-Mining bleiben vorbehalten.

Textredaktion: Christiane Branscheid, Bremervörde
Umschlaggestaltung: © SO YEAH DESIGN, Gabi Braun
Einbandmotiv: © mattomedia KG/shutterstock.com; Gile68/shutterstock.com |
© Richard Jenkins Photography | © SZ Photo / Alfred Strobel / Bridgeman Images
Satz: hanseatenSatz-bremen, Bremen
Gesetzt aus der Adobe Garamond Pro
Druck und Verarbeitung: GGP Media GmbH, Pößneck

Printed in Germany
ISBN 978-3-7857-2863-5

5   4   3   2   1

Sie finden uns im Internet unter luebbe.de
Bitte beachten Sie auch: lesejury.de

Für alle Polizistinnen!

HAMBURG, 3. MAI 1945

Es war vorbei. Tatsächlich vorbei. Sechs Jahre Krieg waren zu Ende. Verluste. Angst. Hunger. Kälte.

Nach der kampflosen Übergabe Hamburgs an die britische Armee konnten sie endlich aufatmen. Hamburg konnte nicht mehr, und ein Kampf um die Stadt wäre nicht mehr zu gewinnen gewesen. Man hatte mit den Briten verhandelt und so das Schlimmste abwenden können.

Doch selbst wenn der Krieg als beendet erklärt war, der Albtraum war noch nicht vergangen. Die Stadt war zum Großteil zerstört, wenn auch – zum Glück aller – nicht vollständig.

Leni war entsetzt, als sie das Ausmaß zum ersten Mal richtig sah. Im Juli und August 1943 hatten während der *Operation Gomorrha* hunderttausende Spreng- und Phosphor-Brandbomben den größten Schaden in der Stadt angerichtet und dafür gesorgt, dass fast ganz Hamburg in Flammen aufging und mehr als 34.000 Menschen starben. Doch erst jetzt, nachdem man erstmals seit so vielen Monaten ohne Angst vor Fliegerangriffen und bei Tag durch die Straßen gehen konnte, sah man das ganze Ergebnis der Katastrophe.

In der Habichtstraße in Barmbek blieb Leni neben ihrer Schwester Lotti stehen und schaute auf ein Haus, von dem nur noch die Grundmauern standen. Wo einst Fenster gewesen waren, gähnten schwarze Löcher. Die Fassade hätte als Kulisse für ein dramatisches und gruseliges Theaterstück dienen können, und doch war sie einmal ein Zuhause für Menschen gewesen, die nun, sofern sie überlebt hatten, heimatlos waren. Was sie wirklich fassungslos machte – von der Traurigkeit über den Tod so vieler Menschen und dem Leid, das ihnen allen zugefügt worden war, einmal abgesehen –, war die Tatsache, dass sich viele der Verantwortlichen einfach aus dem Staub gemacht hatten, indem von ihnen Selbstmord begangen wurde. Erst vor zwei Tagen hatte die Meldung von Hitlers Tod die Runde gemacht. Gemeinsam mit seiner frisch angetrauten Ehefrau Eva Braun hatte er sich am 30. April das Leben genommen. Familie Goebbels war diesem Vorbild einen Tag später gefolgt. Wie grausam von Magda Goebbels, all ihre Kinder zu vergiften, weil sie nicht in einer Welt leben sollten, die nicht von ihrer geliebten, verehrten Partei regiert werden würde. Sie schien Hitler und seiner Ideologie hündisch ergeben gewesen zu sein, genau wie ihr Mann Joseph.

Hitler und seine Mitstreiter hatten die Hoffnung der Menschen darauf, dass nach dem ersten Weltkrieg alles besser werden würde, zu Beginn der Dreißigerjahre ausgenutzt. Stattdessen war alles schlimmer geworden.

Aber jetzt hatten sie es geschafft, hatten die Schreckensherrschaft überstanden, wenn auch mit zahlreichen Verlusten.

Die St. Nikolaikirche und die Katharinenkirche in der Innenstadt waren schwer beschädigt, und viele Gebäude gab es schlicht nicht mehr. Überall trafen sie auf Menschen, die noch immer darauf hofften, ihre Liebsten zu finden, die ohne Obdach waren und in den Trümmern oder in ausgebombten Häusern wohnten. Jetzt im Sommer konnte man das noch aushalten, aber im Winter würde es entsetzlich werden.

Es war grauenvoll gewesen, all die Toten zu sehen. Sie waren teilweise bis zur Unkenntlichkeit verbrannt. Andere lagen da, oft mit verzerrten Gesichtern. Leni hatte immer wieder von diesen Anblicken geträumt und hielt ihre Kinder, so gut es ging, davon fern.

Ganze Stadtviertel, besonders der Osten, wo viele Arbeiter ihr Zuhause hatten, lagen in Trümmern. Beinahe die Hälfte der Wohnungen war entweder nicht mehr bewohnbar oder existierte gar nicht mehr, wichtige Straßenverbindungen waren abgeschnitten. Hatte Hamburg bei Kriegsbeginn im Jahr 1939 1,7 Millionen Einwohner gezählt, so hatte sich diese Zahl nun, sechs Jahre später, auf eine Million reduziert. Hunderttausende Menschen hausten in provisorischen Notunterkünften, die für manche von ihnen für lange Jahre das Zuhause bleiben würden.

Obwohl viel Arbeit und noch lange Jahre des Verzichts auf viele Annehmlichkeiten vor ihnen lagen, sahen die Menschen nach vorn. Sie zwangen sich dazu. Es musste ja weitergehen. Irgendwie. Ganz vorsichtig begannen sie alle, in die Zukunft zu schauen. Die Trümmerfrauen und ihre Kinder halfen mit, Stein um Stein wegzutragen, um die Stadt langsam wieder aufzubauen.

Viele Männer waren im Krieg geblieben oder befanden sich noch in Gefangenschaft. Auch Leni hoffte noch immer auf die Heimkehr ihres Mannes Alfred.

Ganz langsam kam Hamburg wieder auf die Füße, wurde zu dem, was es einmal gewesen war. Die Freie und Hansestadt.

Und noch langsamer fingen vor allem die Jüngeren an, wieder an eine Zukunft und an die Erfüllung ihrer Träume, an ein Leben in Frieden zu glauben.

KAPITEL 1

Leni Jacobsen versuchte, in der kleinen, an einer Stelle bereits gesprungenen Scheibe ihr Spiegelbild zu erkennen. Ömchen, die liebste und beste Großmutter, hatte ihr aus altem Vorhangstoff oder aus dem, was nach einem Wohnungsbrand ein paar Straßen weiter davon übriggeblieben war, ein Kleid genäht. Leni hatte ein schlechtes Gewissen gehabt, als sie durch diese Wohnung gegangen war, und war sich vorgekommen, als würde sie plündern, aber es war keiner da gewesen, der ihr etwas hätte streitig machen können. Die Familie war einige Tage zuvor aus Hamburg fortgegangen, hatte alles mitgenommen, was ihr wichtig gewesen war, und Leni konnte den Stoff so gut gebrauchen, also hatte sie ihn mitgenommen. Ömchen hatte die Stellen mit den Brandlöchern vorsichtig in Falten gelegt und vernäht.

Wie durch ein Wunder hatte die alte Nähmaschine in Ömchens Wohnung, in der sie mittlerweile alle wohnten, die Bombenangriffe überlebt. Stolz und arbeitsbereit stand sie da, hatte sie nach jedem Angriff oben in der Wohnung begrüßt. Sie ließ sich nicht unterkriegen, die alte *Naumann*; sie schnurrte immer noch wie ein Kätzchen. Auch nachdem die Wohnung empfindlich getroffen worden war – die *Naumann* wartete unversehrt an Ort und Stelle darauf, dass sie wieder vor sich hinsurren und -singen konnte.

Das blaugrün karierte Kleid konnte man kaum als ehemaligen Vorhang erkennen, auch weil Ömchen eine Reihe alter silberner Manschettenknöpfe ihres Mannes Michel auf der Knopfleiste angebracht hatte.

Leni berührte die Knöpfe und dachte an ihren lieben Opa Michel. So weit sie zurückdenken konnte, hatte er den Schalk im Nacken gehabt, immer einen Witz parat, immer hatte er gute Laune. Und immer hatte in seiner Jackentasche ein Bonbon auf die Enkelkinder gewartet. Leni erinnerte sich an das knisternde Papier und den darauf folgenden Karamell- oder Zitronengeschmack.

»Meine kleinen Engel«, hatte Opa sie und ihre Schwester früher genannt. »Ach, was habe ich euch lieb, ihr Deerns.« Dann hatte er sie an sich gedrückt und so gut gerochen. Nach Pitralon, seinem Rasierwasser, nach dem Tabak seiner Pfeife, nach Seife und nach Arbeit. Letzteres konnte Leni sich nie genau erklären. Jedenfalls hatte sie diesen Geruch geliebt. Nachdem Ömchen nach Michels Tod dessen Kleidung umgearbeitet hatte, so dass sie alle noch etwas davon haben sollten, hatte Leni sich eine seiner Strickjacken gemopst, eine dunkelgrüne, und sie getragen, bis sie beinahe auseinanderfiel. Opas Geruch war heute noch an seinen Hosen, Hemden und Jacken präsent, jedenfalls bildete sie sich das ein, auch wenn es nach vielen Wäschen kaum möglich sein konnte. Und nun hatte sie also auch noch seine Manschettenknöpfe geerbt.

»Er braucht sie ja nicht mehr, Kind«, hatte Ömchen gesagt. Ach, ihr aller Ömchen. Luise Balduin war neunundsechzig Jahre alt, recht klein, aber unglaublich agil. Niemals hatten Helene und ihre Schwester Charlotte, die von allen nur Lotti genannt wurde, ihre Großmutter ohne einen Dutt gesehen. Das zähe Ömchen hatte sich in all den Kriegsjahren nicht unterkriegen lassen und jeden mit ihrer Liebe und einem mit Hoffnung gefüllten Herzen überschüttet. Jetzt arbeitete sie wie so viele andere Frauen zusammen mit Leni, ihrer Schwester und Mutter in den Trümmerlandschaften und schaffte das weg, was machtgierige Männer zurückgelassen hatten. Trümmerfrauen wurden sie genannt, und noch Jahre würde es dauern, bis alles beseitigt worden wäre und die Stadt wieder im alten noblen, hanseatischen Glanz erstrahlen konnte.

Vor ihrem ersten Arbeitseinsatz kurz nach Kriegsende war Ömchen in die Wohnstube gekommen, und ihre Tochter Margot und die Enkelinnen Leni und Lotti hatten aufgelacht. Ömchen war gekleidet gewesen wie ein Werftarbeiter oder wie ein Mann, der auf der Baustelle schuftete, also so wie Opi. Sie hatte alte Arbeitshosen von Opa Michel angehabt, Hosenträger und ein Hemd von ihm getragen, dessen Ärmel sie hochgekrempelt hatte. Opis Arbeitsstiefel hatten das Ganze abgerundet.

»Ich hab vorne Zeitungspapier reingestopft«, hatte Ömchen erklärt. »Wenn mir Steine auf die Füße fallen, macht das nüscht. Die Schuhe haben Stahlkappen. Auf geht's!« So war das Ömchen. »Außerdem hab ich Michel so bei mir«, hatte sie gesagt. »Das Hemd riecht sogar noch nach ihm.« Leni hatte darüber schmunzeln müssen, dass auch ihr Ömchen an diesem Geruch hing.

In den Kriegsjahren hatte Ömchen in den dunkelsten Stunden für helles Licht gesorgt. »Auf Regen folgt Sonnenschein«, »Wir lassen uns nicht unterkriegen«, »Das wird alles wieder, ich weiß es«, »Kopf hoch und weiter geht's!« Sie hatte im Luftschutzkeller ihre fünf Urenkelkinder so gut es ging an sich gepresst und mit ihnen lauthals Lieder gesungen, während über ihnen die Welt unterzugehen schien. Als die Nachricht gekommen war, dass ihr Mann gefallen war, hatte sie sich für eine Viertelstunde auf das Etagenklosett zurückgezogen. Danach war sie wieder in die Wohnung gekommen und hatte gesagt: »Jammern hilft nicht. Weiter geht's.«

Leni fühlte sich beinahe edel. Sie seufzte. Zu gern hätte sie ein Paar Nylonstrümpfe besessen, echte, mit Naht, aber davon konnte sie nur träumen. Auch *Palmers Strumpf-Zauber* war zu teuer für sie, davon abgesehen, dass es schwierig sein würde, ihn zu bekommen. Der Strumpfhosenhersteller warb mit einer Flüssigkeit für die Beine, damit diese aussahen, als steckten sie in zarten bräunlichen Nylons. Dann musste man sich mit einem schwarzen Stift nur noch eine Naht über die Wade malen, und schon konnte man mitreden. Nun ja, dachte Leni. Alles zu seiner Zeit. Sie strich den Stoff unter der Brust glatt und spürte ihre Rippen.

Gute Güte, wie dünn sie geworden war. Wenn die alte Waage, die im Keller in der Waschküche stand, die Wahrheit sagte, wog sie bei ihrer Größe von einem Meter achtzig gerade mal einundfünfzig Kilo.

»Hinter 'nem Besenstiel kannst du dich verstecken, Leni, und Lotti auch«, seufzte Mutti immer.

Aber die Mutter selbst war ja auch dürr wie ein Strich in der Landschaft. Margot hatte während der Kriegsjahre ihre Rationen zum Großteil an die Kinder und Enkel verteilt. Sie und Ömchen gestanden sich nur das absolut Notwendigste zu. Auch jetzt, nach Kriegsende. Die Kinder gingen vor. Sie waren immer vorgegangen. So war das, und so würde es immer bleiben.

Lenis Kinder waren in der Not erfinderisch gewesen. Die nun zwölfjährige Liesel hatte während des Kriegs die Idee gehabt, aus Pferdeäpfeln die Haferkörner herauszupicken. Die brachte sie nach Haus und wusch sie, bevor sie sie aßen. Ihr ein Jahr jüngerer Bruder Hannes war ein flinker Bursche und hatte schon das ein oder andere Mal frisches Brot von einem Bäckerwagen stibitzt, während Lenis Nesthäkchen, die inzwischen neunjährige Greta, sich manchmal in die Räucherkammern der Schlachtereien schlich und einen Schinken und Würste mopste. Das kleine zierliche Mädchen sah so lieb und ehrlich aus, dass man ihr schlicht nichts Verbotenes zutraute.

»Komm, wir binden dir noch eine Schleife ins Haar«, schlug Liesel vor, bevor sie auf Beutezug gingen. »Dann siehst du ganz lieb aus. Wenn du die Menschen anlächelst, schöpft niemand Verdacht.«

Und Greta hatte mit der Schleife im Haar gelächelt.

Natürlich bekamen sie ein wenig Schimpfe von ihrer Mutter, aber die Alternative wäre ein wieder leerer Magen gewesen.

Als Hannes zum ersten Mal mit einem Brot nach Hause kam, lief Leni das Wasser so sehr im Mund zusammen, dass sie kaum mit dem Schlucken nachkam. Dieser Geruch. Brot! Noch warm! Es schmeckte so, wie frisches Brot einfach schmecken musste. Krumig, nicht klitschig, fluffig musste es sein und sich gut schneiden lassen. Die Kinder hatten kaum warten können, bis sie die erste Scheibe von diesem wunderbar köstlichen Brot bekamen, und heimlich schon ein Stück genascht, und noch eins, und noch eins.

»Macht langsam, Kinder, der Magen kommt nicht klar damit, wenn er lang kaum was bekommen hat, und nun auf einmal stopft ihr ihn voll«, hatte Ömchen weise gewarnt und recht behalten. Eine Stunde später hatten die Kinder starkes Bauchweh gehabt. Das war ihnen eine Lehre gewesen.

Leni, die von ihrem Vater ein unglaubliches, ehernes Gerechtigkeitsempfinden geerbt hatte, war es anfangs schwergefallen, ihren vermeintlichen Luxus einer unbeschädigten Wohnung nicht auch anderen zugänglich zu machen, und hatte vorgeschlagen, einige Wohnsitzlose bei sich aufzunehmen.

»Du bist wohl nicht gescheit«, hatte ihre Mutter Margot entschieden gesagt und abgewehrt. Auch Ömchen hatte den Kopf geschüttelt. »Wir haben doch selbst kaum genug. Lass man, Kindchen, wir müssen schau'n, dass wir selbst über die Runden kommen. Denk dran, dass du auch drei Kinder hast, und Lotti hat zwei. Dann noch wir vier Weiber. Wir müssen alle satt kriegen.«

»Es ist auch gar kein Platz«, hatte Margot festgestellt. Damit hatte sie wohl recht. Leni, ihre Mutter und Lotti sowie die fünf Enkelkinder waren in Ömchens Wohnung gezogen, nachdem die Männer einberufen worden und ihre eigenen Wohnungen den Bomben zum Opfer gefallen waren. Gemeinsam mit Lenis Großvater Michel hatte Ömchen schon immer in Barmbek gewohnt, und sie hatten ihre Zweieinhalbzimmerwohnung auch behalten, nachdem die Tochter ausgeflogen war und geheiratet hatte.

Michel war für Volk und Vaterland gefallen, ebenso wie sein Schwiegersohn Georg, Lenis Vater. Lotti war zwei Jahre jünger als Leni. Ihr Mann Sören war im ersten Kriegsjahr bei den Angriffen auf Polen gefallen, während Lotti mit ihrem zweiten Kind schwanger gewesen war. Ihre Trauer über den Verlust hielt sich in Grenzen, denn Sören hatte sich kurz nach der Heirat mit Lotti als cholerischer und eifersüchtiger Ehemann entpuppt, der gern mal zu tief ins Glas schaute und auch die Hand gegen seine Frau erhob.

Und Lenis Mann Alfred war seit 1944 vermisst. Leni hoffte

immer noch auf seine Rückkehr, natürlich tat sie das. Alfred konnte sein Gedächtnis verloren haben und ihr deswegen natürlich keine Briefe schreiben. Oder er war in Gefangenschaft geraten, und die Regeln in dem Lager, in dem Alfred sich befand, waren so streng, dass er nicht schreiben durfte. Ach, alles Mögliche konnte es sein.

Aber auch wenn Leni die Hoffnung nicht aufgab, war sie auch Realistin. Sie wusste, welchen Grund es noch geben konnte, welcher vielleicht sogar der wahrscheinlichste war.

Die Frauen hatten sich keine Zeit zum Trauern genommen. Das machte niemanden satt und brachte keinen weiter. Das Verdrängen gehörte dazu, es war einfacher, als sich der Trauer hinzugeben.

Leni wollte sich erst dazu zwingen, gar nichts zu verdrängen, sie war der Ansicht, dass die Wahrheit nun mal zum Leben dazugehörte, aber dann hatte sie festgestellt, dass sie den Schmerz über die vielen Verluste nicht würde ertragen können. Alles einzuschließen, alles wegzudenken, nichts an sich rankommen zu lassen – es waren Schutzmechanismen, die sie brauchte, um diese Zeit zu überstehen und stark zu bleiben. Sie merkte, dass es funktionierte. Dass es ihr damit besserging. Dass sie ihren Kindern nur so eine Stütze bleiben konnte.

Man arrangierte sich, hielt zusammen und kümmerte sich um seine eigenen Probleme. Und schaute zu den Wohnsitzlosen am besten nicht mehr hin. Die hatten es noch schwerer.

»Wir wollen dankbar sein, dass wir unser Heim haben«, erklärte Ömchen auch stets, woraufhin Margot und alle anderen nickten. Die Wohnung von Ömchen war in dieser Zeit wie ein Paradies. Das Haus war wie durch ein Wunder verschont geblieben, Ömchen hatte viele Möbel von ihrer Mutter vererbt bekommen; hier standen eine schöne Vitrine aus Kirschbaumholz mit gedrechselten Füßen, es gab Biedermeierstühle mit weichem Polster, die sie nun in die Küche geschafft hatten, weil sie in der Stube den Platz zum Schlafen brauchten.

In der Küche spielte sich sowieso das Alltagsleben ab. Hier war es gemütlich, hier konnten die Kinder an dem großen Kiefernholztisch malen oder lesen, hier backte Ömchen Kuchen, wenn es die Zutaten zu erwerben gab, was zu selten vorkam. Das Herzstück der Küche war ein altes Büfett aus den Zwanzigerjahren, in dem sich Töpfe und Geschirr befanden. Ömchen kochte immer noch auf dem alten Kohleherd.

Ein zweiter stand im Keller. Hier wurde die Wäsche in *IMI* eingeweicht. Beim Schrubben mussten dann alle helfen, auch beim Spülen und Wringen. Selbst die Kinder packten bei leichteren Aufgaben bereits mit an. Weil Ömchen dabei stets ein Lied anstimmte, schaffte sie es jedes Mal, dass ihnen die Arbeit nicht zu hart vorkam. Trotzdem waren ihre Hände nach den Waschtagen rot, aufgeweicht, und die Haut juckte, als hätten tausend Mücken hineingestochen. Aber die Waschtage hatten auch etwas Gutes. Man war unausweichlich nah zusammen, konnte reden und den neuesten Tratsch austauschen, man konnte sich Mut und Hoffnung machen oder einfach nur singen. Und es war warm. Leni mochte die Waschtage, obwohl sie anstrengend waren. Ein schönes Zusammengehörigkeitsgefühl war das. Die ganze Familie – oder das, was von ihr übrig war – war zusammen. Es gab ihr und auch den anderen ein warmes Gefühl von Sicherheit.

Nun stand Leni also hier vor dem Spiegel und begutachtete das Kostüm aus altem Vorhangstoff, der immer noch ein bisschen nach Rauch roch. Leni war nervös, aber es war eine angenehme Nervosität. Schon immer hatte sie den Wunsch gehabt, zu arbeiten, nach der Volksschule extra eine kaufmännische Ausbildung gemacht, doch dann kam zunächst die Heirat mit Alfred, dann die drei Kinder, sie hatte genügend mit dem Haushalt und dem Nachwuchs zu tun gehabt. Aber der Wunsch war nach wie vor da gewesen.

Von jeher hatte sie ihren Vater bewundert. Georg Harding war hier in Barmbek Polizist gewesen und hatte seinen Beruf geliebt und geehrt. Er war bei Kollegen hochgeschätzt und bei denen, gegen die er vorging, trotz allem respektiert gewesen. Georg hatte Ansehen genossen, weil er gerecht gewesen war.

Zu gern wäre Leni in seine Fußstapfen getreten. Schon als Kind hatte sie ihren Vater mit Fragen zur Polizei gelöchert. Oft saß ihr Papa in einem Sessel und sie auf einer kleinen Fußbank vor ihm, und während er ein Bier trank und Pfeife rauchte, beantwortete er all ihre Fragen oder versuchte es zumindest. Warum manche Menschen böse waren, und wieso so oft Männer, ob Papa manchmal Angst hatte, ob er schon einmal schießen musste.

»Es ist ein Jammer«, hatte er oft zu ihr gesagt und an seiner Pfeife gesogen. »An dir geht eine gute Polizistin verloren. Du hast die richtigen Vorstellungen, und du hast Biss, meine kleine Große.«

Georg hatte Leni oft von Deutschlands erster Frau bei der Polizei erzählt. Henny Arendt war 1903 in Stuttgart für fünf Jahre Polizeiassistentin geworden. Dann hatte man ihr die Kündigung nahegelegt, nachdem ihr Engagement in der Öffentlichkeit von ihren Vorgesetzten missbilligt wurde. Aber immerhin. Das war schon was gewesen. Manchmal hatte ihr Vater sie im Scherz »meine kleine Henny« genannt, wenn sie wieder einmal ihre Überlegungen zu seinen Fällen geäußert hatte und mit ihm gegen die Ungerechtigkeit mancher Taten gewettert hatte. Oft saßen die beiden abends zusammen, Georg berichtete von Festnahmen, Verhören, erzählte von Frauen, die vor ihren Männern geflüchtet waren und bei der Polizei Zuflucht gesucht hatten.

»Was machen denn diese Frauen dann?«, hatte Leni gefragt.

»Viel machen konnte man da nicht«, war die Antwort gewesen. »Meistens rät man ihnen, zurückzugehen, und das machen sie dann auch. Ich würde gern sehr oft sagen, dass ich eine Trennung für angemessen halte, aber wohin sollen die Frauen denn? Geschieden ist man geächtet. Außerdem haben viele Kinder und scheuen diesen Schritt. Das wissen die Männer natürlich.«

Später, als sie älter wurde, hatte er ihr alles über die Entstehung und Bedeutung der Frauenbewegung erklärt, und sie hatte wieder gebannt zugehört. Frauenbewegung, was für ein großes Wort!

»Die Frauen begannen, für ihre eigenen Ziele einzustehen. Eins war es, auch für bürgerliche Frauen Berufe zu schaffen. Das muss man sich mal vorstellen, Leni. Es ist noch gar nicht lang her, da galt es als nicht schicklich zu arbeiten, und deshalb gab es keine Berufe für diese Damen, was für Witwen und ledige Frauen eine Katastrophe war. Wovon sollten die denn leben? Nun, es ging also um die politische Gleichstellung, und Arbeitsstellen wurden eingefordert, auch bei der Polizei. Das war natürlich neu für alle, und du kannst dir sicher vorstellen, was die Polizisten damals gedacht und auch gesagt haben, nachdem diese Rufe laut geworden sind.«

»Was haben sie denn gesagt?«

»Dass der Polizeiberuf für Frauen nichts ist, haben sie gesagt. Ich gebe zu, ich war auch skeptisch, denn dieser Beruf kann gefährlich sein, wie du weißt. Andererseits war ich schon immer dafür, dass Frauen die gleichen Rechte erhalten wie Männer. Aber dieser Meinung sind leider nicht viele. Noch hat sich da nicht so viel geändert. Ach, Kind, ich würde mich freuen, wenn es für dich eine Möglichkeit gäbe, bei uns zu arbeiten. Stolz wär ich, denn ich weiß, du wärst eine wunderbare Polizistin. Vielleicht ist es irgendwann mal möglich, das hoffe ich sehr. Polizeiassistentinnen gibt es wie gesagt ja schon seit einigen Jahren, schon vor Henriette Arendt, aber ich glaube, du, meine kleine Henny, du hättest das Zeug zur richtigen Polizistin. Es wäre schön, wenn ich das noch erleben könnte. Denn einen Beruf wirst du einmal ergreifen müssen, das finde ich auch gut und richtig. Ich halte nichts von Frauen, die den lieben langen Tag mit ihrem Stickrahmen dasitzen und sich über die Dienstboten Gedanken machen. Eure Mutter hat auch stets gearbeitet.«

»Kann sie nicht sticken?«, hatte Leni gefragt, und der Vater hatte gelacht.

»Oh doch, das kann sie sehr gut. Aber sie kann so gut rechnen und ist so begabt, dass sie Buchhalterin geworden ist. Viele Frauen arbeiten, auch weil es nicht anders geht. Als Polizist bekomme ich ein anständiges Geld, aber große Sprünge können wir uns nicht leisten. Auch deswegen arbeitet deine Mutter. Damit man sich auch einmal etwas gönnen kann. Und du wirst auch einmal arbeiten müssen, es sei denn, du lernst einen reichen Mann kennen und willst nicht. Aber das glaub ich nicht. Du kommst nach mir, mein Kind. Du wirst einen Beruf ergreifen wollen, und das sollst du auch. Einen, der dich zufrieden macht.«

Leni hatte ihren Vater angestrahlt. »Oh ja, natürlich will ich einen Beruf erlernen. Am liebsten würde ich Polizistin werden. Das wäre so wundervoll, Papa. Dann könnten wir zusammen böse Menschen ins Gefängnis bringen. Aber sag, Papa, wie ist es dann weitergegangen?«, wollte sie dann wissen.

»Die Männer bei der Polizei waren also erst mal dagegen. Männer sind öfters mal dagegen, wenn es darum geht, neue Sachen oder Bedingungen zu akzeptieren.«

»Wie neulich, als du eine neue Strickjacke anziehen und die alte ausgeleierte endlich wegtun solltest?« Leni hatte lachen müssen und ihr Vater auch.

»So ungefähr, ja. Weißt du, da kamen plötzlich Frauen auf die Wachen, die genau das Gleiche tun sollten wie die Männer, außerdem wussten die gar nicht, wie sie mit den Damen umgehen sollten. Die Frauen damals haben sich dann überwiegend um straffällige und auffällige Jugendliche und Frauen gekümmert. Das war und ist sehr wichtig. Denn Frauen haben eine andere Art, sie sind netter, fühlen mit und verstehen anders als Männer.«

»Könntest du es denn vertragen, wenn eine Frau bei dir auf der Wache wäre?« Leni hatte ihren Vater neugierig angeschaut.

Der Vater hatte genickt. »Ich war schon immer der Meinung: gleiches Recht für alle.«

Kurz nachdem der erste Weltkrieg zu Ende und ein klein wenig Normalität eingekehrt war, hatte sie ihren Vater so lange angebettelt, bis er sie mal mit auf die Wache genommen hatte. Sie saß dann hinter dem Tresen an einem kleinen Ecktisch, malte oder schrieb mit Kreide neu gelernte Buchstaben oder Worte auf ihre kleine Schiefertafel. Sie verhielt sich stets leise und unauffällig und bekam deshalb viel mit.

Betrunkene Männer und Frauen, geschnappte Kinder, die in einem Laden Süßes stibitzt hatten, die aufgebrachten Mütter, die ihre Kinder von der Wache abholten. Anzeigen wegen gestohlener Fahrräder wurden aufgenommen, und hin und wieder kamen auch Frauen, die zu Hause misshandelt worden waren.

Das hatte schon der kleinen Leni arg zugesetzt, dass man diesen Frauen nicht helfen konnte.

»So ist nun mal das Gesetz«, hatte Georg Harding ihr erklärt.

»Der Ehemann hat auch das Recht, seine Kinder zu züchtigen.«

»Aber Papa, das würdest du doch nie tun!«, hatte Leni empört gerufen.

»Nein, ich nicht, aber es gibt viele, die das tun.«

In Leni reifte immer mehr der Wunsch, Polizistin zu werden, dann würde sie für Gerechtigkeit sorgen.

Aber das war schwierig für eine Frau.

Und nun war es so weit. Sie musste los auf die Reeperbahn, zur Davidwache. Da suchte man nämlich eine Schreibkraft. Sie hatte den Aushang an einer Litfaßsäule entdeckt. Wenn sie schon keine Polizistin werden konnte – so würde sie die Chance bekommen, trotzdem auf einer Polizeiwache zu arbeiten. Und wenn es als Schreibkraft war.

Leni hatte nach der Volksschule eine kaufmännische Ausbildung absolviert, Schreibmaschineschreiben und Stenografie und auch Buchführung gelernt. Auch wenn sie lange nicht gearbeitet hatte, fühlte sie sich gewappnet für diese Stellung. Große Hoffnungen machte sie sich allerdings nicht, bestimmt gab es einen großen Andrang auf die Ausschreibung, und sicherlich waren viele Anwärterinnen besser qualifiziert als sie. Aber versuchen musste sie es. Sie war nun neunundzwanzig Jahre alt, hatte drei Kinder und zumindest momentan keinen Ehemann. Ihre Mutter, Lotti und sie waren nun in der Pflicht, die Familie zu ernähren.

23

Sie ging in die Küche, wo Ömchen saß und Kartoffeln mit einer Bürste von der Erde befreite.

»Reicht grad für 'ne Suppe«, informierte sie ihre Enkelin. »Na, Seute, gehst du los?«

»Ja, ich will nicht zu spät kommen, Ömchen.« Leni strich ihr dichtes hellbraunes, glattes Haar nach hinten. Hätte sie es lieber hochstecken oder zurückbinden sollen? Und würden die Leute doch bemerken, dass sie einen alten Vorhang trug?

Gestern Abend hatte sie ihre Hände und Fingernägel eine geschlagene Stunde mit der Wurzelbürste bearbeitet. Das Trümmerschleppen war gepflegten Händen nicht gerade zuträglich. Dann hatte sie in Ermangelung von Hautcreme einen farblosen Schuhcremerest in ihre Finger und die Nägel einmassiert. Der typische Geruch des Pflegemittels lag ihr jetzt noch in der Nase. Aber ihre Hände waren halbwegs ansehnlich.

Nicht auszudenken, wenn sie vortippen sollte und ihre möglichen späteren Vorgesetzten auf schwarze Hände und Nägel gucken mussten. Sicher, es war normal in diesen Zeiten, aber Leni wollte dennoch gepflegt wirken.

»Mutti«, fragte Greta, die auf der Küchenbank saß. »Wohin gehst du?«

»Ich gehe zur Polizei«, erklärte Leni, und Greta sah erschrocken aus.

»Hast du was angestellt, Mutti?«

»Nein, mein Kind. Ich bewerbe mich dort um eine Stellung.«

»Was ist eine Stellung?«

»Eine Arbeit, Greta. Man tut etwas, um Geld dafür zu bekommen.«

»Und warum bei der Polizei?«

»Weil ich gelesen habe, dass die Polizei Hilfe sucht. Also

war ich dort, um mir einen Termin geben zu lassen, bei dem ich mich vorstellen und zeigen kann, dass ich gut für die Aufgabe geeignet bin.«

Als Trümmerfrau bekam man siebzig Pfennige die Stunde und größere Lebensmittelrationen zugeteilt. Aber bei der Polizei würde sie mehr verdienen, und es wäre körperlich leichtere Arbeit.

Jetzt im Sommer war es noch nicht so schlimm, wenn sie kein Geld für Kohle und Briketts hatten, und das Schleppen war trotz der Schwere der Arbeit auszuhalten. Wie aber würde das im Winter aussehen? Die siebzig Pfennig am Tag waren zwar etwas mehr als der Durchschnittsverdienst der Menschen, aber es reichte oft hinten und vorne nicht. Davon abgesehen gab es trotz der Lebensmittelkarten meist nicht genug für alle. Schon während des Krieges waren gerade Säuglinge und Kleinkinder verhungert, und nun schien es nicht besser zu werden. Viele Frauen waren während der Heimaturlaube ihrer Männer schwanger geworden, und Leni wusste von zwei Freundinnen, dass deren Babys vor Kurzem nicht lange nach der Niederkunft gestorben waren. Die Mütter waren wie alle anderen so ausgezehrt, dass viele von ihnen keine Milch für ihre Kinder hatten und auch nichts anderes als Ersatz bekamen. Es waren entsetzliche Zustände, und man konnte nur hoffen und beten, dass es besser werden würde. Aber noch, nur sechs Wochen nach Kriegsende, war wenig davon zu spüren.

Greta hatte nun kein Interesse mehr an Muttis Termin, sie legte weiter Streichhölzer zu Häusern.

Die anderen beiden spielten mit Charlottes Kindern Peter und Lina, die sieben und sechs Jahre alt waren. Lotti schleppte Steine, was Leni morgen auch wieder tun würde.

Ömchen lächelte ihr zu. »Denn man to, min Deern!«

Während sie auf ihrem alten Fahrrad Richtung Reeperbahn fuhr und mal wieder das sah, was sechs Jahre Krieg unter dem entsetzlichen Regime angerichtet hatten, wurde ihr erneut die Sinnlosigkeit des Krieges klar.

Doch allmählich begann es bergauf zu gehen. Die Aufräumarbeiten gingen voran, und Stück für Stück eroberten sich die Hamburger ihre Stadt zurück.

Während Leni jetzt also durch das sommerliche Hamburg fuhr, summte sie vor sich hin. Immer nach vorn schauen, war ihre Devise.

Sie radelte an der Alster entlang und sah, dass die mondänen Villen, die hier standen, nicht von den Bomben getroffen worden waren, was sie froh stimmte. Wenigstens diese schönen Häuser waren nicht zerstört worden. Hier standen prachtvolle Bauten, die im 19. Jahrhundert errichtet worden waren. Manche Häuser hatten zwanzig Zimmer, und oft hatte Leni sich überlegt, wie es dort drinnen wohl aussehen mochte. Eine Bekannte hatte mal als Haushälterin in einer solch herrschaftlichen Villa gewohnt.

»Überall Kronleuchter, Stuck, Parkett und Silberbesteck«, hatte sie erzählt. »Und seidenes Bettzeug und gestärktes Leinen. Die Dame des Hauses rührt keinen Finger, sondern kümmert sich nur um ihre Pflanzen und den Stickrahmen.«

Früher, vor dem Krieg, waren viele kleine Optimisten und größere Segelboote auf der Alster unterwegs gewesen. Cafés hatten leckerstes Eis und Kuchen verkauft, Kinder hatten Hickelkästchen auf dem Weg oder Fangen und mit dem Hüpfseil gespielt. Menschen hatten hier gesessen, ihre Gesichter in die Sonne gehalten, man hatte geplaudert und ein Stück Torte verspeist oder ein Bier getrunken. Nun war alles anders. Auf der Alster schwammen nur Enten und Schwäne.

Merkwürdig, dachte Leni, dass die überlebt haben.

Sie fuhr weiter und atmete die frische Luft ein. Endlich, endlich hatten sie wieder gute Luft. Die Kriegsluft war sonderbar gewesen. Eine Mischung aus Rauch, Tod, Verderben und Verwesung, die sich kaum beschreiben ließ.

Überall an den verbliebenen Wänden hatten Menschen mit Kreide die Namen von Vermissten geschrieben – oder auch, wie sie selbst hießen und wo sie jetzt wohnten, falls das Haus, in dem sie gelebt hatten, zerstört worden war.

Viele Menschen, die die *Operation Gomorrha* miterlebt hatten, waren traumatisiert von der Feuersbrunst, den Tausenden Toten, die verrenkt auf den Straßen lagen, oder von der Erinnerung an die Menschen, die brennend ins Wasser sprangen, nicht in der Lage, die durch Phosphor ausgelösten Brände zu löschen. Der Krieg hatte auch die Seelen der Menschen kaputt gemacht. Leni war dankbar, dass sie noch klar denken konnte.

Die alte Frau Kornmann zum Beispiel war fast eine Woche in einem verschütteten Keller gefangen gewesen, ohne Essen und Trinken, fast ohne Luft. Jetzt, seit man sie befreit hatte, wollte sie nur noch draußen sein, und sie trank, was immer sie zu fassen bekam.

Ihre Nachbarin Dörte, die mit Leni zur Schule gegangen war, hatte ihre komplette Familie bei den Angriffen verloren. Ihr Mann Volker, der gerade erst zwei Wochen zuvor mit zwei amputierten Unterschenkeln und nicht mehr kriegstauglich von der Front zurückgekehrt war, und die vier Kinder sowie Dörtes Mutter waren tot. Seitdem war Dörte kaum ansprechbar, ihr Blick glasig. Sie hatte einen nervösen Tick entwickelt, zuckte und brabbelte vor sich hin. Und niemand konnte ihr helfen.

Es gab kaum praktizierende Ärzte, man musste froh sein,

wenn man überhaupt einen zu fassen bekam. Von Medikamenten ganz zu schweigen.

Leni radelte weiter und musste an Franziska denken. Ihre beste Freundin seit der Schulzeit. Wie Pech und Schwefel hatten sie zusammengeklebt, sich jeden Nachmittag draußen zum Spielen getroffen, bei Wind und Wetter. Die beiden hatten sich ewige Treue und Freundschaft geschworen, wurden zusammen konfirmiert und waren auf ihren Hochzeiten Trauzeuginnen und später Taufpatinnen ihrer Kinder. Auch ihre Männer verstanden sich wunderbar. Oft hatten sie sich zu viert getroffen, Leni, Alfred, Franzi und Paul.

Im Alten Land zur Apfelernte waren sie gewesen, hatten Fahrradausflüge in die Umgebung mit Picknick gemacht, sie waren tanzen gegangen und hatten viel Spaß gehabt, aber sie hatten später auch ernsthafte Gespräche geführt, zu Hause, wo niemand sie hören konnte. Gespräche, die niemand hören *durfte*, denn wer etwas gegen das diktatorische Regime sagte, lebte gefährlich oder irgendwann gar nicht mehr.

Und dann, Leni konnte sich noch genau an den Tag erinnern, es war ein Mittwoch 1943 gewesen, noch vor *Operation Gomorrha*, hatten wieder einmal die Sirenen geheult. Wie immer war sie mit ihrer Familie in den Keller des Wohnhauses gerannt und erst Stunden später wieder hinaufgekommen. Die Einschläge waren an diesem Tag nah gekommen, und voller Bangen waren sie aus dem Keller gestiegen. Sofort hatte Leni bemerkt, dass das Wohnhaus von Franzi auf der anderen Straßenseite nicht mehr stand. Der vermeintlich schützende Keller verschüttet von schwelenden Trümmern.

Leni wusste noch, dass sie dagestanden und gar nichts gefühlt hatte. Sie hatte nur eine Leere in sich gespürt, die vorher nicht da gewesen war. Alle Menschen, die in diesem

Wohnhaus gelebt hatten, gab es nicht mehr. Sie waren ausradiert, ausgelöscht, für immer weg. Leni hatte sich umgedreht und war in die Wohnung gerannt. Sie hatte Angst gehabt, in die Gesichter der herumliegenden Toten zu schauen, Angst, Franzi oder ihr Patenkind zu erkennen. Das hätte sie nicht auch noch ertragen.

Leni würde diesen Verlust und dieses Gefühl niemals überwinden. Leni fand es schlimm, dass sie kein Grab von Franzi besuchen konnte, dass es keinen Stein gab, über den sie streichen, keine Erde, in die sie Blumen pflanzen konnte. So blieb ihr nur, leise Zwiegespräche mit der Freundin zu führen. Oft tat sie das, wenn sie abends im Bett lag. Sie erzählte Franzi von ihrem Tag, von den Kindern, von Ömchen und Mutti und Lotti. Fragte sie um Rat und schlief oft ein, während sie geduldig auf eine Antwort wartete. Regelmäßig träumte sie von Franzi, und es waren schöne Träume. Sie gingen untergehakt an der Alster entlang und schleckten ein Eis, sie schoben die Kinderwagen und kicherten über alles und nichts. Ohne Franzi war es schwer. Sie fehlte. Oft war Lenis Herz schwer. Sie dachte jeden Tag an Franzi, zwang sich, an die schönen Stunden zu denken, die sie miteinander verbracht hatten. Es machte sie traurig, dass sie nie zurückkehren würden, aber das Glück, eine solche Freundin gehabt zu haben, überwog. Sie waren Freundinnen fürs Leben, ja, und darüber hinaus.

Weiter musste es gehen, immer weiter.

KAPITEL 2

Leni bremste vor der Davidwache und schloss ihr Rad ab.
Mit klopfendem Herzen betrat sie das Gebäude.

Ein junger Polizeibeamter stand hinter einem Tresen.

»Guten Tag. Ich habe einen Termin bei Bruno Georges«,
sagte Leni freundlich und wurde von einem Betrunkenen
angerempelt, der übel roch und »Pass doch auf, du dummes
Ding!« rief.

»Jo. Da rein und hoch in den ersten Stock«, antwortete der
junge Polizist, ohne aufzuschauen, und zog an seiner Zigarette.
»Da sind auch die anderen, können Sie gar nicht verfehlen.«

Leni bedankte sich, ging langsam die Treppen hinauf und
vernahm Stimmengewirr, das lauter wurde, je näher sie kam.

Eine Gruppe junger Damen unterhielt sich, sie lachten,
und manche von ihnen zogen ihre Lippen mit Lippenstift
nach. Fast alle waren gut angezogen, viele perfekt frisiert und
geschminkt. Als sich eine Tür öffnete, verstummten die Gespräche, und alle starrten in dieselbe Richtung. Eine weitere
junge Dame kam heraus und sah nicht gerade glücklich aus.

»Darf ich mal bitte durch?«, fragte Leni zwei junge Frauen,
die ihr im Weg standen.

»Wo willst du denn hin?«, gab eine der jungen Damen zurück.

»Ich habe hier einen Termin bei Bruno Georges«, ließ Leni
sie höflich wissen.

»Dann stell dich mal schön hinten an. Den Termin bei

dem Herrn haben wir alle«, polterte eine junge Frau mit einer riesigen Schleife im Haar und etwas zu roten Lippen und verschränkte herausfordernd die Arme. In den hohen Schuhen mit den Absätzen konnte sie kaum stehen, das sah Leni. Zu lange hatte man nur flache Schuhe getragen.

Oha, dachte Leni. Das kann was geben. Sie sah sich um. Jeder Stuhl war belegt. Also stand sie und wartete, bis sie dran war.

Zwei Stunden später saß Leni auf einem harten Holzstuhl an einem Holzschreibtisch mit abgewetzter Lederauflage und Schubladen an beiden Seiten und sah sich in dem spartanisch eingerichteten Raum um. Vor ihr stand eine Schreibmaschine, ein Telefon auf einem Schwenkarm, den man wie eine Ziehharmonika zu sich ziehen und auch wieder wegschieben konnte. An einer Wand befand sich ein Schrank mit Aktenordnern, und eine Pflanze verkümmerte auf der Fensterbank, umrahmt von mausgrauen Vorhängen. Auf der Schreibtischplatte lagen außerdem Block und Bleistift sowie ein Anspitzer.

Ihr gegenüber saßen ein Mann und eine Frau. Der Mann war bestimmt Herr Georges.

Beide sahen etwas müde aus, was Leni verstehen konnte. Vor ihr waren ungefähr zwanzig Frauen in diesem Zimmer gewesen, allein während Leni gewartet hatte. Aber offenbar hatte es keine von ihnen geschafft, in diesem Zimmer zu bleiben oder hierhin zurückzukehren.

»Guten Tag, Herr Georges«, sagte sie dann und nickte der Frau zu.

»Herr Georges ist in Hamburg seit Mai Polizeichef«, blaffte der Mann knapp. »Der hat sicher keine Zeit, sich hundert hysterische Fräuleins anzuhören. Er wurde nur genannt, weil

31

er eben der Polizeichef ist. Aber zum Aussuchen mussten wir ran. Keine Sorge, bei uns sind Sie richtig.« Er sah Leni an, und sie hatte das Gefühl, am liebsten hätte er mit den Fingern auf der Holzplatte getrommelt, damit es schnell vorwärtsging mit dieser Bewerbung.

»Aha«, meinte Leni. »Sie sind Herr …?«

»Ach so. Herbst. Jochen Herbst. Ich bin der Chef der Davidwache und Hauptkommissar.« Er stand nun auf. Herbst trug einen dunkelblauen, aufgrund von Materialmangel gekürzten Waffenrock ohne Kragenspiegel. Die Besatzer hatten angeordnet, dass die hellgrünen Uniformen umgefärbt wurden, was zu einigen Malheuren geführt hatte. Denn die verwendeten Farben waren oft nicht wasserfest, so kam es immer wieder vor, dass sich unter Polizisten, die im Regen standen, eine blaue Pfütze bildete. Herbst lehnte sich nun gegen das Fenster und holte eine Pfeife aus der Tasche, zündete sie aber nicht an, sondern spielte damit herum.

»Und ich bin Hanne Rudinger. Momentan hier Mädchen für alles, was die Büroarbeit betrifft. Ich benötige dringend Unterstützung. Erzählen Sie mal von sich«, bat die Frau, die ein schwarzes Kostüm trug, das schon bessere Tage gesehen hatte.

»Gern«, sagte Leni mit fester Stimme. »Ich bin 29 Jahre alt, habe drei Kinder im Alter von neun, elf und zwölf Jahren und wohne mit meiner Schwester und ihren beiden Kindern, meiner Mutter und meiner Großmutter gemeinsam in Barmbek. Mein Mann wird vermisst. Vor dem Krieg hat er als Koch im *Hotel Vier Jahreszeiten* gearbeitet.«

»Ach, bei Fritz Haerlin?«, fragte Herbst knapp, und Leni nickte, bevor sie weitersprach. Der Name des Gründers des anerkannten und viel gerühmten Hotels war stadtbekannt.

»Nach der Schule habe ich eine kaufmännische Lehre beendet, daher bin ich mit der Büroarbeit und allem, was dazugehört, vertraut, beherrsche auch Stenografie und Schreibmaschine. Eine Zeitlang habe ich als Bürokraft bei einem Advokaten gearbeitet. Dann lernte ich meinen zukünftigen Mann kennen, habe sehr früh geheiratet, bin Mutter geworden und war dann Hausfrau. Mein Vater, Georg Harding, ist gefallen. Er war ebenfalls Polizist hier in Hamburg. Er hat mir viel über diesen Beruf erzählt, und ich hätte ihn gern ergriffen, aber dann kam alles anders. Aber wenn ich nun eine andere Stelle bei der Polizei bekommen kann, um Ihre Arbeit zu unterstützen, würde mich das sehr froh stimmen.«

»Aha.« Hanne Rudinger blätterte in Lenis Unterlagen. »Ja, hier steht's. Georg Harding war in Barmbek. Und warum wollen Sie sonst noch bei uns anfangen, Frau Jacobsen? Gibt's da noch mehr Gründe, warum sie sich bei uns beworben haben, oder ist es nur der Vater, in dessen Fußstapfen Sie gern getreten wären?«

Leni sah erst Frau Rudinger, dann Herrn Herbst mit festem Blick an. »Das hat durchaus noch verschiedene Gründe. Erstens möchte ich nicht mehr Steine schleppen und will auch nicht, dass meine Mutter und Oma das tun müssen. Hier wird die Arbeit besser bezahlt, und wenn ich das richtig verstanden habe, bekommt man zusätzliche Vergünstigungen. Zweitens möchte ich bei der Polizei arbeiten, weil ich eine Verfechterin der Gerechtigkeit bin. Auch wenn ich hier nur als Schreibkraft eingesetzt und gebraucht werde, so kann ich dadurch doch unsere Gesetzeshüter bei ihrer Arbeit unterstützen und ein Teil davon sein. Und drittens glaube ich, dass ich für diese Stellung gut geeignet bin. Während meiner Lehre habe ich mir vieles angeeignet, was für einen reibungslosen Ablauf

33

im Büro wichtig ist. Außer Stenografie und Schreibmaschine wurde ich auch in Buchführung unterrichtet. Ich kann gut mit Menschen umgehen, und ich lerne schnell. All Ihre Anforderungen sind somit erfüllt.«

Jochen Herbst nickte leicht.

»Sie sagten, Sie haben drei Kinder, Frau Jacobsen«, schnarrte er nun, und Frau Rudinger steckte sich eine Zigarette an. »Kinder werden doch ständig krank. Wer kümmert sich dann um Ihre? Die Schulen werden zwar bald wieder eröffnet, aber was ist mit den Nachmittagen und Wochenenden? Wer wird Ihren Haushalt führen?« Jochen Herbst sprach nun wie aus der Pistole geschossen, Leni konnte ihm kaum folgen.

»Meine Großmutter ist zu Hause. Sie versorgt die Kinder«, erklärte Leni mit fester Stimme und geradem Blick. »Da müssen Sie sich keine Sorgen machen.«

»Ich mach mir keine Sorgen«, gab Herbst distanziert zurück. »So, Frau Jacobsen, dann nehmen Sie mal den Block und stenografieren mit«, meinte er dann.

Leni lächelte ihn an.

»Sehr gern.«

Sie setzte sich aufrecht hin, sah Jochen Herbst und Frau Rudinger an und wartete auf das, was sie stenografieren sollte. Und sie betete, dass Jochen Herbst vielleicht ein wenig langsamer diktieren würde als er sprach.

Nachdem Leni schnell und sicher wie immer, wenn auch mit Herzklopfen, das letzte Wort getippt hatte, nahm sie die Finger von den Tasten und atmete kurz durch. Sie hatte tatsächlich nicht einen einzigen Fehler gemacht. Und das nach so langer Zeit!

Vorsichtig zog sie den Papierbogen aus der Maschine und reichte ihn Frau Rudinger zusammen mit dem Stenoblock.

»Bitte schön.« Am liebsten hätte sie die Frau angestrahlt, aber sie wollte nicht wie ein junger Backfisch rüberkommen, der gerade eine gute Zensur geschrieben hatte. Also wahrte sie ihre Professionalität und freute sich nur innerlich. Zum Glück hatte Frau Rudinger diktiert und in normaler Geschwindigkeit gesprochen.

»Null Fehler im Stenografieren, null Fehler beim Tippen. Sehr schön«, sagte sie nun zu Herbst, und fast dachte Leni, sie hätte ein kleines Lächeln gesehen. Doch so wie sie die Frau bisher einschätzte, war ein wohlwollendes Nicken bei ihr vielleicht sogar mehr wert.

»So, Frau Jacobsen«, meinte Herr Herbst. »Das hätten wir erledigt. Dann wollen wir uns mal weiter unterhalten. Über den Alltag auf unserer Davidwache.« Er ging nun mit zackigen Schritten vom Fenster, an dem er gestanden und hinausgesehen hatte, während sie geschrieben hatte, zurück zu seinem Stuhl, setzte sich und ließ sich in die Lehne sinken. »Sie können sich sicher vorstellen, dass man hier nicht mit Samthandschuhen arbeitet. Dass hier ein rauher Ton herrscht, oft zumindest. Da will ich kein verschüchtertes Mäuschen hier sitzen haben, das rot wird und nicht mehr weiterarbeiten kann, weil es von den Sitten hier schockiert ist. Das umfällt, wenn es mal einen Klaps auf den Po gibt oder schamlose Blicke auf verschiedene andere Körperteile geworfen werden.«

Leni nickte mit Nachdruck. »Das ist mir klar. Mein Vater hat mir seinerzeit einiges erzählt. Ich war auch hin und wieder mit ihm auf der Wache, und ich habe ...«

Herbst unterbrach sie. »Barmbek ist nicht der Kiez. Wir sind hier mittendrin, Sie müssen im Herbst und Winter bei

Dunkelheit anfangen und wieder nach Hause gehen. Die Menschen, mit denen wir es hier zu tun haben, sind nicht zimperlich. Viele hat der Krieg noch härter gemacht. Noch unnachgiebiger, noch krimineller. Die Kriminellen kriechen weiter aus ihren Löchern und kehren zurück. Dass der Schwarzmarkt blüht, muss ich Ihnen wohl nicht sagen. Auf dem Kiez hier werden nun die Huren wieder mehr, die Bars und Kneipen und Bordelle öffnen oder haben schon geöffnet. Viel Gesindel wird sich hier rumtreiben. Freier und andere Männer werden anzügliche Bemerkungen machen, Sie vielleicht anfassen. Ich wiederhole: auch hier auf der Wache. Da dürfen Sie nicht erschrecken. Ich kann hier nämlich wirklich keine Frau gebrauchen, die heult, wenn ihr einer auf den Hintern haut oder ihr obszöne Anträge macht. Oder die den Ekel kriegt, wenn sie ein Protokoll tippen muss über jemanden, der blutbesudelt oder stinkend vor ihr sitzt und Widerwärtigkeiten von sich gibt, was bei vielen Betrunkenen vorkommt. Und das sind nur einige der Punkte.«

Leni nickte wieder. »Ich kann mir das schon vorstellen«, sagte sie.

Nun mischte sich die schon wieder rauchende Frau Rudinger ein.

»Ich glaube nicht, dass Sie sich das vorstellen können«, kam es dann langsam. »Ich habe hier schon vieles mitbekommen, was ich wirklich nicht erleben wollte. Sie sollten sich gut überlegen, ob Sie sich das wirklich zutrauen.«

»Es ist sehr freundlich, dass Sie mir das sagen«, meinte Leni forsch. »Aber da müssen Sie sich wirklich nicht sorgen. Blut macht mir nichts aus. Mein Opa war Schlachter, ich habe nicht nur einem Kalb die Kehle durchgeschnitten und nicht nur einem Huhn den Kopf abgeschlagen. Ich kann Innereien waschen und Blutwurst kochen. Ich habe ein dickes Fell und bin hart im Nehmen, und ich kann mich wehren. Mit Ihren Männern hier werde ich schon klarkommen.«

Das stimmte. Leni hatte sich seit Anbeginn stets durchsetzen können. Wenn sie als Kinder auf der Straße gespielt hatten, war es Leni gewesen, die dafür gesorgt hatte, dass alles gerecht und ohne Zank und Hader vonstattenging. Und sie war von jeher respektiert worden – gerade von den älteren Jungs, was bestimmt auch an ihrer Größe gelegen hatte. Nicht nur einmal hatte sie sich dadurch Respekt verschafft. Aber nicht nur. Leni strahlte schon in jungen Jahren eine Stärke aus, die ihresgleichen suchte. Nur mit Blicken konnte sie freche Jungs in ihre Schranken weisen, und wenn sie etwas entgegnete, nachdem sie geärgert wurde, wusste sie das Passende zu sagen, auf die keiner mehr eine Antwort parat hatte. Manchmal wurde sie wegen ihrer Größe aufgezogen, und dann schaute sie denjenigen nur an und sagte entweder nichts oder einen Satz, der saß. »Leni ist nicht nur außen groß, sondern auch innen«, sagte Ömchen immer und nickte, wenn Leni ihr erzählte, dass sie einen Streit nur mit Blicken und den richtigen knappen Worten beendet hatte.

Wie sie Ungerechtigkeit hasste, wie sehr sie Lügen verabscheute, und wie gut sie ihren Vater verstanden hatte, wenn ihm ein Gauner entwischt war oder er jemanden laufen lassen musste, obwohl er wusste, dass er eine Straftat begangen hatte.

Aber sie wusste ebenso, dass den Polizisten die Hände gebunden waren, wenn die Beweise nicht ausreichten.

Herr Herbst klopfte seine Pfeife in einen Aschenbecher aus schöner grüner Jade aus und stand auf. »Gut. Probieren wir's. Nächsten Montag können Sie anfangen. Einhundertfünfzig Mark im Monat. Ausgezahlt wird wöchentlich. Lebensmittelzulage gibt's auch. Punkt sieben finden Sie sich ein. Sie werden von Frau Rudinger eingewiesen. Der ganze Papierkrimskrams wird dann auch erledigt.«

»Äh«, machte Leni verdattert. »Heißt das, ich habe die Stelle?«

»Ja, das heißt es.« Er schaute auf seine Armbanduhr.

»Also ... uff«, Leni war etwas verwirrt. »Ja, aber ... warum *ich*?«

»Sie sind eine junge Frau, die Kehlen durchschneidet, Köpfe abschlägt, und der Blut nichts ausmacht. Was will man hier mehr?« Wieder waren die Worte aus Herbsts Mund gerattert.

Nun drückte Frau Rudinger ihre Zigarette aus und lächelte verhalten.

»Gewöhnen Sie sich gleich dran.« Dann lächelte sie wirklich und sah hübsch dabei aus. »So ist der Chef eben.«

»Aha«, konstatierte Leni froh. »Das ist aber schön.« Sie verabschiedeten sich.

»Ich freue mich«, meinte Frau Rudinger. »Denn ich glaube, Sie passen gut zu uns.« Sie beugte sich ein Stück nach vorn. »Um ehrlich zu sein, ich habe nicht damit gerechnet, dass überhaupt noch jemand kommt, der uns zusagt. Es haben sich heute viele Damen vorgestellt, jüngere und ältere, aber bei keiner einzigen dachte ich, dass es was werden könnte.«

»Warum?«

»Zu viel Lippenstift und zu viel Strumpfzauber für diese Stelle.« Frau Rudinger zwinkerte ihr zu. »Wenn Sie wissen, was ich meine. Dazu kam, dass die eine oder andere Dame überhaupt nicht tippen und stenografieren konnte, aber dachte, es genüge, wenn sie dem Chef schöne Augen macht.« Sie zwinkerte ihr zu. »Da ist man bei ihm nur leider an der falschen Adresse, nicht wahr, Herr Herbst?« Der antwortete gar nicht, sondern sortierte Unterlagen. »Also dann, kommen Sie gut heim.«

Leni dankte Gott dafür, dass sie kein Geld für den *Strumpfzauber* gehabt hatte, den sie sich noch vor wenigen Stunden so gewünscht hatte.

»Danke, Frau Rudinger. Auf Wiedersehen.« Sie gab erst Frau Rudinger, dann Herrn Herbst die Hand, sprang fast aus dem Büro und strahlte die verbliebenen fünf Damen an, die hier noch warteten. »Die Stelle ist leider vergeben«, sagte sie dann und achtete nicht mehr auf die enttäuschten Gesichter, sondern lief die Treppe hinunter an einigen Beamten vorbei, die ihr nachschauten. Einer pfiff, aber Leni hörte gar nicht hin.

Puh! Kaum trat sie durch die Tür der Wache hinaus auf die Straße, fiel alle Anspannung von ihr ab.

Sie fuhr noch nicht gleich nach Hause, sondern ließ ihr Fahrrad stehen und ging aufmerksam über die Reeperbahn und in die Seitenstraßen, schlenderte den Hamburger Berg entlang. Vor den Bordellen und Striptease-Bars mit so verlockenden Namen wie *Paradies* oder *Revuepalast* standen hier und da Koberer, die gut gelaunt mit lauten Rufen auf sich aufmerksam machten: »Hierher, meine Herren, bei uns gibt's Hamburchs schönste Frauen! Kommen se rein und trinken se Schampus!« Dass es wahrscheinlich noch gar keinen Schampus gab, interessierte nicht. Sie lief weiter über die Eckernförder Straße und sah sich interessiert um.

Auch hier auf der sündigen Meile hatte die *Operation Gomorrha* vor zwei Jahren viel Schaden angerichtet, es war längst noch nicht alles wieder so, wie es einmal gewesen war. Aber Leni merkte, dass hier eine recht gute Stimmung herrschte.

Auch wenn vieles noch schwer war, es würde besser werden. Die Hoffnung stand den Leuten ins Gesicht geschrieben.

Viele Bars hatten noch nicht wieder geöffnet, und das ganze Chinesenviertel, das sich rund um die Schmuckstraße befunden hatte, durch die sie nun schlenderte, war wie ausgestorben. Die Bewohner waren von den Nazis in einer großen Razzia festgenommen und viele von ihnen in Konzentrationslager deportiert worden. Einige wenige Menschen liefen hier herum, die in den nicht zerstörten Häusern wohnten. Es war allerdings mehr kaputt als heil. 400.000 Menschen waren durch Gomorrha obdachlos geworden. Leni hoffte, dass hier bald wieder das alte Leben einkehren würde! Sie hoffte, dass die Chinesen zurückkamen und es hier so wurde wie früher. Sie hoffte auch, dass alle Menschen wieder ein Dach über dem Kopf haben würden, und sie dankte Gott dafür, dass ihre Familie eine heile Wohnung hatte. Ihr war klar, dass das nicht selbstverständlich war. Überall sollte es wieder aufwärtsgehen. Überall, und das schnell!

Auch sie selbst hatte gute Laune und hätte die ganze Welt umarmen können. Nun blieb sie kurz stehen und hielt ihr Gesicht in die warme Augustsonne. Herrlich war das.

»Na, Zuckerpüppchen, was soll's denn kosten?«, fragte da eine männliche Stimme, und sie öffnete die Augen. Vor ihr stand ein Mann in Arbeitshose, der sie lüstern angaffte.

»Nichts«, gab Leni ihm nüchtern zu verstehen.

»Nichts?« Der Mann war irritiert und schien Hoffnung zu schöpfen.

»Genau.« Sie deutete auf seine Hosenknöpfe. »Denn wo nichts ist, kann man nichts verlangen. Schönen Tag noch.«

Sie ging weiter und ließ den verdatterten Mann stehen.

Ha! Ein erstes Erfolgserlebnis. Sie würde auf der Davidwache mit allem fertigwerden und konnte es kaum bis zum nächsten Montag erwarten.

»Ach Kindchen, was freu ich mich.« Ömchen war ganz gerührt und hatte feuchte Augen. »Unsre Leni arbeitet jetzt bei der Polizei! Wenn dein Vater das erlebt hätte! Was hätte er sich gefreut!«

Sie stand am Herd und rührte in der Kartoffelsuppe.

»Hier, Ömchen, hab ich mitgebracht, ich hatte noch Marken, und es war noch nicht aus.« Sie drückte ihrer Großmutter ein Stück Schinkenspeck in die Hand. »Für die Suppe.«

»Oh.« Ömchen wickelte den Speck aus dem Papier und roch daran. »Das ist aber ein schönes Stück.« Sie schnitt das Fleisch in kleine Würfel. »Das brat ich schnell an, dann kommt's mit in den Eintopf.«

Eigentlich konnte keiner von ihnen mehr Eintopf sehen. Im Krieg hatte es so oft Eintopf gegeben, dass er allen schon aus den Ohren rausgekommen war. Die Regierung hatte bereits vor dem Krieg gefordert, dass man mindestens einmal pro Monat Eintopf essen sollte, und den Eintopfsonntag als Zeichen der Volksgemeinschaft ins Leben gerufen. Außerdem hatte man an diesen Tagen 50 Pfennige an das Winterhilfswerk abgeben müssen, weil Eintopf ja günstiger war als ein Braten, da sparte man Geld, mit dem man anderen helfen konnte, so die Propaganda. Parteileute gingen herum und sammelten das Geld ein.

Im Krieg wurden die Eintöpfe dünner und geschmackloser, bestanden oft nur aus Kartoffeln und Wasser, aber wie sagte Ömchen immer: »Bei Hunger ist alles ein Lieblingsgericht.«

Nun kochte der Eintopf vor sich hin, und kurz darauf durchzog ein feiner Geruch nach gebratenem Speck die Küche. Das würde mal eine richtig gute Suppe werden! Die Kinder kamen herbeigestürmt und umarmten die Mutter, während Margot ihnen etwas langsamer folgte.

Leni strich ihren dreien liebevoll über den Kopf.

»Wie war es denn bei der Polizei?«, fragte Hannes neugierig.

»Ihr dürft euch freuen, denn eure Mutti hat ab nächsten Montag eine Stellung, also eine Arbeit«, sagte sie stolz.

Lenis Schwester Charlotte, die nun auch gerade in die Küche gekommen war, konnte es kaum glauben. »Wirklich? Oh Leni, das ist ja wundervoll.« Sie umarmte die Schwester. »Ihr könnt euch auch für mich freuen«, sagte sie dann. »Ich hab es euch vorher nicht gesagt, weil ich dachte, ihr werdet es mir ausreden. Aber ich komme auch gerade von einer Vorstellung. Ich auch, ja. Wisst ihr was? Ich werde bei den Briten arbeiten. Auch als Schreibkraft. Und als Mädchen für alles, sagen die. Wie du, Leni!« Beifall heischend sah sie in die Runde.

Charlotte kam ganz nach ihrer Mutter. Sie hatte dunkle Locken und braune Augen, war zehn Zentimeter kleiner als Leni, die alle überragte. Lotti war früher das verwöhnte Nesthäkchen gewesen und hatte sich stets mehr erlauben können als ihre ältere Schwester. Leni wiederum hatte immer auf die Jüngere aufgepasst, wenn sie draußen gespielt hatten. Leni hatte das glatte hellbraune Haar und die grünen Augen ihres Vaters geerbt. Sagte man über Lotti immer, sie sei ja »so eine Süße, Hübsche«, war Leni die, die man apart und interessant fand. Lotti war einfach hübsch, Leni hingegen umgab eine Aura von Unnahbarkeit, ein wenig Stolz und ein bisschen Härte und Durchsetzungsvermögen.

Schwester, Mutter und Großmutter sahen Lotti nun an.

»Bei den *Besatzern*?«, kam es dann langsam aus Margots Mund.

»Ja, Mutsch. Es ist ja jetzt schon alles ein bisschen gelockert, man darf miteinander *sprechen*«, erklärte Lotti ein wenig enttäuscht. Leni erkannte, dass sie sich mehr Begeisterung gewünscht hatte. »Man kann jetzt sogar mit den Briten anbändeln, es steht nicht mehr unter Strafe.«

»Das hast du wohl nicht vor, Charlotte«, sagte Margot Harding nun mit schneidender Stimme zu ihrer jüngeren Tochter. Leni hielt die Luft an. Wenn Mutti »Charlotte« oder »Helene« sagte, war mit ihr nicht gut Kirschen essen. Aber Lotti winkte ab.

»Du meine Güte, Mutsch, natürlich nicht. Aber selbst wenn, wäre es nicht mehr verboten.« Beifallheischend schaute sie die drei Frauen an.

»Du weißt ganz genau, was Ellen und Waltraud widerfahren ist«, entgegnete Margot, die nun wütend geworden war. »Am helllichten Tag sind sie über sie hergefallen. Betrunkene Engländer. Kurz nach Kriegsende. Ellen hat nun die Befürchtung, schwanger zu sein, und wir müssen froh sein, wenn sie sich nicht in die Hände von einer Engelmacherin begibt.« Ellen und Waltraud waren die Töchter von Gesche, der langjährigen Freundin von Lenis Mutter, und alle hatte das entsetzliche Erlebnis der beiden Schwestern mitgenommen.

»Mutsch, also wirklich, du denkst immer gleich das Schlechteste«, sagte Lotti und sah Leni Hilfe suchend an. ›Rette mich‹, teilte dieser Blick ihr mit.

»Also bei den Engländern.« Leni runzelte die Stirn. »Ich weiß nicht.«

»Was ist denn daran schlimm?«, fragte die Schwester nun trotzig. »Das ist eine Arbeit wie jede andere auch, nur dass sie beim Eroberer, oder wie auch immer ihr es nennen wollt, stattfindet. Vielleicht denkt ihr auch mal drüber nach, dass es bestimmt mal einen extra Schinken, Fleisch oder ein Brot gibt. Oder etwas Süßes für die Kinder.«

»Was musst du denn dann dafür tun?«, fragte die Mutter nun fast sarkastisch. »Nur lieb gucken oder einen kurzen Rock anziehen oder noch mehr?«

»Ach Mutsch. Ich dachte, ihr freut euch«, sagte ihre Tochter bitter. »Soll ich etwa jahrelang Steine schleppen, bis ich auseinanderbreche?«

»Das ist wenigstens ehrenwert«, befand Ömchen mit Nachdruck.

Lotti sagte gar nichts mehr, drehte sich um und stürmte wütend aus der Küche.

KAPITEL 3

»So«, sagte Frau Rudinger und nestelte eine Zigarette aus der Packung. »Das also ist unser Büro. Sie sitzen bei mir, wenn Sie nicht unten sind und Protokolle stenografieren oder direkt etwas tippen müssen, wenn es eilt. Hier sind die dringendsten Akten, das handschriftlich Geschriebene muss mit der Maschine abgetippt werden. Mit drei Durchschlägen. Dort in dem Rollschrank finden Sie Kohlepapier, Briefpapier der Polizei, Stifte, Radiergummi, was man so braucht. Hier ist ein Stempelkarussell mit Kissen. Und hier, schauen Sie mal«, sie zeigte ihr ein Blatt Papier, auf dem die Namen und die jeweilige Funktion jedes einzelnen Beamten der Davidwache standen. Tatsächlich war Hanne Rudinger die bislang einzige Frau der Wache, wie Leni feststellte.

»Prägen Sie sich die Namen so gut es geht ein.«

Leni nickte. »In Ordnung.«

»Ihren Arbeitsvertrag haben Sie vorhin bereits unterschrieben, sehr gut. Haben Sie sich die Marken geben lassen?« Leni nickte. »Auch gut. Wir gehen von einer wöchentlichen Arbeitszeit von sechzig Stunden aus. Normalerweise wird von Montag bis Sonnabend von morgens bis abends gearbeitet, und der Sonntag ist frei. Bei uns auf der Davidwache ist das ein bisschen anders. Hier wird rund um die Uhr gearbeitet und auch rund um die Uhr jemand gebraucht, der Protokolle abtippt, Aussagen mitstenografiert und auch sonst alles, was anliegt, erledigt. Was das alles ist, wird die Zeit zeigen. Machen Sie sich auf jeden Fall darauf gefasst, dass Sie mal Sachen machen müssen, für die Sie gar nicht eingestellt wurden. Verprügelte Kinder und Frauen trösten, Vergewaltigten helfen, Blut wegwischen oder so.« Wieder nickte Leni, bekam aber keine Gelegenheit zu antworten, denn Hanne Rudinger fuhr direkt fort: »So, wir haben hier zwei Schichten, die Tagschicht und die Nachtschicht. Jede geht zwölf Stunden lang. Immer von sieben bis neunzehn und von neunzehn bis sieben Uhr in der Früh. Überstunden müssen abgeleistet werden. Da wird nichts extra bezahlt. Es gibt auch Teildienste, wenn Not am Mann ist, dann arbeitet man noch mal an einem eigentlich freien Tag sechs bis acht Stunden zusätzlich. Das spielt sich alles ein. Diese Woche haben Sie von heute bis Sonnabend Tagdienst. Dann einen Tag frei, dann eine Woche die Nachtschicht.«

»Gut«, nickte Leni.

»In Ordnung, dann hole ich uns mal einen Kaffee. Echten, keinen Muckefuck aus Eicheln und Getreide.«

»Oh, wirklich?« Leni lief das Wasser im Mund zusammen. Wann hatte sie zum letzten Mal echten, richtigen Bohnenkaffee getrunken? Das musste kurz nach Kriegsbeginn 1939 gewesen sein. Frau Rudinger verließ das Büro, und Leni schaute sich das Blatt mit den Beamtennamen an. Es waren gar nicht so viele, wie sie erwartet hatte, aber dann wurde ihr wieder einmal klar, dass viele ja gefallen oder noch in Gefangenschaft waren.

»So.« Frau Rudinger kam zurück und stellte eine Kaffeetasse mit dampfendem Inhalt vor Leni. Es roch göttlich.

»Und hier hab ich noch was Leckeres für uns.« Sie legte zwei dunkle kleine Stücke auf einen kleinen Teller.

Das sah aus wie … »Ist das *echte* Schokolade?«, fragte Leni beinahe atemlos, und Frau Rudinger nickte. »Man hat so seine Beziehungen, manchmal fällt da was ab. Sie müssen die Schokolade im Mund zergehen lassen. Nicht kauen! Warten Sie.« Sie holte ein kleines Metallstück aus einer Schublade und raspelte die Schokolade auf den Teller. »Hier ist ein Löffel. Nun einfach genießen.«

Das tat Leni. Ein prickelndes Glücksgefühl übermannte sie im ganzen Körper, und nachdem nichts mehr von der Schokolade übrig war, trank sie vorsichtig den heißen Kaffee und hätte schon wieder jubeln können vor Glück.

»Das gibt's nicht immer«, ließ Frau Rudinger sie wissen und setzte sich Leni gegenüber. »Nur hin und wieder und zu besonderen Anlässen. Heute ist einer. Endlich bin ich hier nicht mehr die einzige Frau auf weiter Flur. Sagen Sie, Frau Jacobsen, was wissen Sie eigentlich über den Kiez, über die Reeperbahn? Immerhin müssen Sie ja wissen, wo Sie arbeiten. Sie sollten wissen, wo Sie hier sind, was genau Sie hier erwartet. Ich finde es immer wichtig, ein wenig von der Geschichte zu kennen.«

»Hm«, machte Leni und nahm noch einen Schluck Kaffee. »Ich weiß, dass auf der Reeperbahn früher Seile hergestellt wurden oder Ähnliches, aber so richtig viel mehr weiß ich, wenn ich ehrlich bin, nicht.«

»Haben Sie Lust auf eine kleine Einführung?«, wollte Hanne lächelnd wissen. Leni freute sich darüber, dass die Kollegin nicht mehr dauernd ernst dreinschaute.

Sie nickte. »Sehr große.«

»Gut.« Frau Rudinger steckte sich wieder eine Zigarette an und stand auf, um mit dem Dozieren zu beginnen. »St. Pauli ist damals auf dem knappen Kilometer zwischen Hamburg und Altona entstanden, was noch nicht zu Hamburg gehört hat. Es war ein eigener Stadtteil und wurde fürs Amüsement genutzt. Was den Hamburger Berg betrifft, den gibt's schon seit dem Mittelalter, und er gehört zum Landgebiet Hamburgs. Hier wurden die Leute angesiedelt, die man in der Stadt nicht so gern gesehen hat. Die Krankenhöfe, die Ölmühlen und die Tranbrenner. Dann gab es ja noch die Seilmacher, die schon seit dem 17. Jahrhundert tätig waren. Sie brauchten Platz für ihre Reeperbahnen. Insofern lagen Sie mit Ihrer Vermutung mit den Seilen richtig. Das Wort ›Reep‹ geht übrigens zurück auf die Reepschläger, die Seilknüpfer, die die Reepe hergestellt haben, also Taue und Trosse. Das muss eine Knochenarbeit gewesen sein. 1830 erhielt der Hamburger Berg den Status einer Vorstadt und wurde nach seiner Kirche die St. Pauli-Vorstadt genannt. Hier herrschte große Betriebsamkeit, und es traten mobile Schausteller, Seiltänzer und Gaukler auf, die sich kleine Holzbuden auf dem Spielbudenplatz bauten. Ihn gibt es schon seit 1795. Aber um das wachsende Durcheinander, das mit zunehmender Menge an Buden herrschte, in den Griff zu kriegen, wurden im Jahr 1840 Bauplätze für feste Gebäude angelegt. Wer das nötige Kleingeld hatte, konnte also dort einziehen und sein Programm auch bei schlechtem Wetter vorführen. Das Elysium-Theater wurde eröffnet, etwas später der Circus-Gymnasticus für 3000 Besucher, stellen Sie sich das mal vor, es gab die Orientalische Halle und das Urania-Theater, in dem verkleidetes Personal die Gäste bediente, die sich Exotisches und besondere Illuminationen ansahen. Der Fischhändler Hagenbeck stellte zunächst Seehunde aus, später handelte er mit lebenden Tieren aller Art und stellte sie auch zur Schau. So ging es immer weiter. Dann eröffneten auch Bordelle und erotische Tanzlokale. Und in einigen Kellern konnte man Dinge für die ehelichen Freuden erwerben.«

Leni hörte Hanne Rudinger gebannt zu. Sie erzählte sehr interessant.

»Kommen wir zum Heute. Im Krieg lag ja beinahe alles brach, und auch wenn hier wie in fast ganz Hamburg viel zerstört wurde, geht es jetzt wieder los. Wir haben Dirnen, wir haben deren Beschützer, die sich untereinander bekriegen, wir haben es auch mit Drogenhandel und mit viel Gewalt durch Alkohol zu tun. Die Matrosen, die gern herkommen, trinken natürlich auf dem Landgang oft einen über den Durst, und dann geht das Gekloppe los. Natürlich gibt's hier auch Raub, Mord und Totschlag. Wir müssen versuchen, dem Einhalt zu gebieten. Eins muss einem klar sein. Man wird nie alles aufklären, was so passiert. Aber was red ich. Sie sind ja nur hier auf der Davidwache im Gebäude. Rausgehen und für Recht und Ordnung sorgen müssen Sie ja nicht.«

»Woher wissen Sie denn das alles?«, fragte Leni erstaunt. Sie konnte all diese Informationen nicht auf einmal verarbeiten.

»Ich war früher Lehrerin für Deutsch und Geschichte. Am Gymnasium«, erklärt ihr Gegenüber.

»Ach«, Leni verstand. »Dann ist das ja hier etwas ganz anderes für Sie.«

»Oh ja. Aber ist seit 1933 nicht sowieso alles ganz anders? Eine Demokratie ist zur Diktatur geworden, und alle – nun ja, fast alle – haben gejubelt.«

Sie ging zu ihrem Schreibtisch, setzte sich und nahm die Schutzhülle von ihrer Schreibmaschine.

»Ich nehme an, Sie haben nicht gejubelt?«, wagte Leni vorsichtig zu fragen.

»Nein, durchaus nicht. Das ist mir leider auch beinahe zum Verhängnis geworden. Ich war während des Krieges eine Zeitlang in München bei Verwandten, die Unterstützung brauchten. Meine Tante war sehr krank. Mein Onkel hat damals als Professor an der Uni doziert, eine seiner Studentinnen war Sophie Scholl.«

»*Die* Sophie Scholl vom Widerstand der *Weißen Rose*?« Leni war platt. Natürlich hatte man von den Geschwistern Scholl und ihrem Freund Christoph Probst gehört, man wusste, dass die *Weiße Rose* Flugblätter gegen das Nazi-Regime verteilt hatte, und man wusste auch, dass die drei jungen Menschen unter einer Fallschwertmaschine hingerichtet worden waren. Der grausamste Richter dieser Zeit, Roland Freisler, ein absolut hündisch Ergebener von Hitler, hatte die drei jungen Menschen in einem Schauprozess zum Tode verurteilt.

»Mein Onkel und auch meine Tante wussten um die *Weiße Rose*. Sie haben sie unterstützt. Sophie, Hans, Christoph und andere Mitglieder der Vereinigung waren öfter bei ihnen zu Hause. Sie haben ihnen auch mit Bargeld und Papier unter die Arme gegriffen. Ein Jammer. Ein wahrer Jammer.«

Sie seufzte. »Zum Glück war ich so klug, mich zurückzuhalten. Nur einmal habe ich was gesagt, was leider einer von der SS mitbekommen hat. Da war ich dann eine Woche in Haft und wurde verhört. Das war nicht sehr angenehm.« Nun stand sie wieder auf und ballte eine Hand zur Faust. »Wie gern hätte ich diesen Nazis ins Gesicht geschrien, dass sie sich zum Teufel scheren sollen. Hitlers Handlanger und Mörder. Ich frage mich heute noch so oft, wie es dazu kommen konnte. Wie konnten die Menschen denn nur so dumm sein und all diese Dinge geschehen lassen? Gut, Kaiser Wilhelm gab es nicht mehr, sie wollten ihr Kaiserreich zurück, und was haben sie bekommen? Einen geisteskranken, narzisstischen Diktator.« Sie schüttelte den Kopf. »Von den Juden, den Sinti und Roma, von den Behinderten, von den Homosexuellen will ich gar nicht erst sprechen. Es ist so viel Unheil angerichtet worden.«

Leni lauschte gebannt und hätte das noch stundenlang tun können. Hanne Rudinger musste eine gute Lehrerin gewesen sein. Wie ein feuriger Racheengel stand sie da. Ihre schwarzen Locken umrahmten ihr gerötetes Gesicht, und ihre dunklen Augen blitzten. Leni fiel auf, wie hübsch Frau Rudinger war. Zu gern hätte sie gefragt, wie alt sie war, aber das traute sie sich nicht.

»So, nun genug«, sagte Frau Rudinger schließlich und setzte sich wieder. Dann strich sie ihre Locken hinters Ohr.

»Machen wir uns an die Arbeit.« Konzentriert schaute sie in ihre Unterlagen.

»Natürlich.« Leni sortierte Papier und Kohlepapier, spannte die Seiten in die Schreibmaschine ein und öffnete eine Akte.

Handschriftlich – ihr Opa hätte gesagt, er schreibt wie ein Affe – war das Protokoll der Vernehmung eines Mannes aufgenommen worden, der im betrunkenen Zustand einem anderen in einer Kneipe ein Messer in den Hals gestochen haben sollte. Der Geschädigte war mit schweren Verletzungen ins Krankenhaus gekommen, der Angeklagte saß nun in Haft.

Sorgfältig tippte Leni die Aussage ab, dann versah sie die Blätter mit dem jeweiligen Stempel, unterschrieb, dass sie das abgetippt hatte, und griff sich die nächste Akte.

»Hui, Sie sind ja schnell, Fräulein Jacobsen, so schnell war ich ja noch nicht mal in meinen besten Zeiten.« Hanne Rudinger lächelte sie von ihrem Platz aus an.

»Ja, das stimmt. Ich war im Kursus die Flinkste«, musste Leni zugeben und lächelte leicht beschämt. Sie freute sich über das Lob.

»Sehr gut.« Auch Frau Rudinger lächelte. »Als ich wieder mit dem Tippen angefangen habe, hatte ich tagelang Fingerschmerzen. Es ist schon sehr anstrengend auf Dauer, ständig in die Tasten zu hauen.«

»Das stimmt, aber man gewöhnt sich dran.« Nun hatte Leni einen neuen Vorgang vor sich liegen. Und sie las diesen besonders aufmerksam. Das durfte ja wohl nicht wahr sein. Ein Mann, der seine Frau in der gemeinsamen Wohnung in der Erichstraße blutig geschlagen hatte. In Leni stellten sich die Gerechtigkeitsstacheln auf. Blutig geschlagen! Die eigene Frau. Leni bekam ja öfters mit, wie Männer mit ihren Frauen umgingen, außerdem hatte der Vater viel erzählt, und jedes Mal hatte sie nach Luft geschnappt, wenn sie hörte, dass einer Frau im Nachbarhaus Haare ausgerissen und einer anderen Zähne ausgeschlagen worden waren. Das Schlimme war, dass diese armen Frauen sich auch noch dafür schämten. Als sei es ihre Schuld, dass das passierte.

Niemals, hatte Leni sich geschworen, würde sie sich von einem Mann so behandeln lassen. Ein einziges Mal war Alfred betrunken aus einer Kneipe nach Hause gekommen und war über seine eigenen Füße gestolpert, hatte herumkrakeelt und sie beschimpft. An diesem Abend hatte Leni nichts dazu gesagt, aber Alfred in die Wohnstube ausquartiert. Am nächsten Morgen hatte sie ihm ernst und klipp und klar die Meinung gegeigt.

»Es ist in Ordnung, dass du mal betrunken bist«, hatte sie gesagt. »Auch, dass du dann etwas lauter wirst. Aber mehr auch nicht. Solltest du einmal auch nur ansatzweise die Hand gegen deine Kinder oder gegen mich erheben, dann vergesse ich mich, und ich verspreche dir, dass *du* das dann nicht vergessen wirst.« Alfred war außer sich vor Scham und schlechtem Gewissen gewesen und kam später mit einem Rosenstrauß nach Haus. Nie wieder hatte es eine solche Situation gegeben!

Leni las weiter im Protokoll. Die arme, blutende Frau hatte sich mit letzter Kraft aus dem Haus und zur Davidwache schleppen können und hier Anzeige erstattet. Der Mann war kurze Zeit später nachgekommen und hatte behauptet, die Frau hätte sich die Verletzungen selbst zugefügt. Zu diesem Vorgang gab es Fotografien, und obwohl das gar nicht in Lenis Aufgabengebiet fiel, begutachtete sie sie. Das war entsetzlich. Ihr Herz klopfte, und sie wurde wütend. Die Schwarzweißaufnahmen zeigten eine blutüberströmte kleine Frau und einen grobschlächtigen Mann, der wie ein Riese wirkte. Leni sah sich auch die anderen Fotos an, dann wurde sie stutzig, und sie schaute in die Notizen, die der Kollege Bernward Löhser gemacht hatte. Sie wusste, dass sie das gar nicht tun sollte, aber sie konnte nicht anders. Stirnrunzelnd las sie.

»Die rechte Gesichtshälfte und auch die rechte Körperseite sind von Hämatomen übersät.« Moment. Wenn jemand vor einem stand und von einem Gegenüberstehenden geschlagen wurde, wurde jeweils die andere Körperhälfte verletzt. Sie dachte nach. Rechtshänder schlugen die linke Seite und umgekehrt. Bei der Geschädigten Karola Hauff war die rechte Wange angeschwollen, also musste ihr Mann sie mit der linken Hand geschlagen haben. Das hieße also, dass er Linkshänder sein müsste. Auf einem der Fotos sah man aber, wie er etwas unterschrieb, und das mit der rechten Hand.

Lenis Herz begann nun unkontrolliert zu holpern, so aufgeregt war sie plötzlich. Sie las das ganze Protokoll, bevor sie es abtippte.

›Aussage gegen Aussage, häusliche Gewalt ist nicht strafbar.

Die ehelichen Streitigkeiten werden nicht geahndet‹, stand da lapidar.

In Leni machte sich der altbekannte Gerechtigkeitssinn breit. Sie nahm Fotografien und Notizen und ging hinüber zu Hanne Rudinger.

»Ich darf Sie hoffentlich kurz stören«, sagte sie.

»Sicher. Was gibt es denn?« Hanne Rudinger setzte ihre Brille ab und legte die Zigarette, die sie sich gerade anzünden wollte, auf den Tisch.

Kurz erläuterte Leni die Sachlage.

»Tscha«, bekam sie zur Antwort. »Gut erkannt, gut gesehen, aber Sie können es sich sparen, damit runter zum Bernward zu gehen. Er wird Sie unverrichteter Dinge wieder hochschicken und noch einen schlauen Spruch bringen – oder einen anzüglichen. Tippen Sie also einfach das Protokoll ab, und machen Sie dann weiter. Wenn Sie sich mit jedem Fall persönlich beschäftigen, kommen Sie mit der Arbeit auch nicht voran, aber genau dafür sind wir ja hier. Passen Sie außerdem auf, dass sie sich nicht zu sehr emotional darauf einlassen. Wir können nicht alle Probleme hier lösen.«

Leni wollte so schnell nicht aufgeben. »Aber das geht doch nicht. Die Frau ist wahrscheinlich nicht von ihrem Mann geschlagen worden. Denn er ist ja Rechtshänder. Und ich glaube auch nicht, dass die Frau sich die Verletzungen selbst zugefügt hat. Sie ist doch viel zu dünn! Und sie wirkt, als könne sie noch nicht mal einen Koffer tragen. Entweder der Mann hat sie mit links geschlagen, oder es war jemand ganz anderes. Dann war es keine Häusliche Gewalt, sondern auch vor dem Gesetz eine Straftat. Dem muss man doch nachgehen«, echauffierte sie sich, und nun stolperte ihr Herz vor Wut noch heftiger.

»Wenn es ihr Mann nicht war, wer war es dann? Und wenn

es der Mann war, warum schlägt er sie als Rechtshänder mit der linken Hand? Warum schlägt er sie überhaupt?«

Frau Rudinger sah sie resigniert an. »Liebes Kindchen, ein Ehemann ist nun mal das Familienoberhaupt und hat mehr Rechte«, bekam sie erklärt. »So ist das Gesetz.«

»Ich weiß, dass das nicht unter Strafe steht«, gab Leni nun zu. »In unserem Nachbarhaus wird eine Frau im Erdgeschoss auch regelmäßig von ihrem Mann verprügelt, auch die Kinder schlägt er. Niemand sagt was. Wenn ich Frau Hansen treffe, ist sie manchmal übel zugerichtet. Aber was sagt sie? Sie sei die Treppe runtergefallen, in der Küche ausgerutscht, mit dem Fahrrad gestürzt oder was auch immer. Und alle tun so, als würden sie es glauben, tatsächlich aber glaubt's natürlich niemand. Gehört und gesehen hat auch keiner was. So ist es nun mal. Wie oft schon wollte ich zur Polizei gehen, und einmal war ich sogar da. Man hat mich beinahe ausgelacht. Würden Sie sich von Ihrem Mann schlagen lassen?«, fragte Leni nun empört. »Also ich mich nicht. Das habe ich ihm auch klargemacht.«

»Mein Mann ist im Krieg geblieben, für Volk und Vaterland«, sagte Hanne Rudinger ruhig. »Ich kann nicht wirklich behaupten, dass ich darüber traurig bin, und ich denke, das ist Antwort genug.«

Leni nickte langsam, dachte kurz an Lotti und kümmerte sich dann weiter um ihre Arbeit. Aber die Sache ging ihr nicht aus dem Kopf. Als sie mit dem Abtippen fertig war, nahm sie ihre Unterlagen und ging damit entgegen der Empfehlung ihrer Kollegin hinunter zu Bernward Löhser, der gerade mit einer Vernehmung fertig war. Ein Betrunkener war angeblich von einer Hure ausgeraubt worden. Wütend taumelte er an ihr vorbei, und Leni hielt die Luft an. Sie war solche Ausdünstungen einfach nicht gewohnt.

»Was gibt's?«, fragte Bernward unwirsch und ohne Gruß.

»Sie müssen sich das mal anschauen.« Leni erklärte ihm den Vorgang.

»Ich *muss* gar nichts, meine Beste«, kam es von Löhser, der dann aber doch einen Blick auf die Seiten warf. »Du meine Güte«, kommentierte er dann gelangweilt. »Über was Sie sich Gedanken machen. Selbst wenn er sie geschlagen hat, wird nicht gegen ihn ermittelt.«

»Das habe ich ja verstanden. Aber wenn es jemand anderes war?«, fragte Leni mit Nachdruck. »Sie müssen doch zugeben, dass es merkwürdig ist.«

»Ich *muss* gar nichts«, wiederholte er seine Worte von eben. »Und merkwürdig ist nur, wie Sie sich hier in Dinge einmischen, die Sie absolut gar nichts angehen«, sagte Löhser nun herablassend und fuhr sich durch seine weizenblonden Haare. Er blitzte sie mit dunklen Augen an. »Sie sind hier zum Stenografieren und Tippen, für mehr nicht. Also halten Sie sich dran. Ich werde einen Teufel tun und mir hier von Ihnen sagen lassen, dass ich Dinge übersehen habe.«

»Aber es geht doch um die Sache«, rechtfertigte Leni ihr Verhalten. So schnell wollte sie nicht aufgeben. »Um nichts anderes.«

Löhser drehte sich nun einfach um.

»Herr Löhser?«

Er antwortete nicht.

Leni schüttelte den Kopf und ging Richtung Treppe. So ein Holzkopf! Wäre sie Polizistin – sie wäre dem nachgegangen, aber so waren ihr leider die Hände gebunden, und es blieb ihr nichts weiter übrig, als die Akte zu schließen und beiseitezulegen.

Gegen Mittag wurde Leni hungrig und packte einen Brotkanten und etwas Pferdesalami aus, die sie bei einem der Metzger ergattert hatte. Hanne Rudinger tat es ihr nach. Sie hatte ein Stück Käse dabei, und die beiden Frauen gaben sich gegenseitig etwas ab, dazu tranken sie Wasser. Leni war froh, dass sie trotz der schweren Nachkriegszeiten etwas zum Beißen hatten.

»Es ehrt Sie, dass Sie so denken«, nahm Frau Rudinger den Faden des vorherigen Gesprächs wieder auf. »Aber glauben Sie mir, damit beißen Sie überall auf Granit. Außerdem ist es auch so, dass in dieser Gegend viele Prügeleien unter Eheleuten stattfinden. Hier wohnt nun mal nicht die Hautevolee von Hamburg, wissen Sie. Die Menschen hier sind arm. Sie kämpfen jeden Tag – noch mehr als wir anderen. Wer sich morgens die Nasen blutig schlägt, sitzt abends wieder am selben Tisch. Nicht umsonst gibt es das Sprichwort ›Pack schlägt sich, Pack verträgt sich‹. Da ist was Wahres dran.«

»Ich glaube, am meisten regt es mich auf, dass der Mann gelogen hat.« Leni trank einen Schluck Wasser.

Nun lachte Frau Rudinger. »Ach Kindchen, das wird nicht das letzte Mal sein, dass Sie jemandem gegenüberstehen, der lügt. Daran werden Sie sich hier ganz rasch gewöhnen müssen. Sagten Sie nicht, Sie hätten ein dickes Fell? Jetzt wäre der Zeitpunkt, an dem Sie es sich überziehen sollten!«

Nun lachten sich die beiden an, und Leni nickte. »Werde ich wohl müssen.«

KAPITEL 4

Nach der Pause fand die tägliche Nachmittagsbesprechung statt, in der Leni offiziell als neue Kollegin eingeführt wurde. Es gab zwei tägliche Besprechungen, eine morgens mit Übergabe der Nachtschichtkollegen an den Tagesdienst, und nachmittags die Übergabe Richtung Nacht. So wusste jeder Beamte, was in der Zwischenzeit passiert war.

Jochen Herbst, bei dem sie sich vorgestellt hatte, übernahm das Wort.

»… und somit bitte ich alle Kollegen, Frau Jacobsen in ihrer Anfangszeit hier bei uns zu unterstützen. Sie brauchen gar nicht zu feixen, Ludger, mit unterstützen meine ich nicht, dass Sie ihr in den Ausschnitt schielen.« Seine Stimme war nun schneidend geworden.

Ludger wurde zur Rettung seiner Ehre rot. Er wirkte noch sehr jung, Leni schätzte ihn auf höchstens einundzwanzig. Trotz seines jugendlichen Aussehens hatte er diesen Blick, den alle Männer hatten, die im Krieg gewesen waren. Augen, die viel zu viel von dem gesehen hatten, was niemand erleben sollte. Er tat Leni leid, weil er hier unter den älteren Kollegen das Küken war und wahrscheinlich auch dementsprechend behandelt wurde. Du liebe Güte, es war doch normal, dass eben erst erwachsen gewordene Männer einer Frau nachsahen. Das war doch der Gang der Dinge.

Leni beschloss, sich über so was garantiert nicht aufzuregen. Sie lächelte Ludger freundlich an, und der sah betreten auf den Boden.

Sie saßen in einem Besprechungsraum mit einem runden, abgenutzten Holztisch in der Mitte und Stühlen drumherum. Einige Kollegen standen, weil es nicht genügend Sitzplätze gab. Ein nett aussehender Beamter in ihrem Alter hatte Leni seinen Stuhl angeboten und sich als Lasse von Hallberg vorgestellt. Sie hatte ihren Namen gesagt und dankbar den Platz angenommen. Außer Lasse von Hallberg und ihr schienen hier alle zu rauchen. Mehrere Aschenbecher standen auf dem Tisch, die Rauchschwaden standen im Raum. Leni hätte so gern vorgeschlagen, ein Fenster zu öffnen, wollte aber nicht den Ruf bekommen, verzärtelt zu sein. Also hielt sie durch, obwohl die Luft zum Schneiden war und sich ein Kopfschmerz ankündigte.

»Frau Jacobsen steht natürlich auch zur Verfügung, wenn direkt was aufgenommen werden soll, weil es eilig ist. Besteht Bedarf, wird oben angeläutet und darum gebeten, ja *gebeten*, dass sie herunterkommen soll. Kriegen Sie das hin, meine Herren?«

Vielstimmiges Gemurmel war die Antwort.

»Auch sonst hoffe ich, dass Sie sich allesamt so benehmen, wie Ihre Mütter Sie hoffentlich erzogen haben. Einer Kollegin aus dem Mantel zu helfen oder eine Tür aufzuhalten hat noch keinen Mann umgebracht, und es ist auch kein Zeichen von männlicher Stärke, das nicht zu tun, sondern schlicht von Unhöflichkeit und fehlendem Anstand. So. Das wäre es dann zu diesem Thema. Kommen wir zu den Sachen, die anliegen, ich … Nein, bleiben Sie doch hier, Frau Jacobsen«, unterbrach er sich, als sie sich von ihrem Stuhl erhob. »Ich möchte, dass Sie den Besprechungen beisitzen. Sie müssen doch auch wissen, was passiert. Außerdem können Sie gleich das Protokoll führen. Das hat zwar bislang Frau Rudinger übernommen, aber heute sollen Sie es mal tun, so kommen Sie gleich besser ins Thema. Also bitte.«

Leni setzte sich wieder, hörte zu und stenografierte mit. Kurz schaute sie zwischendurch zu Hanne Rudinger hinüber, nicht dass die Kollegin sich übergangen fühlte, aber Hanne lächelte ihr aufmunternd zu.

Der Schwarzmarkthandel wurde immer aktiver, richtige Banden hatten sich zusammengerottet. In einem bislang geduldeten Bordell, das unter dem unscheinbaren Namen *Monas Kaffeehaus* betrieben wurde, wurde angeblich mit harten Drogen gehandelt, und außerdem wurden Gäste hier um ihre Portemonnaies gebracht. Abends sollten zwei Kollegen dem Etablissement einen Besuch abstatten und mit dem Besitzer sprechen.

Als Nächstes ging es um illegales Glücksspiel, um Hunde einiger Zuhälter, die Passanten bissen, und um obdachlose Kinder, die auf dem Kiez hausten und alles klauten, was nicht niet- und nagelfest war. Letzteres fand Leni am schlimmsten. Wo schliefen denn diese Kinder? Sicherlich waren sie noch mangelernährter als ihre. Leni war froh und dankbar, dass sie ihre drei und auch die Kinder ihrer Schwester halbwegs gut ernähren konnten.

»Nach wie vor ist die Polizei unterbesetzt«, schloss Herbst zackig seine Ausführungen. »Wir brauchen dringend Polizisten, denn es wird nicht mehr lange dauern, bis hier wieder alles wie vor dem Krieg sein wird. Das heißt dann, auch die Kriminalität wird wieder ansteigen.«

»Woher nehmen, wenn nicht stehlen?«, fragte einer der Kollegen, ein smarter Dunkelhaariger, der ungefähr in Lenis Alter war. »Sind ja kaum Männer da.«

»Eben darum geht es ja«, sagte Herbst mit Nachdruck. »Gerade wir hier auf der Davidwache müssen für Recht und Ordnung sorgen, wir haben das brisanteste Revier. Also wurde überlegt, auch Frauen zu rekrutieren und zu sogenannten weiblichen Schutzpolizistinnen, kurz WP, auszubilden und in Uniform auf der Straße einzusetzen. Das macht mehr her, das verschafft mehr Respekt. Das ist eine Idee der britischen Militärregierung. In einem Schnellverfahren soll das geschehen, was ich persönlich für nicht richtig halte. Unseren Beruf kann man nicht in zwei Monaten lernen. Aber es wird nicht anders gehen. Wann das losgeht … Schröder, ist Ihnen nicht gut?« Er verschränkte die Arme hinter dem Rücken und sah einen Kollegen durchdringend an, während er mit dem Oberkörper hin- und herwippte.

»Frauen, die *Streife* gehen sollen, Chef, ist das Ihr Ernst?«

»Warum denn nicht, es gibt ja schon Frauen bei der Polizei. Warum sollte man sie nicht auch bei der Schutzpolizei einsetzen?« Herbst sah Schröder auffordernd an.

»Moment mal. Diese Frauen sind für sexuell gefährdete und kriminelle Minderjährige zuständig und bearbeiten Strafanzeigen gegen Mädchen bis einundzwanzig. Die sind doch nur im Revier tätig und nicht draußen. Wir können doch keine Frauen auf die Reeperbahn und in die umliegenden Straßen schicken. Davon mal abgesehen, dass wir überhaupt keine Uniformen für die Frauen haben, werden die Damen doch gar nicht ernst genommen. Ich halte das für gefährlich«, regte Uli Schröder sich auf.

Herbst wippte stärker. »Ich verstehe Ihren Einwand. Aber wir brauchen Personal. Ob mit Uniform oder ohne. Ich finde es übrigens gar nicht verkehrt, Frauen auch hier auf der Davidwache einzusetzen. Sie haben oft mehr Einfühlungsvermögen und Verhandlungsgeschick und können sich besser zurückhalten als wir Männer. Im Übrigen sollen ihre Aufgabengebiete dann, wenn es so weit kommen sollte, im Jugendschutz, in der Gefahrenabwehr für Minderjährige, der Ahndung von Sittlichkeitsdelikten und in der Verfolgung von Straftaten Jugendlicher unter vierzehn Jahren sowie Straftaten von Frauen sein, und ...«

»DAS IST DOCH UNGLAUBLICH!«, wurde Herbst unterbrochen. »Wollen Sie damit etwa sagen, dass wir uns nicht im Griff haben?« Es war Henning Aversen, ein Beamter mit roter Nase und großporigem Hautbild, den Leni auf Mitte vierzig schätzte.

»Ich glaube, Ihre eben gestellte Frage hat sich hiermit selbst beantwortet«, erwiderte Herbst ein wenig süffisant. »Also, man nehme bitte zur Kenntnis, dass überlegt wird, Frauen zu WPs auszubilden. Ich sag Ihnen das jetzt allen schon, damit Sie Zeit haben, sich von Ihrer Ohnmacht zu erholen.«

Er nickte bekräftigend, dann sah er zu Leni. »Frau Jacobsen, wie finden *Sie* das denn?«, fragte er nun unvermittelt.

Leni schaute auf und wurde zum Glück nicht rot. »Nun, Sie könnten schon recht haben, Herr Herbst. Ich kann mir das vorstellen. Frauen können doch manche Dinge ein wenig ruhiger angehen. Mit mehr Geduld, einem anderen Blickwinkel. Den richtigen Worten, und ich glaube auch, dass sie einfühlsamer sind und ...«

»Ach, will das Tippfräulein uns jetzt sagen, wie wir hier arbeiten sollen?«, fragte Aversen sichtbar wütend. Sein Gesicht wurde nun noch röter. »Sie ist noch nicht mal einen Tag hier, und schon wird sie gefragt, was sie von allem hält. So weit kommt's noch, dass ich mir von einer Frau sagen lasse, wie ich Streife zu gehen habe.« Er wurde immer giftiger. »Ich bin in der Normandie schwer verletzt worden.« Er hob seinen Arm, krempelte sein Hemd hoch und zeigte Narben. »Das sind längst nicht alle. Ich habe für dieses Land gekämpft, und jetzt werde ich wieder für dieses Land arbeiten. Als Polizist. Ich weiß, was ich hier zu tun habe, Herbst.« Verächtlich schaute er erst Leni, dann Hanne Rudinger an. »Die beiden Damen hier sollen uns, soweit es ihnen möglich ist, unterstützen, aber uns nichts *vorschreiben*. Nur abtippen.«

»Jetzt mäßigen Sie sich mal, Aversen. Niemand will Ihnen etwas vorschreiben, und wir wollen hier keinen Unfrieden. Es ist noch gar nichts entschieden. Aber ich sag es Ihnen. Sie werden sich hier den Damen gegenüber höflich verhalten. Auch wenn sich rausstellen sollte, dass noch mehr weibliche Kollegen hinzukommen. Sie sind nicht der Einzige, der gekämpft hat. Da gibt's hier einige mehr, mich eingeschlossen, und glauben Sie mir, auch unsere Frauen hier in der Heimat, die unsere Kinder ernährt und uns den Rücken freigehalten haben, hatten es nicht leicht. Nun reißen Sie sich mal zusammen.« Herbsts Stimme hatte nun einen sehr schneidenden Unterton bekommen.

Alle schwiegen, und man hätte eine Stecknadel fallen hören können.

Henning Aversen sah nicht so aus, als ob er sich beruhigt hätte, aber wenigstens verstummte er. Dennoch ließen die Blicke, die er für Hanne und Leni parat hatte, nicht darauf hoffen, dass er seine Meinung in Kürze ändern würde. Er schoss sie wie Giftpfeile ab. Leni nickte ihm freundlich zu, woraufhin er noch giftiger glotzte.

Nach dem Ende der Besprechung stand die Belegschaft auf, um sich wieder an die Arbeit zu machen. Leni zog ihren Rock glatt und verließ mit den anderen den Raum. Auf einmal spürte sie eine Hand an ihrem Po, und kurz darauf zwickte sie jemand fest in die Pobacke. Sie drehte sich abrupt um. Da stand Henning Aversen und grinste breit.

Leni blitzte ihn zornig an.

»'nen schönen festen Allerwertesten haben Sie da, gnädige Frau«, sagte er nur widerlich süffisant, und am liebsten hätte Leni ihm eine Backpfeife gegeben, die sich gewaschen hatte. Aber mit Sicherheit hätte Aversen dann behauptet, gar nichts gemacht zu haben, wohingegen sie, Leni, sich nicht im Griff hatte, wie so viele Weiber. Also sagte sie nichts, auch weil sie an Herbsts Worte während ihres Bewerbungsgesprächs denken musste, sondern lief mit schnellen Schritten die Treppe hinauf und in ihr Büro. Hanne Rudinger kam ihr hinterher und zündete sich im Gehen eine Zigarette an.

»Wieso rennen Sie denn so?«

»Ach, dieser Henning Aversen hat mich in den Po gekniffen«, sagte Leni böse.

»Och, das wird nicht das letzte Mal sein«, meinte Hanne gelassen. »Mir hat er schon mal unter der Bluse den Büstenhalter geöffnet. Er macht auch gern unflätige Sprüche. Besser, Sie gewöhnen sich gleich dran.«

Leni zog die Augenbrauen hoch. »Daran *gewöhnen*? Das werde ich bestimmt nicht. Das ist doch eine Unverschämtheit. Er ist ein Kollege und kein Halunke von der Straße.«

»Kindchen, die Männer sind nun mal so. Haben Sie das wirklich noch nicht erlebt, wie manche mit Frauen umgehen? Gerade die Briten sind besonders schlimm, also einige von ihnen. Es gibt natürlich auch Gentlemen.«

Leni musste nicht lange überlegen. »Doch, das weiß ich wohl, einige von ihnen betrachten die deutschen Frauen wohl als ihr Eigentum. Noch schlimmer finde ich aber, dass deutsche Männer sich so was herausnehmen.«

Hanne Rudinger antwortete nicht gleich, sondern zog an ihrer Zigarette und schloss kurz die Augen. »Ach, ist es nicht herrlich, dass wir wieder überall rauchen dürfen?« Sie wartete eine Antwort gar nicht ab. »Jahrelang haben uns die Nazis auch das verboten. Gerade uns Frauen. Vor allem die ganz jungen Damen durften nicht rauchen, weil sie damit angeblich die Rasse gefährdeten. Ich hab immer heimlich geraucht, aber so ist es viel besser. Endlich ist nichts mehr verboten. Sie nahm die Zigarettenpackung vom Tisch. »Schauen Sie mal, Lucky Strike. Hab ich ertauscht. Sie schmecken wirklich gut. Wollen Sie mal probieren?«

»Nein danke«, sagte Leni, die immer noch schlechte Laune hatte. Schön und gut, dass Fremde sie betatschten, da hatte Jochen Herbst sie ja vorgewarnt, aber Kollegen? Das war unmöglich. Sie versuchte, sich zu beruhigen, und setzte sich auf ihren Stuhl, nachdem sie ihr Büro erreicht hatten.

»Nehmen Sie sich das nicht so zu Herzen«, sagte Hanne Rudinger dann freundlich zu ihr. »Herbst hat Sie doch darauf vorbereitet. Irgendwann lachen Sie über so was. Stehen Sie einfach drüber, und nehmen Sie ihnen den Spaß an der Sache. Wir Frauen haben in den Kriegsjahren so viel geschafft, da werden wir mit polterigen und handgreiflichen Männern fertigwerden, oder etwa nicht?«

Leni nickte. »Sicher werden wir das. Aber ich muss es nicht gut finden, was sich manche herausnehmen. Gerade hier auf der Wache, wo alle für Recht und Gesetz kämpfen sollten.«

»Herbst hat Sie darüber informiert, dass auf dem Kiez rauhe Sitten herrschen, das färbt auch auf die Belegschaft ab. Man muss über den Dingen stehen, hat meine Mutter immer gesagt.«

»Sie scheint eine kluge Frau zu sein.«

Hanne Rudinger drückte die Lucky Strike aus. »War. Sie ist vor zwei Jahren bei *Gomorrha* ums Leben gekommen.«

»Das tut mir so leid«, sagte Leni. »Mein Gott. Ich glaube, seine Mutter oder seine Kinder zu verlieren ist so schrecklich.«

Hanne nickte. »Kinder zu verlieren ist das Schlimmste. Ich weiß das.«

Leni fragte nicht nach. Sie bedauerte Hanne sehr und spürte gleichzeitig die Erleichterung, dass ihre Liebsten ihr geblieben waren. Auch Alfred würde noch zurückkehren, versicherte sie sich selbst abermals.

Nun machte Hanne das kleine Radio an, und die Stimme von Magda Hain ertönte, die *Melodie meiner Träume* sang.

Nachdem Leni gegen halb acht Uhr abends nach Hause gekommen war, hingen ihre Kinder an ihr wie die Kletten.

Greta wich ihrer Mutter nicht von der Seite. »Du darfst nicht so lange weggehen, Mutti, bleib zu Hause.«

»Ich bin doch da, Gretelchen. Ich war zum ersten Mal auf der Arbeit.«

»Du sollst hierbleiben«, heulte ihre Jüngste. Auch Liesel und Hannes waren ein wenig durcheinander, wenn auch nicht so stark wie Greta. Doch Liesel hatte Tränen in den Augen.

»Greta hat dich ganz schön vermisst«, erzählte ihre Mutter und strich der Kleinen über den Kopf. »Aber dann hat sie sich beruhigt und sogar verstanden, dass Mutti ja Geld verdienen muss.«

Leni nickte. »Das kann sein. Komm mal her, Gretelchen.« Sie nahm ihre Tochter in den Arm. »Du verstehst also, dass die Mutti arbeiten muss?«

»Ja, aber heute war es so lange. Ist das jetzt immer so lange?«, fragte ihre jüngste Tochter.

»Ja, schon, aber ist das wirklich so schlimm? Oma und Ömchen sind doch immer hier und kümmern sich um euch.«

»Hach«, machte Greta. »Am liebsten mag ich, wenn du immer da bist. Aber wenn das nicht geht … Dann kuschel ich mit Oma oder Ömchen.«

»Ich nehme an, das sind die Folgen der Kinderlandverschickung«, überlegte Margot leise und strich ihrer Enkelin übers Haar.

Leni schaute ihre Mutter an. »Da könntest du wirklich recht haben.« Ab 1940 hatte es die Annordnung des Führers gegeben, dass Kinder aus den für Luftangriffe besonders gefährdeten Großstädten zu ihrem Schutz in die weniger besiedelten Gebiete auf dem Land gebracht werden sollten. Offiziell sollte die Entscheidung den Eltern überlassen bleiben und das Angebot eine freiwillige Maßnahme sein, doch es wurde bald klar, wer sich weigerte, seine Kinder fortzugeben, hatte es schwer. Die NSDAP ging nicht gerade zimperlich mit denen um, die ihnen nicht nach dem Mund redeten und handelten. Wie man hörte, kamen unangemeldet Leute vorbei, die sich die Eltern zur Brust nahmen. Letztendlich hatte sich Leni den Anordnungen gebeugt, aber leicht war es ihr nicht gefallen.

»Bitte mach keine Dummheiten«, hatte Lotti die Schwester gebeten. »Stell dir vor, was wäre, wenn sie uns die Kinder einfach wegnehmen.« Sie hatte fast panisch ausgesehen.

»Pah, einfach wegnehmen«, hatte Leni wütend gesagt. »So einfach ist das ja auch nicht.«

»Doch, Kind«, hatte ihr Vater Georg, der damals noch lebte, gesagt. »Das können die. Die können *alles*.«

Leni hatte ihren Vater angeschaut und die Resignation in seinen Augen gesehen. Georg Harding hatte die Nazis gehasst, aber er hatte nichts gegen sie unternommen, weil er Angst um

seine Familie gehabt hatte. Er war folgsam in die Partei eingetreten und hatte als Polizist weiterhin für Recht und Ordnung
gesorgt; mehrfach wurde ihnen auf der Wache in Barmbek gesagt, dass sie bei dem Judenpack und den Zigeunern, bei den
Homosexuellen und den Behinderten auch rabiater vorgehen
könnten. Aber Georg war ein Menschenfreund und die meisten seiner Kollegen auch. Er war keiner dieser Claqueure gewesen, die allen nach dem Maul redeten und katzbuckelten,
sich nach oben schleimten. Er war Polizist mit Leib und Seele
gewesen, aber er war kein Sadist. Fassungslos hatte Georg gesehen, wie einige seiner Kollegen in der Pogromnacht lachend
und johlend Scheiben eingeschlagen, Bücher und anderes in
Brand gesetzt und Menschen verprügelt hatten, die eine andere Religion hatten.

Erst 1944 war Georg dann eingezogen worden. Der *Volks-
sturm* hatte alle waffenfähigen Männer zwischen sechzehn
und sechzig Jahren geholt.

Georg hatte sich an einem Frühlingstag guten Mutes, aber
auch unter Tränen von seiner Familie verabschiedet und war
niemals zurückgekehrt. Manchmal fehlte er Leni so sehr, dass
ihr richtiggehend übel wurde. Das Schlimmste war, dass sie
manchmal träumte, der Vater würde vom Krieg zurückkommen und sie alle in seine Arme schließen, strahlend und froh,
mit ganz viel Liebe im Gepäck. Kurz nach dem Aufwachen
spürte Leni noch das wunderbare Gefühl, dass Papa da war,
aber dann holte die Realität sie ein. Er war tot. Er würde nicht
zurückkommen.

Ihre ganzen Hoffnungen lagen nun auf Alfred. Er musste
leben, und er musste irgendwann wieder da sein.

Leni und Lotti hatten ihre Kinder an einem schrecklich kalten Januarmorgen zur Bahn gebracht und ihnen noch lange hinterhergewunken.

Obwohl sie hatten zusammenbleiben dürfen, hatten die Kinder ihnen später bei ihrer Rückkehr erzählt, wie einsam sie sich gefühlt hatten. Sogar Greta, die noch sehr klein gewesen war, konnte sich daran erinnern, dass die Bäuerin und der Bauer im bayrischen Garmisch immer schlechte Laune gehabt hatten und nie genügend zu essen da gewesen war. So eine Kinderlandverschickung dauerte mehrere Monate. Ältere Kinder waren in Lagern untergebracht, wo ihnen eingebläut wurde, dass das Regime das Beste war, was einem passieren konnte, doch Lenis und Lottis Kinder hatten gemeinsam einen Platz auf einem Bauernhof bekommen.

Insgesamt dreimal waren die Kinder fort gewesen. Alle waren jedesmal vor Heimweh fast umgekommen, jede Nacht hatten sie sich in den Schlaf geweint, hielten aber auch das geheim, sie wollten nicht von den Bauern bestraft werden.

Die beiden Älteren, obwohl damals selbst erst sieben und acht Jahre alt, hatten von früh bis spät mithelfen müssen.

Im letzten Jahr waren sie in einem Landheim gewesen. Dort wurde ihnen dann auch die Naziideologie eingetrichtert und als einzig wahre Weltanschauung gelehrt.

Die Kinder hatten das nicht verstanden, aber instinktiv gemerkt, dass es besser war, zu schweigen und mitzumachen.

Schon zu Hause hatten sie mitbekommen, was sich alles verändert hatte, dass ihr Hausarzt Dr. Rosenblatt, der im Ersten Weltkrieg für Deutschland gekämpft hatte, plötzlich mitsamt seiner Familie Hamburg verlassen hatte, dass keine jüdischen Kinder mehr in eine deutsche Schule gehen durften, und spielen durfte man mit dem »Pack« auch nicht, obwohl man zuvor doch wunderbar gemeinsam Hickelkästchen gemalt hatte. Jüdische Mitbürger wurden aus ihren Wohnungen geworfen und in Lager gebracht; kaum etwas durften sie mitnehmen. Und in deren Wohnungen wohnten dann die hohen Tiere der SS mit ihren Familien. Sie schliefen in den Betten, aßen vom Geschirr, und einmal hatte sie die Frau eines SS-Offziers mit dem Pelzmantel von Frau Silbermann gesehen, einer netten jüdischen Frau, mit deren Töchtern Leni und Lotti als Kinder oft gespielt hatte.

Herr und Frau Silbermann waren von heute auf morgen verschwunden gewesen, und keiner traute sich, etwas über ihren Verbleib herausfinden zu wollen.

Sie hatten schon da gelernt, keine Fragen zu stellen und sich anzupassen, um nicht aufzufallen.

Lenis Kinder waren klug und wussten sich richtig zu verhalten. Sie lernten Nazi-Gedichte und sangen mit den anderen deren Lieder, sie riefen »Heil Hitler«, weil man dadurch überlebte.

So einfach war das.

Leni hatte es sich in dem alten, samtbezogenen Ohrensessel ihres Großvaters bequem gemacht und summte leise ein Lied, während sie ihrer Jüngsten übers hellblonde Haar streichelte. Auch die anderen beiden hielten sich ganz in ihrer Nähe auf, als könnten sie es nicht ertragen, sich zu weit von ihr zu entfernen. Ihre Kinder hingen sehr an ihr, das merkte Leni, obwohl Liesel und Hannes nicht traurig gewirkt hatten. Ihnen schien es nicht so viel auszumachen, wenn die Mutter fort war. Vielleicht aber wollten sie nur zeigen, dass sie die Größeren waren und bereits zu erwachsen, um ihre Mutti während des Tages so schmerzlich zu vermissen.

Greta sah Alfred am ähnlichsten. Die hellen Haare, die blauen Augen, das verschmitzte Lächeln und sogar das kleine Grübchen in der linken Wange, wenn sie lächelte, erinnerten Leni so sehr an ihren Mann.

Alfred ... Wo bist du?, dachte sie. Wie geht es dir? Lebst du noch?

Sie betete jeden Abend dafür, dass er gut von wo auch immer nach Hause käme. So viele waren tot, vermisst oder befanden sich in Gefangenschaft. Alfred war vierundzwanzig gewesen, als er 1939 eingezogen worden war, um Polen anzugreifen, und seither nicht zurückgekehrt. Alles, was Leni hatte, waren fünf Briefe von ihm, die sie hütete wie einen Goldschatz. Oft, wenn sie allein war, sprach sie mit ihrem Mann und fühlte sich ihm dadurch nah. Sie vermisste ihn unsagbar.

»Gehst du morgen wieder für lange fort, Mutti?« Greta sah sie mit großen Augen an und unterbrach damit Lenis Gedanken.

»Ja, mein Schatz. Ich muss arbeiten, damit wir essen können. Aber ich komme abends wieder. Wenn ich mit Lotti Steine getragen habe, hast du doch auch nicht geweint.«

»Das war aber nicht so lange«, sagte die Kleine, und damit hatte sie ja recht. »Ich will am liebsten bei dir sein.« Hoffentlich würde das im Laufe der Zeit besser werden. Diese Arbeit war zu gut, und sie brauchten das Geld zu dringend, um die Stelle wieder aufzugeben.

»Können wir nicht mitkommen dahin, wo du arbeitest? Zur Polizei?«, wollte Hannes nun wissen und sah sie aus ebenfalls blauen Augen an. Hannes kam, genau wie Liesel mehr nach Leni, sie beide waren groß und hatten hellbraunes, glattes Haar. Die strahlend blauben Augen aber hatten alle drei Kinder von ihrem Papa geerbt.

»Nein, das geht nicht. Vielleicht kann ich euch später einmal mitnehmen, aber ich habe ja gerade erst einen Tag dort gearbeitet, ich muss selbst erst einmal zeigen, dass ich gut bin in der Arbeit, die man von mir verlangt.«

»Wo ist das denn genau?«

»In einem anderen Stadtteil. In St. Pauli.«

»Passen die da auf dich auf, Mutti?«

Leni war gerührt über seine Fürsorge und strich ihm über die Wange. »Ja, mein Großer. Das tun sie.« Sie dachte an Aversen. Der musste nicht auf sie aufpassen, dem musste vielmehr sie auf die Finger sehen. Ein wahrhaft unangenehmer Kollege war das.

Aber sie würde ihm schon zeigen, was er sich bei ihr erlauben durfte und was nicht.

KAPITEL 5

»Sie lernen sehr rasch«, befand Hanne Rudinger und nickte beinahe stolz. »Ihnen muss man nur einmal etwas sagen, dann sitzt es.«

Fast fühlte sich Leni wie ihre Schülerin. »Ja«, sagte sie und freute sich über das Lob. »Das war schon immer so. Ich bin aber auch sehr wissbegierig.«

Sie hatte gestern Abend im Bett noch die Namen der Kollegen studiert und wusste nun genau, wer für was zuständig war – jetzt musste sie es nur noch schaffen, die Namen mit den Gesichtern zu verknüpfen.

Außerdem hatte sie sich schnell all die Abkürzungen gemerkt, die man hier verwendete, um die Vorgänge und Protokolle so effizient wie möglich zu halten. Sie tippte so gut wie fehlerfrei und ärgerte sich selbst über jeden kleinen Fehler. Der Aktenstapel von gestern war schon sichtbar geschrumpft.

Das kleine Radio lief wie immer. Willy Berking spielte mit seinem Tanzorchester. Hanne Rudinger wippte zu dem Foxtrott mit.

Leni begann gerade damit, ein neues Protokoll abzutippen, da klingelte das Telefon auf dem Schreibtisch. Leni zog das Telefon mit dem Schwenkarm zu sich, hob ab und meldete sich mit ihrem Namen.

Aversen. Ausgerechnet. »Runterkommen, ich brauch Sie für ein Protokoll«, forderte er sie barsch auf.

»Guten Morgen, Herr Aversen. Natürlich, gern«, erwiderte

Leni betont freundlich, brodelte jedoch innerlich. Sie ließ sich nichts anmerken, nahm Stenoblock, den gespitzten Bleistift und Papierbögen.

»Ich bin unten bei Herrn Aversen«, sagte sie dann zu Hanne Rudinger, die mit einer Lucky Strike im Mundwinkel tippte und nickte.

Unten erwartete Leni das reinste Chaos. Offenbar waren mehrere Männer verhaftet und mit auf die Davidwache genommen worden. Schon auf der Treppe hörte sie wütendes Geschrei und Gepolter, viele Männerstimmen brüllten durcheinander.

Sie blieb kurz im Türrahmen stehen und verschaffte sich einen Überblick. Wo war Aversen? Da entdeckte sie ihn. Er hielt gemeinsam mit einem Kollegen einen übel aussehenden Mann mit schwarzem Haar fest, der sich ununterbrochen wehrte und schrie, man solle ihn loslassen. Sein Gesicht zierten mehrere Platzwunden, und er schlug um sich wie ein Besessener. Sieben oder acht weitere Männer prügelten sich mit den übrigen Polizisten. Einige von ihnen hatten ebenfalls Platzwunden an Stirn oder Schläfen, geschwollene Augen, oder sie bluteten aus Nase oder Mund.

Da bemerkte Aversen sie. »Hierher!«, brüllte er durch die schreiende Menge und zerrte daraufhin gemeinsam mit einem Kollegen den dunkelhaarigen Mann in einen Nebenraum. Leni drückte sich mit dem Rücken an der Wand entlang, bis sie dort angekommen war, und atmete dann erst mal durch.

»Machen Sie mal die Tür zu!«, wurde sie von Aversen angeherrscht, und nur zu gerne folgte sie dem unwirschen Befehl. Es wurde sofort etwas ruhiger.

In diesem kleinen Raum standen drei Stühle, ein Tisch und eine Schreibmaschine.

»So, Freddy, du Drecksack«, sagte Aversen nun zu dem Mann, nachdem er ihn auf einen Stuhl gedrückt und ihm Handschellen angelegt hatte.

»Kaum ist der Krieg vorbei, kriechen die Ratten aus ihren Löchern, was? Und du warst noch nicht mal an der Front.«

Freddy starrte Aversen an und grinste widerwärtig. Aversen und er schienen alte Bekannte, aber wahrlich keine Freunde zu sein.

Leni stand da und beobachtete Aversen, den Kollegen Sven Krüger und den verhafteten großen Mann, der nun lächelte und somit zeigte, dass ihm mehrere Zähne fehlten. Leni sah, dass sein rechtes Ohrläppchen eingerissen war. Er trug ein zerschlissenes rotes, fleckiges Hemd, eine ausgeleierte Hose und Hosenträger, die verrutscht waren und über seinen Armen hingen. Er hatte sich lange nicht rasiert und wirkte insgesamt sehr ungepflegt.

»Geht dich nichts an, wo ich war und wo nicht«, knurrte der Dunkelhaarige nun, taxierte Leni von oben bis unten und grinste dann breit.

»Seit wann laufen denn Pferdchen für euch?«, fragte er Aversen und lachte. »Würdest bei mir mehr abkriegen, Schätzchen. Denk mal drüber nach«, wandte er sich schließlich an Leni.

Leni antwortete nicht, sondern setzte sich einfach auf den Stuhl vor die Schreibmaschine und legte die Sachen auf den kleinen Holztisch.

»Bei dir kriegt bald keine mehr was!«, krakeelte Aversen aggressiv. »Und jetzt halt deinen Rand.« Er sah zu seinem Kollegen hinüber. »Danke, Sven, ich komm jetzt allein klar.«

Allein, dachte Leni. Aha. Ich bin wohl auch noch da.

Aber wieder schwieg sie.

»In Ordnung. Wenn was ist, du weißt ja, wo ich bin.« Sven verließ den Raum, und Aversen ließ sich auf dem dritten Stuhl nieder.

»Sind Sie so weit?«, fragte er Leni, ohne sie anzuschauen, und die nickte. »Stenografieren Sie alles mit, und dann muss das schnell abgetippt werden, unser lieber Freddy hier soll pronto in die Haftanstalt verfrachtet werden.«

»Ja, ich bin so weit«, sagte Leni kurz, den Block vor sich auf dem Tisch, den Bleistift gezückt.

»So. Datum und so weiter, dann, heute gegen neun Uhr dreißig wurde Fred Großmann, wohnhaft Talstraße 12, Hamburg, in der Großen Freiheit in den angrenzenden Räumen der Striptease-Bar *Eden* unter anderem beim illegalen Glücksspiel festgenommen. Haben Sie?«

»Sicher«, sagte Leni, während Freddy Großmann sie erneut anzüglich musterte, was sie weiterhin ignorierte. Allerdings war sie froh, eine hochgeschlossene Bluse und einen dunklen Rock zu tragen. Beides hatte Ömchen genäht, die, wenn sie nicht auf die Kinder aufpasste, stets unterwegs war und tausend Leute kannte, mit denen sie tauschen oder für günstiges Geld etwas erwerben konnte. Diese Stoffe hatte sie für ein paar Pfennige bekommen, es waren alte, zerlöcherte Bettlaken und Bezüge gewesen. Ömchen hatte kunstvoll gestopft und dann Blümchen über das Gestopfte gestickt. Der Rock fiel in feinen Falten luftig und locker, Leni fühlte sich pudelwohl darin.

»Also, weiter. Großmann und sieben weitere Männer wurden beim illegalen Glücksspiel sowie beim Drogenhandel und illegalem Drogenkonsum erwischt. Weiterhin befand sich in einem Raum hinter dem *Eden* eine Art Lagerhalle mit unterschiedlichsten Dingen, von Brot bis hin zu Waffen, diese Dinge waren für den Schwarzmarkt gedacht.«

»Musste mir erst mal beweisen, Aversen«, leierte Großmann gleichmütig herunter. »Außerdem will ich einen Anwalt.«

»Dein Anwalt ist in Gefangenschaft«, polterte Aversen los. »Außerdem besteht bei dir Gefahr im Verzug. Wenn man dich rauslässt, baust du direkt den nächsten Blödsinn. Ich kann dich hierbehalten, und das werde ich auch. Nun halt die Klappe. Schreiben Sie weiter, Frau … Frau … äh. Dazu kommt der Verdacht, illegal an zwei Bordellen beteiligt zu sein. Ich sag dir was, Freddy. Wenn du mir die anderen ans Messer lieferst, sorg ich dafür, dass sich das gut für dich auswirkt.« Er stand auf und stellte sich breitbeinig vor den Verhafteten.

Freddy Großmann spuckte vor ihm aus. »Das glaubst du ja wohl selber nicht. Dir soll ich vertrauen? Dass ich nicht lache. Gar nichts glaub ich dir. Du dahergelaufener Hilfspolizist«, sagte er dann und traf offenbar bei Henning Aversen einen empfindlichen Nerv.

»Was soll das heißen?«, tobte er los.

»Jeder weiß doch, dass du vor dem Krieg dreimal bei der Polente abgelehnt wurdest. Und jetzt brauchen se hier Männer. Da hast du aber Glück gehabt.«

»Ich warn dich, Freddy. Halt den Rand.« Aversens Halsschlagader pochte schon sichtbar geschwollen.

Großmann sah nun wieder Leni an. »Unser guter Henning hier ist nämlich nur ein Notnagel. Der kann von Glück sagen, dass so viele Männer noch nicht wieder da sind, versteh'n se? Bin mal gespannt, wann se dich wieder abservieren, Henning. Spätestens wenn die Ersten aus der Gefangenschaft zurückkommen. Weil jeder besser ist als du.«

Leni antwortete nicht, sondern sah konzentriert auf ihren Stenoblock. Aha, dachte sie nur.

Aversen beugte sich nun zu Freddy runter. »Ich hab gesagt, du sollst den Rand halten, Freddy. Die Schnauze! Sofort!«

»Denk ja gar nicht dran.« Er grinste den Polizisten spöttisch an. »Werd ja wohl noch die Wahrheit sagen können. Früher hat er sich nach jedem Arschtritt von der Polente im *Sphinx* die Hucke volllaufen lassen und dabei geheult wie ein Kind. Hat sich von den Huren trösten lassen, der Milchbubi. Erst als es keine Männer mehr gab, ham se ihn genommen, verstehste, Schätzchen?«

Leni sah ihn nun ohne Regung an. »Ich bin ja nicht taub. Geht es noch weiter oder sind wir fertig?«

Aversen hatte sich wieder im Griff. »Natürlich geht's noch weiter. Ich klage Fred Großmann an wegen …« Es folgte eine Litanei an Anklagen, und Leni stenografierte eifrig mit.

»Ich fordere die Unterbringung in der Untersuchungshaft, weil Fluchtgefahr besteht«, schloss Aversen irgendwann.

Freddy Großmanns Augen waren nun zu Schlitzen verengt. »Du willst mich inne Zelle bringen lassen?«, sagte er unheilschwanger zu Henning Aversen.

»Das glaubst du aber!«, gab der lautstark zurück. »Vierundzwanzig Stunden kann ich dich eh hierbehalten, und bis heute Abend hab ich mit Sicherheit vom Richter den Haftbefehl. Dann schmorst du hier richtig, du Hornochse.«

Freddy sah ihn an wie die Schlange das Kaninchen. »Du Mistsack, das wirst du mir irgendwann büßen«, sagte er leise, und bei Leni stellten sich die Härchen an ihren Armen auf. So eine hasserfüllte und drohende Stimme, eiskalt noch dazu, hatte sie noch nie gehört.

Henning Aversen lief nun zur Hochform auf.

»Und wie ich das mache, Freddy. Diesmal kommst du uns nicht davon. Tippen Sie jetzt schnell alles ab, Frau … Frau … Helene, damit ich den Richter kontaktieren kann. Drei Durchschläge.«

»Geht in Ordnung«, sagte Leni kurz und spannte Papier in die Schreibmaschine. Ihr fröstelte, und sie fragte sich, ob das an Freddy Großmann lag.

»Helene heißt du also, Schätzchen«, sagte der. »Ich wette, als du klein warst, hamse dich Lenchen genannt. Aber 'ne Süße biste, Helene? Unsre Helene spreizt für dich die Beeeeene«, sagte er dann und begann wiehernd zu lachen.

»So etwas Witziges habe ich lange nicht gehört«, sagte Leni gelangweilt. »Und weißte was, Blödmann, du, für dich lass ich die Beine zu.«

Mit diesen Worten begann sie zu tippen.

Freddy saß mit offenem Mund da. Das hatte er vermutlich noch nicht erlebt.

Leni gewöhnte sich schnell an den Umgang mit den Verhafteten und Betrunkenen, an die Obszönitäten, das Ungehobelte, die schlüpfrigen Anspielungen und daran, dass manch einer versuchte, sie an intimen Stellen zu berühren. Zunächst schob sie nur die Hände weg, dann aber, nachdem einer extrem zudringlich geworden war, hatte sie dessen Hand mit ihrer weggeschlagen, und das mit Schwung und nicht zu sachte.

Fast hatte sie das Gefühl, dass den Männern ihr Verhalten gefiel. Die Kollegen jedenfalls guckten erst einmal recht dumm.

Schon nach ein paar Tagen hatte Leni das Gefühl, am richtigen Platz zu sein, hierhin zu gehören. Sie schnappte viel bei Verhören auf, wurde oft zum Protokoll nach unten geholt, und nach einigen Wochen war es für sie fast normal, von den Männern ungehobelt angesprochen zu werden und Kontra zu geben. Es machte ihr beinahe Spaß, sich zu beweisen.

Als sie nach der ersten Woche ihre Lohntüte bekam, war sie stolz wie nie. Ihr erster richtiger Verdienst! Sicher, beim Steine schleppen hatte sie auch verdient, aber dies hier, auf der Davidwache, war etwas anderes. Gewiss war die Arbeit der Trümmerfrauen auch wichtig, dennoch war Leni froh, dies nicht mehr tun zu müssen. Der Stolz prickelte durch ihren ganzen Körper, und bestimmt war es unvernünftig, aber sie erstand auf dem Heimweg in einem Laden eine Flasche Wein und hatte vor, diesen abends zusammen mit Charlotte, ihrer Mutter und Ömchen zu trinken. Verwegen war das, aber nötig.

»Ja sach mal, Seute, bist du von allen guten Geistern verlassen worden?« Ömchen schaute auf die Flasche mit dem Rotwein und schüttelte den Kopf. »Ja, kiek mal! So was Unvernünftiges, und sach mal, woher hast du den denn? Wohl nicht vom Schwarzmarkt?«

Leni lachte auf. »Das musst du gerade sagen, Ömchen. Du flitzt doch immer zum Handeln und Feilschen und Tauschen durch die Straßen und weißt genau, was man wo für wie viel bekommt. Da bin ich mit meiner Flasche Wein doch harmlos. Ich habe sie ganz legal erstanden.«

»Och.« Ömchen wurde rot. »So schlimm ist es mit mir nun auch nicht. Aber Kindchen, ich hab wieder Stoff ergattert. Für dich und für Lotti. Ganz luftig. Dunkelgrün. Einen ganzen Ballen. Lag wohl bei einer Frau im Keller, und die räumt nun aus und verhökert alles. Da mach ich euch schöne Sommerkleider mit Kurzarm und Kragen und weitem Rock. Dann hab ich noch einen anderen, dickeren Stoff für den Herbst. Unsere Naumann wird nicht arbeitslos.«

»Aber bitte mit einem braven Ausschnitt«, bat Leni. »Ich will die Männer auf der Davidwache nicht unnötig mit einem Dekolleté anstacheln.«

»Was?«, fragte Ömchen entsetzt. »Wirst du belästigt?«

»Ich weiß mich schon zu wehren, Ömchen. Aber ich will niemandem unnötig einen Anreiz geben.«

»Ich hab schon zu deiner Mutter gesagt, das ist Pack da auf der Reeperbahn. Und ich sag dir, Kind, das wird jetzt wieder richtig rundgehen da, bald schon. Die Lichtscheuen kommen aus ihren Verstecken, ist ja jetzt schon so, dass es viele Kriminelle gibt.«

»Mir passiert schon nichts, Ömchen. Und nun mach ich den Rotwein auf. Ich hab mal gelesen, der muss atmen.«

Die Tür ging auf, und ihre Mutter trat in die Wohnung.

»Guten Abend, mein Kind, Abend, Mutti«, sagte sie zu Leni und Ömchen. »Puh, ich bin geschafft. Es war so anstrengend heute. Aber es war, als hätte die Sonne sich gefreut, dass sie endlich wieder auf was einigermaßen Schönes scheinen kann. Ludwig von gegenüber hat erzählt, dass der Hafen zu achtzig Prozent zerstört ist, das muss man sich mal vorstellen. Achtzig Prozent! Ich will gar nicht wissen, wie viel Kubikmeter Schutt wir insgesamt wegschaffen werden.«

Sie ging zur Spüle und wusch sich die Hände. Das Wasser, das strudelnd im Abfluss verschwand, war dunkelbraun.

»Mutti, ich hab heute meinen ersten Lohn bekommen«, erklärte Leni stolz, dann fiel ihr plötzlich was ein. »Wo sind denn die Kinder?«

»Ich hab sie zum Spielen runtergelassen, ihnen aber eingebläut, dass sie im Hinterhof bleiben«, sagte Ömchen, während sie Karotten schabte. »Der Hinterhof ist sicher, da liegen keine Blindgänger.«

Es war Ömchens größte Sorge, dass eins ihrer fünf Urenkelkinder noch jetzt nach Ende des Krieges durch einen explodierenden Blindgänger getötet werden könnte. Am liebsten hätte sie sie Tag und Nacht um sich gehabt. Aber sie mussten ja auch mal an die frische Luft.

»Du hast sicher trotzdem dauernd aus dem Fenster geschaut«, mutmaßte Leni und gab ihr einen Kuss.

»Sicher hab ich. Ach, mein Kopf, mein Kopf. Es wird nicht besser, jede Nacht diese schlimmen Träume, und dann wach ich mit Kopfweh auf. Es ist so merkwürdig, ich hör in den Träumen die Bomben explodieren, seh das Feuer und riech den Qualm, und dann wach ich auf, weil was über mir zusammenkracht, dann bin ich erst froh, dass es nur ein Traum war, aber die Kopfschmerzen, die bleiben. Es ist zum Heulen. Die gehen auch von den Tabletten nich wech. Ach Kinder. Dieser Krieg hat mich ganz schön kaputt gemacht.«

Ömchen litt hin und wieder unter diesen grässlichen Kopfschmerzen, da gab es nichts, als sie auszuhalten und zu warten, bis es vorbei war.

Margot lief zu ihr und umarmte sie fest. »Dabei warst du so tapfer, Mutti. Du warst die Tapferste von uns allen, und ohne deine Kraft hätten wir drei Frauen vielleicht nicht für uns und die Kinder durchgehalten.«

»Das stimmt.« Leni nickte und begutachtete den dunkelgrünen, zarten Stoff. »Der ist ja ganz weich«, lenkte sie nun von dem Kopfweh ab. »Wunderbar, Ömchen. Jetzt, wo ich richtiges Geld verdiene, hast du viel Zeit zum Nähen, denn du musst nicht mehr zum Steine schleppen gehen, und dann brauchen wir auch Frau Marx nicht mehr zum Kinderhüten.«

Während die Frauen auf den Straßen unterwegs gewesen waren, waren die fünf Kinder bei einer Nachbarin untergekommen, die sie gegen entsprechende Entlohnung – entweder Lebensmittelmarken oder Lebensmittel – hütete.

»Du kannst sie ständig um dich haben, den ganzen Tag an der Nähmaschine sitzen oder dich ausruhen, wenn die Rasselbande mal unten im Hof spielt. Das ist doch wunderbar!«

»Das meinst du sicher gut, mein Kind, aber ich muss doch auch meinen Teil beitragen«, ließ Ömchen sie nun wissen. »Also recht ist mir das nicht, das wisst ihr. Ich hab es euch oft gesagt.«

»Du trägst was bei, indem du auf deine Urenkel aufpasst und für uns kochst«, gab Leni ihr mit fester Stimme zu verstehen, und Margot nickte. »Leni hat recht. Du wirst bald siebzig, Mutti, du hast so viel mitgemacht. Zwei große Kriege, Armut, Hunger und Angst, es genügt jetzt. Schlimm genug, dass du überhaupt Trümmer wegräumen musstest. Wir sind doch froh, wenn unsere Kleinen bei dir in guten Händen sind. Hier fühlen sie sich am wohlsten und am sichersten.«

»Ach«, Ömchen machte eine abwehrende Handbewegung. »Arbeit hat noch keinem geschadet. Außerdem muss ich dann nicht so viel an die denken, die nicht mehr unter uns sind, und an Alfred, von dem wir noch immer nichts gehört haben und der vielleicht auch nie wieder zurückkehrt.« Sie seufzte, und Tränen traten in ihre Augen. »Seht ihr, das habt ihr nun davon. Wenn ich arbeite, muss ich nicht weinen.«

»Ömchen!« Leni umarmte die Großmutter und drückte die kleine, schmächtige Frau fest an sich. »Ich möchte doch nur, dass es dir gut geht. Wir alle wollen das.«

»Das stimmt.« Margot nickte. »Ach, da kommt ja unsere Lotti.« Sie drehte sich zu ihrer jüngeren Tochter um, die heute ihren ersten Arbeitstag bei den Briten gehabt hatte. »Nun, mein Kind, wie war es? Du bist ja ganz außer Atem!« Sofort schrillten bei Margot die Alarmglocken. »Ist dir etwas zugestoßen?« Man sah ihr an, dass sie das Schlimmste ahnte.

»I wo, Mutsch, gar nichts ist mir passiert.« Lotti hatte rote Wangen, und ihre Locken standen in alle Richtungen ab. Ihre Augen glänzten. Leni stellte fest, dass auch Lotti ein von Ömchen umgenähter Bettbezug ganz hervorragend stand. Es war ein helles Orange, verziert mit gelben Butterblumen, aus dem Ömchen ein Sommerkleid gezaubert hatte. Wie gut, dass die alte Naumann-Nähmaschine in Ömchens Wohnung alle Angriffe fast unversehrt überlebt hatte und leicht zu reparieren gewesen war.

Nun stellte Lotti einen Beutel auf den Küchentisch. »Nun schaut her, was der Weihnachtsmann gebracht hat!«

Margot, Leni und Ömchen machten Augen, während Lotti auspackte.

»Kind Gottes, was ist denn das alles?«, fragte Ömchen völlig schockiert. Auch Margot und Leni machten große Augen.

»Ist das nicht verboten?«, fragte Margot dann atemlos. »Woher hast du das, Kind, sprich!«

»Beruhig dich, Mutsch.« Lotti lachte. »Ihr werdet es nicht glauben, aber das hab ich alles geschenkt bekommen. Weil ich ein sweetheart bin. Nein, im Ernst, das war mein Willkommensgeschenk. Oder Geschenke. Freut euch doch bitte!«

Leni starrte fassungslos auf mehrere Tafeln Schokolade, eine Bonbondose, Keks- und Kaffeepackungen, auf Büchsenfleisch, eine riesige Salami, ein großes Stück Schinken und allerlei andere verpackte Dinge, bei denen man auf den ersten Blick nicht erkennen konnte, was es war.

Ömchen schlug die Hände vors Gesicht. »Zigaretten! Die tausch ich!«

»Ich wusste, du würdest das sagen, Ömchen.« Lotti lachte froh. »Schau mal, was ich für uns habe!« Sie öffnete eine zweite Tasche und holte drei Verpackungen hervor.

»Nylonstrümpfe. Mit Naht, Leni! Die wolltest du doch haben. Und schaut mal hier, die Haarspangen, und ... tadaaa! Seife aus Frankreich, riecht ihr das? Das duftet nach Rosen.«

»Donnerwetter nochmal.« Ömchen war platt und musste sich erst mal setzen.

»Für dich hab ich noch Haarnadeln, Ömchen, und schaut her, was das ist!«

Sie hielt zwei Flaschen Maggi-Würze hoch.

»Oh, was hab ich das vermisst«, sagte Leni glücklich.

»Was ist da wohl drin?« Sie hob eine Dose hoch, öffnete sie und sah jede Menge Nüsse. Wie wundervoll! Fast andächtig steckte sie sich eine Walnusshälfte in den Mund und kaute langsam. Ein Traum.

»Hier ist auch frische Butter. Und Mehl. Himmel, war das alles schwer. Zum Glück hat James mich mit dem Auto hergefahren«, lachte Lotti, die froh war, etwas fürs Allgemeinwohl beisteuern zu können.

Da klatschte Margot in die Hände. »Hört mal zu bitte.«

Leni, Lotti und Ömchen sahen sie an.

Margot sah ernst aus. »Ich bin mir nicht sicher, ob wir das mit gutem Gewissen behalten können. Immerhin sind viele Briten zu den Deutschen nicht gerade nett. Ich denke da vor allen Dingen an die Frauen.«

»Das ist doch Unfug, Mutsch«, meinte Lotti.

Leni legte die Packung mit den Nylonstrümpfen auf den Tisch. »Wart mal, Lotti. Ich kann Mutti schon verstehen. Du meinst, man kann nicht einerseits jemanden wegen etwas verachten und im selben Atemzug etwas Gutes von ihm annehmen?«

Margot nickte. »Genau das meine ich.«

Die vier Frauen standen da und schwiegen einen Moment.

»Aber was ich alles für die Zigaretten bekommen würde«, meinte Ömchen dann enttäuscht.

»Aber Mutsch. Wenn wir es nicht nehmen, dann bekommt es jemand anderes. Satt werden wir nicht automatisch. Du weißt, wie schwierig es noch ist, Lebensmittel und anderes zu kriegen.«

»Ja, das stimmt, Kind, aber ich habe dennoch ein schlechtes Gewissen«, sagte Margot und seufzte.

»Sag mal, Mutti«, sagte Leni. »Was glaubst du, was würde Papa uns raten?«

Margot überlegte etwas länger, während alle sie anschauten. Dann lächelte sie. »Er würde sagen, wenn wir überleben wollen, sollen wir die Sachen nehmen und uns freuen. Briten hin oder her. Hier geht es darum, weiterzukommen. Und er würde sagen: ›Denk an die Kinder‹, also auch seine Enkel. Also gut.« Sie sah ihre Familie an. »Dann freue ich mich nun auch. Bekomme ich einen Keks, Lotti … oh Himmel, schmeckt das gut!«

KAPITEL 6

»Mönsch, Frau Jacobsen, das ist aber eine Freude.« Hanne Rudinger war ganz überrascht und auch gerührt. »Wo haben Sie die denn her? Ich liebe die Lucky Strikes.« Sie senkte die Stimme. »Aber die sind ja nur an gewissen Tagen an gewissen Orten zu bekommen.«

»Ich weiß doch, dass Sie die mögen. Meine Schwester arbeitet bei den Besatzern«, gab Leni zu und beobachtete die Kollegin. Wie würde Hanne Rudinger darauf wohl reagieren?

»Oh, daher weht der Wind. Na, das ist ja prima für Sie und Ihre Familie, nicht wahr?« Hanne nickte ihr zu, und kein Neid und keine Abfälligkeit waren zu spüren.

»Ja, und ich habe gleich an Sie gedacht. Schauen Sie mal, heute spendiere *ich* uns Schokolade.«

Leni hatte lange überlegt, ob sie Frau Rudinger etwas schenken sollte. Vor einiger Zeit, nachdem Lotti bergeweise Sachen mitgebracht hatte, hatten sie alles gut verstaut und vor allen Dingen vor den fünf Kindern versteckt, sonst wären die Süßigkeiten und Kekse im Handumdrehen Geschichte gewesen. Jeden Tag bekam ein Kind nun eine Süßigkeit, und zum Glück fragten sie nicht nach, woher die Kostbarkeiten denn kamen, sondern verdrehten die Augen vor Wonne ob eines Stückchens Schokolade oder einer rotweißen Zuckerstange.

Ömchen hatte die Zigarettenpackungen an sich genommen und zog jeden Abend nach dem Essen los, um mit anderen Herrlichkeiten wiederzukommen. Eine Zigarette war über zwei Reichsmark wert, und so lohnte es sich, mit der sogenannten Zigarettenwährung zu handeln. Ömchen war pfiffig. Ein ganzes Suppenhuhn brachte sie an und zwei Dosen mit Griebenschmalz. Sie setzte aus Mehl und Wasser ein Anstellgut für den Sauerteig an, buk Brot, und sie aßen es noch warm mit dem Schmalz und Salz. Es war einfach herrlich.

Trotzdem wurde Lotti von ihrer Mutter beobachtet. Auf gar keinen Fall wollte sie, dass ihre Jüngste sich mit einem Engländer einließ. Es hatte Margot zwar immer recht wenig interessiert, was die Leute so redeten, aber was, wenn Lotti von jemandem angegriffen wurde, der die Besatzer hasste? Der Lotti dafür büßen ließ, dass sie ein Besatzerliebchen war. Das musste unter allen Umständen verhindert werden. Der Krieg hatte viele Menschen roh gemacht, und mit Sicherheit gab es noch Nazi-Anhänger, denen die Briten ein Dorn im Auge waren. Margot hoffte, dass Lotti vernünftig bleiben würde. Zu ihren Nachbarn hatten sie ein angenehmes Verhältnis, falls man überhaupt von einem Verhältnis sprechen konnte. Meistens war jeder mit sich selbst beschäftigt, es ging immer noch ums Überleben. Je mehr Leute man kannte, desto größer war die Wahrscheinlichkeit, dass man gefragt wurde, ob man etwas Brot oder Zucker oder anderes abgeben konnte.

Von seinen Schätzen in Ömchens Kleiderschrank erzählte das Quartett nichts. Davon ahnte niemand etwas.

Das Telefon klingelte wieder einmal. »Frau Jacobsen, kommen Sie bitte mal runter. Ich brauch Sie hier.« Es war Jochen Herbst, einer der wenigen, die »bitte« und »danke« sagten, wenn auch so schnell wie ein ratterndes Maschinengewehr. Außer ihm waren nur noch Lasse von Hallberg und ein anderer Kollege grundsätzlich freundlich zu ihr.

Leni war froh, aus dem Büro rauszukommen, in dem die Luft stand, obwohl sie das Fenster weit geöffnet hatten. Heute war es windstill und stickig, und sie nahm sich vor, bei Gelegenheit zu fragen, ob sie einen Ventilator bekommen könnten. Noch dazu kam, dass Hanne Rudinger trotz der Hitze nicht weniger rauchte als sonst. Vielleicht sollte ich auch mit dem Rauchen anfangen, dachte Leni. Dann stört mich der Qualm nicht so. Normalerweise war es auszuhalten, weil beinahe alle rauchten – während des Krieges hatten das nur die Soldaten gedurft, weil das Rauchen angeblich wachhielt und den Hunger dämpfte.

Und nun nutzten viele Menschen es eben aus, dass wieder geraucht werden durfte. Manchmal brannten bei Hanne Rudinger zwei Zigaretten gleichzeitig, so wie eben gerade, während Willi Forst aus dem Radio *Unter einem Regenschirm am Abend* sang.

Leni sprang die Stufen ins Erdgeschoss hinab, und wie fast immer herrschte hier unten ein reges Treiben. Sie hatte es noch nicht erlebt, dass sie hier kein Stimmengewirr und Gebrüll empfingen.

Da stand Jochen Herbst mit zwei Damen, die unbeschreiblich aussahen. Beide fast noch Mädchen, eine hatte blondes Haar, eine Lippe war aufgeplatzt, und sie hielt eine Decke um sich geschlungen und zitterte wie Espenlaub. Die andere sah ähnlich zugerichtet aus, dazu kam, dass ihr offenbar ein Büschel Haare ausgerissen worden war. Wie furchtbar.

Jochen Herbst winkte sie heran. »Da sind Sie ja. Diese beiden Frauen hier sind von zwei Matrosen angegriffen worden.

Finden Sie bitte mal heraus, was da los war und wie das vonstattenging, und nehmen Sie ein Protokoll auf.«

»Ja«, sagte Leni leicht überfordert. Sie hatte noch nie ein Protokoll aufgenommen, stets nur abgetippt. Aber sie hatte inzwischen schon so viele Protokolle gelesen, dass sie wusste, was drinstehen musste.

»Hier ist so eine Art Ablauf für eine Anzeige bei Gewaltverbrechen«, sagte nun auch Jochen Herbst. »Gehen Sie mit den beiden Damen am besten nach hinten in mein Büro, da ist niemand, und da kommt auch keiner rein.« Er drückte ihr ein Papier in die Hand und wandte sich dann ab, um sich um die nächsten Leute zu kümmern.

Leni sah die beiden jungen Frauen freundlich an. »Dann kommen Sie mal mit«, sagte sie und ging vor, den langen Flur entlang bis zu Jochen Herbsts Büro. Dort angekommen, bat sie sie herein und schloss die Tür hinter sich. Sofort war es ruhiger. Sie deutete auf die Sitzgruppe.

»Hier, bitte, setzen Sie sich.« Jochen Herbst hatte fast luxuriös anmutende Sessel, die um einen Besuchertisch standen. Wahrscheinlich wurden hier auch Besprechungen abgehalten. Die beiden Frauen setzten sich vorsichtig auf das braune, abgewetzte Leder.

Dann schauten sie Leni mit großen Augen an.

Die sah auf ihre Unterlagen und begann mit dem Üblichen. Aufnahme der Personalien: Namen, Geburtsdaten, Wohnort. Vor ihr saßen die neunzehnjährige Anne Gerlach und die gleichaltrige Hilda Egerlund. Die beiden waren Freundinnen und Nachbarinnen und arbeiteten in einer Schneiderei in Hafennähe.

Als Nächstes schilderten sie, was geschehen war.

»Wir sollten dann losgehen und neue Stoffe abholen«, erzählte Hilda mit dünner Stimme. »In der Wilhelminenstraße. Bei der alten Stine Wollweber. Wir haben schon gemerkt, dass uns zwei Männer gefolgt sind, und sind immer schneller gegangen, aber als wir dann bei Stines Haus angekommen waren, da waren die Männer direkt hinter uns, und wir sind in den Hinterhof gerannt.«

Das ist sicherlich ein Fehler gewesen, dachte Leni.

»Die beiden sind hinter uns hergekommen«, erklärte Anne Gerlach. »Haben … haben dann jeder ein Messer von irgendwo rausgeholt und uns bedroht, wenn wir nicht still wären, dann … würden wir schon sehen, was wir davon haben.« Ihre Augen füllten sich mit Tränen.

»Es war so schrecklich«, sagte Hilda leise. »Es war ganz furchtbar, und dann …« Sie konnte nicht weiterreden.

»Sie haben uns danach angespuckt, dann sind sie gegangen und haben uns einfach da liegen gelassen.« Nun weinten beide wieder, und sie taten Leni entsetzlich leid. Was für Mistkerle waren das denn? Wie menschenverachtend konnte man sich verhalten, gerade nach den letzten sechs Jahren Krieg? Sollte es nicht für jeden eine Selbstverständlichkeit sein, sich anständig zu benehmen? Leni sah die beiden jungen Mädchen an, und ihr Herz tat weh. Würden sie jemals über dieses Erlebnis hinwegkommen? Sie, Leni, würde alles dafür tun, um die Übeltäter zu finden und sie ihrer gerechten Strafe zuzuführen. Das versprach sie sich in diesen Sekunden.

»Hilda, Anne … darf ich euch so nennen?« Beide nickten schüchtern. »Das ist eine ganz schlimme Sache, die euch da passiert ist. Ich nehme an, ihr wart noch nie mit einem Mann …«

Sie schüttelten den Kopf.

»Ich bin verlobt«, sagte Anne. »Aber mein Verlobter wird

vermisst. Wir haben uns während des Krieges verlobt, wir wollen heiraten, wenn Jan zurückkommt. Ja, wenn er zurückkommt, dann heiraten wir gleich.« Sie sah Leni an.

»Ich habe solche Angst, dass sich bei mir was festgesetzt hat«, sagte sie dann, und Hilda nickte.

»Ich auch. Als wir hier auf der Wache ankamen und zu einem der Polizisten sagten, was uns passiert ist, da meinte der, wir seien selbst dran schuld.«

Wenn das nicht Aversen war, dachte Leni zornig.

»Das seid ihr natürlich nicht«, sagte sie nun liebevoll zu den beiden jungen Frauen. »Bitte lasst euch das nicht einreden. Euch ist Gewalt angetan worden, und das nicht zu knapp, außerdem seid ihr mit Messern bedroht und auch geschlagen und euch sind Haare ausgerissen worden. Das sind alles Straftaten. Genau genommen sind euch also mehrere Sachen angetan worden. So, nun fangen wir mal der Reihe nach an. Ihr seid also vom Hafen Richtung Wilhelminenstraße gegangen, und dann?«

Anne und Hilda erzählten noch einmal ganz genau von ihrem Weg und wo sie gemerkt hatten, dass sie verfolgt wurden.

Leni stellte Zwischenfragen und stenografierte gewissenhaft mit, während sie immer wütender wurde, sich das aber nicht anmerken ließ.

»Wie haben die Matrosen denn ausgesehen? Gab es besondere Merkmale?«, fragte sie dann.

»Der eine hatte einen Oberlippenbart und war ziemlich klein«, sagte Anne.

Hilda nickte. »Dafür war der andere recht groß. Er hatte blondes, kurzes Haar. Der Kleine hatte dunkles Haar, auch ganz kurz geschnitten.«

»Und er hatte auf der rechten Backe ein großes Muttermal.«

»Das sind gute Hinweise«, sagte Leni, obwohl sie sich nicht allzu viel Hoffnungen machte. Meistens lagen die Schiffe mit ihrer Besatzung nur kurz im Hafen, um ihre Ladung zu löschen und neue aufzunehmen, danach ging es direkt weiter. Jeder Tag kostete Geld.

Wahrscheinlich waren die beiden schon von den Wellen davongetragen worden und auf dem Weg Richtung Afrika oder sonst wohin. Und die beiden jungen Frauen konnten sehen, wo sie mit ihren schrecklichen Erlebnissen und den eventuellen Konsequenzen blieben.

»Kurt heißt der eine«, sagte Hilda dann plötzlich. »Der andere hat den Blonden Kurt genannt.«

»Danke.« Auch das schrieb Leni sich auf. Dann fiel ihr etwas ein. Opa Michel war früher, als sie klein war, mit ihr öfters am Hafen gewesen, wenn die großen Pötte eingelaufen waren. Die Matrosen trugen immer Mützen mit dem Schiffsnamen drauf. Das könnte doch ein Hinweis sein!

»Trugen die Matrosen denn Mützen?«, fragte sie.

»Der eine hatte seine Mütze unterm Arm. Der andere trug eine auf dem Kopf, ja.« Beide nickten. »Aber da stand kein Schiffsname drauf, das hätte ich gesehen«, sagte Anne.

Verflixt, dachte Leni. Das wäre gut gewesen. Da war einer wohl so klug gewesen und hatte das Mützenband vorher abgenommen.

»Gut. Ich habe das jetzt alles aufgenommen, und natürlich werden meine Kollegen von der Wache dem nachgehen.«

»Wissen Sie …« Anne kam näher. »Wissen Sie vielleicht, wo wir uns hinwenden können, wenn …«

Leni verstand. Und sie schüttelte den Kopf.

»Nein, das weiß ich nicht«, sagte sie bedauernd. »Ich weiß aber, dass es sehr gefährlich sein kann, zu jemandem zu gehen, der das ungesetzlich tut. Was ich darüber gehört habe, ist sehr unschön. Nicht selten sterben die Frauen sogar daran.«

Hilda nickte und sah verzweifelt aus. »Wir wollten gleich … also meine Cousine hat mal erzählt, wenn man gleich Essigspülungen macht, kann man da unten alles abtöten, dann setzt sich nichts fest.«

»Ja, das habe ich auch schon gehört«, nickte Leni. »Ich weiß aber, dass es nicht sicher ist.«

»Wir haben ja auch gar keinen Essig«, sagte Anne, die mittlerweile sehr verstört wirkte. »Wenn wir Essig hätten, dann könnten wir ja … Anne, mir wird so anders. Mir ist ganz schwummerig.« Sie sackte unter der Decke in sich zusammen. Schnell stand Leni auf und öffnete das Fenster. Milde Augustluft strömte herein. Endlich wieder Wind.

»Es tut mir sehr leid für euch beide«, sagte Leni und fächelte Hilda jetzt mit Papierbögen etwas Luft zu. »Ich hoffe für euch, dass nichts zurückgeblieben ist, was euch in Schwierigkeiten bringen kann. Die Anzeige ist jedenfalls jetzt aufgegeben, ihr müsst nur noch unterschreiben. Komm Hilda, setz dich mal aufrecht hin, dann kommt dein Kreislauf vielleicht wieder in Schwung.« Hilda tat, was ihr gesagt wurde, und Leni sah sich die Wunden an. Das Mädchen blutete am Arm und im Gesicht, und nachdem sie auch Annes Verletzungen begutachtet hatte, beschloss sie, erst mal einen Verbandkasten zu holen, der im Flurschrank deponiert war.

Vorsichtig träufelte sie Jod auf einen Wattebausch und betupfte erst Hildas, dann Annes Wunden. Die beiden bissen tapfer die Zähne zusammen und gaben keinen Mucks von sich. Anschließend klebte Leni Pflaster auf die verletzten Stellen, mehr konnte sie im Moment nicht tun.

»Ihr müsst unbedingt zu einem Arzt gehen«, sagte sie dann zu den beiden, und sie nickten folgsam. Ob sie es tun würden, lag nicht in Lenis Macht.

Hilda setzte sich nun noch etwas aufrechter hin. Sie war immer noch matt. »Kann ich ein Glas Wasser haben?«, bat sie, und zum Glück stand eine Karaffe mit Inhalt auf dem Tisch. Leni goss ihr ein, und Hilda trank durstig.

»Vielen Dank, für alles, Fräulein …«, sagte sie dann.

»Frau Jacobsen. Helene Jacobsen.« Sie stand auf.

»Ich würde euch beiden wirklich raten, auch zu einem Frauenarzt zu gehen, der euch untersucht und das alles aufschreibt.«

Hilda und Anne sahen sie an. »Wissen Sie, wo einer ist? An Ärzten besteht Mangel.«

Das stimmte. Leni biss sich auf die Lippe. Ihr Frauenarzt, der gute alte Doktor Hasselberg, war in den letzten Kriegstagen gefallen. Einen neuen hatte sie bisher nicht. Noch nicht. Sie war während des gesamten Krieges nicht beim Arzt gewesen. Wie auch.

»Gibt es denn jemanden, dem ihr euch anvertrauen könnt?«, fragte Leni. »Vielleicht euren Müttern. Oder Schwestern? Euren Großmüttern?«

Beide schüttelten mit Nachdruck den Kopf. »Mami und Omi dürfen davon auf keinen Fall erfahren«, sagte Anne dann. »Nie und nimmer. Die würden uns daran die Schuld geben. Wir hätten besser aufpassen müssen oder da oder dort nicht langgehen sollen.«

»Nein, das behalten wir für uns.« Hilda nickte Anne zu. »Wir versuchen, es einfach zu vergessen.«

»Wie wollt ihr eure Verletzungen erklären?«, fragte Leni besorgt.

»Ach, wir sagen, dass wir mit dem Rad die Stoffe holen wollten«, erklärte Anne. »Dann mussten wir jemandem ausweichen und sind hingefallen.«

»Nun gut, dann kann ich für euch jetzt leider nichts mehr tun. Soll ich euch vielleicht nach Hause begleiten?«, fragte Leni fürsorglich.

»Nein, wir gehen allein«, sagte Anne, obwohl man ihr ansah, dass sie Angst davor hatte.

»Wenn uns jemand mit Ihnen sieht, wird man Fragen stellen. Wir müssen ja auch noch den Stoff abholen.«

Sie stand auf und half ihrer Freundin, die nur schwer aus dem Ledersessel hochkam.

»Hier, bitte. Vielen Dank dafür.« Sie reichten Leni die Decken, in die sie gehüllt gewesen waren, und wirkten plötzlich noch verlorener als zuvor.

Leni hatte ein schlechtes Gewissen. Sie fand es nicht richtig, dass die beiden jungen Frauen nun ihrem Schicksal überlassen wurden. Sie hatten mit das Schlimmste erlebt, was einer Frau widerfahren konnte, und nun sollten sie einfach Stoff abholen und wieder in die Näherei zurückgehen? So tun, als sei nichts gewesen?

Das war doch nicht richtig.

Aber Leni wusste auch nicht, wie man den beiden helfen konnte. Sie konnte ihnen nur alles Gute wünschen und sie ziehen lassen.

Leni begleitete Anna und Hilda nach draußen. Sofort nachdem sie die Tür geöffnet hatte, wurde es wieder laut, Stimmen riefen durcheinander, Telefonapparate läuteten, und einige Leute schrien unverständliche Worte.

»Alles Gute für euch beide.«

»Danke, Frau Jacobsen. Danke, dass Sie so nett zu uns waren«, sagte Hilda, und Anne nickte. Dann gingen sie davon. Leni blieb noch einen Moment in der Augustsonne stehen und sah ihnen nach in der Hoffnung, dass ihre Seelen das Erlebte verarbeiten konnten.

Sie würde jetzt einen der Beamten bitten, sich einmal am Hafen umzuhören. Andererseits – was würde das nützen? Oder doch? Gab es viele Kurts? Auf wie vielen Schiffen? Sie wusste es nicht.

KAPITEL 7

In der Besprechung erzählte sie von Anne und Hilda, und die Kollegen reagierten so, wie sie es erwartet hatte. Die meisten hörten gar nicht richtig zu oder rauchten gelangweilt.

»Die beiden können nix beweisen«, sagte Aversen, der wie eh und je grobschlächtig aussah und sich auch so benahm. Manchmal stellte Leni sich vor, dass sie Aversen nehmen und einfach schütteln würde, mit aller Kraft. Diese Vorstellung war einfach wundervoll. »Und wer weiß, vielleicht dachten sie ja, sie können sich im Hinterhof ein nettes Zubrot verdienen, aber dann ist es eben anders gekommen.« Aversen lachte glucksend.

Leni sah ihn fassungslos an. »Haben Sie die beiden gesehen? Sie sind schwer misshandelt und missbraucht worden, das würde ja ein Blinder mit Krückstock erkennen.«

»Ja? Woher wollen Sie das denn wissen? Und wie beweisen? Der eine hieß Kurt. Gut. Beide Matrosen. Gut. Einer hatte ein Muttermal. Gut. Sollen wir jetzt jedes Schiff im Hafen durchsuchen? Nach einem Kurt und einem Dunkelhaarigen mit einem Muttermal auf der Backe? Wir haben ja noch nicht mal den Schiffsnamen.«

Innerlich loderte Leni vor Zorn. »Ja! Genau das würde ich vorschlagen!«, hätte sie am liebsten gebrüllt, weil das das Einzige war, was sie in dieser Sache tun konnten.

»Wir werden Handzettel erstellen und einige Litfaßsäulen

bekleben«, sagte Herbst knapp. »Und hier in der Wache werden wir sie auch aufhängen, so dass sie für jeden, der reinkommt, gut sichtbar sind. Frau Jacobsen, kümmern Sie sich bitte darum. Nächster Punkt. Schröder, bitte.«

Leni war fassungslos und sah zu Hanne Rudinger hinüber, aber die schüttelte nur leicht den Kopf und zuckte mit den Schultern.

»Sie hätten die Mädels mal sehen sollen«, echauffierte sich Leni, als sie wieder in ihrem Büro saßen.

»Ich habe sie gesehen, als sie gegangen sind, da war ich kurz unten«, sagte Frau Rudinger. »Das Problem bei solchen Taten ist immer, dass man sie beweisen muss. Oder Zeugen braucht, und die hat es in diesem Hinterhof wohl nicht gegeben.«

»Nein«, musste Leni zugeben. Immer diese Beweise und Zeugen. Das konnte einen wahnsinnig machen.

»Sehen Sie, und da sind uns die Hände gebunden. Selbst wenn man die beiden Kerle schnappen und eine Gegenüberstellung machen würde, steht Aussage gegen Aussage. Und glauben Sie, die beiden Männer würden zugeben, die jungen Frauen vergewaltigt zu haben? Wie heißt es so schön: In dubio pro reo. Im Zweifel für den Angeklagten.«

»Aber das ist nicht richtig.«

»Das sagen Sie oft, Frau Jacobsen. Aber angenommen, es kommt zu einer solchen Anklage, und zwei unschuldige Männer werden verurteilt, obwohl sie sich tatsächlich gar nichts haben zuschulden kommen lassen«, fuhr Hanne Rudinger fort.

»Warum sollte man denn jemanden ohne Grund anzeigen?« Das erschloss sich Leni nicht.

»Ganz einfach. Vielleicht verschmähte Liebe, vielleicht Rache für irgendwas, das der Mann irgendwann mal getan hat. Es gibt unzählige Gründe.«

»Ja«, sagte Leni. »Aber es könnte auch alles stimmen, was die Frauen sagen.«

Hanne nickte. »Ja. Aber ...«

»... sie können es nicht beweisen. Verstehe«, wiederholte Leni resigniert. »Ich hätte den beiden so gern geholfen. Sie sind so verzweifelt, auch weil sie Angst davor haben, schwanger zu sein.«

»Da sind sie nicht die Ersten und nicht die Letzten«, sagte Hanne mit Nachdruck. »Solche Schwangerschaften sind in der Tat ein Problem. Wenn ich mir überlege, wie viele Frauen zu einem Stümper gehen und die Kinder wegmachen lassen, Fieber kriegen, eine Blutvergiftung und sogar daran sterben. Währenddessen die Männer unbehelligt weiterleben. Ich hoffe ja sehr, dass die Forschung irgendwann mal so weit ist, dass man herausfinden kann, wer der Vater eines Kindes ist. Und dass Schwangerschaftsunterbrechungen erlaubt werden. Aber da wird noch viel Wasser die Elbe runterfließen. Nun grämen Sie sich nicht, Kindchen.« Sie zündete sich eine Zigarette an. »Die beiden werden schon darüber hinwegkommen, irgendwann kommt jede drüber hinweg, ich sprech da aus bitterer Erfahrung. Nun lassen Sie uns einfach weitermachen.«

Auch diesmal fragte Leni nicht nach, nickte und setzte sich an ihre Schreibmaschine, um das Protokoll der Aussage von Anne und Hilda zu tippen. Dann entwarf sie einen Text für den Fahndungsaufruf nach den beiden Matrosen, ließ ihn von Hanne Rudinger Korrektur lesen, die ihn für gut befand, und ging dann in Jochen Herbsts Büro, um ihn abzeichnen zu lassen.

»Haben Sie sich beruhigt?«, fragte der zackig wie immer.

Leni sah ihn an. »Ich war doch gar nicht beunruhigt«, stellte sie dann fest.

»Ich kenne meine Pappenheimer. Sie haben doch sicher innerlich gekocht, als sie die Aussage der beiden Damen zu Protokoll gebracht haben.«

Leni errötete leicht. »Ein wenig. Ich habe hier das Protokoll mit den Anzeigen und dann den Text für die Fahndung.«

»Zeigen Sie mal her.« Er nahm die Papiere und las das Getippte sorgfältig.

»Tscha«, machte er dann. »Das tut mir wirklich immer leid für die Opfer. Dass sie meistens nichts in der Hand haben. Das Mützenband hätte uns weiterbringen können.«

»Ja, daran hatte ich auch schon gedacht«, erwiderte Leni.

»So können wir nix machen«, ratterte Herbst weiter. »Vielleicht ergibt sich ja was. Aber ich glaub, die sind schon über alle Berge. Solche Kameraden machen solche Dinge gern, kurz bevor sie auslaufen. Hat meine Erfahrung gezeigt. Dann sind sie direkt nach den Taten weit weg, und niemand kann ihnen was anhängen, und wenn sie irgendwann mal wieder hier sind, kräht kein Hahn mehr danach, was sie getan haben könnten oder nicht.«

Wieder überkam Leni eine Wut, die ihresgleichen suchte. Sie versuchte, Ruhe zu bewahren. Was war denn nur mit ihr los? Sie nahm sich das alles viel zu sehr zu Herzen, musste lernen, das alles mehr an sich abperlen zu lassen, sonst würde sie nachts noch Albträume bekommen.

Nach Dienstschluss fuhr Leni noch nicht gleich nach Hause zurück, sondern machte einen Abstecher in die Wilhelminenstraße. Am Anfang der Straße stellte sie ihr Fahrrad ab und ging an den verbliebenen Häuserfronten entlang. Da war eine Einfahrt, die in einen Hinterhof führte. Leni ging durch den Torbogen und schaute sich um. Hier standen Mülltonnen, dort war ein Wäschenetz gespannt. Einige Kinder spielten Nachlauf.

»He, ihr drei, kommt mal her«, rief sie, und die Kinder, zwei Jungs und ein Mädchen, kamen gehorsam angetrabt.

»Spielt ihr schon lange hier?«

Nicken.

»Den ganzen Tag?«

Wieder Nicken.

»Waren hier zwei Frauen und zwei Männer?«, fragte Leni vorsichtig. Die drei schauten sie mit ehrlichen Augen an.

»Nö«, sagte dann ein Junge. »Hier war gar niemand.«

»Danke.« Leni bereute, dass sie keine Zuckerstangen dabeihatte, denn die Kinder sahen hungrig aus, sie verließ den Hinterhof und ging weiter die Straße entlang. Nach drei Häusern kam schon der nächste Hof. Auch hier sah sie sich um. Er lag wie ausgestorben da. Kein Wohnungsfenster war geöffnet, keine Kinder spielten im Hof.

Fehlanzeige.

Der dritte Hof war etwas belebter. Zwei Mädchen spielten mit einem Ball, und zwei Jungs versuchten, Fahrrad zu fahren, und fielen dauernd kichernd um.

Wieder stellte Leni ihre Fragen, aber die Kinder sagten, sie seien erst am frühen Nachmittag zum Spielen herausgekommen.

»Wohnt hier eine Frau, die Stoffe verkauft?«, wollte Leni freundlich wissen, und alle vier nickten.

»Die Stine Wollweber.« Einer der Jungen deutete auf ein geöffnetes Fenster im Erdgeschoss. »Frau Wollweber! Komm'n se mal ans Fenster, hier is 'ne Frau, die will was wissen!«

Frau Wollweber war gut erzogen. Einige Sekunden später kam ein Kopf mit grauem Haar ans Fenster, und Frau Wollweber lehnte sich heraus.

»Was gibt's denn, Eddi?« Der Junge deutete auf Leni.

»Guten Abend«, sagte die höflich. »Entschuldigen Sie die Störung, Frau Wollweber, mein Name ist Helene Jacobsen, ich bin von der Polizei und ...«

»Polizei?« Frau Wollweber wurde vorsichtig. »Ich hab mir nix zuschulden kommen lassen, ich bin ein ehrlicher Mensch, ich bin ...«

»Schon gut, schon gut!«, rief Leni. »Es geht um Stoffe, die heute abgeholt werden sollten.«

»Von Anne und Hilda?«

Leni nickte.

»Die sind nich gekommen. Ich hatte schon alles zurechtgeschnitten, aber die haben das nich abgeholt.«

Die armen Mädels hatten es wohl doch nicht fertiggebracht, noch einmal in die Wilhelminenstraße zu gehen.

»Hätten Sie ein paar Minuten Zeit für mich?«, fragte Leni freundlich. »Darf ich vielleicht zu Ihnen reinkommen?«

»Ham se 'nen Ausweis?« Frau Wollweber war nicht gutgläubig, das war leider nötig in diesen Zeiten.

»Nein, leider nicht.«

»Aber Sie sind doch vonne Polizei, da gibt's doch so Dienstmarken oder nich?«

»Ich habe noch keine. Ich arbeite noch nicht so lange da«, sagte Leni in der Hoffnung, Frau Wollweber würde das glauben.

Die runzelte die Stirn. »Na, ich weiß ja nich. Aber wie 'ne Mörderin sehen se nich aus. Dann kommen se mal rein.«

Froh und mit schnellen Schritten lief Leni zur Haustür,

die nur angelehnt war. Frau Wollweber stand an ihrer Wohnungstür und ließ Leni eintreten. Sie war schlank und drahtig, trug eine Schürze und ein Maßband um den Hals. In ihrem Mundwinkel steckten Stecknadeln, die sie nun herausnahm. Wie hatte sie nur mit den Nadeln sprechen können? Das graue Haar hatte sie wohl mit der Brennschere bearbeitet, es lag in schönen Wellen um ihr Gesicht. Leni überlegte, wie alt die Dame wohl war. Nur von der Haarfarbe durfte man sich nicht leiten lassen. Auch viele junge Menschen waren im Krieg über Nacht ergraut.

Frau Wollweber ließ sie eintreten und schloss dann die Tür. Leni folgte ihr in die geräumige Wohnküche, in der ein riesiger Tisch stand, der sich vor Stoffballen beinahe bog.

»Woll'n se ein Glas Wasser? Mit Kaffee kann ich leider nicht dienen.«

»Nein, danke, ich brauche nichts«, sagte Leni höflich. »Also es geht darum, dass die beiden jungen Damen heute zu Ihnen kommen sollten. Aber sie sind nicht aufgetaucht?«

»Nee, und die kommen sonst immer pünktlich um dreie. Na ja, kommen se halt morgen.«

»Sagen Sie, Frau Wollweber, ist Ihnen heute um diese Zeit im Innenhof etwas aufgefallen? Gab es Lärm?«

Frau Wollweber bohrte die Stecknadeln in ein rotes Samtkissen.

»Ja, sicher, da war plötzlich Lärm«, erinnerte sie sich.

Lenis Herz klopfte stärker.

»Wirklich? Was für Lärm war das denn?«

»Da hat jemand geschrien und noch jemand. Das müssen zwei Frauen gewesen sein, die da geschrien haben«, sagte sie. »Dann haben Männer was gesagt, aber was, das hab ich nicht mitgekricht. Warum?«

»Weil heute zwei Frauen eine Anzeige getätigt haben, bei uns auf der Davidwache«, sagte Leni. »Sie sind von den Männern … überfallen worden.«

»Wohl nich Hilda und Anne?« Frau Wollweber war bestürzt. »Jesus Maria Mutter Gottes. Die beiden Mädchen sind überfallen worden? Hier im Hof? Während ich ein Kleid genäht hab? Aber das Fenster war doch offen, ach, ich hör so schlecht, deswegen brüllen die Kinder immer so, wenn se was wollen. Außerdem lief im Rundfunk Musik. Du meine Güte, die Mädels sind wirklich überfallen worden? Ach je, ach je.«

»Das genau will ich herausbekommen«, antwortete Leni, die nun immer aufgeregter wurde. »Sie helfen mir gerade dabei. Sie sind also nicht ans Fenster gegangen?«

»Nee, ich hab da gerade genäht, aber mein Gott, hätt ich das doch nur gewusst! Mit dem Schürhaken wär ich raus! Das können se mir glauben! Sind die beiden denn ausgeraubt worden?«

»Ja«, sagte Leni rasch. Sie wollte unbedingt vermeiden, dass Frau Wollweber von den Vergewaltigungen erfuhr. Das durfte nicht die Runde machen. Schon im Sinne von Anne und Hilda. Leni wollte die beiden schützen.

»Die armen Mädchen. So zwei Liebe sind das, wissen se. Arbeiten unten beim Ole Hansen und seiner Frau in der Schneiderei.«

»Ach, bei Ole Hansen.« Leni holte Stift und Zettel aus ihrer Tasche und machte sich rasch Notizen. »Sagen Sie, Frau Wollweber, würden Sie das denn aussagen? Bei der Polizei?«

»Was denn?«

»Na, dass Sie die beiden gehört haben im Hof hinten, und die beiden Männer.«

»Aber ich kann doch nix aussagen, was ich nich gesehen

habe«, ruderte Frau Wollweber zurück, und da hatte sie natürlich recht. Leni war wütend auf sich selbst. Die Aussage der alten Dame nützte ihr letztendlich gar nichts. Sie war viel zu vage. Aber auch wenn sie das in der Verfolgung der Straftat nicht weiterbrachte, so wusste sie jetzt wenigstens, dass die beiden jungen Frauen die Wahrheit gesagt hatten.

»Setzen se sich doch 'nen Moment. Ich bin immer froh, wenn ich mal ein neues Gesicht seh.«

Leni setzte sich an den Küchentisch.

Und da sah sie es. Ein stark angeschmutztes, ehemals bestimmt blütenweißes Band mit einem goldenen Schriftzug lag auf dem Tisch bei den anderen Stoffen. ANASTASIA stand in großen Buchstaben daraufgestickt.

Wieder begann Lenis Herz stärker zu klopfen.

»Wo haben Sie das denn her?«, fragte sie die alte Dame interessiert und deutete auf das Band.

»Och, das hab ich vorhin neben den Mülltonnen im Eingang zu den Kellern gefunden. Vielleicht kann ich die Buchstaben ausschneiden und noch verwenden«, erklärte ihr Frau Wollweber.

»Ich müsste mir das mal ausleihen, das Band«, sagte Leni. »Geht das?«

»Warum das denn?« Der Ausdruck auf Frau Wollwebers Gesicht war förmlich ein Fragezeichen.

»Es könnte zur Aufklärung von einem Verbrechen dienen.«

»Ach …« Jetzt dämmerte es der alten Dame. »Schockschwerenot. Das ist ja ein Matrosenband. Ein Mützenband. Von einem von den Halunken! Ja gewiss, nehmen Sie das mit. Hoffentlich kann es helfen!«

KAPITEL 8

Leni radelte zur Davidwache zurück. Diese Sache konnte keinen Moment länger als nötig warten.

Egon Nörenberg, ein älterer Kollege mit nur noch einem Bein, der nur für leichte Arbeiten eingesetzt werden konnte und im Spätdienst am Empfang saß, lächelte sie freundlich an.

»Herr Nörenberg, sagen Sie mal, wie krieg ich raus, wo ein Schiff hinfährt und für wen es fährt.«

Er kratzte sich hinterm Ohr. »Na, im Amt für Schiffsregister. So war es jedenfalls vor dem Krieg. Wie das jetzt ist, weiß ich nicht. Läuten Sie am besten mal das Amtsgericht in der Caffamacherreihe an, die wissen das bestimmt.« Er sah auf die große Uhr über der Tür. »Aber jetzt nicht mehr, die sind schon alle weg. Morgen haben Sie sicher mehr Glück.«

»Danke, Herr Nörenberg.« Leni drehte sich um und stieß mit Lasse von Hallberg zusammen.

»Hoppla«, sagte der freundlich und sah sie mit seinen braunen Augen fast liebevoll an.

»Entschuldigung«, sagte Leni.

»Ach, das macht doch nichts«, meinte von Hallberg. »Wollten Sie gerade gehen?«

»Ja, ich … hatte nur etwas vergessen.« So was Dummes, warum hatte das Gericht nun schon zu? Jetzt musste sie bis morgen warten. Sie wollte auch niemandem auf die Nase binden, warum sie etwas über eingetragene Schiffe wissen wollte. Zum Glück hatte Egon nicht gefragt.

Lasse von Hallberg hielt ihr galant die Tür auf. »Nach Ihnen, gnädige Frau.«

»Charmeur«, knurrte Egon Nörenberg grinsend, dann ließ er sich wieder in seinen Holzstuhl sinken.

Draußen atmete Leni tief ein.

»Sagen Sie, Frau Jacobsen, ist alles in Ordnung?«, fragte Lasse, der etwas besorgt wirkte. »Sie wirken sehr durcheinander.«

»Es geht schon wieder, danke. Ich muss nur meine Ungeduld im Zaum halten.«

»Ungeduld? Das kenn ich. Am liebsten alles sofort und ohne Aufschub«, lachte Lasse. »Aber wie sagt meine Großmutter immer: Angst und Ungeduld sind schlechte Ratgeber. Lieber einmal mehr drüber schlafen und dann die richtige Entscheidung treffen. Morgen ist auch noch ein Tag.«

»Ja, das könnte auch von meiner Oma kommen«, sagte Leni lächelnd.

»Gehen wir ein Stück zusammen?«

»Gern.« Was war schon dabei? Lasse von Hallberg war ein freundlicher, angenehmer Kollege, der nie auch nur ansatzweise schlüpfrig oder übergriffig war, sondern wusste, was sich gehörte. Er wünschte stets höflich einen Guten Morgen, hielt ihr und Hanne Rudinger galant die Tür auf und bedankte sich, wenn man ihm etwas brachte. Von ihm sollte sich Henning Aversen mal eine Scheibe abschneiden.

Lasse von Hallberg ließ es sich nicht nehmen, ihr Fahrrad zu schieben. Die von Ömchen genähte Umhängetasche legte sie in den Lenkerkorb.

»Wie gefällt es Ihnen denn bei uns?«, fragte Lasse dann interessiert.

Leni lächelte. »Oh, gut. Man härtet wohl schnell ab, das

habe ich rasch gelernt. Und wie überall gibt es solche und solche Menschen. Man kann sich eben nicht alle aussuchen.«

Der Kollege lächelte sie an. »Das ist schön. Wussten Sie eigentlich schon, dass fast alle auf der Wache dagegen waren, dass noch eine Frau angestellt wird? Aber stenografieren konnte keiner, und tippen wollte keiner von den Kollegen, außerdem dauert das Ewigkeiten, wenn man das System nicht beherrscht. Jedenfalls wurde für Frau Rudinger die Arbeit zu viel, und sie hat bei Herbst eine zweite Stelle angefordert.«

Leni lächelte. »Und da bin ich.«

»Ja, da sind Sie. Auch wenn Sie noch nicht so lange da sind, Sie machen das wirklich gut, Frau Jacobsen.«

Leni wollte sich gerade bei ihm bedanken, da wurden sie unterbrochen.

»Mönsch, Lasse, sieht man dich auch mal wieder?«, rief einer der Koberer vor einem Oben-ohne-Etablissement.

»Aber sicher Heinz, du weißt doch, Unkraut vergeht nicht.«

»Jo, stimmt. Was 'n das für 'ne hübsche Deern? Bist du in den Ehehafen eingelaufen?«

»Nee, Heinz, das ist noch nix für mich. Frau Jacobsen ist eine Kollegin. Immer schön nett zu ihr sein.«

»Wa? Seit wann habt ihr denn Weibsleute auf der Wache?«, fragte Heinz fassungslos, aber auch neugierig.

»Das sind keine Weibsleute, das sind *Damen*, Heinz.«

»Aber andere als da drin«, feixte Heinz, deutete auf die Eingangstür und zeigte vom Tabakkonsum verfärbte Zähne. »Kommt doch rein und trinkt ein Bier. Dann kannste dich auch gleich davon überzeugen, dass hier alles sauber ist.«

»Nein, Heinz, das geht nicht, ich …«, fing Lasse an, aber Leni hob die Hand. Sie war entsetzlich neugierig. Schließlich arbeitete sie jetzt hier, da musste sie doch zumindest wissen, womit sie es zu tun hatte.

»Nur zu gern«, sagte sie schnell. »Heinz, ich bin Leni.« Sie gab dem ungefähr sechzigjährigen Mann die Hand. »Ich hoffe, das Bier schmeckt.«

»Ich will gar nicht wissen, wo es her ist«, meinte Lasse schmunzelnd und auch ein wenig erstaunt. Letzteres galt Leni.

»Geht natürlich aufs Haus, Lasse!«

»Nee, lass man, Heinz, du weißt doch, dass ich das nicht darf. Aber danke für das nette Angebot. Ja, Frau Jacobsen, wenn Sie also wirklich wollen, dann bitte.«

Heinz machte eine galante, ausschweifende Handbewegung und öffnete die Tür, die ehemals rot gewesen war. Mittlerweile jedoch war die Farbe abgeblättert. *Lola-Bar* prangte in vergilbten Lettern über dem Eingang. Leni und Lasse betraten die Lokalität, und sofort war es dunkel.

»Hier entlang.« Lasse nahm Leni bei der Hand. »Da wären wir. Die Augen gewöhnen sich rasch an die Dunkelheit.«

Er hatte recht. Leni sah sich um. Sie standen vor einem Tresen, der auch schon bessere Tage erlebt hatte, auch was die Alkoholvorräte, die hinter ihm an einer Wand standen, betraf. Zwei Flaschen mit Schnaps, eine Flasche Sekt und einige Flaschen Bier standen da. Eine Frau, die mit Sicherheit ihren achtzigsten Geburtstag lang hinter sich hatte, stand in einem viel zu großen Paillettenkleid da und schaute sie aus müden Augen an.

»Tach Lasse. Bier? Schampus? Hab ich gerade gestern bekommen. Ganz legal natürlich.«

»Na klar, was denn sonst. Zwei Bier bitte, Gisela.« Lasse setzte sich auf einen Barhocker, und Leni tat es ihm nach. Etwas weiter hinten gab es ein wenig mehr Licht, wenn auch diffus, hier befanden sich mehrere Sofas in leuchtendem Rot, und zwei junge Damen bedienten in leichter Kleidung, die mehr zeigte als verbarg.

Man kannte Lasse und nickte ihm freundlich zu.

»Das sind Hedwig und Klara. Zwillingsschwestern. Sie haben beide Eltern verloren und ihr Zuhause noch dazu. Ausgebombt natürlich. Momentan wohnen sie hier im zweiten Stock. Sind gerade einundzwanzig geworden. Solange sie hier nur bedienen, sag ich nichts, aber sobald daraus mehr wird, werden wir eingreifen müssen.«

»Mit mehr meinen Sie, dass die beiden mit Gästen aufs Zimmer gehen?«

Er nickte. »Ganz genau. Natürlich passiert es trotzdem, aber wir müssen hier schauen, dass wir die Oberhand behalten und manchmal durchgreifen. Sonst tanzt uns die Bagage auf der Nase herum. Das fängt jetzt wieder an. Danke, Gisela. Oh, das ist ja sogar kühl, das Bier!«

»Wir haben ausnahmsweise mal Eisstangen gekriegt«, ließ Gisela ihn wissen. »Zum Wohl!« Sie zündete sich eine Zigarette an und fing an, Gläser zu polieren.

Leni nahm einen Schluck von dem kalten Bier. Tat das gut! Wie lange war es her, dass sie Bier getrunken hatte? Sie wusste es nicht, aber sie merkte, wie gut es tat, einfach hier zu sitzen und nichts zu tun. Morgen war ja ein neuer Tag.

Auch Lasse trank einige Schlucke, dann stellte er die Flasche wieder hin und wandte sich Leni zu. »Sie machen Ihre Arbeit wirklich sehr gut«, wiederholte er. »Der Giftknochen findet das auch, das merken alle.«

»Giftknochen?«

»Na, Jochen Herbst natürlich. Er ist sehr freundlich zu Ihnen.«

»Davon habe ich noch nichts gemerkt. Ich finde ihn eher ganz schön streng und stets auf Zack.«

»Mit uns brüllt er manchmal herum. Das würde er bei Ihnen nicht machen.«

»Warum nicht?«

»Keine Ahnung. Vielleicht, weil Sie eine Frau sind.«

»Wie ist es denn mit Hanne Rudinger?«

»Ja, zu ihr ist er auch nett. Aber zu Ihnen netter.«

Leni musste sich vorstellen, wie es wohl wäre, wenn Jochen Herbst, der Giftknochen, bei ihr mal schlechte Laune hätte. Ob er sie dann in Grund und Boden brüllen würde? Aber sie fühlte sich natürlich auch geschmeichelt.

Langsam füllte sich der Raum mit nur männlichen Gästen, und man sah die Zwillingsschwestern eifrig hin und her eilen. Ein Mann verwickelte eine von ihnen in ein Gespräch, woraufhin sie zu Lasse rübersah und dann den Kopf schüttelte.

Aha, dachte Leni. Sie macht jetzt nichts Unüberlegtes.

Da setzten sich zwei Männer neben sie auf die Barhocker. Matrosen. Einer war recht klein, der andere größer. Sie trugen Mützen. Auf einem Band stand in Goldbuchstaben ANASTASIA, bei der anderen fehlte das Band.

Lenis Herz setzte kurz aus, dann handelte sie ohne nachzudenken. Sie griff nach Lasse Hallbergs Unterarm und zog ihn mit sich auf die Straße. Ihr verdutzter Kollege sah sie irritiert, beinahe verärgert an.

»Frau Jacobsen, was ist denn in Sie gefahren?«

Mit wenigen Worten brachte sie ihn auf den Stand der Dinge darüber, was sie heute nach Feierabend in Erfahrung gebracht hatte, sowie über ihren Fund.

»Herr von Hallberg, *bitte*, ich weiß, dass sie das sind.«

»Ich kann nicht einfach da reingehen und jemanden verhaften«, verteidigte von Hallberg seine Meinung.

»Aber es liegt doch eine Anzeige vor, und ich habe ein Fahndungsplakat erstellt«, sagte Leni aufgeregt. »Wozu sollte man zur Fahndung aufrufen, wenn man dann nicht zur Tat schreiten kann, wenn die Verdächtigen gesichtet werden? Sie könnten die beiden zur Vernehmung mitnehmen und nach den Vorfällen vom Nachmittag befragen. Ich habe das Band mit dem Schiffsnamen als Beweis, dass mindestens einer der beiden in diesem Hinterhof gewesen ist, und wir haben die Aussage von Frau Wollweber, dass sie Schreie und Stimmen gehört hat. Bitte!« Sie verschwieg bewusst, dass Frau Wollweber eigentlich keine Aussage machen wollte, das tat jetzt nichts zur Sache. Sie wollte diese Sache nur dringlicher machen. Mit Erfolg.

Lasse von Hallberg überlegte kurz.

»Gut«, sagte er dann. »Wir wissen, wo die Frauen wohnen? Dann schicken wir gleich jemanden hin, die beiden müssen auf die Wache kommen.«

Am liebsten wäre Leni ihm um den Hals gefallen. Sie witterte Gerechtigkeit in diesem Sumpf, der Frauen so wenig davon gab.

Leni hatte Blut geleckt.

»Nun noch einmal von Anfang an«, sagte Lasse von Hallberg. »Wie genau haben Sie denn die beiden Damen kennengelernt?«

»Die sind uns am Hafen über den Weg gelaufen, wir waren gerade vom Schiff runter zum Landgang«, sagte der kleinere Dunkelhaarige, der ein Muttermal auf der Backe hatte, Rudi Lembach hieß, aus Cuxhaven stammte und seit einigen Jahren zur See fuhr. Der andere, Blonde, hörte auf den Namen Kurt Poll und stammte aus Bremerhaven. Beide waren zweiundzwanzig Jahre alt, Lembach fuhr zur See, seitdem er zehn Jahre alt war. Sie waren nicht an der Front gewesen, weil die Schiffe, auf denen sie fuhren, als kriegswichtig eingestuft worden waren.

»Weiter«, sagte Lasse von Hallberg.

»Dann haben wir die beiden eben gesehen. Die kicherten und haben sich gegenseitig angerempelt, und dann sind wir ein Stück Weg zusammen gegangen.«

»Aha. Einfach so?«

»Einfach so.« Die beiden nickten gleichzeitig.

Kurt redete weiter. »Dann waren wir hier in der Gegend und haben die beiden gefragt, ob sie denn bereit wären, sich ein bisschen mit uns zu vergnügen. Wir würden es uns auch was kosten lassen.«

Er machte nun eine Pause und sah zu Rudi hinüber, aber der starrte auf den Dielenboden.

»Weiter«, forderte Lasse mit Nachdruck. Leni saß dabei und stenografierte mit. Sie hoffte, dass Aversen, der heute Spätdienst hatte, Hilda und Anne bald herbringen würde. Zum Glück wohnten sie Haus an Haus, oder was von den Häusern noch übrig geblieben war. Sie hatte Aversen eingeschärft, den Müttern oder Großmüttern nicht mitzuteilen, worum es hier ging, warum er wirklich da war, sondern sich irgendwas auszudenken. Dass Hilda und Anne Augenzeugen bei einem Diebstahl waren oder Ähnliches.

»Wieso denn? Und warum sagen *Sie* mir eigentlich hier, was ich zu tun habe?«, hatte Aversen gefragt.

»Es ist wichtig.« Leni hatte ihn angeschaut. »Bitte.«

Knurrend war er davongestürmt.

»Was wollen Sie denn eigentlich von uns, wir haben doch gar nichts gemacht?«, fragte Kurt, und Rudi nickte bekräftigend.

»Gar nichts haben wir gemacht.«

Es klopfte an der Tür, Aversen steckte seinen roten Kopf in den Raum und nickte Lasse zu. Der überlegte kurz, sah dann die beiden Männer an und schien einen spontanen Entschluss zu fassen.

»Bitte«, sagte er zu Aversen, und der öffnete die Tür und ließ die beiden jungen Frauen eintreten.

Anne fing sofort an zu weinen und hielt sich an ihrer Freundin fest. Hilda starrte nur auf die beiden Männer in ihrer Matrosenkluft. Auch die beiden Männer starrten Hilda und Anne nur entsetzt an.

Lasse von Hallberg fragte kurz die Personalien der beiden ab, dann bat er sie, sich zu setzen, und achtete darauf, dass es recht weit von den beiden Männern entfernt war.

»Nun«, begann er dann. »Dann schildern Sie doch bitte noch einmal für alle hier Anwesenden, was heute aus Ihrer Sicht passiert ist. Bitte.«

Die jungen Frauen erzählten, erst stockend, dann purzelten die Worte aus ihren Mündern. Zwischendurch weinten sie und schluchzten, konnten nicht weitersprechen. Leni holte neues Wasser und Taschentücher und stenografierte ansonsten eifrig mit.

»So steht also Aussage gegen Aussage«, sagte Lasse von Hallberg dann. »Wo soll denn der einvernehmliche Verkehr stattgefunden haben?«

Kurt und Rudi sahen sich an und zögerten mit der Antwort.

»Ich höre«, forderte Lasse nun sehr ernst.

»Ja, da in so einem Hof«, sagte Rudi dann.

»In einem Hof? Wenn die beiden Damen diesem gewerblichen Beruf nachgehen würden, hätten sie doch irgendwo ein Zimmer, oder nicht?«

»Weiß nicht«, sagte Kurt, dessen Gesicht nun blutrot glühte.

»Sag mal, wo ist eigentlich Ihr Mützenband?«, fragte Lasse plötzlich, als wäre es ihm eben erst aufgefallen.

»Hab ich auf der Überfahrt verloren«, kam es nach einem winzigen Zögern von dem jungen Mann.

Lasse von Hallberg stand auf, zog das Band mit der Goldschrift aus einer Mappe und knallte es auf den Tisch vor den beiden.

»Auf der Überfahrt verloren? So, so! Ich sag euch jetzt mal was. Wenn ihr nicht sofort mit der Wahrheit rausrückt, lernt ihr mich mal richtig kennen. Also, was genau ist passiert?«

»Tut mir leid«, wisperte Rudi nun klein mit Hut und kratzte sich am Kopf. »Wir waren so lang auf See unterwegs. Da hat sich so einiges aufgestaut.«

Lasse schlug mit der Faust auf den Tisch.

»Und da kommt ihr nach Hamburg und vergewaltigt zwei junge Frauen in einem Hinterhof? Sagt dann noch, die hätten das auch gewollt! Reicht es nicht, dass so viele der Besatzer glauben, mit den deutschen Frauen tun zu können, was sie wollen? Fallen jetzt auch unsere eigenen Männer über die her, die dieses Land am Laufen gehalten haben, während sie an der Front – oder eben auf See waren? So etwas Armseliges hab ich lange nicht gehört. Und dann misshandelt ihr sie noch, reißt ihnen Haare aus, spuckt sie an? Frau Jacobsen, haben Sie das alles aufgenommen?«, brüllte er.

»Sicher«, sagte Leni ruhig, bemüht, sich ihre Aufregung nicht anmerken zu lassen.

»Dann seid ihr noch so blöd und verliert ein Mützenband. Wie gut, dass das gefunden wurde. Jetzt will ich von euch die Wahrheit hören! Was hat sich wie zugetragen? WAGT ES NICHT! WAGT ES NICHT, MICH ANZULÜGEN!«

Beide knibbelten nervös an ihren abgesetzten Kappen herum. »So, wie die's gesagt haben«, erklärte Kurt dann, sah auf und die beiden jungen Frauen an. »Tut mir leid«, kam es schließlich leise.

»Halt doch deinen Rand«, wurde er nun von Rudi angefahren, der offenbar wieder Oberwasser hatte oder aber kapierte, in welcher Situation sie sich befanden. »Du bringst uns in Teufels Küche. Beweisen könnt ihr uns das alles trotzdem nicht!«, rief er dann in von Hallbergs Richtung.

Lasse ging nun die paar Schritte zu ihm und packte ihn am Schlafittchen. »Halt den Mund! Wenn du nur ein bisschen Anstand im Leib hast, dann entschuldigst du dich bei den beiden und nimmst die gerechte Strafe hin, die du kriegen wirst, denn dafür werde ich sorgen. Ihr könnt jetzt eine Aussage machen, oder aber wir machen hier einen schönen Prozess, nach dem ganz Deutschland euch kennen wird. Dann sorg ich dafür, dass das in allen Zeitungen stehen wird. Was ist euch lieber?«

Die beiden sagten gar nichts.

»So! Das ist wohl Antwort genug. Ihr bleibt heute hier. Wir werden am Hafen auf der *Anastasia* Bescheid geben, dass es noch ein bisschen dauert mit eurer Rückkehr. Und dass die gerne ohne euch losfahren können.«

»Wir dürfen nicht zurück aufs Schiff?«, fragte Rudi entsetzt.

»Nein. Das habt ihr euch selbst eingebrockt, und die Suppe müsst ihr jetzt auslöffeln.« Er ging zur Tür und rief Aversen.

»Abführen, die beiden.«

Noch nie hatte ein Geräusch in Lenis Augen so wohlgeklungen wie das der einrastenden Handschellen.

Nachdem die beiden aus dem Raum gebracht worden waren, blieben Hilda, Anne und Leni noch einen Moment sitzen.

»Danke, Frau Jacobsen«, sagte Hilda leise. »Danke schön.«

»Auch von mir«, wisperte Anne, die immer noch ein wenig unter Schock zu stehen schien. »Können wir jetzt nach Haus gehen? Mutti kommt bald von der Arbeit und wundert sich, wenn ich nicht da bin. Zum Glück war keiner daheim, als Ihr Kollege kam, um uns zu holen. Wir möchten jetzt bitte gehen, bitte.«

»Sicher, sicher, geht nur«, nickte Leni, die so stolz auf sich war wie noch nie in ihrem Leben.

Sie brachte die beiden bis zur Tür, dann ging sie noch einmal in den Raum zurück, in dem die Vernehmung stattgefunden hatte.

»Dreckskerle. Dabei sehen sie so lieb aus, als könnten sie keiner Fliege was zuleide tun«, echauffierte sich Lasse von Hallberg, der ebenfalls zurückgekehrt war. »Du liebe Güte, Frau Jacobsen. Eine reife Leistung. Allerdings glaube ich, dass der Giftknochen das anders sehen wird.«

»Warum?«, fragte Leni müde.

»Sie sind keine Polizistin und auf eigene Faust losgelaufen, um Leute zu befragen. Dass das nun gut ausgegangen ist, ist natürlich wunderbar, aber Sie hätten das nicht tun dürfen.«

»Ach«, machte Leni. »Und nun?«

»Ich würde sagen, wir spielen mit offenen Karten und erzählen dem Chef morgen genau, was passiert ist. Ich bin immer für Ehrlichkeit. Natürlich könnten wir auch den gesamten Erfolg mir zuschreiben – statt ihrer könnte ich die Befragung unternommen haben, aber bei so etwas habe ich ein ungutes Gefühl. Außerdem kriegt der Giftknochen das sowieso raus. Er riecht Lügen hundert Meter gegen den Wind.«

»Ich nehme das natürlich auf mich«, meinte Leni. »Ich stehe dazu. Ich bin so froh, dass wir die beiden geschnappt haben.«

»Ich ja auch. Wir kriegen das schon hin. So, ich muss jetzt mal nach Hause und sehen, ob ich noch was zu essen finde.«

Egon Nörenberg nickte ihnen zum Abschied zu, als sie zusammen die Wache verließen.

Leni nahm ihr Fahrrad, schloss die Kette auf, verabschiedete sich kurz von Lasse und radelte davon. Sie merkte, wie die Anspannung von ihr abfiel.

Das war ein anstrengender Tag gewesen. Sie war unglaublich müde und ausgelaugt. Langsam fuhr sie durch das zerbombte Hamburg und fühlte sich dennoch gut und zufrieden, weil der Tag einen guten Ausgang genommen hatte. Das mit Herbst würde sie schon irgendwie deichseln.

Wenn ich das bloß alles Alfred erzählen könnte, dachte sie, während sie in ihre Straße in Barmbek einbog.

»Da bist du ja, Leni. Wir haben uns schon Sorgen gemacht.« Ihre Mutter wirkte angespannt.

»Es hat länger gedauert, ich musste noch eine Vernehmung abtippen«, entschuldigte Leni ihr spätes Kommen, dann merkte sie, dass irgendetwas anders war als sonst. Sie drehte sich zur Mutter um.

»Ist etwas passiert?«, fragte sie alarmiert, und ihr wurde kalt.

»Ja, nun, dann ... also ... Leni, da ist ein Brief für dich gekommen«, erklärte Margot Harding, die weiß wie die Wand war.

»Was denn für ein Brief?« Leni machte einen Schritt auf sie zu.

Margot antwortete nicht gleich, sondern sah sie mit großen Augen an. In diesem Blick lag Liebe, Angst, Fürsorge und Trauer.

»Vom Amt. Er sieht wichtig aus.«

Leni wurde noch kälter.

»Wo ist er?«

Ihre Mutter gab Leni den Umschlag, und sie schaute ihn an, drehte ihn hin und her. Ein offizielles Schreiben offenbar. Leni wurde nun auch noch von einer diffusen Angst beschlichen. Sie fröstelte. Und sie wollte diesen Brief gar nicht öffnen und war kurz davor, ihn einfach zur Seite zu legen. Andererseits würde sie ihn nun, wo sie wusste, dass er existierte, vermutlich ohnehin nicht mehr aus dem Kopf bekommen. Und es würde sich anfühlen, als liefe sie vor irgendetwas davon, und das passte doch gar nicht zu ihr.

Sie gab sich einen Ruck und riss den Umschlag auf. Mit zitternden Fingern zog sie das Papier heraus und faltete es auseinander.

»... müssen wir Ihnen mitteilen, dass Ihr Ehemann Alfred Jacobsen am vierzehnten Juli im Kriegsgefangenenlager 126 Nikolajew bei Schadrinsk in der westsibirischen Oblast Kurgan an Schwindsucht verstorben ist. Wir bedauern den Verlust und übersenden Ihnen hiermit unser aufrichtiges Beileid ...« las sie, und die Buchstaben verschwammen vor ihren Augen. Die Wahrheit knallte wie eine Bombe auf ihre Seele. Das, vor was sie seit Jahren Angst hatte, war nun eingetreten.

»Was ist?«, fragten die Mutter und auch Ömchen – Leni

hatte gar nicht bemerkt, dass sie in den Raum gekommen waren – und sahen sie fragend und auffordernd an. Beide sahen allerdings so aus, als würden sie die Antwort schon ahnen.

»Alfred ist tot«, sagte Leni tonlos. »Alfred ist tot. Er ist tot. Die schreiben, er ist tot. Am vierzehnten Juli. Da ist er gestorben, also tot. Alfred. Er ist tot.« Leni starrte auf das offizielle Schreiben und merkte, wie ihr Herz zersprang. Ihr Herz weitete sich, wenn sie an die Liebe dachte, die Alfred ihr geschenkt hatte. An das Glück ihrer drei Kinder, dann zog es sich schmerzhaft zusammen bei dem Gedanken, dass sie ihn nie wieder in die Arme schließen würde.

Ich darf jetzt nicht aufgeben, dachte sie nur. Ich darf mich nicht in der Trauer verlieren. Meine Kinder brauchen mich. Sie haben jetzt nur noch mich. Doch der Schmerz war so stark, sie glaubte, ihn kaum aushalten zu können. Würde die Trauer sie jetzt mit sich reißen? Bitte, lieber Gott, lass mich jetzt nicht sterben. Ich muss atmen.

Sie atmete aus und ein, und sie musste an den Verlobungsring denken, den Alfred ihr damals bei seinem Heiratsantrag geschenkt hatte. Er steckte immer noch an ihrem Finger, zusammen mit dem schlichten, goldenen Ehering. Ein kleiner grüner Stein, gefasst in Gold. Sie erinnerte sich daran, wie sie und Alfred sich geküsst hatten, nachdem sie Ja gesagt hatte. Das war ein wundervoller Moment gewesen. An diesem Abend waren sie zum Hafen geradelt, und am Strand von Övelgönne hatten sie gebadet. Alfred hatte eine Flasche Wein dabeigehabt, aus der sie in der untergehenden Sonne getrunken hatten, während sie Zukunftspläne geschmiedet und von Kindern gesprochen hatten. Vier Kinder wollte Alfred und vier auch Leni. Alles passte bei ihnen, als wäre es für sie gemacht.

Dann die Hochzeit. Ömchen hatte ein Kleid genäht, aus Taft. Elfenbeinfarben. Schlicht. Mutti hatte ihr die Perlenohrringe geschenkt, die sie einst von Lenis Vater bekommen hatte. Es war ein wundervolles Fest gewesen. Wundervoll auch deswegen, weil alle ihre Lieben noch gelebt hatten. Alle, die ihr etwas bedeutet hatten. Opa Michel und Ömchen, ihr Vater Georg, seine Eltern Uwe und Alida, die kurz nach der Hochzeit rasch hintereinander verstorben waren. Franziska war natürlich ihre Trauzeugin gewesen und hatte so hübsch ausgesehen in ihrem blassrosa Kleid und den Blumen im Haar. Und jetzt waren sie alle fort, würden nicht mehr zurückkehren – auch er nicht, ihr Alfred. Es konnte nicht sein, er musste noch leben, musste zu ihnen nach Hause kommen. Sie hatten doch vier Kinder gewollt und hatten erst drei!

Leni sah Mutter und Großmutter an. »Vielleicht ist das ein Irrtum.« Sie hörte selbst, wie hohl die Worte in ihren Ohren klangen, ihre Stimme kratzig, kaum wie ihre eigene.

Einen Moment lang herrschte Stille in der Küche, dann strich Margot ihr über den Arm. »Es tut mir so leid, Kind.« Sie wischte sich eine Träne von der Wange. »Es tut mir so leid.«

Leni nahm ihre Umhängetasche ab, mit der sie eben noch guter Dinge von der Wache gekommen war, und schaute ihre Mutter an. Ihr wurde von einer Sekunde auf die andere noch kälter.

»Nein«, sagte sie dann. »Das ist nicht wahr. Es muss ein Irrtum sein.« Völliger Unfug. Die mussten sich täuschen. »Das kann doch gar nicht wahr sein. Es kommt doch nicht einfach ein Brief. Das ist ja alles Unsinn.«

Margot nahm sie in den Arm, streichelte ihren Rücken, und nun kam auch Ömchen und umarmte sie. Leni spürte die Erschütterung der beiden. Die Hoffnung, dass wenigstens einer ihrer Männer diesen schrecklichen Krieg überlebt hatte, hatten sie alle in sich getragen. Doch nun war auch dieser letzte Funke erloschen.

»Leni, es ist so schrecklich«, flüsterte Ömchen.

Leni löste sich aus der Umarmung, setzte sich auf einen Küchenstuhl, faltete das Schreiben noch einmal auseinander und las es erneut. Erst jetzt nahm sie das Datum wahr. Vor einigen Wochen war er also angeblich gestorben.

Der Brief hat gar nicht so lange gebraucht, bis er hier ankam, dachte Leni, der immer kälter wurde. Sonst war die Feldpost doch viel länger unterwegs. Aber wenn es stimmte, hatte er das Kriegsende noch erlebt.

Wo genau lag dieser Ort eigentlich? Ach, es war gleichgültig.

Alfred war tot.

Leni saß nur da und starrte aus dem Fenster. Sie war zu nichts Weiterem fähig. Die Trauer übermannte sie, nahm ihr die Luft zum Atmen, die Fähigkeit klar zu denken. Hatten sie nicht endlich genug gelitten?

Was sollte denn noch alles passieren?

Mit einem Mal erfasste sie eine unbändige Angst, all diesen Schicksalsschlägen nicht mehr gewachsen zu sein.

Was konnte ein einzelner Mensch ertragen?

KAPITEL 9

Eine halbe Stunde später saß Leni mit ihrer Mutter, Ömchen und Lotti immer noch in der Küche. Ihr war so schrecklich, so fürchterlich kalt. Sie hatte das Gefühl, dass ihr nie wieder warm werden würde.

Wieder fragte sie sich, was noch geschehen sollte. Reichte es nicht, dass sie ihren Vater und Großvater verloren hatten, Lottis Mann, Franzi und ihre Familie? Reichte es nicht mit all den Toten, die sie betrauerten, reichte es nicht?

Lotti nahm Lenis Hand.

»Schwesterlein«, sagte sie lieb so wie früher, als sie Kinder gewesen waren. »Kann ich etwas für dich tun?«

Leni sah auf und sah die drei an. »Wo sind denn die Kinder?«

»Bei Frau Marx. Ich hab sie gebeten, sich zu kümmern«, antwortete die Mutter.

»Gut.« Leni nickte. »Ich hätte jetzt zu gern einen Schnaps oder einen Weinbrand oder irgendwas … Starkes.«

Lotti sprang auf und kam mit einer Flasche zurück. »Hier. Hab ich heute mitgebracht. Die Engländer haben ihn selbst gebrannt. Aber nichts verraten.«

»Ich verrate nichts.« Leni hatte gerade ganz andere Sorgen. Sie öffnete die Flasche, und Margot stand auf und holte ihre Emaillebecher, die einzigen Trinkgefäße, die sie hatten. Sämtliche Gläser aus Urgroßmutters Küchenbüfett waren bei einem Bombenangriff in Millionen Splitter zersprungen. Die kaum sichtbaren Scherben hatten noch Monate in der Wohnung herumgelegen, wahrscheinlich auch jetzt noch. Das gute Kaffeeservice war wie durch ein Wunder heil geblieben, und mittlerweile benutzten sie es tatsächlich an Sonntagen. An gewöhnlichen Wochentagen jedoch mussten die Becher herhalten.

»Schwindsucht«, sagte Leni und nahm einen Schluck direkt aus der Flasche. »Alfred hatte die Schwindsucht.« Der ungewohnte, starke Alkohol brannte in ihrer Kehle und ihrem Magen und stieg ihr sofort in den Kopf. Das musste etwas sehr Hochprozentiges sein. Das Bier vorhin in der *Lola-Bar* hatte sie schon gemerkt, aber das hier war ein anderes Kaliber. Wenn man sonst immer nur Wasser trank ...

»Warum schreiben die das eigentlich auf Deutsch?«, wollte Leni dann wissen. »Die Sowjetunion ist doch gar nicht deutsch.« Sie war völlig durcheinander.

»Der Brief ist doch von einem deutschen Amt gekommen«, erklärte ihr Ömchen, nachdem sie das Schreiben studiert hatte. »So war das damals bei Michel und Georg auch. Das jeweilige Land informiert wohl die deutschen Behörden, und die geben es offenbar weiter.«

Leni nahm noch einen Schluck, stellte die Flasche hin und stützte dann ihren Kopf in beide Hände. Sie sah mit glasigen Augen auf. »Vielleicht ist das ja wirklich ein Irrtum«, sagte sie, einen Hauch Hoffnung in der Stimme. »Ich könnte morgen von der Wache aus auf dieser Behörde anläuten und fragen, ob es wirklich stimmt. In diesen unruhigen Zeiten passiert doch leicht mal ein Fehler.« Nun stand sie auf und lief hektisch hin und her.

Niemand antwortete, und Leni setzte sich wieder hin und die Flasche wieder an.

»Es ist jetzt genug«, befand Ömchen mit Nachdruck und nahm ihr den Obstbrand weg, um sich selbst einen Fingerbreit einzugießen. Leni wartete, bis alle etwas in ihren Bechern hatten, dann nahm sie Ömchen die Flasche wieder aus der Hand. Ömchen protestierte nun nicht mehr, sondern ließ sie gewähren.

»Wisst ihr noch, als ich mit Liesel schwanger geworden bin und Alfred und ich ganz schnell geheiratet haben? Jedenfalls, an dem Abend, an dem ich es ihm erzählt habe, da hat er mit seinem Freund Ludwig auch einen über den Durst getrunken, aber wie! Wir haben alle beieinandergesessen, Papa hat auch ordentlich gebechert. Ich weiß noch, wie er sich gefreut hat. Wir waren so glücklich in diesem Moment und das, obwohl ich solche Sorgen hatte, es zu erzählen. Was für ein Skandal. Die Polizistentochter ist unverheiratet schwanger geworden. Aber ihr habt mir nie Vorwürfe gemacht. Im Gegenteil. Auch ihr habt euch gefreut«, erinnerte sich Leni. »Könnte ich das Glück von diesem Abend doch noch einmal spüren. Aber nun sind alle fort. Wisst ihr noch, die Hochzeit? Das Kleid war so wunderschön. Dieser cremefarbene Taft. Ich hab mich wie eine Prinzessin gefühlt. Alle waren da. Ludwig war Alfreds Trauzeuge. Der Gute ist auch gefallen. Nun haben wir keine Männer mehr in der Familie. Trinken wir auf Opa, Papa, Sören und Alfred. Auch auf Ludwig, den guten Ludwig.« Ludwig war der beste Freund von Alfred gewesen. Auch ihn hatte der Krieg verschlungen.

»Und kein Wort zu den Kindern. Ich will ihnen die Hoffnung nicht rauben.«

Sie stießen an.

Keine von ihnen sprach, aber alle nickten. Den ganzen Abend saßen sie gemeinsam um den Küchentisch, erzählten sich Geschichten über ihre Männer, lachten über Erlebnisse und weinten um die gemeinsame Zeit, die der Krieg ihnen geraubt hatte.

Ömchen versorgte die Kinder, als sie mit roten Wangen vom Spielen hereinstürmten, und schmierte ihnen Brote. Leni selbst wäre dazu nicht mehr in der Lage gewesen, und das nicht allein wegen des Alkohols.

Als Leni endlich zu Bett ging, wankte sie. Sie schaffte es gerade noch, sich auszuziehen, dann lag sie da, und alles drehte sich um sie. Tausende Erinnerungen schossen ihr durch den Kopf. Sie dachte daran, wie sie Alfred kennengelernt hatte. In einer Bäckerei war es gewesen, er hatte ihr galant den Vortritt gelassen und sie dann mit seinen blauen Augen angestrahlt. Fünfzehn Jahre alt war sie damals gewesen und er achtzehn. Leni war sofort hin und weg gewesen, und umgekehrt war es ihm genauso ergangen. Sie gingen an diesem Tag an der Elbe spazieren, hielten nach einer Stunde verstohlen Händchen, und eine weitere Stunde später hatten sie sich den ersten, vorsichtigen Kuss gegeben, und Leni hatte gedacht, ihr Herz würde vor Glück zerspringen.

Sie hatten ihre Liebe erst einmal geheim gehalten, aber dann hatte Opa Michel sie miteinander gesehen und sie später gefragt, ob sie eine Romanze mit dem jungen Mann hätte. Er war es auch gewesen, der die Familie davon unterrrichtete. Lenis Eltern waren verhalten, Ömchen hatte sich daran erinnert, wie sie sich damals in Michel verliebt hatte, und dauernd erzählt, wie schön eine junge Liebe sei. Ihre Großeltern waren es gewesen, die bei dieser Liebe hinter ihr gestanden hatten, sie darin bestärkt und ihr Mut gemacht hatten, sie zu leben und daran festzuhalten.

Dann war Leni schwanger geworden, und ihre Eltern hatten sich mit Alfreds Eltern besprochen, es war ein vernünftiges Gespräch gewesen.

Leni und Alfred konnten es nicht abwarten, miteinander verheiratet zu sein, und als sie im weißen Kleid vor dem Altar stand, kochte sein Herz vor Liebe über, das sagte er zumindest ständig.

Dann kam Liesel auf die Welt, und Leni war von der ersten Sekunde an verliebt gewesen in das kleine Bündel Leben. Alfred ging es genauso. Sie hegten und pflegten die kleine Tochter, sie herzten und küssten sie, und die Liebe zueinander war immer stärker geworden.

Leni hatte eigentlich nach einiger Zeit wieder arbeiten wollen, aber Alfred war der Meinung gewesen, sie solle erst einmal zu Haus bleiben und ihr Leben als Mutter genießen, was sie dann auch tat. Alfred verdiente im Hotel Vier Jahreszeiten gut, sie hatten keine Nöte.

Sie liebten es, die kleine Liesel in Lenis altem Kinderwagen spazierenzufahren, am Jungfernstieg zu flanieren, stehen zu bleiben und Liesel zu präsentieren, voller Stolz auf ihre Tochter und voller Liebe füreinander waren ihre Herzen.

Während Leni daran dachte, dass es wahrlich nicht lange gedauert hatte, bis Hannes unterwegs gewesen war, und sie beide auch diesmal ihr Glück kaum fassen konnten, schlief sie ein.

Am nächsten Morgen wachte Leni nicht vom Rasseln des Weckers auf, sondern davon, dass ihr speiübel war. Sie setzte sich auf, und Blitze schossen durch ihren Kopf. Gute Güte, tat das weh! Mit letzter Kraft schaffte sie es vor die Wohnungstür und betete, dass das Etagenklosett nicht besetzt war – sie hatte Glück und kniete eine Sekunde später vor der Schüssel. Danach ging es ihr zumindest vom Magen her besser. Aber ihr Kopf dröhnte, und sie konnte kaum einen klaren Gedanken fassen.

Sie schleppte sich zurück in die Wohnung und in die Küche, wo Ömchen natürlich schon herumfuhrwerkte. Sie hatte den dank Lottis Job bei den Besatzern echten Bohnenkaffee gemahlen und aufgebrüht. Der Geruch, der Leni sonst mit Glück durchströmte, ließ heute ihren Magen rebellieren.

»Guten Morgen«, sagte Ömchen liebevoll und strich ihr sachte über die Wange. »Du bist recht früh wach, Kind. Wie geht es dir?«

»Bitte nicht so laut«, bat Leni und hielt sich die Ohren zu.

»Kaffee?«, flüsterte Ömchen, aber Leni schüttelte den Kopf. Um Himmels willen, bloß nicht. Das war gerade alles zu viel, die Hämmer in ihrem Kopf, die Tatsache, dass Alfred tot war, und dann musste sie heute bestimmt zum Rapport bei Herbst antreten.

Sie würde es schaffen. Irgendwie. Geht nicht, gibt's nicht, dachte sie.

Sie schaffte es, sich die Zähne zu putzen und sich einigermaßen zu waschen, dann zog sie sich langsam an, wobei ihr jede Bewegung wehtat. Warum hatte sie nur so viel von dem Selbstgebrannten getrunken? Ach was, getrunken, reingeschüttet hatte sie sich den Kram. Aus der Flasche. So was Dummes. Davon würde Alfred auch nicht wiederkommen. Sie konnte sich noch nicht mal daran erinnern, wie sie ins Bett gekommen war. Sogar ihre Schuhe hatte sie heute Morgen noch angehabt.

Das würde ein entsetzlicher Tag werden.

Wie gern hätte Leni sich wieder ins Bett fallen lassen und einfach geschlafen, geschlafen, geschlafen, aber das gestand sie sich nicht zu.

Opa und Vater hatten stets gesagt: Wer trinken kann, der kann auch arbeiten.

Sie kam zeitgleich mit Lasse von Hallberg auf der Davidwache an. Er sah frisch und erholt aus, wirkte aber nachdenklich.

»Guten Morgen, Frau Jacobsen. Ich werde gleich zum Chef gehen«, informierte er sie. »Um es hinter mich zu bringen.«

»Soll ich direkt mitkommen?« Bitte nicht, dachte Leni, bitte nicht. Mein Kopf, mein Kopf.

»Nein, ich gehe erst mal allein. Er ist auch noch gar nicht da. Ich rufe Sie dann. Sie sehen … mitgenommen aus.«

Leni öffnete den Mund und wollte von Hallberg schon anvertrauen, was der Anlass für ihren Zustand war, aber dann beschloss sie, es nicht zu tun. Der Tod ihres Mannes war ihre Privatsache, die gehörte nicht hierher, überlegte sie sich vernünftig.

»Ich habe sehr schlecht geschlafen«, sagte sie also nur.

»Wird schon wieder.« Er lächelte sie an.

Dann ging sie langsam in ihr Büro, in dem Hanne Rudinger bereits saß und mit einer Zigarette im Mundwinkel tippte. Kein Fenster war geöffnet, der blaue Dunst waberte im Raum. Lenis Kopfschmerzen wurden auf der Stelle stärker, und auch eine leichte Übelkeit kehrte zurück.

»Guten Morgen, Frau Jacobsen«, begrüßte Hanne Rudinger sie und drehte sich auf ihrem Stuhl zu ihr um. »Was war denn da gestern noch los?«

Leni öffnete ein Fenster, setzte sich auf ihren Platz und nahm sich die erste Akte vor.

Hanne Rudinger wusste also schon Bescheid. Dann wussten es alle anderen auch, dass sie über die Stränge geschlagen hatte.

Frau Rudinger wartete gar nicht auf Antwort, sondern berichtete gleich weiter. »Aversen hat dem Chef eine Notiz hingelegt, und Ingmar hat die gelesen. Ja, ich weiß, das macht man nicht. Aber sagen Sie, wie kamen Sie denn dazu, auf eigene Faust zu ermitteln?«

Leni wusste darauf tatsächlich nicht sofort eine Antwort, sondern überlegte. Heute funktionierte sie etwas langsamer.

»Ich denke, ich konnte es einfach nicht ertragen, dass diese Ungerechtigkeit ungesühnt bleiben soll. Anne und Hilda haben mir leidgetan«, sagte sie, und Hanne Rudinger nickte verständnisvoll.

»Ich dachte, wenn die beiden Matrosen wieder auf ihr Schiff zurückgehen und dann für immer verschwinden, bekommen sie nie ihre gerechte Strafe. Deswegen bin ich gestern nach Dienstschluss los. Ich wollte mir wenigstens einmal den Tatort ansehen, ob sich nicht doch ein Beweismittel finden ließ. Und dann habe ich mich eben ein wenig umgehört.«

»Nun, offenbar mit Erfolg«, meinte Hanne und drückte ihre Zigarette aus. »Aber der Chef wird Sie garantiert nicht loben. Er hasst Alleingänge. Vor allen Dingen aber sind Sie keine Polizistin … und noch dazu eine Frau«, fügte sie dann noch hinzu.

Leni nickte. Sollte Jochen Herbst sie doch anschreien. Sie fühlte sich innerlich ausgebrannt und leer.

Alfred war tot. Was war da schon ein brüllender Vorgesetzter? Also tippte sie fleißig weiter, bis schon um kurz nach halb acht das Telefon auf Lenis Schreibtisch klingelte. Es war der Chef.

»Ich erwarte Sie umgehend in meinem Büro.« Seine Stimme klang kalt und duldete keine Diskussion und keinen Widerspruch.

Sie stand auf und ging wankend aus dem Raum und den Flur entlang, klopfte an die Tür, und der Chef bellte »Herein!«

Drinnen saß schon Lasse von Hallberg und sah nicht gerade glücklich aus. Trotzdem hatte er noch gute Manieren, nickte ihr zu und stand kurz auf, um ihr einen Stuhl zurecht-zurücken.

Leni bereitete sich darauf vor, gleich in Grund und Boden gebrüllt zu werden, aber nichts dergleichen geschah.

»Ich muss Ihnen nicht erklären, wie ich das, was Sie beide da gestern getan haben, finde«, informierte sie Herbst mit schneidender Stimme. »Wo kommen wir denn hin, wenn eine Schreibkraft anfängt zu ermitteln? Zeugen vernimmt, in der *Lola-Bar* Bier trinkt und einen nicht diensthabenden Beamten dazu verleitet, zwei Verdächtige mit auf die Wache zu nehmen? Das geht so nicht, und das gibt's nicht bei mir. Ich mach mich lächerlich vorm Polizeichef. Ich hör die Kollegen schon lachen. Da brauchen die auf dem Kiez eine Schreibkraft, eine Frau, um zwei Vergewaltiger dingfest zu machen. Sie haben alle Grenzen überschritten, Frau Jacobsen. Was kommt denn wohl als Nächstes? Machen Sie dann im Alleingang eine Drogenrazzia?«

»Sie hatten doch selbst gesagt, ich soll mich um die beiden Opfer kümmern«, brachte Leni hervor, während noch immer der Hammer in ihrem Kopf tobte. »Das habe ich getan.«

»Ihre Aufgabe war es, die Aussage der Frauen aufzunehmen«, bellte Herbst nun. »Dann abzutippen. Mehr nicht. Und Sie, Hallberg, haben das alles mitgemacht! Setzen sich mit der Schreibkraft in ein Bordell. Was sollte das überhaupt?«

Leni hätte gerne gesagt, dass es ja kein richtiges Bordell war, sondern eine Amüsierbar, aber sie wollte den Chef nicht noch weiter provozieren.

»Ich arbeite nun auf der Reeperbahn, und die Menschen,

mit denen wir – auch ich – hier zu tun haben, sind in solchen Etablissements zu Hause. Ich fand es richtig, auch mal ein solches von innen zu sehen. Und letztendlich ist doch alles gut ausgegangen«, stammelte Leni, deren Kopf gleich platzen würde.

Herbst beachtete sie gar nicht. »Ich verlange Stillschweigen, absolutes Stillschweigen über diese Sache, Hallberg. Sie haben die beiden dingfest gemacht, Frau Jacobsen hat nur getippt.« Er wandte sich zu Leni. »Wenn so etwas oder so etwas Ähnliches noch einmal vorkommt, dann sind Sie fristlos entlassen. Haben Sie das verstanden?«

Leni nickte matt.

»Das war's.« Herbst setzte sich wieder und zündete seine Pfeife an. Die Audienz war beendet, und sie verließ hinter ihrem Kollegen das Zimmer.

Draußen atmete von Hallberg tief durch.

»Er hat fast gar nicht gebrüllt«, sagte Leni.

»Doch, hat er, aber da waren Sie noch nicht in seinem Büro.« Lasses Versuch zu lächeln endete in einer Grimasse.

»Oh, das tut mir so leid.«

»Muss es nicht, Frau Jacobsen. Was passiert ist, ist nun mal passiert. Wir können es nicht mehr rückgängig machen. Letztendlich finde ich auch, dass es die Hauptsache ist, dass die beiden jetzt verhaftet sind und hoffentlich eine gerechte Strafe bekommen, aber der Giftknochen sieht das nun mal anders. Jetzt machen Sie sich keine unnötigen Gedanken über Dinge, die wir nicht mehr ändern können. Ich wünsche Ihnen trotz allem einen schönen Tag.« Lasse von Hallberg nickte ihr zu und ging den Flur entlang.

Leni blieb noch einen Moment stehen und setzte sich dann auf eine Holzbank, die auf dem Flur stand.

Nur einen Moment ausruhen.

Dann würde es wieder gehen. Nur einen Moment.

Alfred war tot.

Er würde niemals mehr wiederkommen.

Er war tot.

Tot.

Warum nur konnte sie nicht weinen?

Gegen Nachmittag ging es Leni halbwegs besser, Frau Rudinger hatte ihr eine Kopfschmerztablette verabreicht und sie gezwungen, viel Wasser zu trinken. Leni hatte ihr erzählt, dass es ihr wegen zu viel Alkohol so schlecht ging.

»Warum haben Sie denn zu tief ins Schnapsglas geschaut?«, wollte sie wissen.

»Ach, nur so«, sagte Leni, die nicht über Alfred reden wollte.

»Geben Sie Acht mit dem Alkohol«, warnte Hanne Rudinger. »Der hat schon viele Menschen kaputt gemacht. Ich sage immer, in Maßen ist er in Ordnung, aber nicht in Massen.«

Leni nickte. So wie es ihr momentan ging, würde sie sowieso niemals wieder auch nur einen Tropfen trinken.

Während Frau Rudinger rauchend die Post sortierte, tippte Leni weiter. Der durch den Raum wabernde Rauch machte es nicht besser. Ein leichter Kopfschmerz blieb.

Immer nur tippen, tippen oder stenografieren, dachte sie dann. Das war es eigentlich nicht, was ich wollte.

Die Befragung von Anne und Hilda hatte ihr Spaß gemacht, auch wenn es einen traurigen Anlass gehabt hatte. Ihr hatte es auch gefallen, in die Wilhelminenstraße zu gehen und nachzuforschen – und dann auch noch bei Stine Wollweber Erfolg damit zu haben. Leni erinnerte sich an das Gefühl von

Zufriedenheit, das sie gehabt hatte, bevor sie die Schreckensnachricht über Alfred bekommen hatte. Tief zufrieden war sie gewesen. Es hatte sich alles richtig angefühlt. Ach, wenn sie doch nur richtig bei der Polizei arbeiten könnte!

Nicht nur als schnöde Schreibkraft.

Aber wie sollte das gehen?

»Ach, schauen Sie mal«, sagte Hanne Rudinger da und wedelte mit einem Briefumschlag. »Post vom obersten Chef, Bruno Georges. Was der wohl will?«

»Der Polizeichef?« Leni erinnerte sich daran, dass sie wegen dessen Anzeige hier gelandet war.

Frau Rudinger nickte und öffnete den Umschlag.

»Er ist zwar an den Chef persönlich gerichtet, aber ich bin neugierig«, sagte sie dann. »Er merkt es sowieso nicht. Ah. Es ist so weit«, stellte sie fest, nachdem sie gelesen hatte. »Tatsächlich will man fünfundvierzig Frauen in einem zweimonatigen Schnellverfahren zur WP, also weiblichen Schutzpolizistinnen, ausbilden lassen. Haben die Engländer beschlossen.«

Leni horchte auf. »Oh, das ist ja eine gute Nachricht«, sagte sie und war plötzlich ganz aufgeregt. Sollte es wirklich wahr werden, dass Frauen für die Polizeiarbeit offiziell zugelassen wurden? Das wäre ja unglaublich wunderbar! Das wäre … oh, das wäre herrlich! Endlich richtig für Gerechtigkeit sorgen, endlich richtig für die Polizei arbeiten, nicht nur tippen. »Reden Sie weiter.« Lenis Herz klopfte, und kurze Zeit dachte sie mal nicht an Alfred.

Hanne Rudinger stellte das Radio leiser.

»Es herrscht, wie wir wissen, Mangel an Männern und eben auch an Polizisten, außerdem wurden und werden immer noch viele Beamte wegen ihrer Nazi-Vergangenheit suspendiert«, sagte Hanne. »Also muss Abhilfe her, und wer …«, sie schaute Leni an, »... könnte das besser als Frauen! Man kann sich ab sofort bewerben. Hören Sie zu. Der Polizeiapparat soll weiter ausgebaut werden, steht hier. Ab dem heutigen Tage können sich Frauen zur weiblichen Schutzpolizistin bewerben. Verlangt wird ein guter Leumund sowie der Nachweis, dass man nichts mit dem Nationalsozialismus zu tun hatte. Die Ausbildung wird sich über acht Wochen erstrecken. Grundkenntnisse der Gesetze werden gelehrt sowie einige Griffe zur Selbstverteidigung. Ernsthaftes Interesse an der Polizeiarbeit wird vorausgesetzt.«

Na! Wenn es weiter nichts war! Leni hatte das Gefühl, dass diese Beschreibung haargenau auf sie zugeschnitten war. Als hätte man das für sie formuliert. Ihr Mund war ganz trocken, und sie trank schnell ein Glas Wasser.

Leni stand langsam auf und ging zu Hanne hinüber, beugte sich über deren Schulter und las mit.

Ganz plötzlich, obwohl ihr Herz vor Trauer fast überlief und sie so unglücklich war wie selten, fügte sich alles zusammen und wurde eins. Sie wusste nun, was werden sollte. Wohin die Reise gehen sollte.

Sie würde sich unverzüglich für die Ausbildung bewerben.

Dazu müsste sie natürlich mit Jochen Herbst sprechen. Aber das tat sie am besten nicht heute. Er sollte sich erst einmal beruhigen.

Gleich morgen früh würde sie zu ihm gehen und sich offiziell die Erlaubnis holen, ab Oktober eine zweimonatige Ausbildung zu absolvieren.

Nun waren die Kopfschmerzen fast weg. Sie ging wieder zu ihrem Tisch und tippte weiter.

Zum Trauern blieb nun keine Zeit. Trauern konnte sie irgendwann. Oder gar nicht. Jetzt hieß es nach vorn schauen.

Weiter, immer weiter. Das hatte ihr Vater als Leitspruch gehabt, und Leni hatte den übernommen.

Trotz allem Unglück hätte sie vor Glück jubeln können!

KAPITEL 10

»Leni, hast du Zeit für mich?«

Vor Leni stand ihre atemlose Schwester Lotti, die gleichzeitig mit ihr zu Hause angekommen war und wieder einige schöne Dinge mitgebracht hatte. Leni, die an ihren Mann gedacht hatte, während sie ihr Fahrrad abschloss, sah Lotti an.

»Was ist denn?«

»Können wir ein Stück spazieren gehen?«, fragte Lotti. »Oder magst du gerade gar nichts von irgendwem hören wegen Alfred?«

»Nein, nein, ich bin froh, wenn ich abgelenkt werde.« Leni nickte ihr zu. Es stimmte. Es war eine Erleichterung, dass Lotti da war und plapperte.

»Das ist schön. Ich bringe nur rasch die Sachen hoch und sage Ömchen Bescheid.«

Leni wartete und hielt ihr Gesicht in die Abendsonne. Auch wenn es noch Sommer war, sie hatte das Gefühl, schon den Herbst zu riechen; ihre Lieblingsjahreszeit war das früher gewesen. Im Krieg hatten Jahreszeiten nur bedeutet, dass man froh war, wenn der Frühling den Sommer ankündigte, man nicht mehr fror und bibberte, Kohlen klaute und Briketts stibitzte.

Dank der Tablette und dem vielen Wasser, das Hanne Rudinger ihr aufgezwungen hatte, ging es ihr inzwischen wieder gut. Sie zwang sich, die Gedanken an Alfred beiseitezuschieben. Später, wenn sie im Bett lag, würden sie ohnehin wieder zurückkommen.

Als Lotti jetzt die Treppe hinuntergehüpft kam, bemerkte Leni, dass sie ein neues Kleid trug. Selbst wenn sie sich heute früh begegnet wären, hätte sie es in ihrem Zustand vermutlich nicht wahrgenommen, aber heute hatten sie sich vepasst. Lotti musste immer erst später los.

»Ja, es ist neu.« Lotti hatte den neugierigen Blick gemerkt. »Steht es mir?« Der weiße, leichte Stoff war mit bordeauxroten Blüten verziert und wurde um Lottis Taille mit einem Gürtel zusammengehalten. Hochgeknöpft war es und hatte keinen Kragen, sondern eine breite Schleife, die unter dem Kinn gebunden wurde. Und Lotti hatte ein weißes Band, ebenfalls mit Blüten, im Haar.

Sie drehte sich vor ihrer Schwester, die sich plötzlich in ihrem Kleid aus einer alten Tischdecke schäbig vorkam, obwohl das natürlich Unsinn war.

»Du siehst wunderhübsch darin aus, Lotti«, gab Leni wohlwollend zu. »Woher hast du es?«

Lotti senkte die Stimme. »James hat es mir geschenkt.« Ihre Augen strahlten.

»Lotti …« Leni sah sie prüfend an. »Du und dieser James …«

Lotti hob beide Hände. »Ich weiß, was du sagen willst, und du meinst es gut, das weiß ich auch, und ich weiß auch, dass Mutsch umfällt, wenn sie das hört, deswegen will ich es ihr auch gar nicht sagen, nur Ömchen wird es gut finden, weil sie viele Sachen für den Schwarzmarkt bekommt, aber was soll ich machen? James ist wundervoll.« Sie hakte sich bei Leni unter, und sie liefen an einigen Trümmern vorbei. Lotti schien Lenis skeptischen Blick zu spüren, der auf ihr ruhte. »Ist ja schon gut, ich erzähl dir alles von Anfang an.« Sie seufzte schwärmerisch. »Ich habe ihn gleich am ersten Tag kennengelernt. Er ist sehr galant und so ausgesprochen höflich. Er hat mir Kaffee gebracht und Gebäck, und er hat gesagt, dass er gar nicht gewusst habe, dass so eine hübsche *young lady* hier anfängt. Er hat sich von Anfang an um mich gekümmert und mich in meine Aufgaben eingewiesen. Er spricht ein paar Worte deutsch und versucht mir jeden Tag ein paar neue Wörter auf Englisch beizubringen, damit ich schneller verstehe, was um mich herum passiert. So können wir uns gut verständigen. Mittags waren wir ein wenig spazieren und haben weitere Spachübungen gemacht und uns über so vieles unterhalten. Wahrscheinlich hat uns jeder, dem wir begegnet sind, für verrückt gehalten, weil wir so viel mit den Händen herumfuchteln, um uns gegenseitig zu verstehen, aber es funktioniert. Du, Leni, er hat mir die Tür aufgehalten. Er ist so ein Gentleman.« Wieder seufzte Lotti bewundernd, bevor sie wieder ernst wurde und das Thema in eine andere Richtung lenkte. »Übrigens ist auch meine Arbeit dort wirklich nett. Ich habe ein eigenes Büro mit Fenster und gucke auf einen kleinen Weiher. Ich muss Berichte ins Reine tippen, deutsche Anfragen bearbeiten und bin sozusagen Mädchen für alles. Es macht Spaß, wirklich, und ich lerne so viel. Alle sind so nett. James natürlich am meisten.« Eine ausgemergelte Katze streunte herum und suchte vergeblich nach Essbarem. Als sie die Schwestern sah, miaute sie laut und lief ihnen ein Stück hinterher.

Lotti drehte sich um. »Wir haben nichts, du Kleine«, sagte sie und bückte sich, um die Katze zu streicheln, die sie aber nun anfauchte und dann das Weite suchte. Der Krieg hatte selbst die Katzen vorsichtig werden lassen.

Leni seufzte. »Ach Lotti …« Sie blieb nun stehen. »Bitte sei vorsichtig und vernünftig. Wie schnell ist etwas passiert, und dann stehst du ganz allein und ohne einen James da. Der wird sich dann rasch aus dem Staub machen. Du darfst nicht davon ausgehen, dass alle Besatzer automatisch gute Menschen sind.«

»Aber du darfst auch nicht davon ausgehen, dass alle automatisch schlechte sind. Sei doch nicht so pessimistisch. Wenn du ihn erst mal kennengelernt hast, dann wirst du ihn mögen. Er ist dreiundzwanzig, und er hat den König schon einmal gesehen. Ist das nicht famos? Den englischen König!«

»Ich wüsste nicht, welche Bedeutung das für seinen Charakter haben sollte«, sagte Leni mit Nachdruck. Sie verstand die Schwester ja, aber ihr ging das alles ein wenig zu schnell. Sie war eben die Ältere und machte sich stets Sorgen. Aber natürlich gönnte sie Lotti, dass sie glücklich war.

»Er ist einfach himmlisch«, schwärmte Lotti wie ein Backfisch. »James wohnt in Cornwall, da muss es wunderschön sein. Er hat gesagt, er nimmt mich mit hin und zeigt mir seine Heimat.«

»Geht das nicht alles ein wenig zu rasch?«, sprach Leni ihre Gedanken nun doch besorgt aus. »Du machst mir keine Dummheiten, Lotti«, sagte sie dann ernst. »Nein, nein, du musst gar nicht so gucken, du weißt ganz genau, was ich meine«, ergänzte sie, als Lotti schon zu einer Antwort ansetzen wollte.

Nun nickte die Schwester schuldbewusst. »I wo, das mach ich nicht, keine Bange.«

»Hör mal, Lotti.« Leni blieb stehen und nahm Lotti bei den Schultern. »Falls es passieren sollte, dann darf dabei nichts passieren, hörst du?«

Lotti nickte. »Nein, natürlich nicht. Aber James bedrängt mich kein bisschen. Er ist so nett und süß, Leni. Es war so wundervoll. Und er ist gut erzogen und hat Anstand. Mit ihm ist alles ganz anders als mit Sören … Er ist einfach so unglaublich lieb. Bei unserer ersten Begegnung hat er mir sogar die Hand geküsst. Und er nennt mich Frollein Lotti. Ganz ehrlich, Leni, ich habe nie einen höflicheren Mann kennengelernt.«

Lotti drehte sich einmal um die eigene Achse, und Leni schüttelte leicht den Kopf.

Sie gönnte der Schwester ja nach dem grantigen Sören einen höflichen Mann, der gut zu ihr war, aber alles sollte sachte angegangen werden. Nun, sie würde das weiter beobachten.

»Wie ist denn deine Arbeit eigentlich genau?«, wollte Lotti dann neugierig wissen. »Erzähl doch mal.«

Und Leni erzählte von dem schrecklichen Henning Aversen und seinen Respektlosigkeiten, von Jochen Herbst, der streng, meist schlecht gelaunt und kurz angebunden, aber immer gerecht war. Sie erzählte davon, dass sie so gerne helfen würde, aber dass alle sie nur als die Tipp-Mamsell sahen – bis auf Lasse von Hallberg, der sie und ihre Bemühungen als Einziger wirklich ernst zu nehmen schien. Und dann berichtete sie von Anne und Hilda und wie sie dafür gesorgt hatte, dass man die Täter festnehmen konnte.

Lotti hörte interessiert zu. »Oh, da hast du aber alles richtig gemacht«, sagte sie schließlich bewundernd. »Und ihr wart wirklich in einem Bordell, der Herr von Hallberg und du?«

»Naja, so was Ähnliches«, korrigierte sich Leni. »Eine Amüsierbar.«

»Wie gut, dass du darauf bestanden hast, die beiden Matrosen mitzunehmen«, freute sich Lotti. »Die kriegen wohl hoffentlich ihre gerechte Strafe.«

»Aber mein Vorgesetzter hat ganz schön getobt, weil ich auf eigene Faust ermittelt habe«, sagte Leni.

Dann blieb sie stehen. »Weißt du, was? Ich möchte mich als Weibliche Schutzpolizistin bewerben.«

»Was ist das?«, wollte Lotti wissen, und Leni erklärte es ihr.

»Was würde Paps sich freuen«, meinte die Schwester und schaute kurz hoch in den Himmel. »Ich glaube auch, dass du wunderbar dafür geeignet bist.« Sie drückte Lenis Arm. »Ich bin stolz auf dich. Und wegen James mach dir bitte keine Sorgen. Er ist so unglaublich höflich und nett! Das hat mir ein wenig gefehlt.«

An diesem Abend gab es ein Schweinegulasch mit Zwiebeln, das die ganze Familie Gabel für Gabel genoss.

»Wir haben großes Glück«, sagte Ömchen. »Dass alle so wild auf Zigaretten sind. Gut, dass du wieder neue mitgebracht hast, Lottchen. Zigaretten lassen sich immer noch am besten tauschen.« Sie hatte ein formidables Stück Schweinefleisch ertauschen können. Die Zwiebeln hatten sie noch gehabt. Aus rohen Kartoffeln, Eiern und Mehl hatte Ömchen Kartoffelplätzchen ausgebacken, dank Lotti verfügten sie über genügend Fett.

»Ich freue mich, dass ich etwas beitragen kann.« Lotti, Leni und Margot, die vorerst noch Steine schleppte, legten jeden Freitag ihre Lohntüten auf den Küchentisch, und Ömchen war die Verwalterin des Vermögens. Sie führte ein Haushaltsbuch, teilte ein und teilte aus, sie war akribisch genau mit den Abrechnungen und machte nie einen Fehler.

Das Geld lagerte sie wie viele Frauen in einer blechernen Kaffeedose auf dem Küchenbüfett.

Die vier Frauen waren froh, dass sie ihre Wohnungstür abschließen konnten; viele Menschen mussten ohne Türen leben, was der Sicherheit nicht gerade zuträglich war. Aber in dieser Zeit musste man nehmen, was man bekam. Und das war nicht gerade viel.

Nachdem die Kinder im Bett waren, bat Leni ihre Mutter, Großmutter und Lotti nochmal um ein Beisammensein in der Küche.

Ömchen kochte Tee, und sie setzten sich an den großen Tisch.

Leni hatte nochmal nachgedacht. Sie wollte die Meinung ihrer Familie hören, bevor sie endgültig eine Entscheidung bezüglich der Ausbildung zur Polizistin traf.

»Ich möchte mich gern zur Weiblichen Schutzpolizistin ausbilden lassen«, sagte Leni. »Die Ausbildung findet hier in Hamburg statt und dauert zwei Monate. In dieser Zeit werde ich die wichtigsten Gesetze kennenlernen und auch Selbstverteidigung erlernen und noch einiges andere, zum Beispiel lerne ich etwas über Festnahmen. Was haltet ihr davon?«

Margot lächelte und ergriff die Hand ihrer Tochter. »Ich habe das letztens schon von jemandem gehört und dachte, wenn unsre Leni das erfährt, möchte sie das unbedingt machen.«

Ömchen zog die Augenbrauen hoch. »Und dann bist du Polizistin? In zwei Monaten?«

»Nein, Polizistin, wie es die Männer sind. Aber ich würde dann auf Streife gehen, für Recht und Ordnung sorgen und mir Respekt verschaffen. Überwiegend im Jugendschutz, in der Gefahrenabwehr für Minderjährige, der Ahndung von Sittlichkeitsdelikten und in der Verfolgung von Straftaten Jugendlicher unter vierzehn Jahren sowie Straftaten von Frauen.« Diesen Satz hatte sie sich gemerkt, als Herbst zum ersten Mal von der Eventualiät gesprochen hatte, dass Frauen ausgebildet werden sollten.

»Kriegst du dann eine Waffe? Die bringst du aber nicht mit nach Hause. Denk an die Kinder!«, warnte Lotti erschrocken.

»Nein, ich denke nicht, dass ich eine Waffe tragen werde. Ich glaube, dass Frauen anders behandelt werden als Männer. Außerdem kann ich gar nicht schießen.«

»Das konnten unsre Männer auch nicht, bevor sie in den Krieg gezogen sind«, sagte Ömchen weise und etwas betrübt und rührte in ihrer Emailletasse herum. Dann nickte sie. »Ich glaube, dein Plan gefällt mir, Kind. Das ist dann schon etwas mehr als das, was du jetzt tust. Und eine Ausbildung bedeutet auch mehr Schutz. Wenn du weißt, wie du dich verteidigen kannst, ist es sicherer für dich.«

»Ich denke gerade darüber nach, was Papa wohl gesagt hätte«, sinnierte Margot. »Ich bin mir sicher, er wäre mächtig stolz und würde dir zuraten. Dann tue ich es auch. Du warst schon als Kind immer ganz wild darauf, mit auf die Wache zu gehen, und du wolltest, egal bei was, stets Gerechtigkeit. Das ist heute immer noch so. Aber was ist dann mit deiner Stellung in der Wache, Kind? Diese Aufgaben muss ja trotzdem jemand übernehmen, oder nicht?«

»Nun, ich …« Plötzlich fiel es Leni wie Schuppen von den Augen. Dass sie daran nicht früher gedacht hatte. »Ich könnte *dich* vorschlagen, Mutti. Du könntest die Aufgaben übernehmen, die ich jetzt mache. Was sagst du dazu?«

Margot machte große Augen. »Ich? Aber …«

»Was heißt hier aber? Du bist gelernte Buchhalterin und kannst wie ich Schreibmaschine schreiben und stenografieren, ja, ich weiß, auch wenn es schon länger her ist, dass du das gelernt und genutzt hast, du bist der netteste, umgänglichste Mensch, den man sich nur wünschen kann. Was sagst du, Mutti? Was sagt ihr?«

Leni war ganz aufgeregt. Warum war sie darauf nicht früher gekommen?

Ömchen klatschte in die Hände. »Lenchen, das ist ja ein wunderbarer Vorschlag. Ich bin dafür. Margot, nun sag doch mal was.«

Lotti nickte. »Ich finde das auch herrlich, falls mich jemand fragen sollte. Die Idee ist wundervoll.«

»Also … ich weiß nicht … das wäre schon was«, sagte Margot völlig überfordert. »Aber geht denn das so einfach?«

Leni war zufrieden. »Das werden wir sehen. Aber wenn wir es nicht versuchen, werden wir es nicht herausfinden. Du kommst morgen mit mir zur Wache. Ich rede mit Herrn Herbst und berichte ihm von meinen Plänen und stelle dich ihm gleich als mögliche Nachfolgerin vor. Dann kannst du ihn direkt mit deinen Fähigkeiten überzeugen. Ach, Mutti, das ist doch wunderbar. Du kannst aufhören, Schutt wegzuräumen, sitzt mit einer netten Dame zusammen, du wirst Frau Rudinger mögen, und sie ist auch in deinem Alter. Außerdem glaube ich, dass keine Frau besser geeignet ist als du, um den Herren der Schöpfung anständig Kontra zu geben.«

»Puh, das geht alles ziemlich schnell. Lasst mich doch mal durchatmen«, lachte Margot. Man konnte den Stolz in ihrer Stimme hören, den sie dabei empfand, dass ihre Töchter sie so eifrig lobten und dabei unterstützten, eine anspruchsvolle Stellung anzunehmen.

Leni wusste, dass sie sich auch darüber freute, dass ihre Tochter in diesem Moment nicht an den Verlust ihres Ehemannes zu denken schien, sondern sich von der Euphorie mitreißen ließ und ihre Augen beinahe freudig leuchteten. Ihre Mutter machte sich immer Sorgen um ihre Große, das wusste Leni auch ganz genau. Sie war meistens ernst und introvertiert, sie war immer schon brav, gehorsam und fleißig gewesen. Selten hatte es bei ihr einen Gefühlsausbruch gegeben, außer etwas war gegen ihr Gerechtigkeitsempfinden gegangen.

Selbst Alfreds Tod hatte sie nicht richtig aus der Fassung gebracht. Oder noch nicht, dabei hatte sie ihn geliebt. Anders als Lotti bei ihrem Mann hatte sie auf seine Rückkehr gehofft. Natürlich wusste sie, dass der Schock sich bei jedem anders zeigte. Aber sie nahm stets alles hin, hatte sich einen einzigen Abend der Hemmungslosigkeit gestattet. Sie nahm die Trauer in sich auf, wie ein Fass, das niemals überlief. Während des gesamten Krieges hatte man sie nie auch nur einmal jammern gehört. Sie war für ihre Kinder da gewesen und auch für die von Lotti. Sie hatte nie über Hunger geklagt und hatte sich nicht von brennenden Häusern und verkohlten Leichen erschüttern lassen. Oft hatte sie im Luftschutzkeller mit den Kindern gesungen oder gelesen und mit ihnen gemeinsam die Sekunden gezählt, bis die nächste Detonation erfolgte.

Leni dachte selten an sich, aber immer an die anderen. Schluckte ihre Gefühle hinunter, zeigte sie fast nie.

Sie fühlte sich so sicherer, auch wenn sie sich manchmal jemanden wünschte, mit dem sie ihre Sorgen teilen konnte.

Leni begegnete dem Blick ihrer Mutter und wusste, dass diese vermutlich gerade etwas Ähnliches gedacht hatte.

Stolz und mit einem Hauch Sorge im Blick lächelte sie Leni lieb an.

Die lächelte zurück.

Die Entscheidung war gefallen.

»Jetzt schlägts aber dreizehn!«, fauchte Jochen Herbst am nächsten Morgen in üblichem Tempo. »Erst machen Sie hier im Alleingang mit Hallberg auf Sherlock Holmes und Mr.

Watson, und jetzt soll ich Sie ziehen lassen, damit Sie sich zur WP ausbilden lassen können? Und ich kann sehen, dass ich mich um eine neue Kraft bemühe. Die wachsen auch nicht auf den Bäumen. Woher wissen Sie das überhaupt?« Erregt wippte er vor und zurück.

»Sie selbst haben doch in meiner ersten Besprechung von den Plänen bezüglich der WPs berichtet«, sagte Leni schnell. »Außerdem habe ich …«

Herbst ließ sie nicht ausreden. »Das weiß ich wohl. Ich hab ja keinen Granatsplitter im Hirn. Aber woher wissen Sie, dass es jetzt losgeht?« Er sah sie an wie eine Schlange das Kaninchen.

Leni würde Hanne Rudinger natürlich nicht verraten.

»Ich habe es auf dem Flur aufgeschnappt«, erwiderte sie also höflich. »Das ist ja nicht verboten, und dafür kann ich auch nichts. Davon abgesehen kann ich …«

Nun hob er die Hand, und Leni schwieg. »Mhm, so, so«, knurrte Herbst dann, ging zu seinem Schreibtisch, setzte sich und nahm seine Pfeife, um sie auszuklopfen. Eine Minute lang schwieg er, und auch Leni hielt den Mund.

»Ich möchte das nicht«, kam es dann von Herbst mit Nachdruck, und er sah Leni mit festem Blick an. »Hanne Rudinger ist hochzufrieden mit Ihnen und Ihrer Arbeit, vor ein paar Tagen sagte sie, als ich sie auf dem Flur traf, dass es mit all der Arbeit jetzt ein sehr gutes Vorankommen gebe, und weiterhin ist mir durch den Kopf gegangen, dass Sie ja auch in Buchführung firm sind. Wir müssen unsere Ausgaben, unsere Kosten demnächst planen, schauen, wie viel wir im nächsten Jahr brauchen, das geht jetzt nach dem Krieg alles wieder los, aber für mich sind Zahlen ein rotes Tuch. Um ehrlich zu sein, dachte ich, dass ich Ihnen das übergeben könnte. Dazu kommt, dass Sie sich von den Männern hier nicht die Butter vom Brot nehmen lassen, und mit den beiden jungen Frauen kamen Sie auch bestens zurecht, auch wenn danach dieser Alleingang folgte. Meine Güte, Frau Jacobsen, Sie sind doch erst einen guten Monat hier. Gehen Sie doch bitte nicht schon wieder fort.«

Die Worte waren wieder stakkatoartig, die letzten aber fast flehend aus Herbst Mund geschossen, und Leni hatte wie so oft kaum folgen können.

Einerseits freute es sie natürlich sehr, dass er große Stücke auf sie hielt, aber andererseits hatte sie es sich nun in den Kopf gesetzt, diese Ausbildung zu absolvieren und auf Hamburgs Straßen für die Bürger zu arbeiten. Besonders für die Frauen.

Mit ebenfalls festem Blick erwiderte sie den von Herbst. »Meine Entscheidung steht«, sagte Leni mit Nachdruck. »Ich möchte diese Ausbildung absolvieren. Schauen Sie doch mal, Herr Herbst. Ich freue mich wirklich über diese großartige Gelegenheit und bitte Sie herzlich, mir diese zu gewähren. Es würde für Sie bedeuten, dass Sie eine sehr fähige Mitarbeiterin zurückbekommen, wenn ich mit der Ausbildung fertig bin. Ich habe ein Gespür für den Umgang mit Menschen und bin mir sicher, dass ich mich bestens zur WP eigne.«

Er seufzte zögerlich, dann sah er sie resigniert an. »Ja, dann … muss ich erneut jemanden suchen. Das wird mit Sicherheit …«

»Müssen Sie nicht, ich will es die ganze Zeit schon vorschlagen, aber sie haben mich nicht ausreden lassen«, sagte Leni. »Ich wüsste da eine kompetente Dame.«

»Nämlich?«

»Meine Mutter. Sie hat Buchhalterin gelernt und wie ich Kurse in Schreibmaschine und Stenografie belegt. Ich kann sie wärmstens empfehlen. Sie ist nett, klug und kompetent. Auch sie kann sich behaupten und weiß, mit aufdringlichen Mannsbildern umzugehen.«

Herbst verdrehte die Augen. »Gott steh mir bei. Dasselbe Theater nochmal. Erst die Tochter, dann die Mutter. Nun gut, sie soll sich bei Frau Rudinger melden.«

»Nein«, erwiderte Leni schnell. »Meine Mutter wartet draußen. Wenn Sie möchten, dann können sie jetzt sofort mit ihr sprechen, sie einen Text tippen lassen und sehen, ob sie sich vorstellen können, dass sie die Stelle übernimmt. Sie heißt Margot Harding.«

Jochen Herbst seufzte ergeben. »Nun gut, dann schicken Sie sie mal herein.«

KAPITEL 11

Nervös lief Leni auf dem Flur vor Jochen Herbsts Büro auf und ab, während sie von drinnen leises Stimmengemurmel hörte. Und dann endlich sprang die Tür auf, und ihre Mutter trat wieder heraus. Ihre Wangen waren gerötet, und sie wirkte leicht fahrig, doch ein glückliches Funkeln lag in ihrem Blick.

»Frau Jacobsen, noch einmal zu mir, bitte!«, forderte Herbst in seinem üblichen zackigen Tonfall, der weder einen positiven noch einen negativen Ausgang des Gesprächs erahnen ließ. »Setzen«, befahl er. Erst als Leni Platz genommen hatte und ihn abwartend ansah, konnte sie sehen, wie sich ein wohlwollendes Lächeln auf seinem Gesicht ausbreitete.

»Tja, was soll man da sagen«, sagte er, und das Lächeln wurde tatsächlich noch breiter. »Ich bin fast sicher, eine Bessere als Ihre Frau Mutter könnten wir hier gar nicht kriegen. Also kann ich Sie doch ziehen lassen, Frau Jacobsen. Vielleicht kommen Sie nach den zwei Monaten wieder zu uns zurück? Als WP auf die Davidwache?«

»Das ist mein Wunsch«, sagte Leni froh.

»Wunderbar! Dann werde ich in die Wege leiten, dass sie uns anschließend zugewiesen werden, und jetzt dürfen Sie erst einmal wieder an die Arbeit gehen. Ihre Mutter wird ab kommender Woche an Ihrer Seite arbeiten – vorerst für den halben Wochenlohn – und Sie werden sie in ihre Arbeit einweisen. So kann Hanne Rudinger weiter in Ruhe ihre Aufgaben erledigen, und Ihre Mutter lernt direkt an der Praxis, wie es hier bei uns zugeht.«

Damit verließ Leni das Büro, zog die Tür hinter sich zu und fiel ihrer Mutter in die Arme.

»Das haben wir gut gemacht, Mutti!«, rief Leni, und Margot nickte mit Tränen in den Augen. Sie war unsagbar froh, keine Steine mehr schleppen zu müssen.

Schon nach einer Woche war klar, dass Hanne Rudinger und Lenis Mutter sich ganz wunderbar verstanden.

»Sie sind Ihrer Mutter sehr ähnlich«, sagte die Kollegin in einem Moment zu zweit lächelnd zu Leni. »Geradeheraus, fleißig und freundlich. Oder soll ich sagen, Ihre Mutter ist wie Sie? Die lässt sich jedenfalls von unseren Kerls hier nix sagen. Sogar unser Aversen kuscht vor ihr.«

Leni war stolz, dass Hanne so nette Worte fand. »Das habe ich mir schon gedacht«, sagte sie dann froh.

Leni war so glücklich, dass ihre Mutter auf der Davidwache gut aufgenommen wurde und sie in einer guten Stellung zu sehen. Nie mehr sollte sie Steine und Trümmer schleppen und sich die Hände aufreißen und den Rücken kaputt machen. Nie wieder.

Und während Margot sich in ihre neuen Aufgaben einarbeitete, kümmerte Leni sich um ihre Bewerbung zur Ausbildung. Sie verfasste unzählige Entwürfe, die sie mit Mutter, Großmutter und Schwester prüfte und verwarf. Schließlich einigten sie sich auf ein kurzes, knackiges Anschreiben, in dem sie ihren Vater erwähnte und den Wunsch, bei der Polizei zu arbeiten, zu helfen, zu schlichten und Gerechtigkeit walten zu lassen.

Tags darauf rief Jochen Herbst sie zu sich in sein Büro.

»Hier.« Er reichte ihr einen getippten Brief.

»Oh, ist das nun doch meine Kündigung?«, fragte Leni halb im Spaß, jedoch mit einem ängstlichen Unterton, wie sie selbst bemerkte.

»Im Gegenteil«, verkündete ihr Vorgesetzter zu ihrer Erleichterung feierlich. »Ich empfehle Sie wärmstens als WP-Anwärterin. Machen Sie das Beste draus«, sagte er kurz und knapp wie eh und je, und Leni wurde rot vor Freude.

»Tausend Dank!«

»Schon gut«, brummte er und zündete sich seine Pfeife an.

Von dem Tag an, als Leni ihre Bewerbung in den Briefkasten geworfen hatte, konnte sie es kaum erwarten, Rückmeldung zu bekommen.

Es dauerte eine Woche, dann kam die Antwort. Die Ausbilderin, Lore Stein, hatte das Schreiben unterzeichnet, mit dem Leni zum Gespräch eingeladen wurde, das bereits am folgenden Tag stattfand. Leni betrat mit vor Aufregung pochendem Herzen zum ersten Mal die Kaserne in der Zeisestraße.

In einem grauen, tristen Gebäude musste sie eine Viertelstunde warten, dann waren schnelle Schritte zu vernehmen, und eine kleine Frau bog mit hoher Geschwindigkeit um die Ecke und wies sie an, mit in ihr Büro zu kommen. Dort deutete sie auf den Stuhl vor ihrem Schreibtisch, und Leni setzte sich. Das Büro von Frau Stein war nüchtern eingerichtet. Keine Pflanzen, kein Bild an der Wand oder auf dem Schreibtisch. Nur ein Regal mit Ordnern stand da, allerdings bog ihr Schreibtisch sich vor Akten, Zetteln, Ordnern und Büchern. Leni juckte es in den Fingern, hier aufzuräumen. Zuoberst lag ihre Akte, und die nahm Lore Stein nun zur Hand. Sie war eine agile, kleine Frau mit dunkelrotem Haar und einem Dutt, aus dem keine Haarsträhne hervorlugte. Ernst trug

sie eine Hornbrille und keinen Schmuck, auch keinen Ehering. Sie hatte die Freundlichkeit nicht gepachtet. Auf ein Lächeln schien man lange warten zu können. Leni schätzte sie
auf Ende dreißig.

»Ich bin für die Auswahl zuständig, und ich mach kurzen
Prozess, wenn ich merke, dass eine Anwärterin nichts taugt,
und ich merke das immer. Habe mir Ihren Lebenslauf angeschaut. Wieso wollen Sie Schutzpolizistin werden?«

Das stand zwar alles im Anschreiben, aber Leni wiederholte es gern noch einmal. »Mein Vater war in Barmbek Polizist, und er hat mir viel erzählt, ich …«, begann sie, aber Lore
Stein hob die Hand.

»Ich will nichts von Ihrem Vater hören, ich will wissen, warum Sie heute hier sitzen. Was hat den Anlass gegeben, sich zu
bewerben?«

Leni musste nicht lange überlegen. »Ich habe zwei junge
Frauen betreut, die missbraucht und misshandelt wurden«, erklärte sie der kleinen Frau, die sie interessiert durch ihre Hornbrille betrachtete.

»Ist Ihnen sicher nahegegangen«, sagte sie dann, und Leni
dachte erst, dass sie doch freundlich sein konnte, aber dann
fand sie es doch besser, nicht zu emotional zu antworten.

»Natürlich lässt einen das nicht kalt«, sagte sie ruhig. »Aber
solche Dinge geschehen nun einmal, wir werden sie nicht
vollends verhindern können. Aber die Polizei ist dafür da, sich
um die Menschen zu kümmern und für Gerechtigkeit zu sorgen, und auch die weibliche Schutzpolizei. Mir ist es wichtig,
für die Menschen, denen Unrecht getan wird, präsent zu sein,
ihnen zu zeigen, dass sie nicht allein sind. Ich glaube, das ist
mir bei den beiden jungen Damen gelungen.«

»Aha.« Lore Stein guckte in die Unterlagen. »Ihr Mann ist

gefallen. Was ist mit den Kindern?«, wollte sie dann wissen, ohne eine Beileidsbekundung auszusprechen.

»Die Kinder sind versorgt«, erklärte Leni. »Meine Großmutter kümmert sich um sie.«

»Aha. Würden Sie sich selbst als weich bezeichnen?«, kam es dann wie aus der Pistole geschossen

»Ja und nein«, sagte Leni forsch. »Wenn eine verprügelte Frau vor mir sitzt, versuche ich natürlich, helfend zur Seite zu stehen und Mitleid zu zeigen und Verständnis. Aber wenn es sein muss, kann ich auch hart durchgreifen und einen kühlen Kopf bewahren. Das habe ich während meiner wenn auch kurzen Zeit auf der Davidwache bereits gelernt.«

»Mhm.« Lore Stein sah sie an, und Leni entgegnete den Blick ruhig.

Dann stand Frau Stein auf. »Gut. Gehen Sie ins Büro gegenüber, da sitzt Herr Leyendecker, der macht die Unterlagen fertig. Hier haben Sie den Antrag mit meiner Unterschrift. Am fünfzehnten Oktober geht es los.«

Sie ging zur Tür und öffnete sie, und Leni stand verdattert auf und reichte ihr die Hand, aber Lore ignorierte die und war schon wieder auf dem Weg zu ihrem Schreibtisch.

Hui, dachte Leni. Das hätte ich geschafft.

Sie klopfte bei Herrn Leyendecker, einem mürrischen Mann mit nur einem Arm, der ihr wortlos Papiere hinschob, nachdem er alles ausgefüllt hatte, dann war Leni entlassen und stand wieder vor dem Tor. Es war gerade mal eine halbe Stunde vergangen.

Zum ersten Mal seit langer Zeit durchströmte sie so etwas wie Glück, und es versetzte ihr einen Stich. Wie so oft in den letzten Tagen bemühte sie sich nach Leibeskräften, nicht an Alfred zu denken. Sie hatte festgestellt, wie schwer es ihr fiel, seinen Tod zu akzeptieren, auch wenn sie sich das nicht anmerken ließ.

Immer wieder hatte sie sich eingeredet, dass vielleicht doch ein Irrtum vorlag, und schließlich ein Schreiben an die zuständige Stelle geschickt. Doch sie bekam nur eine lapidare Antwort, dass das nicht möglich sei. Trotzdem hoffte sie mit jeder Faser, gleichzeitig wollte sie nach vorn schauen.

Weiter, immer weiter, wiederholte sie ständig ihr Motto.

Und dann, im September, kam ein kleines Paket an. Der Absender war diesmal das Kriegsgefangenenlager, und Leni musste schlucken, als sie das Päckchen entgegennahm. Tagelang öffnete sie es nicht. Es war, als würde sie mit dem Öffnen der Schnüre Alfreds Tod akzeptieren, und das wollte sie nicht. Es könnte ja immer noch möglich sein, dass eine Verwechslung vorlag.

»Kind, es bringt dir nichts, wenn du so lange wartest«, sagte Ömchen weise. »Stell dich dem Unabänderlichen. Nur so kannst du abschließen.«

»Aber ich will doch gar nicht abschließen.« Leni setzte sich in Opas Ohrensessel und sah nur widerwillig auf das braune Päckchen, das Ömchen ihr hinhielt.

Vielleicht waren ja die Habseligkeiten eines anderen darin, und alles klärte sich auf, alles, alles. Es war doch nur eine Verwechslung, dachte sie abermals und riss Ömchen das Päckchen förmlich aus der Hand. Die Schnüre waren fest verknotet, und es dauerte, bis sie die Knoten gelöst hatte. Mit zitternden Händen entfernte sie das Papier und hielt einen Karton in der Hand, auf dem Alfreds Name stand. Wahrscheinlich war dieser Karton in den Jahren des Krieges seine Privatsphäre gewesen. Nur hier hatte er alles hineintun können, was ihm wichtig gewesen war. Leni biss auf ihrer Unterlippe herum, zögerte noch einen Moment, dann gab sie sich einen Ruck und hob den Deckel.

Wie erwartet fand sie Alfreds persönliche Gegenstände. Seinen Ehering. Fotografien von den Kindern und von Leni. Briefe, die er nicht mehr hatte abschicken können. Seine Hundemarke. Eine Feldflasche. Seine Brille.

Mit kalten Händen öffnete sie einen der Briefe und las von der Liebe zu ihr und den Kindern, las von einem leichten Husten, der ihn ärgerte und der hoffentlich bald besser werden würde, sie las von Hoffnung und von Schmerz.

»Nur der Gedanke an euch lässt mich weitermachen«, schrieb Alfred. »Ich sehne den Moment herbei, wenn ich in Hamburg aus dem Zug steigen kann und endlich wieder bei euch bin. Ich liebe dich so sehr, Leni, ich liebe dich so sehr.«

Zum Glück waren die Kinder nicht zu Hause. Leni saß da und las alle Briefe, während Ömchen hinter der Sessellehne stand und ihre Schultern streichelte. Nach dem letzten stand Leni auf und flüchtete geradezu in Ömchens Arme.

Endlich, endlich kamen die Tränen.

Sie hatte später nicht mehr sagen können, wie lange sie in dieser Umarmung gelegen hatte. Sie wollte einfach wieder Kind sein, wollte hören, dass alles gut werden würde, dass nichts Schlimmes passiert war.

Alfreds Tod zu akzeptieren war das Schlimmste, was ihr je passiert war. Am liebsten wäre sie in ihr Bett gekrochen und nie wieder aufgestanden. Doch sie wusste, es musste weitergehen, immer weiter.

Doch in diesem Moment stand Ömchen einfach da und hielt sie fest.

Ende September musste Leni als Zeugin aussagen. Die beiden Matrosen wurden von den Engländern verhört, verurteilt und direkt in Haft geschickt, was Leni eine große Genugtuung bereitete.

Die Fenster im Gerichtssaal hatten zwar keine Scheiben mehr, doch da die Temperaturen im September noch angenehm waren, störte das nicht weiter. Die Einrichtung war noch halbwegs erhalten.

Ein Dolmetscher war anwesend und befragte Leni zum genauen Ablauf. Sie erzählte in klaren Worten von ihren Recherchen und dem Besuch der Bar. Sie sagte alles, was sie wusste. Die beiden Angeklagten saßen wie die reuigen Sünder auf der Bank und schauten zu Boden.

Anne und Hilda waren auch anwesend und mussten aussagen, Lasse von Hallberg ebenfalls.

Die beiden Vergewaltiger bekamen ein dreijähriges Berufsverbot und zwei Jahre Gefängnis. Das wurde schnell entschieden.

Die Briten fackelten nicht lange.

Zu viel war passiert.

Hilda und Anne waren später zu ihr gekommen und hatten Leni ein selbst genähtes Kleid für den Herbst gebracht, und sie hatten ihr erzählt, dass ihnen beiden zum Glück Schwangerschaften erspart geblieben waren, was Leni ebenfalls froh stimmte. Erst hatte Leni gezögert, das Kleid anzunehmen. Jetzt, wo sie WP werden wollte, sollte sie sich nicht des Vorwurfs der Bestechung schuldig machen. Aber sie konnte nicht anders, als sie die vor Freude strahlenden Augen der beiden jungen Frauen gesehen hatte, und hatte sich einen Ruck gegeben.

Vieles fügte sich.

Die Trauer aber blieb. Leni versuchte, sie tief in sich wegzuschließen.

Weiter, immer weiter.

Und nun war es also so weit.

Der 15. Oktober 1945 war ein wolkiger, kühler Tag, es regnete leicht, und das Thermometer zeigte um acht Uhr morgens neun Grad.

Leni stand mit über vierzig anderen Frauen im Kasernenhof in der Zeisestraße und wartete auf Anweisungen.

Sie war so froh, dass alles geklappt hatte.

Vor ihnen standen ein englischer Oberst und eine der Kriminalbeamtinnen, die es seit 1927 in Hamburg gab und die auch während und nach dem Krieg im Amt geblieben waren.

Leni war aufgeregt, aber auch hoffnungsfroh. Sie fühlte sich gewappnet und war guter Dinge.

»Puh, bin ich nervös«, gab nun eine der Frauen zu, die neben Leni standen. Gerda war ein Flüchtling aus dem Rheinland, hatte sie erzählt. »Ich bin hier, weil ich hier ein Dach überm Kopf hab und was zu essen krieg«, hatte Gerda lapidar erzählt. »Das ist heutzutage schon was. Ich habe während des Krieges eine Krankenschwester-Ausbildung gemacht, aber von uns gibt's jetzt viel zu viele. Trotzdem will ich helfen, und wo kann ich das, wenn nicht bei der Polizei.« Leni war dankbar, dass sie hier ihre Familie hatte und nicht ganz allein dastand, dass sie in ihrer Heimat hatte bleiben können.

Sie musste sich immer noch täglich zwingen, nicht zu viel an Alfred zu denken.

Nun trat der englische Oberst vor, ein ungefähr fünfzigjähriger Mann in Uniform. Er ging durch die Reihen und musterte die Angekommenen nacheinander kritisch. Man konnte ihm ansehen, dass er von Frauen bei der Polizei nicht allzu viel hielt. Es stand ihm quasi auf die Stirn geschrieben.

Einige Wochen zuvor hatte Leni eine Liste der Dinge bekommen, die sie mitzubringen hatte. Eine Baskenmütze, eine Trainingshose, Schuhe und Handschuhe. Nun hielt sie all das in einem extra von Ömchen dafür genähten Beutel in der Hand.

Vor jeder Frau blieb der Oberst stehen und las den Namen auf dem kleinen Zettel, der mit einer Sicherheitsnadel an der Jacke befestigt worden war.

Dann nickte er Lore Stein zu, die Leni bereits von der Vorauswahl kannte und die jetzt das Wort übernahm.

Frau Stein trug eine lange, dunkle Hose und eine dunkle Jacke, die bis zum Hals zugeknöpft war. Seitdem sie hier standen, hatte sie nicht einmal gelächelt oder sonst eine Regung gezeigt. Aber das kannte Leni ja schon.

Nun trat die Ausbilderin einen Schritt nach vorn.

»Guten Tag«, schnarrte sie emotionslos und noch schneller als Jochen Herbst. »In den nächsten acht Wochen bin ich bekanntermaßen Ihre Ausbilderin und werde Sie gemeinsam mit Kollegen in verschiedenen Bereichen unterrichten, sodass Sie die wichtigsten Dinge kennenlernen, die sie für Ihre Arbeit bei der Polizei benötigen. Sie werden etwas über Festnahmen und Inverwahrnahmen lernen, sich einiges über die Strafprozessordnung aneignen und über die Anordnung einer Untersuchung und noch vieles mehr. Auch sportliche Betätigung wird es geben. Gibt es Fragen?« Sie schaute mit strengem Blick in die Runde.

Eine blonde junge Frau in Lenis Alter meldete sich.

»Bitte!«, schnarrte Lore Stein und musterte die Blonde mit strengem Blick.

»Mein Name ist Alice Lindenberg, ich …«

»Bitte!«, schnarrte Lore Stein erneut und schoss keine Blicke, sondern Pfeile in Alices Richtung.

»Ich war doch gerade am Sprechen«, sagte Alice selbstbewusst. »Ich möchte nur fragen, ob …«, sagte sie dann, und Frau Stein keifte wieder »Bitte!«

»Ach nichts«, sagte Alice schließlich.

Leni musterte Alice Lindenberg. Sie war blauäugig und sehr dünn, ihre halblangen blonden Haare trug sie offen, und sie war etwas kleiner als Leni.

Dünn waren hier fast alle, aber so dünn wie die blonde Alice kaum eine. Leni lächelte, als Alices Blick sie traf, und die andere lächelte freundlich zurück.

»Sie werden hier in einem Kasernenblock untergebracht«, redete Lore Stein weiter. »Wecken ist um sechs, es gibt Gemeinschaftswaschräume. Um sieben Frühstück. Dann Lehrgang nach Plan, die Pläne liegen Ihnen vor. Um ein Uhr gibt es Mittagessen, um sieben Abendbrot. Fragen?«

Eine dunkelhaarige, wunderhübsche Frau mit strahlenden Augen meldete sich.

»Bitte!«

»Ich bin Elsa von Roth«, sagte die Schöne. »Ich möchte fragen, ob die Möglichkeit besteht, hier Besuch zu empfangen.«

»Was meinen Sie damit?«, wurde sie von Lore Stein angefahren.

Elsa wurde rot. »Ich meine Besuch. Von … meinem Mann zum Beispiel.«

»Nein!« kam es wie aus der Pistole geschossen. »Sie sind hier zwei Monate, und Sie bleiben hier zwei Monate. Dann wird entschieden, ob Sie einsatztauglich sind, und dann, wenn Sie es sind, werden Sie den Wachen zugeteilt, aber das steht auch in dem Merkblatt, das Sie ja wohl alle bekommen haben. War es zu schwierig für Sie, sich das durchzulesen, Roth?«

Elsa schüttelte den Kopf. »Ich wollte nur sichergehen«, stammelte sie dann und senkte den Blick.

Sichergehen?, dachte Leni. Merkwürdig. Wieso wollte denn jemand sichergehen, dass man keinen Besuch von seinem Mann empfangen kann? Nun, das war nicht ihre Sache. Vielleicht war Elsa von Roth auch einfach ein bisschen durcheinander.

Leni selbst kannte das Merkblatt beinahe auswendig. Sie war bereit, ihr Bestes zu geben.

Eine Gruppe männlicher Anwärter lief vorbei, man hörte vereinzelte Pfiffe und anzügliche Bemerkungen.

»Stopp!«, brüllte Lore Stein nun, und die jungen Männer blieben abrupt stehen.

»Hier wird nicht gepfiffen, und hier wird nirgendwo hingeschaut, dass das man klar ist!« Frau Steins Stimme kippte fast. »Hier wird jeder gleich behandelt, und ich hab kein Problem damit, einen von euch rauszuschmeißen, wenn ihr euch nicht anständig den Anwärterinnen gegenüber verhaltet. Ist das klar?«

Die Männer nickten.

»OB DAS KLAR IST?«, bellte Lore Stein wie ein angriffslustiger Rottweiler.

»JA!«, brüllten die Männer im Chor, bevor sie mit gesenkten Köpfen weitergingen.

»So!«, sagte Lore Stein im normalen Ton. »Gehen Sie jetzt in die Kaserne. Um neun Uhr gibt es die erste Lektion im Haus Numero sechzehn. Vollzähliges und pünktliches Erscheinen ist erwünscht. Das war's.«

Gemeinsam mit den anderen Frauen begab sich Leni in

das ihnen zugewiesene Haus. Es war ein kleines, graues Gebäude mit einem Schlafsaal für alle. Stockbetten aus Metall standen da, und fast wäre Leni losgelaufen, um sich ein oberes Bett zu reservieren, aber das wäre wohl albern gewesen. So ging sie gemessenen Schrittes einfach auf ein Stockbett zu und wartete ab, wer sich noch zu ihr gesellen würde. Es war die blonde Alice.

»Darf ich?«, fragte sie lieb, und Leni nickte. »Natürlich.«

»Sagen wir du?« Alices blaue Augen und ihre schutzlose Ausstrahlung mussten den Männern den Kopf verdrehen. Eine Frau wie Alice wollte man sofort vor allem Bösen bewahren. Sie wirkte wie ein süßes Püppchen. Aber sie schien kein Püppchen zu sein. Sie schien sehr selbstbewusst.

»Sicher, ich bin Helene. Also Leni.«

»Ja, Helene, das sehe ich ja an deinem Zettel«, sagte Alice und lächelte sie wieder an. »Du kannst gern oben schlafen.«

»Willst du wirklich nicht?«

»Nein, ich hab jahrelang oben schlafen können. So praktisch ist das gar nicht, wenn man nachts mal wohin muss, weißt du. Außerdem bin ich einmal rausgefallen. Geh du also gern nach oben.« Sie sah sich die Betten nun näher an. »Das sind ja nur ganz dünne Matratzen und Bettdecken. Hier drin ist es doch eiskalt. Ob man uns noch Wolldecken gibt?«

»Am besten, wir fragen Frau Stein«, schlug Leni vor.

»Die ist ein Besen«, bekam sie zur Antwort. »Der möchte man nicht im Dunkeln begegnen. Ich dachte, sie tötet mich mit Blicken.« Alice knallte die Hacken zusammen. »Fragen?«, knarzte sie wie Lore Stein, und sie mussten lachen. Leni wunderte sich, dass Alice so ganz anders zu sein schien, als sie wirkte.

»Normalerweise bin ich nicht so schnell still zu kriegen«,

plapperte Alice weiter. »Meine Mutter sagt immer, ich hätte schon im Mutterleib geredet. Aber bei dieser Furie kriegt man ja Zustände. Na ja. Ich bin mal gespannt, wie das hier so wird. Wieso bist du hier?« Sie war neugierig.

»Ich hab schon auf der Davidwache in St. Pauli als Schreibkraft gearbeitet«, erzählte Leni bereitwillig. »Dort habe ich mitbekommen, dass man sich zur WP bewerben und ausbilden lassen kann. Mein Vater war Polizist in Barmbek, und ich war schon immer fasziniert von seiner Arbeit, war auch oft mit auf der Wache dort und habe doch nie zu hoffen gewagt, einmal selbst Polizistin zu werden. Und nun bin ich trotzdem hier. Zwar bin ich noch keine richtige Polizistin, sondern, wenn ich die Ausbildung meistere, weibliche Schutzpolizei, aber immerhin. Ich möchte gern für Gerechtigkeit sorgen und Gutes tun. Es zumindest versuchen nach diesen Höllenjahren.«

Alice nickte. »Bist du verheiratet? Ah, ja, ich sehe deinen Ehering.«

»Mein Mann ist kürzlich in der Gefangenschaft gestorben«, sagte Leni nüchtern und zwang sich, nicht weiter an Alfred zu denken. Dass sie immer noch auf einen Irrtum spekulierte, sagte sie nicht. Das ging niemanden was an. »Ich bin also eine Witwe mit drei Kindern.«

Alice streichelte ihr kurz über den Arm. »Ich bin verheiratet und habe zwei Kinder. Die beiden sind fünf. Zwillinge. Momme und Tjamme. Mein Mann Willi ist als völlig Anderer aus dem Krieg wiedergekommen. Schwermütig ist er, spricht kaum, kann nicht arbeiten. Früher war er so ein fröhlicher Mann. Ich habe mich damals Hals über Kopf in sein Lachen verliebt. Aber wie es jetzt weitergeht, wissen die Götter, ich weiß es jedenfalls nicht. Kein Arzt, sofern es welche gibt, kann mir sagen, wie man ihn behandeln könnte. Er schreit im

Schlaf und schlägt um sich. Er zittert völlig aus dem Nichts und kann das nicht steuern. Na ja, dann muss ich eben noch mehr ran. Und so viel verdienen, wie ich kann. Zum Glück bin ich keine Witwe. Unsere Gesetze gelten ja nicht mehr. Alles liegt brach. Meine Freundin Karin ist Witwe, hat drei Kinder wie du und ist verzweifelt. Es ist schon merkwürdig, dass man als Kriegswitwe einerseits als Bedürftige gilt und über alles Auskunft geben und Rechenschaft ablegen muss, aber andererseits Kinder zu versorgen hat. Die deutsche Wehrmacht hatte das alles geregelt, aber die gibt's nicht mehr. Die Witwen müssen sehen, wie sie zurechtkommen.«

Leni dachte daran, wie sie aufs Amt gegangen war, nachdem Alfreds Tod bestätigt worden war. Von A nach B hatte man sie geschickt, keiner war zuständig, niemand wusste, ob ihr etwas und wenn, wie viel ihr zustand. Ömchen hatte versprochen, sich weiter zu kümmern, wenn während ihrer Ausbildungszeit im Kasernenhof etwas zu tun wäre.

»Man kann nur hoffen, dass sich für die Witwen bald etwas ändert«, sagte Alice nun. »So, ich glaube, wir sollten zu Haus Numero sechzehn gehen, sonst reißt der Besen uns den Kopf ab. Das war's für Sie!«, schnarrte sie dann im Tonfall von Lore Stein.

KAPITEL 12

Das Haus Nummer sechzehn bestand aus einem einzigen, riesigen Raum, in dem unzählige wackelige und zerkratzte Holzstühle standen. Vorn im Raum war ein Podest aufgestellt, auf dem Lore Stein an einem Rednerpult darauf wartete, dass die dreihundert Anwärter und über vierzig Anwärterinnen hereingekommen, Platz genommen hatten und ruhig geworden waren.

»Ich würde jetzt gern etwas sagen, und es wäre schön, wenn Sie es einrichten können, mit Ihren Unterhaltungen aufzuhören!«, kam es in schon gewohntem Schnarrton.

Sofort waren alle still. Leni sah sich verstohlen um; sie wollte nicht auffallen, doch die Gefahr schien nicht zu bestehen. Um sie herum saßen Männer und Frauen in jedem Alter. Es hatte bei den Bewerbungsvorgaben keine Altersbeschränkung gegeben, Leni schätzte, dass die Jüngsten hier um die zwanzig und die Ältesten um die fünfzig waren.

»Es wird acht Klassen geben«, informierte Lore Stein. »Die Anwärterinnen bekommen keine eigene Klasse, jeweils fünf Frauen werden in einer Männerklasse unterkommen. An dieser Stelle darf ich nochmals darauf hinweisen, nur damit Sie es verinnerlichen, meine Herren, dass wir hier keine Bemerkungen, Pfiffe, unflätige Worte, Belästigungen oder gar Techtelmechtel oder mehr dulden werden. Die Frauen und Männer hier in dieser Ausbildungszeit sind Kameraden, Kollegen, wie auch immer Sie es nennen wollen. Ich werde mich auf Ihre gute Erziehung und Ihren Anstand verlassen, und dennoch ein Auge auf Sie haben und Sie kontrollieren. Wer gegen die Regeln verstößt, verlässt unverzüglich das Gelände und ist für alle Zeiten für die Polizeiarbeit gesperrt, damit Ihnen das klar ist. Und ich mache keine Scherze.«

»Das glaub ich ihr sofort«, wisperte Alice, und Leni musste grinsen. Elsa von Roth, die auf der anderen Seite neben ihr saß, riss ihre großen braunen Augen auf und machte »Psssssst!«

»Das gilt auch für die Damen!«, kam es prompt von Lore Stein. Leni war beeindruckt davon, wie gut ihr Gehör war und wie laut diese Frau sprechen konnte. Sie saßen fast in der letzten Reihe und konnten jedes Wort verstehen.

»Heute Nachmittag ist die erste Unterrichtsstunde«, schnarrte Lore Stein und hielt einige Bücher in die Höhe. »Hier drin haben wir alles zusammengestellt, was für Sie in der Polizeiarbeit wichtig ist und was Sie lernen müssen. Wir beginnen mit dem ersten Kapitel, das den Titel Festnahme trägt. Wir werden Sie gleich in Ihre Klassen aufteilen und dann in die Klassenräume führen. Jedem Einzelnen wird dort ein Tisch und Stuhl zugewiesen, an dem Sie sich alles durchlesen können. Nach dem Mittagessen werde ich Ihnen Fragen zum Kapitel stellen. Fragen?«

Keiner antwortete. Leni überlegte kurz, wegen der zusätzlichen Decken zu fragen, fand es dann aber nicht angebracht.

»Dann teile ich jetzt die Klassen ein. Klasse eins: Huber, Schottdreher, Harms, Großenhof, Nörding!«

»Vielleicht kommen wir ja in eine Klasse«, flüsterte Alice voller Hoffnung.

»Das wäre aber ein großer Zufall«, wisperte Leni zurück, während Elsa wieder »Pssssst!« machte.

»Klasse vier: Jacobsen, Berling, Widerholt, von Roth, Lindenberg!«

»Ha!«, machte Alice. »Das ist wundervoll.«

Auch Leni freute sich. Elsa sagte gar nichts, sie sah die beiden nur schüchtern an. Wenigstens sah sie nicht ängstlich aus.

»Das war's!«, schnarrte Lore Stein, als sie fertig war.

Kurze Zeit später verließen sie Raum sechzehn und begaben sich zu ihrem Klassenraum, in dem fünfunddreißig Pulte und Stühle standen.

»Fast wie in der Schule, nur größer«, sagte Alice. »Sitzen wir nebeneinander?«

»Dürfen wir das denn?«, fragte Elsa panisch.

Alice sah sie stirnrunzelnd an. »Warum denn nicht? Willst du dich vielleicht zwischen zwei Männer setzen, die dich dann den ganzen Tag verstohlen angaffen?«

»Nein, natürlich nicht«, wisperte Elsa. »Dann würde ich recht gern bei euch sitzen. Am liebsten zwischen euch. Wegen der Männer«, fügte sie dann noch hinzu.

»Aber sicher«, sagte Alice und zwinkerte Elsa zu.

Eine Viertelstunde später war Ruhe im Klassenraum eingekehrt. Leni konzentrierte sich auf den Text zur Festnahme von Personen.

Kurze Zeit später wusste sie, dass man die festgehaltene Person auf frischer Tat verfolgt haben musste, also wenn sie sich vom Tatort entfernt hatte … Es ging weiter mit den Festnahmegründen und mit der Festnahmebefugnis, und es wollte und wollte kein Ende nehmen.

Puh, dachte Leni. Da habe ich mir ja was eingebrockt.

Aber sie freute sich auch darauf, viel über die Gesetze zu lernen. Sie schaute zu Alice und Elsa, die ebenfalls konzentriert lasen.

Leni mochte die beiden jungen Frauen.

Alle waren froh, als um dreizehn Uhr ein Gong ertönte, der zum Mittagessen rief. Leni hatte riesigen Hunger und hoffte und betete, dass es keinen Kohl geben möge. Sie hatte dieses Essen so satt. Aber natürlich konnte sie hier keine Ansprüche stellen und würde das nehmen, was sie kriegte.

Plötzlich musste sie an Alfred denken.

Ich glaub, du würdest das hier gut finden, dachte sie liebevoll und machte sich dann Notizen zum Festnahmerecht.

Ja, bestimmt würde er sich freuen, versicherte sie sich noch einmal und zwang sich dann, an etwas anderes zu denken. Der Trauer keine Chance zu geben.

Weiter, immer weiter.

Das Mittagessen nahm man gemeinsam in Haus vier ein. Es gab Huhn mit Erbsen, Kartoffeln und Karotten, davor eine dünne Suppe, aber mit frischem Brot.

Ein junger Anwärter, der Karl Pister hieß, saß mit ihnen am Tisch. »Wir haben Glück, dass die Portionen nicht so mickrig sind«, befand er, und alle am Tisch nickten. Mit Leni, Alice und Elsa saßen hier noch neun Männer, die kräftig zulangten.

Alice war wieder neugierig. »Woher kommst du, und warum bist du hier?«, fragte sie Karl ohne Umschweife.

Der schaute sie mit offenem Blick an und aß einen Löffel Suppe. »Wegen meines Vaters«, sagte er dann ruhig.

»Wollte er das?«, fragte Leni interessiert.

»Nein.« Karl schüttelte den Kopf. »Er war der Leiter des

KZs in Buchenwald. Nun sitzt er in Haft. Ich hoffe, er wird seiner gerechten Strafe zugeführt und dass ich ihn nie wiedersehen werde.« Er schaute in die Runde. »Ihr wisst ja, die Bilder aus Buchenwald …«

Alle nickten. Natürlich hatten sie den Film über die Befreiung des KZs gesehen. Die Alliierten hatten die Bewohner Weimars damals gezwungen, durch das Lager zu gehen und sich die Hunderten Toten anzusehen, die dort übereinandergestapelt lagen wie Holz. Unachtsam hingeworfen, getötet für den Führer. 21.000 Menschen hatten auf die US-Armee gewartet, hatten selbst zu den Waffen gegriffen und für ihre Befreiung gekämpft, obwohl sie alle bis auf die Knochen abgemagert gewesen waren.

Die Weimarer Einwohner hatten behauptet, von all dem nichts gewusst zu haben, man hatte ja in der Stadt gewohnt. Nicht in dem abseits gelegenen Konzentrationslager, das eingebettet in einer wunderschönen Landschaft lag. Nein, von den Gräueltaten hatte man nichts geahnt.

Mehr als 56.000 Menschen hatten während der letzten Jahre dort ihr Leben lassen müssen, darunter auch Kinder.

Alle sahen Karl an, teilweise betreten, teilweise neugierig, teilweise verächtlich.

»So einer sitzt also mit uns an einem Tisch und ist Polizeianwärter«, sagte ein schlaksiger Mitte Zwanzigjähriger mit Brille und einem bitteren Zug um den Mund. »Neben so einem sitz ich nicht.« Er nahm sein Tablett und stand auf, um sich einen anderen Platz zu suchen.

Karl sah ihm hinterher.

»So reagieren leider viele.«

Alice legte ihre Hand auf seine und sah ihn freundschaftlich an. »Mach dir nichts draus. Es zählt doch nur, was *du* tust und wie du lebst. Es war dein Vater, der diese schlimmen Verbrechen begangen hat, und für den kannst du nichts.«

»Das stimmt wohl«, sagte Elsa nun scheu. »Meinen Segen hast du. Ich finde es großartig, dass du hier bist.«

»Danke.« Karl schaute in die Runde, und keiner sagte mehr was. Die, die verächtlich geschaut hatten, schauten jetzt betreten auf ihre Teller.

Leni begann ein unverfängliches Gespräch, um das Interesse von Karl abzulenken. Er sah sie dankbar an.

»Sie werden im Polizeidienst entweder zu zweit unterwegs sein, oder aber Sie haben einen weiteren männlichen Beamten dabei«, schnarrte Frau Stein. »Wenn Sie allein patrouillieren, also nur zwei Frauen Streife gehen, heißt es, Augen aufhalten. Sie werden nämlich feststellen, dass Frauen gegenüber weniger Respekt gezollt wird als Männern – auch wenn Sie Ihre WP-Uniform tragen. Dazu kommt, dass Sie unbewaffnet sind, das wird sich schnell herumsprechen. Ich sage Ihnen nun mit Nachdruck, dass es viele schlechte Menschen auf der Welt und auch hier in Hamburg gibt. Diese schlechten Menschen erkennt man nicht an ihrem Aussehen. Es kann sein, dass Sie angelächelt werden, während Ihnen ein Messer in den Bauch gestoßen wird. Deswegen ist es wichtig, dass Sie hier auch die Selbstverteidigung lernen, aber dazu mehr an anderer Stelle. Sollte Ihnen jemand dumm kommen, werden Sie mit einer Trillerpfeife nach Hilfe pfeifen. Ihre männlichen Kollegen werden dieses Signal kennen, und damit fordern Sie ihre Hilfe an.

Nun kommen wir zum Thema Festnahme. Die Handschellen …«

Leni schrieb eifrig mit. Es war sehr viel an Information, sie würde das alles heute Abend noch mal durchlesen. Ein Glück, dass sie der Stenografie mächtig war.

Nun fragte Lore Stein verschiedene Anwärter ab, und wenn ihr eine Antwort nicht passte, schnarrte sie: »Das muss sitzen! Bis morgen!«, und machte sich entsprechende Notizen.

Gegen achtzehn Uhr war Lore Stein mit ihren Abfragen und den Informationen und mit dem, was sie bis morgen Nachmittag lernen mussten, endlich fertig. Gemeinsam mit einer Kollegin, die genauso ein Besen war wie sie, nur mit blondem Dutt, hatte sie Fünfergruppen nach und nach befragt und gebellt, wenn eine Antwort falsch war. Wurde richtig geantwortet, schwiegen die beiden Frauen. Ein Lob war für Lore Stein offenbar undenkbar. Aber vielleicht gehörte das zu ihren Ausbildungsgrundsätzen.

»Erzählen Sie mir mal was über die Festnahmegründe!«, knarzte Lore Stein in Elsas Richtung, und die war gut vorbereitet und konnte antworten. Anders sah es bei einem kleinen, lieben Kollegen, dem 25-jährigen Eberhard Möller aus.

»Wann darf Gewalt angewendet werden?« Lore Stein und ihre Kollegin sahen ihn prüfend und lauernd an.

»Äh … wenn … wenn …«, begann der kleine Eberhard und wurde rot. »Ich bin nicht gut im Auswendiglernen«, gestand er dann mit zittriger Stimme.

»Das müssen Sie aber werden, sonst haben Sie bei uns keine Zukunft!«, schoss die Kollegin ab, und Eberhard nickte. Nun waren auch seine Ohren knallrot.

Leni dröhnte der Schädel. Sie hatte lange nichts mehr auswendig lernen müssen und merkte wie Eberhard, wie schwach sie darin geworden war. Es war höllisch anstrengend gewesen. Lore Stein hatte das auch angekündigt.

»Sie werden hier in einem Schnellverfahren grundausgebildet. Stellen Sie sich darauf ein, dass Sie viel lesen und behalten müssen, dass Sie um einiges flinker sein müssen als die Kollegen, die viel mehr Zeit dafür haben. Dafür haben Sie dann aber eine Grundausbildung, die Ihnen ein fundiertes Wissen bereitet, und Sie können sich jederzeit weiterbilden. Fragen?«, hatte sie geschnarrt, und als niemand geantwortet hatte, ihr abschließendes »Das war's!« zum Besten gegeben.

Ihr Abendessen, bestehend aus Brot, etwas Butter, Schinken und einem nach nichts schmeckenden Käse nahmen alle beinahe schweigend ein. Allen rauchten die Köpfe nach diesem anstrengenden ersten Tag. Und so sollte es nun also weitergehen. Zwei Monate lang. Leni hatte den Eindruck, dass hier in der Zeisestraße alles grau war. Die Häuser, die Tische, die Stühle, sogar die Teller und das Brot. Alles grau. Graue Trinkbecher, grauer Steinboden, graue Bettgestelle, graue Waschbecken; es war recht niederziehend. Sie war froh, dass sie Alice und Elsa hier kennengelernt hatte, das waren richtiggehende Farbkleckse hier. Sie würden es schon gemeinsam durchstehen.

Nach dem Abendessen ging Leni mit Alice, Elsa und noch einigen anderen auf dem Kasernengelände spazieren. Es nieselte immer noch, der Herbst entfaltete sich gerade in seiner vollen, nassen Pracht. Eine weitere Anwärterin hatte sich heute zu ihnen gesellt. Sie hieß Rosamunde Pietsch, war dreißig Jahre alt und noch größer als Leni und die meisten Männer. Rosamunde war eine sympathische Frau mit einem ansteckenden Lachen und kurzen Locken, die man einfach gernhaben musste.

Rosamundes Vater war auch bei der Polizei gewesen und

war mit fast sechzig Jahren kurz vor Kriegsende noch eingezogen worden. Direkt nach dem Krieg kam er aus Dänemark zurück. Weil er sich politisch nichts hatte zu Schulden kommen lassen, konnte er sofort wieder anfangen zu arbeiten und half nun beim Wiederaufbau der deutschen Polizei.

»Da hat er erfahren, dass es Ausbildungen zur WP geben soll«, erklärte Rosamunde. »Ich wollte schon immer in die Fußstapfen von Papa treten, jetzt bin ich einen Schritt weiter.«

Leni schmunzelte. Das kam ihr sehr vertraut vor.

»Mein Vater war auch Polizist, in Barmbek«, erzählte sie.

»Ach, dann bist du auch eine Polizistentochter«, lächelte Rosamunde, und Leni nickte.

»Und ist er es denn heute immer noch, oder ...?«

»Oder ist die richtige Vermutung«, sagte Leni traurig. »Er ist nicht zurückgekehrt. Leider. Ich habe ihn so liebgehabt. Aber deshalb freue ich mich jetzt umso mehr über die Möglichkeit zu dieser Ausbildung.«

»Gräm dich nicht zu sehr, es sind schon genügend Tränen geflossen«, meinte Rosamunde freundschaftlich. »Lasst uns alle nach vorn schauen. Vor uns liegt das Leben. Das ist es, was zählt.«

»Hoffentlich«, sagte Elsa leise.

»Ach du«, sagte Alice und knuffte sie in die Seite. »Lass doch mal die Sonne in dein Herz. Immer bist du so ängstlich.«

»Ich bin nicht ängstlich, ich bin *vorsichtig*«, gab Elsa noch leiser zurück.

»Wieso eigentlich?«, fragte die forsche Alice nun neugierig. »Hast du irgendwo eine Leiche im Keller? Muss man sich vor dir fürchten? Gibt es Geheimnisse, die keiner wissen darf? Wenn ja, erzähl sie mir, ich verspreche, ich sag es keinem weiter.« Erwartungsvoll sah sie Elsa an.

Nun mussten alle lachen, auch Elsa.

»Du bist ulkig«, sagte sie dann zu Alice. »Nein, ich habe keine Leiche im Keller, und niemand muss sich vor mir fürchten. Es ist eher so, dass …«

»Ja?«, fragten Leni, Elsa und auch Rosamunde im Chor, und sie beugten sich ein Stück nach vorn, um die Antwort bloß nicht zu verpassen.

Aber Elsa sagte gar nichts mehr. Sie schaute die drei an und schüttelte den Kopf. »Es ist nichts.«

Alice seufzte. »Ach, ich liebe es, Geheimnisse zu erfahren. Aber wenn du nicht magst, niemand drängt dich.«

Sie hakte sich bei Elsa unter. »Komm, meine Liebe, lass uns noch ein wenig über dieses wunderschön anzusehende Gelände gehen. Lauter graue Bauten, grauer Matsch und Regen. Dann der schöne, bunte Schlafsaal mit den warmen Daunenbetten und den wunderbaren Matratzen. Ach, es ist ein Fest. Es ist wie im Paradies. Wie gut, dass ich euch habe.«

Leni musste grinsen. Alice war wirklich eine Marke.

KAPITEL 13

»Leni«, wisperte Alice von unten. »Leeeeniiiii … Bitte wach auf! Es ist wichtig!«

»Hm.« Leni beugte sich verschlafen von ihrem Stockbett nach unten. Das Gestell quietschte.

»Hast du schon geschlafen?«

»Ja, du hast mich geweckt«, sagte Leni mit belegter Stimme. Wie hätte man denn nach einem dieser anstrengenden Tage nicht schlafen können? Leni hatte das Gefühl, einzuschlafen, bevor sie lag.

»Tut mir leid«, kam es leise von unten. »Ich zittere vor Kälte. Der Drachen hat gesagt, es gibt keine wärmeren Decken. Wie soll ich das zwei Monate aushalten? Außerdem gibt's hier glaube ich Ratten.«

»Ratten?« Leni war froh, dass sie oben schlief. »Wie kommst du darauf?«

»Hier wuselt was auf dem Boden herum, so trippelnd«, sagte Alice. »Da! Hörst du?«

»Nein, pssst. Weck nicht alle auf.«

»Leni, kann ich vielleicht bei dir oben schlafen? Erst mal hab ich Angst, dass mir so ein Viech zu nahe kommt, und dann friere ich so.«

»Du bist wohl übergeschnappt. Weißt du, wie schmal dieses Bett ist? Wir werden kein Auge zumachen. Außerdem ist das bestimmt gar nicht erlaubt.«

»Ja, ich weiß«, sagte Alice verzweifelt. »Aber ich friere doch so. Obwohl ich alles anhabe, was ich mit hierher genommen habe. Da! Hast du es gehört?«

Leni schnaubte leicht auf. »Nein … Na gut, dann komm hoch«, sagte sie und rutschte zur Seite, während Alice flink wie ein Wiesel die Leiter hochgeklettert kam. Die beiden Frauen kuschelten sich Seite an Seite aneinander, und tatsächlich wurde es ein wenig wärmer. Trotzdem hatte Alice recht, es war eiskalt hier drinnen. Zu ihrer Überraschung schlief Leni schnell wieder ein, obwohl sie erwartet hatte, dass das wegen der Enge nicht möglich sein würde.

Am nächsten Morgen sahen viele der Frauen gerädert aus, als sie sich im Gemeinschaftswaschraum trafen. Viele hatten sehr schlecht geschlafen.

»Du meine Güte«, sagte Elsa. »Ich wusste gar nicht, dass Frauen auch schnarchen. Ich dachte, das tun nur Männer. Ich hatte noch nicht mal Watte für die Ohren.«

Rosamunde lachte. »Das habe ich auch gedacht. Es war schrecklich laut, aber ich war so müde, dass ich trotzdem eingeschlafen bin. Wie war eure erste Nacht?«

»Wunderbar«, erklärte Leni und guckte Alice augenrollend an.

»Ja, du musstest wenigstens nicht allein schlafen«, sagte Elsa. »Ich habe gebibbert. Ich frage Frau Stein gleich, ob wir nicht doch Decken bekommen können.«

»Bei Frau Stein wirst du auf Granit beißen«, sagte eine junge Frau aus Duisburg, die Minka hieß. »Alles wird gehandhabt wie bei den Männern. Sogar die Duschen sind gleich warm.«

»Besser gleich kalt«, meinte Sigrid aus Trittau und zog sich weiter aus.

»So, dann mal los … o mein Gott, das ist ja noch kälter als befürchtet.«

Leni fror wie ein Schneider, als sie sich unter die Brause stellte.

»Ich warte noch«, rief Elsa entsetzt. »Bis es wärmer wird.«

»Komm jetzt drunter, das Wasser wird doch nach ein paar Minuten abgestellt«, rief Rosamunde bibbernd und ging mit gutem Beispiel voran.

»Du lieber Himmel!«, quiekte Elsa. »Das … puh, das … oh!«

Leni wusch sich, so schnell sie konnte, und ließ die Haare ungewaschen, weil sie erst klären wollte, ob es hier Haartrockner gab. Auf keinen Fall wollte sie mit nassem Haar in der Kälte herumlaufen. Das fehlte noch, dass sie hier krank wurde.

Die Frauen hatten für diese erste wöchentliche Dusche genau fünf Minuten Zeit, dann versiegte der Wasserstrahl, und einige hatten noch das Waschmittel im Haar.

»Ach du meine Güte«, sagte Alice und rüttelte an den rostigen Armaturen. Aber der Wasserstrahl war versiegt.

»Was soll ich denn jetzt machen?«, fragte Alice verzweifelt, und gemeinsam versuchten sie, das Shampoo über dem Handwaschbecken auszuspülen, aber das waren sie gewohnt. Nicht jeder hatte derzeit ein Badezimmer. Man musste nehmen, was man kriegen konnte.

»Nun muss ich mit nassen Haaren in den Unterricht«, sagte Alice. »Der Drachen wird es merken und mich anbellen, ich weiß es. Hat jemand ein Haarband? Ich finde meins nicht mehr. Ojemine. Wie gut, dass wir nur einmal pro Woche duschen dürfen! Warum hab ich nur gleich die Haare gewaschen, warum hab ich nicht gewartet!«

»Meine Damen, weiter geht's im Text!« Lore Stein, die wie alle anderen eine weite Baumwollhose und einen Pullover trug, kannte kein Erbarmen. »Wir müssen ein bisschen an Ihrer Konstitution arbeiten. Wenn Sie Flüchtigen hinterherlaufen, wollen wir ja auch, dass Sie sie schnappen. Und deswegen tragen Sie heute auch Ihre künftige Berufskleidung, alles soll so sein, als ob wirklich gerade jemand davonläuft, den Sie verfolgen müssen. Also, eins, zwei …« Sie blies in ihre Trillerpfeife und rannte dann in einem unglaublichen Tempo voran.

Es regnete in Strömen, ein fieser Wind blies, und man kam ihr fast nicht hinterher.

»Schneller, meine Damen, schneller. Noch ist der Übeltäter auf freiem Fuß!«, bellte Lore unbarmherzig und stob übers Kasernengelände. Leni war nach fünf Minuten völlig außer Atem, den anderen ging es nicht besser. Nach zwanzig Minuten hatte Leni das Gefühl, vor Seitenstechen keinen Schritt mehr gehen zu können.

Danach wurden sie klatschnass von Lore Stein abgefragt, was sie über Inverwahrnahme gelernt hatten. Erst dann durften sie alle in den Gemeinschaftssaal und sich abtrocknen und die Kleidung wechseln.

»Sie ist ein Aas«, meinte Alice erschöpft. »Ich sage euch, die genießt das. Wenn die Lehrerin wäre, würde sie bei den armen Schülern ständig die Prügelstrafe anwenden.«

Niemand widersprach.

»Ich würde alles dafür geben, mich jetzt in mein ach so bequemes Bett zu legen«, seufzte Alice. »Ich will einfach nur schlafen.«

»So geht es mir auch«, sagte Leni und gähnte. »Aber wir müssen jetzt alles über den korrekten Gebrauch von Handschellen lernen.«

»Wisst ihr, wem ich am liebsten welche anlegen würde?«, fragte Alice, und alle nickten.

Den Rest des Tages verbrachten sie damit, zu lernen, sich abzufragen, wieder zu lernen, zu essen, und zur Schlafenszeit fielen sie todmüde in die harten Betten und froren sich in den Schlaf. Alice krabbelte nachts wieder hoch zu Leni. Sie hatte noch nicht mal mehr Angst, aus dem Bett zu fallen, so sehr fror sie.

»Ich kann überhaupt nicht verstehen, dass ich das mal machen wollte und mich sogar darauf gefreut habe«, sagte Alice einmal nach einem besonders anstrengenden Tag. »Du meine Güte, ich bin so erschöpft, dass ich vorhin kurz davor war, das Abendbrot ausfallen zu lassen, und das soll nach dieser ganzen Zeit etwas heißen.«

Leni nickte. »Mir geht es genauso. Aber wir halten uns wacker.«

Rosamunde lächelte sie an. »Dein Vater wäre stolz auf dich, ich weiß es. Er würde dir auch immer zuraten, weiterzumachen.«

»Dein Wort in Gottes Ohr.« Leni gähnte müde. »Oh Himmel, ich möchte nur noch schlafen.« Sie kletterte nach oben und streckte sich. Drei Sekunden später war sie nicht mehr ansprechbar und bekam noch nicht mal mehr mit, dass Alice sich wieder zu ihr legte.

Am nächsten Tag ging es weiter. Lore Stein und die anderen Ausbilder waren gnadenlos.

»Sie haben in den Pausen und in den Abendstunden nach dem Essen und vor der Nachtruhe genügend Zeit, um zu lernen«, wurden sie von einem angeherrscht, den Leni und die anderen nur heimlich den *Führer* nannten. Er hieß Ethelbert zur Eichenruh und behandelte Männer wie Frauen, als würde es um Leben und Tod gehen.

»Was ich sage, hat Gewicht, und zwar solches Gewicht, dass ein Widerspruch sinnlos ist!«, brüllte er die Gruppen gerne und oft an. »Wenn ich noch einmal ein Warum höre, ziehe ich hier mal andere Saiten auf. Ist das klar?«

Er rannte mit den Auszubildenden noch schneller als Lore Stein über das Gelände und durch die umliegenden Straßen, vorbei an den Trümmern und Geschäften, und kam nie außer Atem; er legte ein Tempo vor, dass Leni manchmal dachte, ihr Herz würde stehenbleiben. Sie wurden von Passanten erstaunt wahrgenommen und nickten ihnen freundlich zu, gerne hätte sie ihnen etwas erklärt, aber der *Führer* brüllte, dass es weitergehen musste.

Leni vermisste ihre Familie von Tag zu Tag mehr, aber sie zwang sich durchzuhalten. Zweimal bekam sie Post von ihren Kindern. Sie schrieben, dass es schön war in der Schule – im August hatte man den Schulbetrieb endlich wieder aufgenommen – und dass sie neue Freunde gefunden hatten. Offenbar waren sie so mit allem Neuen beschäftigt, dass keine Zeit blieb, ihre Mutter zu vermissen. Das stimmte Leni froh. Ömchen und ihre Mutter schrieben auch, dass sie sich keine Sorgen machen solle, alles würde gut funktionieren.

»Ich mach das jetzt, Papa«, sagte sie oft leise zu sich selbst. »Ich mach es für dich, für Mama und die Kinder, für Ömchen und für Lotti, aber ich mach es auch für mich.«

Sie zwang sich, nicht an Alfred zu denken.

Wenn sie doch an ihn denken musste, begann sie ein Gespräch mit anderen oder beugte sich über die Unterlagen, die sie auswendig lernen mussten. Für Trauer war keine Zeit.

Weiter, immer weiter.

»Sie haben gar nichts gelernt, Herr Debus!«, brüllte der *Führer* einen schüchternen, knapp neunzehnjährigen Kollegen an. Frieder Debus zuckte zusammen und wurde so rot wie eine überreife Tomate.

»Ich … Ich … Ich …«, fing er an, und Leni biss sich auf die Unterlippe. Frieder neigte zum Stottern, wenn er aufgeregt war, und gerade war so ein Moment.

»Also nochmal: Wann sind einer Person Handschellen anzulegen? Nun? Ich warte, Debus! ICH WARTE AUF ANTWORT!«

Frieder Debus schwitzte nun stark und tat Leni entsetzlich leid.

»Wenn die Person durch ihr aggressives Verhalten eine Gefahr für andere darstellt und sich nicht kooperativ verhält«, wisperte Leni Frieder zu. »Die Hände werden entweder vor dem Bauch oder hinter dem Rücken gefesselt.«

»JACOBSEN!«, kreischte der *Führer* nun. »Halten Sie Ihren Rand. Der Kollege Debus lernt nichts, wenn man ihm was vorsagt. Er soll es lernen, es verinnerlichen. Sie helfen ihm nicht, wenn sie ihm zuflüstern, was er selbst wissen sollte. Also, DEBUS! Andere Frage. Wie lange kann ich jemanden in Gewahrsam behalten?«

»Ihihihich h-h-h-abe d-d-d-d-d …«, fing Frieder wieder an, und der *Führer* schlug nun mit beiden Händen auf sein Pult. Alle zuckten zusammen.

»So geht das nicht, Debus. Sie müssen Ihre Sprachschwierigkeiten in den Griff kriegen. Ich war gleich dagegen, Sie hier auszubilden. Ein ständig haspelnder Mitarbeiter der Polizei erfährt auf der Straße keinen Respekt. Sie machen sich ja lächerlich, wenn Sie vor einem Kriminellen stehen und stottern.«

Ohne weiter nachzudenken, trat Leni nun nach vorn.

»Jetzt hören Sie aber auf, Herr Fü… Herr von Eichenruh«, ging sie den Ausbilder an, der verdattert dastand und vor Überraschung gar nichts mehr sagte. »Frieder kann nichts dafür, dass er stottert. Er wurde in den letzten Kriegsmonaten eingesetzt, und seitdem hat er diese Probleme. Es ist sein großer Wunsch, zur Polizei zu gehen, und er bemüht sich nach Kräften, klar und deutlich zu sprechen. Sollte man ihm einen Beruf versagen, den er nicht ausüben kann, weil er für Deutschland gekämpft hat? Als er sozusagen noch ein Kind war? Wenn Sie ruhig und freundlich mit ihm sprechen, und da spreche *ich* nun aus Erfahrung, antwortet Frieder klar und deutlich. Wenn man ihm allerdings schon von vornherein Angst macht, ist es doch kein Wunder, dass er keine Worte findet. Er macht das doch nicht absichtlich.«

Sie ging wieder einen Schritt zurück und setzte sich. Ihr Herz schlug ungleichmäßig. Wahrscheinlich war sie übers Ziel hinausgeschossen, gut möglich, aber ihr Gerechtigkeitssinn überwog, wie so oft, und sie konnte einfach nicht anders, als den jungen, netten Kollegen zu verteidigen. Wahrscheinlich würde der *Führer* sie jetzt zusammenbrüllen. Oder noch schlimmer, sie nach Hause schicken. Sie hoffte, dass er das nicht tun würde. Aber sie bereute auch nicht, das eben gesagt zu haben.

Frieder sah sie lieb an. Er war ein so netter junger Mann, er verdiente es, dass man ihn respektierte.

Einige Sekunden herrschte eine solche Stille im Haus Numero sechzehn, dass man nichts, absolut nichts hörte.

Der Führer stand vorne an seinem Pult und hatte die Augen zu Schlitzen verengt. Er sah mit seinen schwarzen Haaren aus wie ein Panther, der sich am liebsten auf Leni stürzen würde. Aber er tat es nicht.

»Debus«, sagte er dann im normalen Ton. »Können Sie mir sagen, wie lange man eine Person in Gewahrsam behalten darf?«

Leni war platt. Und atmete auf.

Frieder nickte. »Grundsätzlich höchstens 48 Stunden«, sagte er klar und deutlich. »Das gilt für Freiheitsentziehungen, die von der Polizei …«

Leni lächelte in sich hinein, während Frieder weitersprach. Nachdem die Unterrichtsstunde mit dem *Führer* vorbei war, stampfte der aus dem Saal wie ein Elefant. Man sah ihm an, dass er innerlich kochte, wahrscheinlich war er noch nie und schon gar nicht von einer Frau derart zurechtgewiesen worden.

»Du warst sehr mutig,«, sagte Elsa bewundernd. »Ich hätte mich das nicht getraut.«

»Ich auch nicht«, sagte Alice. »Und das will was heißen. Der *Führer* war ganz handzahm plötzlich. Der war sicher total erschrocken.«

Frieder kam und lächelte Leni an. »Danke schön, Leni. Das war sehr nett von dir. Das werde ich dir nie vergessen.«

»Ich hab das gern getan«, meinte Leni nur. »Hoffentlich lässt er dich jetzt mit seiner Schreierei in Ruhe.«

»Ich hatte ja alles gelernt«, verteidigte sich Frieder. »Nur plötzlich, immer wenn geschrien wird, kann ich nichts mehr sagen.«

»Ist schon gut. Du hast eben auch viel mitgemacht.« Leni klopfte ihm auf die Schulter. »Wir werden das hier schon alle gemeinsam durchstehen.«

»… und somit beglückwünsche ich Sie. Sie haben den Lehrgang zur WP erfolgreich abgeschlossen und können sofort eingesetzt werden.«

Lore Stein sagte das emotionslos und nickte Leni zu. »Es wurde uns zugetragen, dass man Sie gern auf der Davidwache hätte. Also habe ich Sie dort zugeteilt. Sie fangen dort übermorgen um sieben Uhr an.«

Leni lächelte Lore Stein an und ließ die vergangenen zwei Monate vor ihrem inneren Auge ablaufen. Der tägliche Sport, das Lernen und sich gegenseitig Abfragen. Sie wussten jetzt, dass diese Arbeit gefährlich werden konnte, und hatten entsprechende Selbstverteidigungsgriffe gelernt. Sie hatten Paragraphen gelernt und sich in den Schlaf gefroren und das manchmal ungenießbare Essen hinuntergewürgt. Nun war es vorbei!

»Das war's.« Lore Steins Gesicht war ausdruckslos.

Leni hoffte, dass sie diesen Satz zum letzten Mal hören würde, und sie lächelte Lore Stein an.

»Danke für alles, Frau Stein.« Das sagte man wohl so.

Aber die hatte sich schon der Nächsten zugewandt.

Leni fragte sich, was diese Frau so hart gemacht hatte. Oder musste man einfach so sein, wenn man hier Ausbilderin war? Würde es nicht auch mit Freundlichkeit und Hilfsbereitschaft gehen? Nun, sie würde es nicht erfahren.

Sie hielt ihr Gesicht in die Herbstsonne und freute sich riesig darauf, gleich zu Hause zu sein und ihre Kinder in die Arme zu schließen.

Da kamen Alice und Elsa und hakten sich rechts und links bei ihr ein.

»Dreimal darfst du raten, auf welche Wache wir gehen«, jubelte Elsa und strahlte zum ersten Mal übers ganze Gesicht, was sie noch schöner machte.

Leni blieb stehen und sah nach rechts und links.

»Nein!«, rief sie dann glücklich.

Die beiden lachten, und dann umarmten sie sich.

»Wie habt ihr das denn hingekriegt?«, fragte Leni atemlos.

»Och, wir sind zur Stein gegangen und haben gesagt, dass wir auf gar keinen Fall auf der Davidwache eingeteilt werden wollen«, kicherte Alice. »Ich nehme an, sie hat sich mit dem *Führer* über uns aufgeregt und uns deswegen genau dort eingeteilt – unser Plan ist aufgegangen.«

»Schade ist nur, dass Rosamunde zum Hauptbahnhof kommt«, meinte Elsa. »Aber ich bin so froh, dass wir drei zusammen sind.«

»Ich habe es noch nicht mal weit zur Arbeit«, freute sich Alice. »Wir wohnen ja in Altona. Nur dumm, dass meine Kinder noch nicht alt genug für die Schule sind. Aber ein paar Stunden täglich Kindergarten ist besser als nichts.«

»Ja, das ist wunderbar«, bestätigte Leni. »Sag, Elsa, wo wohnst du eigentlich? Warum hab ich dich das nie gefragt?«

Elsa, die eigentlich in den vergangenen zwei Monaten recht zugänglich geworden war, ging einen Schritt zurück und wurde rot.

»Och«, sie wand sich wie ein Aal. »Mal hier, mal dort.«

»Was meinst du damit?«, fragte Alice bohrend. »Hast du etwa keine Unterkunft?«

Elsa sah sie aus aufgerissenen Augen an. »Ich komme zurecht«, sagte sie dann.

»Gut, ich frage anders.« Alice war hartnäckig. »Wohin wirst du gehen, wenn du dieses Gelände verlässt?«

»Ich weiß es nicht«, gab Elsa nach kurzem Zögern zu. »Ich versuche, in einer der Ley-Buden oder Nissenhütten unterzukommen, oder ich suche mir einen Keller oder eine unbewohnte Wohnung.«

Diese Behelfsunterkünfte waren mehr schlecht als recht zusammengestoppelt, und man musste auf engstem Raum zusammenleben. Aber es war besser als nichts.

Leni runzelte die Stirn. »Also hast du keinen festen Wohnsitz? Warum hast du uns das denn nicht gesagt?«

»Ihr habt nicht danach gefragt«, verteidigte sich Elsa, die sich zunehmend in ein Schneckenhaus verkroch.

»Das ist richtig, und das war dumm«, stellte Alice fest, und Leni nickte.

»Ich möchte nicht, dass du mit fremden Menschen in einer dieser Hütten wohnst«, beschloss Alice dann mit fester Stimme. »Du kommst mit zu mir.«

»Aber Alice, du hast doch einen kranken Mann und Kinder«, sagte Elsa.

»Na und? Es ist sogar gut, wenn du da bist und wir zu unterschiedlichen Zeiten Dienst haben. Wir profitieren beide davon«, meinte Alice. »Dann kannst du die Kinder hüten und aufpassen, dass mein Mann sich nicht aus dem Fenster stürzt, wobei ich manchmal glaube, dass das besser wäre.«

»Alice!«, riefen Leni und Elsa entsetzt gleichzeitig.

»Das war natürlich nicht ganz ernst gemeint, nur ein wenig und natürlich nicht für mich, sondern für ihn. Er leidet so sehr«, sagte Alice. »Ich hoffe, dass meine Nachbarin gut auf alle aufgepasst hat. Die gute Frau Kühn, wenn ich die nicht hätte.«

»In diesen Zeiten ist man aufeinander angewiesen«, sagte Leni. »Man merkt, wer es gut meint und wer nicht, da trennt sich die Spreu vom Weizen.«

Sie gingen langsam weiter.

»Willst du uns nicht sagen, vor was du Angst hast?«, fragte Alice Elsa unvermittelt. »Wenn es ein Geheimnis ist, dann ist es bei uns wirklich sicher aufgehoben. Wir sind jetzt Kolleginnen, eine Gemeinschaft!«

Elsa schüttelte den Kopf. »Es gibt nichts zu sagen.« Und damit war die Sache für sie erledigt.

Leni und Alice wussten, dass sie nun noch hundertmal fragen könnten, aber wenn Elsa nichts sagen wollte, dann schwieg sie wie ein Grab.

KAPITEL 14

»Da bin ich wieder!« Leni rief schon im Treppenhaus nach ihrer Familie. Sie hörte, wie oben die Tür aufging und kleine Füße auf der Treppe trampelten. Noch ein Absatz, dann kamen ihr ihre drei Kinder entgegengelaufen und flogen ihr in die Arme.

»Ich habe dich so vermisst!«, rief Greta, und Hannes heulte fast vor Freude. Nur Liesel hatte sich im Griff und strahlte ihre Mutter nur an.

»Ich habe gut auf alle aufgepasst«, verkündete sie stolz. »Greta hat jetzt eine Schiefertafel und schreibt und liest immer besser.«

Die neunjährige Greta nickte.

Leni war sehr froh, dass wieder unterrichtet wurde. So waren die Kinder während ihrer Abwesenheit beschäftigt gewesen. Hatten selbst Abenteuer erlebt und Neues gelernt, von dem sie ihr jetzt erzählen konnten. Dass die Zeit des nationalsozialistischen Unterrichts vorbei war und die Kinder normale Sachen lernten, erleichterte sie am meisten. Sie hoffte es zumindest, denn sie wusste natürlich nichts von der politischen Einstellung der Lehrkräfte, die nun an den Schulen unterrichteten, ging aber davon aus, dass neben der Polizei auch die Schulen und Lehrer von den Besatzern kontrolliert wurden.

Oben warteten ihre Mutter und Ömchen mit einem geradezu feudalen Essen. Es gab Schweinelende mit Pilzen und Sahnesoße, dazu frisches Gemüse.

»Dank Lottchen kann ich ja immer noch gut tauschen«, verkündete Ömchen nach der ersten Wiedersehensfreude. »Ach Kind, du musst uns alles erzählen.«

Leni sah sich um. »Ach, ist das schön, dass ihr schon weihnachtlich geschmückt habt, aber ist es nicht schade, dass unser Christbaumschmuck während einem der Bombenangriffe zu Bruch gegangen ist? Wie ich sehe, habt ihr allerdings Strohsterne gebastelt, oh, sieht das schön aus. Oh, da ist ja sogar ein Adventskranz – mit roten Kerzen! Wo hast du das alles denn gefunden, Ömchen?«

Ömchen war stolz. »Hab ich selbst gebunden. Die Kerzen sind von James. Er besorgt auch eine kleine Tanne!«

Margot nahm ihre Tochter in die Arme und drückte sie fest. »Ich bin stolz auf dich, mein Kind. Wir alle sind stolz auf dich. Lotti auch. Sie kommt gleich und wird uns ihren James vorstellen. Ich habe gesagt, ich will ihn endlich kennenlernen, das geht ja nicht an, dass er uns ständig mit Leckereien versorgt, und wir wissen noch nicht mal, wie er aussieht.«

»Oh, schön. Wie geht es Lottis Kindern? Wo sind sie?«, fragte Leni, die sich unbändig freute, wieder da zu sein.

»Sie spielen unten mit den Kindern von Bernnats. Natürlich nur im Innenhof, sonst würde unser Ömchen durchdrehen.« Margot Harding lächelte.

»Einmal sind sie ausgebüxt und durch die Trümmer gestreunt«, ließ Ömchen sie wissen. »Was da alles passieren kann! Wenn da eine Handgranate oder noch Schlimmeres explodiert! Ich darf gar nicht dran denken …«

»Drei Tage Stubenarrest hat Ömchen ihnen aufgebrummt, nachdem sie ihnen den Hosenboden strammgezogen hat«, sagte Margot. »Seitdem sind sie brav wie nie.«

In diesem Moment ging die Tür auf, und Lottis Kinder sprangen herein und begrüßten ihre Tante freudig.

»Hände waschen!«, befahl Ömchen. »Und Schuhe aus. Wie oft soll ich es euch noch sagen!« Sofort kehrten Ruhe und Ordnung ein.

Dann deckte sie den Tisch. »Ich habe übrigens nun auch eine Arbeit«, erklärte sie. »Außer der, eure Kinder zu hüten.«

»Aha, was denn?«, fragte Leni neugierig.

»Ach, ich hatte immer so ein schlechtes Gewissen, weil Lotti uns oft Leckereien oder Tauschware mitbringt«, erzählte Ömchen. »Da habe ich beschlossen, so eine Art Versorgung auf die Beine zu stellen. Ich hab in der alten Waschküche unten im Keller alles so umgebaut, dass wir dort Kindern ein warmes Essen geben können. Auf dem alten Kohleherd, den heiz ich nun an und koche Suppe oder anderes, was es gerade gibt.«

»Ömchen!«, rief Leni. »Das finde ich wundervoll!«

»Ja, nicht wahr? Zweimal pro Woche bekommen Kinder von mir eine warme Mahlzeit, und wenn ich Brot gebacken habe, auch frisches Brot. Man muss doch helfen in dieser Zeit. Der Winter steht sozusagen vor der Tür.«

»Wir alle helfen mit«, verkündete Margot. »Immer, wenn ich Zeit habe, steh ich am Kessel und teile aus.«

»Die Kinder sind so dankbar«, sagte Ömchen. »Du liebe Zeit, manche haben ja gar keine Schuhe. Man weiß gar nicht, wo man zuerst helfen soll.« Resigniert schüttelte sie den Kopf.

»Aber Ömchen, es ist doch wunderbar, was du da machst«, befand Leni und drückte ihre Hand. »Ganz großartig finde ich das, und das ist ein riesiger Beitrag. Wir können nicht alles auf einmal verändern, aber wir können mit kleinen Mitteln zur Veränderung beitragen.«

191

»Die Eltern sind so dankbar, wenn es überhaupt welche gibt«, erklärte Margot. »Es ist ganz rührend. Keiner fragt, woher wir die Sachen haben. Sie sind einfach nur froh, dass ihre Kinder wenigstens manchmal satt werden. Die Waisen gehen mir am meisten ans Herz. Es ist schrecklich, zu sehen, wie sie ohne Eltern zurechtkommen müssen.«

»Und einmal war ein Pfarrer da, den ich gar nicht kannte, ich weiß gar nicht, woher«, sagte Ömchen. »Er fragte, ob das gestohlene Lebensmittel wären, und dass Gott mich dann strafen würde. Ich hab nur gesagt, dass ich keinen Respekt habe vor einem Gott, der diese schrecklichen Jahre zugelassen hat. Da ist er wieder gegangen, nachdem er gierig auf die Suppe geschaut hat. Ich hab ihm aber nix gegeben. So ja nun nicht – das Essen ist für die Kinder!«

»Ach, Ömchen, du bist wunderbar«, freute sich Leni und trank einen Schluck Wasser.

»Aber nun erzähl mal, Kind, wie war es denn?«, fragte die Mutter, und auch die Kinder waren neugierig.

»Ihr könnt euch nicht vorstellen, wie viele Kilometer ich in diesen zwei Monaten gerannt bin«, begann Leni. »Wir hatten eine ziemlich rüde Ausbilderin, die nicht gesprochen, sondern geschnarrt hat.«

»Was ist das?«, wollte Greta wissen, und Leni stand auf und machte Lore Steins »Fragen? Das war's!« mit krächzender Stimme nach, und alle lachten.

»Das Essen war mäßig gut, aber jedenfalls gab es etwas, man will nicht kleinlich sein. Ich weiß jetzt einiges über die Polizeiarbeit und habe sogar einige Griffe zur Selbstverteidigung gelernt, ich weiß, wie man mit übergriffigen Mannsleuten umgeht, und ich weiß, wie eine Festnahme vonstattengeht.«

»Wie war denn dein Zimmer?«, wollte Lotti wissen.

Leni lachte auf. »Mein Zimmer? Du meinst den Gemeinschaftsschlafsaal? Die Matratzen hart und die Gestelle viel zu kurz und zu schmal, man hatte nur eine dünne Wolldecke und konnte einmal in der Woche duschen. Natürlich auch in der Gemeinschaftsdusche. Genau fünf Minuten lang. Einige von uns sind nach der ersten Dusche mit Haarwaschmittel in den Haaren zum Unterricht gegangen. Aber das Beste ist: Ich habe sehr nette Menschen kennengelernt. Alice und Elsa und Rosamunde. Elsa und Alice werden mit mir zusammen, und jetzt haltet euch fest … auf der Davidwache arbeiten!«, schloss Leni ihren Bericht.

»Wie schön«, jubelte Margot. »Ganz unter uns: Ich habe das schon gewusst, Jochen Herbst hat's mir erzählt. Ach, ich fühle mich auch sehr wohl dort, und die Arbeit läuft wie am Schnürchen. Hanne Rudinger und ich sagen jetzt Du zueinander, und sie war auch schon hier bei uns. Eine nette Frau, die wohl viel erlebt hat. Aber wer hat das nicht?«

Leni nickte. »Ja, ich mag sie auch. Sie ist gerade und ehrlich und klug noch dazu. Ich freue mich drauf, sie wiederzusehen. Ich fange … ach, da kommt wohl Lotti.«

»Oh, mit James!« Ömchen war ganz aufgeregt. »Ich bin ja so gespannt.«

Und dann stand Lotti im Türrahmen und hatte schon wieder ein neues Kleid an. Sahnefarben mit Veilchen darauf.

»Schwesterchen, da bist du ja endlich!«, rief sie glücklich und rannte auf Leni zu. »Wir haben dich so vermisst!«

Leni stand auf, und sie umarmten sich. »Ich euch erst. Schön, wieder daheim zu sein.«

»Ja, das ist wunderbar. Ihr habt mir alle so gefehlt! Ihr glaubt gar nicht, wie sehr!«

Lotti drehte sich zur Tür um. »James, come in!«, rief sie dann, und James Evans aus Cornwall betrat die Küche.

Alle sahen ihn an, und allen klappte die Kinnlade runter.

»Take a seat, James, please«, sagte Lotti dann und sah ihre Familie an. »Rückt ihr mal zusammen, damit James sich setzen kann?«

»Äh, ja …« Leni rutschte zur Seite. James gab mit formvollendeter Höflichkeit allen die Hand und stellte sich vor, dabei verbeugte er sich ritterlich.

»Was schaut ihr denn so?«, fragte Lotti gleichmütig. »Habt ihr noch nie einen schwarzen Mann gesehen?«

Lenis und Lottis Kinder saßen wie die Orgelpfeifen mit offenen Mündern da. Höchstwahrscheinlich hatten sie tatsächlich noch nie einen Farbigen zu Gesicht bekommen.

»Bist du aus Schokolade?«, fragte Greta dann ehrfürchtig, aber auch ein wenig ängstlich, und Leni sah sie erst streng an, musste dann aber trotzdem lächeln.

»Nein«, sagte Lotti schnell. »James ist nicht aus Schokolade. Er hat einfach nur eine andere Hautfarbe als wir, weil da, wo seine Vorfahren herkommen, die Sonne ganz stark scheint. Da müssen die Menschen dunkel sein, weil sie sonst von der Sonne verbrennen.«

»Ach wie schade.« Greta war enttäuscht. James hatte nichts verstanden außer Schokolade und nickte Greta zu.

»Isch hab was mitgebracht.«

Ömchen wäre nicht Ömchen, wenn sie nicht sofort aufgestanden und einen Emaillebecher für James geholt hätte, in den sie etwas Apfelsaft füllte, den der Nachbar selbst gepresst hatte.

»Herzlich willkommen«, sagte sie dann. »Welcome to our family.«

»Du sprichst englisch?« Leni war verdattert.

»Oh, ich habe früher gern englische Literatur gelesen und mir die Sprache so ein wenig angeeignet. Charlotte Brontë, Charles Dickens. Hemingway. Immer wenn ich Zeit hatte. Nur leider hatte ich im Krieg keine Zeit, aber ich hoffe, ich bekomme noch einige Brocken zusammen.«

»Das ist ja schön, Ömchen«, freute sich Lotti.

Auch Margot hatte ihren Anfangsschreck überwunden. »Welcome, James«, sagte sie. »I am Margot, tja, und mehr kann ich leider nicht. Du musst übersetzen, Lotti.«

Die nickte. »Na sicher. James also ist dafür verantwortlich, dass wir hier so einige Sachen haben, die andere nicht haben, und dafür, dass Kinder satt werden. Ich hab ihm davon erzählt, und er hat sich mit seinen Vorgesetzten zusammengetan, und gemeinsam hat man beschlossen, dafür zu sorgen, dass die Kinder in diesem Stadtteil täglich eine warme Mahlzeit bekommen. Ömchen, du wirst zusätzliche Lebensmittel bekommen, nur für die Kinder. Dann kannst du noch mehr Suppe kochen – vielleicht können ja einige der Nachbarn ebenfalls mithelfen. James, we are so thankful for … for giving soup and bread to the children!«

James lächelte und zeigte perfekte weiße Zähne. »It is a pleasure, ladies. There is a lot to do!«

»James und die anderen hier im Stadtteil werden auch dafür sorgen, dass viele Kinder Schuhe bekommen. Es gibt bei den Besatzern tatsächlich einige gelernte Schuhmacher, die die Schuhe herstellen werden.«

Margot lächelte den Briten an. »Thank you!«, sagte sie, griff über den Tisch und legte ihre Hand auf seine. »We is … are … sehr froh.«

»No problem«, sagte James und grinste breit. »We are here

to help in all of this chaos. Oh, by the way, there are some sweets for the kids. Sußischkaitän«, sagte er und lachte. Lenis Kinder schauten auf. Der dunkle Mann schien ja doch nicht gefährlich zu sein. James griff in seine Uniformtaschen und holte Bonbons und Schokolade hervor.

»Danke«, hauchten alle fünf beinahe wie aus einem Munde.

»Aber erst nach dem Essen«, beschloss Leni.

»Ich habe James davon erzählt, dass du jetzt bei der Polizei bist«, erklärte Lotti. »Er sagt, das mit der weiblichen Schutzpolizei ist alles nach englischem Vorbild.«

Leni nickte und versuchte, James in ihrem mangelhaften Englisch von der Zeit bei Lore Stein und dem *Führer* zu erzählen, und Lotti übersetzte.

»Die Briten finden es gut, wenn Frauen arbeiten«, sagte Lotti, während Ömchen das Willkommensessen auftischte.

»Sie scheinen viel offener zu sein als die Deutschen. Ich fühle mich sehr wohl bei meiner Arbeit. Ach, ist das schön, dass wir alle zusammen sind.«

Sie strahlte in die Runde, und alle strahlten zurück. Leni war guter Dinge. Sie hatte ihre Ausbildung erfolgreich absolviert, und in weniger als zehn Tagen war Heiligabend. Sie musste schauen, was sie den Kindern schenken könnte, und das hing davon ab, was es zu kaufen gab.

James war ein reizender Mensch. Er goss Wein nach, er hörte aufmerksam zu, wenn Lotti übersetzte, er stand auf, wenn eine der Damen aufstand, und er erklärte der Kinderschar, warum er ein schwarzer Mann war, dass seine Wurzeln in Afrika lagen und er von dort als heimatloses Kind mit nach England genommen worden war.

»Meine parents are great people«, sagte er liebevoll. »Ich hatte großes Gluck.«

Er erzählte von den grünen Wiesen Cornwalls, von der Blumenpracht und von den kleinen, verhutzelten Häuschen, vom Meer und der salzigen Luft und von ihren Kühen, die er melken konnte.

Es war ein lustiger Abend, und nachdem Leni James kurz zur Seite genommen und gefragt hatte, ob er auch ein paar Weihnachtssüßigkeiten für die »Kids« organisieren könne – natürlich gegen Bezahlung –, und er genickt hatte, war sie erleichtert. Große Geschenke sollte es nicht geben, da waren sie sich alle einig. Sie würden es vermessen finden, weil es doch so viele Menschen gab, die Weihnachten ohne Obdach und ihre Liebsten feiern mussten. Aber einige Süßigkeiten wären doch schön.

Ömchen legte eine Platte auf, und Ilse Werner sang *Du und ich im Mondenschein*.

Während James mit Lotti tanzte, verspürte Leni zum ersten Mal wieder etwas wie Zufriedenheit und einen Hauch von Glück.

Nachdem James sich verabschiedet hatte, gingen Leni und Lotti noch ein Stück allein spazieren. Sie trugen die Jacken ihrer toten Männer und von Ömchen gestrickte Schals, die sie vor den immer kälter werdenden Winden schützen sollten.

»Sag mal, stört es dich nicht, wenn die Leute gucken?«, wollte Leni von ihrer Schwester wissen. »Ich meine, weil James ja kohlrabenschwarz ist.«

»Nicht die Bohne«, antwortete Lotti mit Nachdruck. »Ich will meinen, dass James der netteste Mann ist, den ich jemals kennengelernt habe. Er hat Anstand und ist gut erzogen, er ist mir nicht ein einziges Mal zu nahe gekommen und behandelt mich mit Respekt. Ich finde ihn wundervoll.«

»Er ist wirklich sehr, sehr nett«, bestätigte Leni. »Ich denke nur, dass es Gerede geben könnte. Du weißt doch, wie die Leute sind.«

»Pah! Was schert mich denn Gerede. Ich bin froh, dass ich eine gute Stellung habe, mit der ich auch noch dafür gesorgt habe, dass ein Teil der Hamburger Kinder satt wird und Schuhe bekommt. Da sollen die Leute doch von mir aus reden, was sie wollen. Sollen sie sich doch das Maul zerreißen, wie sie lustig sind. Nur weil sie ihre Engstirnigkeit nicht ablegen können. Die Zeiten sind doch vorbei, dass man auf so was Rücksicht nehmen musste. Wir sind frei und sollten uns auch so verhalten. Eben, als ich James nach unten begleitet habe, kam die Schörner mir entgegen, die alte Hexe. Die hat Stielaugen gemacht, sag ich dir, aber gesagt hat sie keinen Ton, weil sie feige ist. Natürlich rennt sie mit Sicherheit spätestens morgen in der Nachbarschaft herum und erzählt allen brühwarm, dass die liederliche Charlotte jetzt einen Neger zum Freund hat. Meine Güte, soll sie doch, was schert mich das?«

»Wahrscheinlich hast du recht«, sagte Leni, die spürte, dass sie müde wurde. Wie sehr freute sie sich auf die erste Nacht in ihrem Bett unter einer warmen Decke!

»Es wird jetzt abends immer kühler«, stellte sie fest und schaute in den wolkenlosen Himmel. Der Mond strahlte sein helles Licht auf sie herab. Kurz dachte sie an Alfred, dann hakte sie sich bei ihrer Schwester unter.

»Hoffentlich wird der Winter nicht zu hart«, meinte Lotti. »Es fehlen immer noch Kohle und Briketts an allen Ecken und Enden.«

»Das werden wir auch noch schaffen«, meinte Leni zuversichtlich. »Schau, was wir in dieser kurzen Zeit nach Kriegsende schon alles auf die Beine gestellt haben. Das soll uns erst mal einer nachmachen!«

Lotti lachte auf. »Das stimmt.«

Frohen Mutes gingen sie nach Hause.

KAPITEL 15

»So«, sagte Jochen Herbst in fast normalem Ton. »Da hätten wir also unsere Neuzugänge. Helene Jacobsen kennen Sie alle bereits, vorstellen möchte ich Ihnen Elsa von Roth und Alice Lindenberg. Alle drei Damen haben erfolgreich die Ausbildung zur WP absolviert und sind uns zugeteilt worden. Sie werden uns in unserer Arbeit unterstützen. Meine Damen, wir beginnen den heutigen ersten Arbeitstag am besten mit einem Rundgang durch die Wache, und dann werden Sie Ihre erste Runde auf der Straße starten. Ausgestattet sind Sie mit einer Trillerpfeife.

So können Sie sich die Hilfe ihrer männlichen Kollegen herbeipfeifen, sollte es Probleme geben«, schnarrte er im gewohnten Ton weiter.

»Gott sei Dank haben die keine Waffen«, hörte Leni den Kollegen Aversen flüstern. »Die würden ja wahrscheinlich jede Maus totschießen. Falls sie sie denn treffen sollten.«

»Aversen, was möchten Sie uns denn mitteilen?«, unterbrach Jochen Herbst sich selbst messerscharf und warf dem Kollegen giftige Blicke zu. Der wurde rot.

»Nichts, gar nichts.«

»Dann bitte ich Sie, den Rand zu halten, das wäre doch sehr freundlich. Also, meine Damen, hauptsächlich sind Sie im Jugendschutz tätig, in der Gefahrenabwehr für Minderjährige, in der Ahndung von Sittlichkeitsdelikten und in der Verfolgung von Straftaten Jugendlicher unter vierzehn Jahren sowie für Straftaten von Frauen, das hat man Ihnen in Ihrer Ausbildung ja bereits gesagt. Ich persönlich wünsche mir noch von Ihnen, dass Sie sich auch um die Frauen und Kinder kümmern, die häusliche Gewalt erfahren haben oder noch erfahren, und um Frauen mit Kindern, die wohnsitzlos sind. Da liegt leider einiges im Argen, und gerade in unserem Revier haben wir damit sehr zu kämpfen. Aber schauen Sie sich bitte zunächst erst mal in Ruhe um und orientieren Sie sich. Frau Jacobsen, Sie können wohl die meisten Fragen beantworten.«

»Sicher«, sagte Leni, die sich in ihrer blauen Uniform einerseits fremd und andererseits bereits zugehörig fühlte. Sie war bass erstaunt gewesen, dass es tatsächlich richtige Uniformen gab. Da hatten sich die Verantwortlichen nicht lumpen lassen. Schön waren die dunkelblauen Röcke und Jacken nicht gerade, aber warm und praktisch.

»Nun, dann können wir mit den Tagespunkten beginnen. Frau Harding, sind Sie so weit?«

Lenis Mutter nickte. Sie hatte den Stenoblock schon gezückt.

Leni wunderte sich ein wenig, dass Jochen Herbst eben gar nicht wie ein Maschinengewehr gesprochen hatte, sondern fast freundlich. Nun, zu ihrer Mutter musste man ja auch freundlich sein. Margot war die Herzlichkeit in Person.

Die Besprechung verlief ohne weitere Vorkommnisse, es wurden wie immer die aktuellen Fälle durchgesprochen und dann alle wieder zu ihrer Arbei entlassen.

Wie versprochen wurden Leni, Elsa und Alice nach ihrem Rundgang durch die Davidwache mit Pfeifen sowie einer Polizeibrosche ausgestattet, und dann machte sich das Trio auf den Weg durch sein Revier. Die erste Schicht auf der Straße begann!

»Na, was haben wir denn da für hübsche Deerns?«, begrüßte sie einer der Koberer vor den Bordellen und Strip-Clubs, als die drei so unterschiedlichen Frauen auftauchten.

»Jacobsen«, stellte sich Leni, die ihn noch nicht kannte, freundlich vor. »Und Sie sind?«

»Ich bin der Lolli«, sagte der Hüne, dessen Unterarme mit Anker und Meerjungfrau tätowiert waren. »Bin neu hier. War an der Front. Jetzt muss ich erst mal gucken, was ich so mache. Das hier ist nur zum Übergang, hoff ich.«

Lolli hatte ein offenes, ehrliches Gesicht und wirkte ein wenig wie ein Welpe, was zu seinen Tätowierungen und seinem überbreiten Kreuz überhaupt nicht passte.

»Das sind meine Kolleginnen Lindenberg und Roth. Wenn ihr euch benehmt, sind wir auch nett zu euch.«

»Na klar doch, Ehrensache«, sagte Lolli. »Hab gehört, dass hier jetzt Frauenzimmer rumlaufen und für Ordnung sorgen.«

»Ganz genau. Das sind wir«, sagte Alice forsch. »Also immer schön brav sein.«

»Na, und ob. Wenn ihr mal schnell Hilfe braucht, wisst ihr, wo ihr Lolli findet.« Er tippte an seine Mütze, und die drei zogen weiter die Reeperbahn entlang.

»Frauen bei der Polizei? Wie find ich das denn?«, sagte eine Hure und lächelte sie an. »Das nenn ich mal 'ne feine Sache.«

»Wenn es irgendwelche Probleme gibt, können Sie sich an uns wenden«, sagte Elsa freundlich.

»Sie? Hömma! Ich bin die Yvonne, und hier wird nich Sie gesacht. Wer bist du denn?«

»Elsa, und das ist Alice. Und das …«

»Dich kenn ich ja schon, kommst ja manchmal hier rum, aber jetzt länger schon nich mehr«, meinte Yvonne zu Leni.

»Ich bin mir sicher, dass ihr hier eine Menge zu tun haben werdet, wir haben viel zu wenig Polizei hier.«

»Deswegen sind wir ja da«, informierte Leni.

Yvonne kam näher. Sie sah müde und verlebt aus. Sicher hatte sie schon vieles gesehen in ihrem Leben, was man keinem wünschte. Sie war schätzungsweise Mitte vierzig, trug eine schwarzhaarige Perücke und ein kurzes Kleid ohne Strümpfe. Ihre Stöckelschuhe hatten ihre besten Tage hinter sich.

»Über mir hier kracht's jeden Tag«, erzählte sie nun. »Der Hotte schlägt seine Frau irgendwann noch mal tot. Oder seine drei Kinder. Immer wenn er von der Arbeit kommt, geht das Geschrei los. Ilse brüllt ihn an, dass er das ganze Geld versäuft, er brüllt sie an, weil kein Essen da ist. Gibt ja kaum was. Die Kinder brauchen Jacken und Stiefel jetzt im Winter, es gibt kaum Kohlen, und der Hotte hat wohl vom Kriech 'nen Schlach wech. Tscha, wer nich? Aber schön ist das nicht, wenn die Ilse mit den Kindern hier rumkommt und heult und blutet, während der Hotte seinen Rausch ausschläft.«

Die drei Frauen hatten interessiert zugehört.

»Und das passiert jeden Tag?«, fragte Alice erzürnt, und Yvonne nickte.

»Kannste die Uhr nach stellen. Der Hotte hat meistens Nachtdienst drüben auf der Werft, dann kommt er mit der Barkasse rüber auf die andre Seite, und dann gib ihm Saures. Korn, Schnaps, was es halt grad so gibt, inne Kneipe. Der müsste jetzt um die Zeit eigentlich heimkommen. Ach, seht ihr, was sach ich, da kommt er ja.«

Ein großer, breitschultriger Mann kam die Reeperbahn hochgelaufen und schwankte im Gehen. Schon auf die Entfernung konnte Leni erkennen, dass er mehr als einen übern Durst getrunken hatte.

»Wie heißt er denn?«, fragte Alice.

»Hotte heißt der.«

»Ich meine mit Nachnamen?«

Yvonne zuckte mit den Schultern und schaute dann, ob ein Name an einem Klingelschild stand, aber es gab weder das eine noch das andere.

»Der heißt nur Hotte«, sagte sie dann. Er kam langsam näher. »Na Hotte«, grüßte Yvonne. »Feierabend auffe Werft?«

»Jo«, knurrte Hotte.

»Haste schon gehört, Hotte, gibt jetzt Frauen bei der Polente. Das sind se«, redete Yvonne weiter.

»Mir doch schnuppe.« Hotte gähnte. Über ihnen wurde ein Fenster geöffnet, und eine Frau schaute heraus.

»Biste wieder besoffen? Haste wieder das ganze Geld durchgebracht? Du Dreckskerl, du!« Es musste Ilse sein.

Hotte glotzte nach oben. »Du Weibsstück hast mir gar nix zu sagen!«, brüllte er und war nun gar nicht mehr phlegmatisch. »Was ich mit dem Geld mache, geht dich überhaupt nix an.«

»Du Hundsfott!«, brüllte seine Frau nach unten.

»Wart, bis ich hochkomm, dann setzt es was!«, schrie Hotte.

»Mönsch, Hotte, halt den Rand, du vertreibst mir ja die Kundschaft«, regte Yvonne sich auf. »Mach die Fliege, Junge.«

»Halt's Maul«, sagte Hotte wütend. »Euch Weiber kann man doch alle in einen Sack stecken und draufhauen! Erwischt man immer die Richtige.«

»Mäßigen Sie sich bitte«, sagte Alice höflich und wurde von Hotte böse angeschaut.

»Wa?«, fragte er dann gefährlich ruhig.

»Ich bitte Sie, sich ein wenig zu mäßigen. Hier wird niemand in einen Sack gesteckt, und draufgehauen wird hier auch nicht«, wurde er von Alice informiert. »Das kann nicht so schwer zu verstehen sein.«

Hotte kam mit geballten Fäusten näher. »Du kleine Fliege willst mir sagen, was ich zu tun und zu lassen hab, hä?«

»Hotte, die sind doch vonne Polizei«, versuchte Yvonne zu beschwichtigen.

»Weiber auffe Wache? Sind die noch ganz dicht inne Birne? Wat soll das denn?«

»Wir sind die WP, die Weibliche Schutzpolizei«, erklärte Alice nun freundlich. »Wenn Sie uns höflich behandeln, tun wir es ebenso.«

»Aha. Und wenn ich euch nicht gut behandle, legst du kleines Mäuschen mir dann die Handschellen an und führst mich ab?«, regte Hotte sich auf, und Schweißperlen standen auf seiner Stirn.

Alice antwortete nicht, was ihn noch mehr aufbrachte. »Ich rede mit dir!«, brüllte er, während er ihr immer näher kam. »Antworte mir, wenn ich mit dir sprech!«

Alice blieb mit stoischer Ruhe stehen und sah ihm fest in die Augen. »Sie werden …«, begann sie, wurde aber unterbrochen, als ein Schwall übel stinkender Flüssigkeit sich zielsicher über Hottes Kopf ergoss. Erschrocken sprang Leni einen Schritt zurück, genau wie die anderen. Ein Blick nach oben zeigte ihr, dass Ilse einen Eimer Unrat durchs Fenster ausgelehrt hatte

»So, du Nichtsnutz, du kommst mir nich mehr inne Wohnung, wenn du so stinkst. Sieh zu, wo du bleibst«, krakeelte sie von oben, und von irgendwoher hörte man das Weinen eines Kindes.

Hotte hob drohend beide Arme gen Fenster.

»Das macht Ilse, wenn es ihr mal wieder reicht«, erklärte

Yvonne gelassen. »Die ham kein Klo inne Wohnung, nur ein Etagenklo, das dauernd verstopft ist, also pischern und kacken die alle in Eimer.«

»Aha«, sagte Elsa. Leni sah ihr an, dass sie genauso froh war wie sie, dass sie nichts abbekommen hatten. Alice verzog das Gesicht und holte ein Taschentuch aus ihrer Jacke. Sie hatte einige Spritzer auf ihrer neuen Uniformjacke.

»Der geb ich's, und wie ich's der geb!«, rief Hotte und war Sekunden später im Hauseingang verschwunden.

Nach einer Minute hörte man Ilse und Hotte schreien, dann schrie nur noch Ilse.

»So geht das immer«, sagte Yvonne gelassen und zündete sich eine Zigarette an. »Mir tut's nur leid um die Kinder. Hotte und Ilse können sich von mir aus die Köppe einschlagen, aber die Kinder soll er in Ruh lassen.«

»Warum verlässt sie ihn nicht und geht woandershin?«, fragte Elsa fassungslos.

Yvonne bedachte sie mit einem mitleidigen Blick. »Wo soll se denn hin?«, fragte sie dann. »Ein Kind hat 'nen Dachschaden, den kleinen Ole ham se vor den Nazis aufem Dachboden versteckt, jahrelang. Keinen Mucks durfte der von sich geben. Damit er nicht nach so ein Sanatorium kam, wo se alle Kinder mit Dachschaden hingekarrt haben. Was se dann mit denen gemacht haben, weiß keiner so richtig, aber angeblich mussten die irgendwann in so Lastwagen steigen und wurden nie mehr gesehen. So hab ich das zumindest gehört. Und die anderen klauen, was nicht bei drei auf den Bäumen ist. Ilse hat nüscht gelernt, die geht noch putzen, und sonst kümmert sie sich viel um Ole. Da geht man nicht einfach fort aus der Wohnung. Und auch wenn Hotte regelmäßig den Lohn versäuft, ganz ohne wären sie völlig aufgeschmissen.«

»Dann soll sie doch Hotte rausschmeißen lassen, von uns, von der Polizei«, sagte Alice.

»Hat sie schon oft gemacht, aber er ist immer wieder angeschissen gekommen, und sie hat ihn immer wieder reingelassen inne Wohnung. Pack schlägt sich, Pack verträgt sich.«

Damit war die Angelegenheit für Yvonne erledigt.

KAPITEL 16

Elsa war außer sich. »Dieser Hotte ist doch ein Totschläger«, regte sie sich auf. »Was er mit seiner Frau macht, kann einem ja egal sein, weil sie ihn immer wieder in die Wohnung lässt, aber dass er seinen Kindern gegenüber handgreiflich wird, das geht nicht, das geht einfach nicht.«

»Er hat die Oberhand, er ist das Familienoberhaupt«, wusste Leni aus bitterer Erfahrung zu berichten. »Aber du hast natürlich völlig recht. Wir sollten Jochen Herbst mal fragen, wie wir mit solchen Situationen umgehen sollen. Er will ja, dass wir uns kümmern. Jetzt muss er uns sagen, wie das aussehen soll.«

Jede der drei hing ihren Gedanken nach, während sie weiter über die Reeperbahn und durch die Seitenstraßen gingen. Ein Friseur hatte seinen Laden trotz fehlender Tür wieder eröffnet und nickte ihnen freundlich zu. Passanten blieben stehen und fragten, was ihr Aufzug zu bedeuten habe, und die Frauen gaben bereitwillig Antwort. Ein Schlachter kam sogar aus seinem Laden und drückte jeder von ihnen eine kleine Wurst in die Hand.

»Zum Einstand, die Damen«, sagte er höflich und stellte sich als Klaus Janzen vor. »Auf gutes Miteinander.« Er tippte an seine Mütze. »Stets zu Diensten.«

Sie gingen vorbei an ehemaligen Bars und Kneipen, an ausgebombten Kolonialwarenläden, sie passierten ein Lampengeschäft ohne Lampen und mehrere Häuser, deren Fensterlöcher sie klagend anstarrten. Sie kletterten über Trümmer und betrachteten wieder einmal staunend, was sechs Jahre Krieg alles angerichtet hatten. Überall wuselten Menschen herum, schafften Geröll weg, Jugendliche und Kinder liefen trotz der kalten Temperaturen barfuß und ohne Jacke herum und hielten die drei Damen offenbar für Briten.

»Heff ju schocklett?«, fragten sie und wurden enttäuscht. Sie sahen hungrig aus. Da saßen zwei Mädchen und spielten mit Puppenköpfen, an denen der Rest fehlte. Einige Frauen standen in Gruppen beieinander und beratschlagten, wo es für die Lebensmittelmarken was zu kaufen gab.

Leni, Alice und Elsa stellten sich immer wieder höflich vor und wurden fast überall freundlich empfangen, auch wenn einige sich erst mal distanziert der weiblichen Schutzpolizei gegenüber verhielten.

Am späten Nachmittag wurde es dunkel, und das Trio begab sich zurück zur Davidwache. Dort setzten sie sich in ein leeres Büro, um den Tag Revue passieren zu lassen.

»Puh«, machte Elsa. »Das mit den Kindern, das lässt mich nicht los. Ich finde, da muss gehandelt werden.«

Alice und Leni nickten.

»Am besten, wir schreiben mal auf, was uns alles aufgefallen ist«, schlug Leni vor, und die beiden anderen nickten.

Leni holte einen Block und stenografierte mit.

»Punkt eins, die Kinder dürfen nicht von ihren betrunkenen Vätern geschlagen werden«, notierte sie. »Ich finde, dass auch die Frauen mehr geschützt werden müssen, Pack verträgt sich hin oder her.«

»Damit werden wir es wohl schwer haben«, sagte Alice. »Aber du hast natürlich recht. Was mir auch aufgefallen ist: Die Huren werden zum Teil von den Männern äußerst grob behandelt.«

Leni und Elsa nickten. »Ja, das ist wahr. Und es rennen unglaublich viele elternlose minderjährige Kinder herum«, fügte Alice dann noch hinzu. »Wenn wir es nicht schaffen, sie von der Straße und in geregelte Verhältnisse zu bekommen, ziehen wir uns mit ihnen die nächste Generation Verbrecher heran. Das können wir wirklich nicht gebrauchen.«

Auch das war ein wunder Punkt, der allen dreien zusetzte. Am schlimmsten waren die Blicke dieser Kinder, die offenbar obdachlos waren und sich mit Diebstählen ihr Überleben sicherten. Die Blicke waren starr, tot und leer. Es lag nichts darin, was von unbeschwerten Kindheitsstunden zeugte, von Geborgenheit und Liebe. Es war traurig anzusehen.

Ja, hier musste etwas getan werden. Unbedingt.

Kurz vor Dienstschluss wurden sie von Jochen Herbst in dessen Büro gerufen.

»Ich möchte gern in den ersten beiden Wochen jeden Tag eine Zusammenfassung«, ließ er sie wissen. »Vom Tag- und vom Nachtdienst. Frau Rudinger hat nun auch Dienstpläne erstellt. Ich bitte darum, wildes Hin- und Hertauschen zu unterlassen, das führt zu zu viel Hickhack, und irgendwann ist hier keiner mehr im Dienst, weil er dachte, er hat frei. So weit alles klar?«

»Sicher«, nickten sie und schauten sich die Pläne an.

Leni hatte mit Alice morgen ab neunzehn Uhr Nachtschicht, Elsa wieder Frühdienst. Mal hatten sie alle zusammen Dienst, mal war nur eine mit männlichen Kollegen unterwegs.

Sorgfältig faltete Leni den Papierbogen und steckte ihn ein.

»Dann erzählen Sie mal von heute«, forderte Herbst, lehnte sich zurück und hörte äußerst aufmerksam zu, als die Frauen berichteten.

»Mhm«, machte er, nachdem sie fertig waren. »Verstehe. Ja.

Die Kinder. Ein großes Problem so kurz nach Kriegsende. Entweder besoffene oder drogenabhängige Väter oder Väter mit einem seelischen Kriegsschaden oder alles zusammen. Gerade die Drogenabhängigkeit kriegt man nicht in den Griff. Viele sind immer noch von der Panzerschokolade abhängig.« Leni wusste, dass es sich dabei nicht um Schokolade, sondern um Tabletten handelte, die man den Männern im Krieg gegeben hatte, um ihr Angstgefühl zu dämpfen und um sie leistungsfähiger zu machen. Pervitin hieß das Mittel, und eine Zeitlang hatten viele davon gesprochen und noch mehr es eingenommen.

»Oder sie wachsen ohne Väter und Mütter auf«, fuhr Jochen Herbst unterdessen fort. »Es ist schlimm. Wir müssen sehen, dass wir Herr darüber werden. Da muss etwas geschehen, da haben Sie sicher recht. Was die leichten Damen angeht, so glaub ich mal, dass die sich schon wehren können, das sollten wir hintanstellen. Obdachlose und misshandelte Kinder sind mir hier wichtiger. Aber wir müssen erst wieder eine richtige Fürsorge in den Ämtern aufbauen, das geht alles nicht so rasch. Aber Sie haben auch bereits richtig erkannt, dass wir darauf achten müssen, die Kleinkriminalität einzuschränken, deswegen ist es gut, dass Sie nun genauer hinschauen. Es war für Sie alle der erste Tag, wie fühlen Sie sich?«

»Ich fühle mich gut«, sagte Leni mit fester Stimme. »Ich fühle mich so, als würde ich das Richtige tun, etwas von Bedeutung.«

Alice nickte. »So geht es mir auch. Es ist interessant und lehrreich, mit den Menschen zu sprechen und Hilfe anbieten zu können.«

»Frau von Roth?«, fragte Jochen Herbst.

»Ja … ich muss dauernd an die Kinder denken«, gab Elsa leise zu. »Das tut mir richtig weh im Herz.«

»Lassen Sie bitte die einzelnen Schicksale nicht so nah an sich ran«, bat Herbst eindringlich. »Sonst halten Sie nicht lange durch. Sie müssen lernen, nach Dienstschluss abzuschalten und die Probleme nicht mit in den Feierabend zu nehmen. Ich habe anfangs auch ganz Hamburg retten wollen. Das wird mir aber nie gelingen und Ihnen auch nicht. Wir fangen mit Ihrer Hilfe und mit dem WP-Programm klein an, dann schauen wir weiter. Jacobsen, Sie haben morgen mit Lindenberg ihren ersten Nachtdienst. Ich wünsche direkt am Morgen eine Zusammenfassung.«

»Natürlich, Herr Herbst«, sagte Alice höflich und respektvoll.

Damit war die Audienz beendet, und die drei Frauen verließen gemeinsam die Wache.

Draußen war es bereits stockdunkel, und zusätzlich hatte es angefangen zu regnen.

»Scheibenkleister«, regte Alice sich auf. »Wir haben natürlich keine Regenmäntel dabei. Genau gesagt habe ich überhaupt keinen Regenmantel.«

»Ich auch nicht«, seufzte Leni. Nun, dann würde sie eben nass zu Hause ankommen, denn der Regen wurde sekündlich stärker. Hoffentlich bekam sie die Uniform bis morgen Nacht wieder trocken.

»Ihr habt es gut, ihr müsst nur ein paar Straßen weiter, aber ich muss nach Barmbek«, knurrte Leni. »Nun ja, sputen wir uns, sonst werden wir schon hier nass bis auf die Knochen.«

Sie schwang sich auf ihr Rad und wollte den Dynamo betätigen, aber nichts geschah, kein Licht.

»Verflixt«, sagte sie zu sich selbst und winkte den anderen beiden zu. Dann musste es eben so gehen. Auf keinen Fall würde sie das Rad nach Barmbek schieben.

Der Regen wurde immer heftiger, und nun kamen einzelne Böen dazu, die ein rasches Vorwärtskommen erschwerten.

Leni kämpfte gegen den Regen an, und dann, plötzlich, wie aus dem Nichts, erschienen zwei Gestalten vor ihr, sodass sie heftig abbremsen musste.

»Sind Sie noch bei Trost?«, rief sie den beiden zu. »Sie können doch nicht einfach …«

Die Gestalten kamen näher.

»Hör mal«, sagte eine tiefe, männliche Stimme. »Uns ist zu Ohren gekommen, dass du hier jetzt auch für Zucht und Ordnung sorgen sollst. Wir geben dir mal einen guten Rat. Mach schön die Augen zu, wenn wir es sagen, sonst könnte es sein, dass du auf dem Grund der Elbe landest. Das kann schon mal passieren bei diesem grausigen Wetter. Eine Böe und Hoppla, verliert man den Halt.«

Lenis Herz setzte aus. »Wer sind Sie?« Sie versuchte, etwas zu erkennen, aber die beiden hatten ihre Kapuzen tief in die Stirn gezogen.

»Das tut nichts zur Sache. Schau einfach nicht so genau hin, wenn du morgen Nacht und auch sonst unterwegs bist.«

Woher wissen die, wann ich Dienst habe?, dachte Leni ängstlich.

»Hast du das verstanden?«, fragte nun der andere.

Leni schluckte. Und dann nickte sie.

»Ich will das hören.«

»Ja«, sagte sie leise, und schon waren die beiden in der Dunkelheit verschwunden.

Leni stieg wieder auf ihr Fahrrad und fuhr so schnell sie konnte nach Haus. Ein paarmal wäre sie fast gestürzt, aber sie wollte so rasch wie möglich von hier fort. Ihr war nicht nur

213

wegen des Unwetters eiskalt, und sie wünschte sich, zu Hause einfach nur die Decke über den Kopf ziehen zu können.

»Geht's dir nicht gut?«, fragte Ömchen mit ihrem siebten Sinn forschend, kurz nachdem Leni die Wohnung betreten hatte.

»Es geht, der Heimweg war sehr anstrengend, und ich bin völlig durchnässt«, gab Leni matt zurück. »Ich möchte gleich ins Bett gehen.«

»Mach das, min Deern, ich bring dir ein belegtes Brot und einen heißen Tee.« Ömchen dachte wie so oft, dass man mit Essen und Tee alle Sorgen wegzaubern konnte.

»Danke, Ömchen. Na, ihr drei?« Die Kinder kamen angerannt und schmiegten sich an ihre Mutter. Lenis Herz schlug heftig, weil sie an die beiden Kerle denken musste. Das war entsetzlich gewesen. Und woher, verflixt und zugenäht, hatten diese Männer gewusst, wann sie Dienst hatte? Sie hatte sie nicht erkennen können, nur feststellen müssen, dass sie noch größer waren als sie selbst.

Leni beschloss, das Erlebte erst einmal für sich zu behalten. Mutti und Ömchen würden sonst vielleicht darauf bestehen, dass sie sofort den Dienst quittierte.

Da kam Ömchen mit dem Tee und einem belegten Brot.

Leni aß, trank, dann wusch sie sich im kleinen Badezimmer. Zu schade, dass die öffentlichen Badeanstalten noch geschlossen waren. Zu gern hätte sie einmal wieder ein Vollbad genommen. Früher hatten sie sich das einmal pro Woche gegönnt, und es war eine wahre Wohltat nach der täglichen Katzenwäsche gewesen.

Leni putzte ihre Zähne, zog einen Pyjama von Alfred an und legte sich ins Bett. Fast hatte sie das Gefühl, er würde noch nach Alfred riechen.

Die Tränen schossen ihr in die Augen. Sie ließ es zu und weinte sich in den Schlaf.

Weiter, immer weiter musste nun mal warten.

Am nächsten Morgen war Leni früh auf den Beinen, und es ging ihr besser. Sie hatte trotz der Erlebnisse geschlafen wie ein Stein und fühlte sich einigermaßen gut. Zwar saß ihr der Schreck von gestern Abend noch in den Knochen, aber sie hatte sich gesammelt und auch festgestellt, dass das Weinen ihr gutgetan hatte. Es war, als wäre sie von innen gereinigt worden.

Ihre Mutter war schon los, sie fing diese Woche früh an, und Ömchen saß am Küchentisch und grübelte über neue Rezepte für Suppen und andere Speisen.

»Weißt du was, Ömchen, ich helfe dir heute bei der Essensausteilung«, beschloss Leni.

»Aber Kind, du musst doch später zum Dienst und musst ausgeruht sein. Lass mich das man allein machen.«

»Nix da, ich komme mit runter«, antwortete Leni entschlossen. »Wenn ich helfen kann, dann helfe ich. Bei einer solch guten Sache sowieso.« Es war noch früh, und Leni konnte auch gut heute Nachmittag noch ein Stündchen schlafen, bevor sie sich auf den Weg zur Wache machte.

Ein britischer Offizier klingelte wenig später und brachte Kartoffeln, Karotten und Lauchstangen. Er packte außerdem verschiedene Fleischdosen aus.

»For the soup. You must only … es öffnen and then put it into the pot.«

Leni bedankte sich überschwänglich und begann, mit Ömchen Kartoffeln zu schälen und Möhren und Lauch zu putzen und in kleine Stücke zu scheiden. Sie sammelten das Gemüse in einer großen Wäschemahne, die sie gemeinsam nach unten in den Keller schleppten, um alles in dem großen Topf zu kochen. Das Dosenfleisch roch himmlisch, es war gepökelt.

»Corned beef«, las Leni vor. »Und hier ist pork. Ob das alles zusammen schmeckt?«

»Wenn man Hunger hat, schmeckt alles, denn Hunger ist der beste Koch«, gab Ömchen weise zum Besten und rührte mit einem riesigen Stab in dem sachte blubbernden Topfinhalt herum.

Leni öffnete eine Dose nach der anderen und kippte den Inhalt zum Gemüse, Ömchen würzte alles mit Salz und Pfeffer.

»Schade, dass es gerade kein Maggi gibt«, sagte sie. »Sonst könnte man das noch wunderbar hinzugeben. Die zwei Flaschen, die Lotti mitgebracht hatte, waren ruckzuck alle.«

»Es wird auch so gut sein«, war Leni sicher. »Es ist so wunderbar, dass du das machst. Ich habe gestern auf meiner Runde über den Kiez so viele bedürftige Kinder gesehen.«

»Och jo, find ich auch«, sagte die Großmutter. »Ich hoff ja, dass es sich rumspricht und auch andere Stadtteile sich mit den Besatzern zusammentun und helfen. Wir waren lang genug gegeneinander, jetzt muss man zusammenhalten. Außerdem können die Kinder nichts dafür und sind die Leidtragenden.«

»Du hast recht. Ich werde diesen Vorschlag mal mit in die Wache bringen. Vielleicht können wir solche Versorgungsstationen auch in St. Pauli einrichten.«

»Mach das, Kind. Wenn die Kinder dort etwas zu essen bekommen, müssen sie keins mehr stehlen. Lottis James war gestern Abend sogar noch kurz da und hat erzählt, es würde mit dem Leder für die Schuhe vorangehen, er kümmert sich rührend, der James.«

»Wie findest du es denn, dass Lotti einen schwarzen Freund hat?«

Ömchen zögerte keine Sekunde mit der Antwort. »Du kennst mich, Kind. Für mich sind alle Menschen gleich. Ich mach keinen Unterschied, ob jemand ein Indianer ist, ein Chinese, einer aus Jugoslawien oder aus Hamburg oder Afrika. Es kommt auf hier drinnen an.« Sie deutete auf ihr Herz. »Auf nichts anderes. Dass wir alle unterschiedlich aussehen, macht es doch nur noch schöner. Jeder ist anders, jeder ist etwas Besonderes. Das hat dein Großvater übrigens auch immer gesagt. Ach, er fehlt mir schon sehr. Ich denke jeden Tag an ihn.«

»Mhm«, machte Leni. »Ich versuche, gar nicht an Alfred zu denken«, sagte sie dann leise. »Es ist einfacher, nicht sein Gesicht zu sehen, ich mag mir auch nicht vorstellen, wie er lacht oder mit den Kindern herumtollt. Ich denke, es ist besser, wenn ich ihn so schnell wie möglich vergesse.«

»Wenn ich dir einen Rat geben darf, mein Kind, dann lass es zu, dass er einen Platz in deinem Herzen behält.« Ömchen dachte kurz nach. »Tot sind nur die, die wir vergessen. Das hat der Alfred nicht verdient. Er war ein guter Mann und ein guter Vater. Alle mochten ihn, er war verschmitzt und lustig. Wir haben oft gelacht, alle miteinander. Du solltest dir die schönen Erinnerungen an ihn bewahren und an ihn denken, sooft es geht. Ich spreche viel mit Georg, frage ihn um Rat. Manchmal, du wirst es nicht glauben, besucht er mich im Traum und gibt mir Antworten. Hin und wieder sehe ich ihn im Traum einfach so dastehen und gehe auf ihn zu, dann umarmen wir uns.

Ömchen hielt kurz inne und wischte sich mit dem Handrücken übers Gesicht.

»Ich sentimentale alte Schachtel. Da zerkocht mir fast das

Gemüse, weil ich hier rumheule. Bald kommen die ersten Kinder mit ihren Blechnäpfen, und die haben einen Bärenhunger. Schmeckst du mal ab, Kind? Heute haben wir kein Brot. Es muss auch so gehen.«

Sie schnäuzte sich in ein Taschentuch, und dann befasste sie sich wieder mit der Suppe.

Leni sah sie an, und sie lächelte zurück. Es war wundervoll, Luise Balduin zur Großmutter zu haben.

Leni durfte sich gar nicht vorstellen, dass sie irgendwann mal nicht mehr da sein würde, und betete innerlich, dass es noch sehr lange dauern sollte.

KAPITEL 17

»Herr Herbst, ich muss Sie sprechen«, sagte Leni und hoffte, dass der Chef Zeit für sie haben würde.

»Ja, es muss aber schnell gehen, ich habe Termine.« Er ließ ihr den Vortritt, und sie gingen in sein Büro.

In knappen Worten erzählte Leni ihm von den beiden Männern.

»Aha. Die wussten, wann Sie arbeiten?« Herbst runzelte die Stirn. »Das ist merkwürdig. Die Dienstpläne hängen ja nicht für jeden sichtbar im Flur. Hm. Haben Sie eine Idee, wer das gewesen sein könnte?«

Leni schüttelte den Kopf. »Es war ja so dunkel.«

»Ich bin froh, dass Hallberg heute mit Ihnen unterwegs ist«, sagte Herbst besorgt. »Bitte versuchen Sie, darauf zu achten, dass Sie nicht allein nach Hause gehen. Ich weiß, das kann nicht immer möglich sein, aber vielleicht hat ja manchmal ein Kollege Zeit oder eine Kollegin. Dieser Vorfall tut mir sehr leid, Frau Jacobsen, und wir werden die Augen offen halten.« Er stand auf und sah auf seine Uhr. »So. Ich muss nun leider los.«

»Danke, Herr Herbst«, sagte Leni.

»So, meine Damen, dann wollen wir mal schauen, wie Sie an einem Sonnabendabend und in der Nacht zurechtkommen«, sagte Jochen Herbst später, nachdem Leni und Alice in ihren dunkelblauen Uniformen ihren Dienst angetreten hatten und mit Trillerpfeife ausgerüstet vor ihm standen.

Leni war aufgeregt und versuchte, sich das nicht anmerken zu lassen. Sie nickte Jochen Herbst zu. »Wir sind gewappnet«, sagte sie freundlich und ernst, und Alice nickte ebenfalls.

»Von Hallberg wird heute mit von der Partie sein, ach, da ist er ja. Hallberg, Sie wissen Bescheid, ja?«

Lasse von Hallberg nickte und lächelte Leni und Alice an.

»Natürlich weiß ich Bescheid, und ich werde die beiden gut begleiten.«

»Auf dem Kiez hier sollen die Leute keine Angst vor uns haben, sondern Respekt«, redete Jochen Herbst weiter und wippte dabei vor und zurück. Dann nahm er Hut und Mantel.

»Ich wünsche Ihnen eine reibungslose Schicht«, ließ er sie dann wissen und empfahl sich.

»Dann wollen wir mal«, meinte Lasse von Hallberg fröhlich. »Auf geht's ins Getümmel. Man sollte gar nicht denken, dass der Krieg erst seit ein paar Monaten vorbei ist. Die Menschen sind in Feierlaune, und natürlich wird auch ein bisschen viel Alkohol getrunken. Unser Augenmerk liegt auf der Schlichtung von Streitigkeiten, wir schauen, ob Kinder auf der Straße unterweg sind, und vor allen Dingen zeigen wir, dass wir da sind.«

Alice nickte. »Bestimmt ist es nachts etwas anderes als tagsüber.«

»Ja«, sagte Lasse. »Die Menschen werden hemmungsloser, sind gewaltbereiter und können nicht mehr richtig einschätzen, ob das, was sie tun, gefährlich für sie oder andere sein könnte. Dazu kommt, dass viele unter dem Einfluss von Alkohol aggressiv und unberechenbar werden und ohnehin noch immer zu viele Emotionen auf den Straßen wabern. Der Krieg hat uns alle getroffen, viele von uns zerstört und verrohen lassen. Wenn die Gemüter aufeinandertreffen, dann beginnen die Prügeleien, die nicht selten in regelrechte Schlachten ausarten können, weil sich immer mehr Menschen beteiligen. Das gilt es zu verhindern. Mit Zureden, ja, manchmal müssen wir auch laut werden oder handgreiflich. Sie natürlich nicht, Sie haben ja keine Waffe. Wobei ich es für sinnvoller erachten würde, wenn Sie wenigstens einen Schlagstock hätten. Nun, man wird sehen, was der Abend und die Nacht bringen.«

Alice und Leni zogen ihre dunkelblauen Jacken an und nahmen alles, was sie brauchten, dann verließen sie die Wache.

»Ich hörte, die Ausbildung war kein Zuckerschlecken«, fing Lasse von Hallberg ein Gespräch an.

»Das kann man nicht wirklich behaupten«, erinnerte sich Alice. »Aber was muss, muss, und wie es so schön heißt: Geht nicht, gibt's nicht, also konnte ich irgendwann wirklich ohne einmal stehen zu bleiben zwanzig Kilometer am Stück gehen. Mit schwerem Marschgepäck.«

»Es war schwer, aber es hat uns auch stärker gemacht. Elsa ist beim ersten Mal hintenübergefallen, nachdem sie den Rucksack aufgesetzt hatte«, erinnerte sich Leni. »Sie ist leicht wie eine Fliege.« Sie lachten über die Erinnerung daran.

»Ja, das kann ich mir vorstellen. Frau von Roth wirkt wirklich zierlich, aber ich hatte so das Gefühl, als stecke sehr viel mehr Stärke in ihr, als sie auf den ersten Blick vermuten lässt. Also, können wir? Bitte, die Damen.«

Er ist immer so überaus korrekt, dachte Leni. Kein falsches Wort kam über seine Lippen, er war immer etwas ernst, nachdenklich und darauf bedacht, keine Fehler zu machen. Sie mochte von Hallberg. Er schien ein »Echter« zu sein, wie sie sympathische, ehrliche Menschen gerne nannte. Lasse von Hallberg war jemand, der für einen da war, wenn es einem schlecht ging, der tröstete und Zuspruch gab, an den man sich anlehnen konnte, das vermutete sie zumindest. Sie mochte ihn. Er war sehr sympathisch. Und sie fragte sich, warum er so war, wie er war. Ein wenig unnahbar, reserviert, ohne dabei unhöflich zu wirken und gleichzeitig hilfsbereit und zuvorkommend.

Nun, er hatte sicherlich wie so viele auch sein Päckchen zu tragen, da war Leni sicher. Er wollte sich einfach nicht aus der Reserve locken lassen, und das war sein gutes Recht.

Die Dunkelheit hatte sich wie ein Mantel über Hamburg gelegt und empfing sie in Feierlaune. Werbetafeln, die wieder mit Strom versorgt werden konnten, erleuchteten die Gesichter der Menschen. Hier und da blinkten auch schon weihnachtliche Girlanden. Mit einer *Schaumbad-Bar* wurde geworben, es gab den *Club Regina*, eine *Sex-Revue*, die für sich mit *Ein Pariser Abenteuer* warb. Aus den unterschiedlichen Häusern drang Musik. Überall standen Männer und priesen ihre Lokalität an, einer versuchte, den anderen zu übertönen. Leichte Mädchen, die selbst bei dieser Witterung leicht bekleidet waren, warben um Freier. Sie trugen Unterkleider oder Nachthemden. Manche sehr kurze Röcke und kaum mehr als einen Büstenhalter darüber. Einige wenige besaßen einen warmen Mantel, den sie in unbeobachteten Momenten vor der Brust zusammenhielten, während sie ihn vorbeikommenden Passanten gegenüber einladend öffneten und zeigten, was sich darunter befand. Leni fror bei dem Anblick. Den Mädchen hier musste doch eiskalt sein.

Lasse von Hallberg erriet ihre Gedanken. »Kleidung ist in diesem Geschäft eher hinderlich«, erklärte er ernst. »Aber die Mädels, die hier stehen, haben keine andere Wahl und müssen zeigen, was sie haben.«

Die Huren zeigten sich erstaunt über die Anwesenheit von zwei Frauen in Polizeiuniform. Leni stellte sich und Alice immer wieder vor.

»Ach, das ist ja mal was«, sagte eine mit langen schwarzen Haaren und verhärmtem Gesichtsausdruck. »Find ich gut, dass ihr das macht.« Diese Reaktion hatten sie auch gestern schon erhalten. »Ich bin die Hedda und die da, das ist die Ursula. Ist unsere Ecke hier.«

Sie blieben eine Zeitlang bei Hedda und ihrer Kollegin Ursula stehen und erklärten, wofür sie zuständig waren.

»Ihr könnt euch jederzeit an uns wenden«, versprach Alice. »Wir hoffen, dass wir hier einiges ändern können.«

»Ändern?«, fragte Ursula verblüfft.

»Die Gewalt zum Beispiel. Gewalt an Frauen und Kindern. Wir wollen auch obdachlose Kinder versorgen und versuchen, sie von der Straße zu holen, das ist mein persönliches Anliegen«, meinte Alice ernst. »Kriminalität bekämpfen.«

»Ha!«, machte Hedda. »Da könnt ihr lange kämpfen. Die kriecht ihr hier nich wech.«

»Aber wenn wir nichts tun, passiert auch nichts.«

»Auch wieder wahr.« Hedda wandte sich ab, weil eine Gruppe gut gelaunter, lachender Männer vorbeikam.

»Hey, Süßer, hast du 'n bisschen Zeit?«, gurrte Hedda, deren Stimme nun einen ganz anderen, dunklen und verlockenden Klang annahm. »Wirst es nich bereu'n.«

Die Männer blieben stehen und musterten interessiert die beiden Polizistinnen. Lasse von Hallberg redete ein paar Häuser weiter mit einem Mann und schien ihm einen Weg zu erklären.

Hedda und Ursula schauten sie bittend an, also setzten sie ihren Weg fort.

»Ich weiß, was Sie denken«, sagte Lasse von Hallberg, nachdem er wieder zu ihnen gestoßen war und ihre Blicke gesehen hatte. »Die armen Frauen müssen sich prostituieren. Ja, das ist schlimm. Viele haben keine andere Wahl. Es ist ein Elend. Seit Kriegsende, also vor ein paar Monaten, haben viele Frauen begonnen, ihre Dienste direkt zwischen den Ruinen anzubieten. Gerade Witwen, die nichts mehr haben außer kleinen Kindern, die sie versorgen müssen. Viele von ihnen leben nun in dunklen Kellern und gehen dort dem Gewerbe nach. Es sind schlimme Zustände. Die Keller sind feucht, kalt und dreckig. Ohne Fenster und somit ohne Licht, ohne Wasser. Hygiene ist da kein Thema, die Frauen haben keine Kraft und keine Mittel, sich darum zu kümmern. Deswegen haben die Geschlechtskrankheiten und Tuberkulose schon zugenommen, wie ich hörte, und es wird immer mehr werden. Viele Frauen übrigens werden erst durch die in Deutschland stationierten Soldaten geschlechtskrank, nicht umgekehrt, wie man vermuten könnte. Und viele werden schwanger, was noch mehr heimat- und beinahe elternlose Kinder bedeutet. Da wird noch einiges auf uns zukommen. Wir müssen in jedem Fall versuchen, etwas gegen die Krankheiten zu unternehmen. Es wird überlegt, Steckbriefe mit Fotos der infizierten Frauen aufzuhängen, und wir brauchen Ärzte, um die Frauen zu behandeln. Sonst nimmt das alles überhand. Schlimm genug, dass so viele sich prostituieren müssen und dann noch krank werden und die Krankheiten weiterverbreiten.«

Alice und Leni nickten. »Da haben Sie recht.« Es war Leni gar nicht klar gewesen, dass viele Frauen nach Kriegsende diesen Weg einschlagen mussten, weil sie einfach keine andere Wahl hatten.

»Wir sollten immer wieder mit den Frauen sprechen«, schlug sie vor, und Alice nickte.

»Natürlich bräuchten wir auch eine Anlaufstelle, einen Arzt, an den wir die Frauen verweisen können. Auch damit sie keine Dummheiten machen, zu den Engelmacherinnen gehen und sich damit noch mehr in Gefahr begeben.«

»Ja, das stimmt«, meinte Lasse von Hallberg. »Aber einen solchen müssen wir erst einmal finden. Das ist nicht so einfach. Immerhin ist der Krieg erst seit ein paar Monaten vorbei. Dafür geht es aber schon ganz schön voran, finde ich.«

Die Reeperbahn füllte sich immer mehr mit Menschen. Es waren trotz der Tatsache, dass viele gefallen waren oder sich noch in Gefangenschaft befanden, enorm viele Männer unterwegs.

»Wo kommen die denn alle her?«, fragte Alice verwundert.

»Diejenigen, die nicht eingezogen wurden oder schon wieder da sind, wollen etwas erleben, aber auch natürlich die, die mit dem Schiff hier im Hafen angekommen sind, und die gibt's ja nun wieder vermehrt.«

»Ach so.« Leni musste an die beiden Matrosen denken, die sie dingfest gemacht hatte und beobachtete die Menschen um sich herum. Es herrschte trotz der Trümmerlandschaft, in der sie sich bewegten, eine ausgelassene Stimmung. Frauen gingen untergehakt den Kiez entlang, Stimmengewirr flirrte, und vielen sah man an, dass sie es in den letzten Jahren nicht leicht gehabt hatten. Genauso war es mit den Männern. Die genossen die neue Freiheit und den Frieden und schauten begehrlich nach den Huren.

»Ich nehme mal an, ich kann hier deutlich sprechen?«, fragte Alice, und Lasse nickte.

»Gut«, sagte sie. »Ich verstehe eines nicht. Warum bestehen die Huren nicht auf der Benutzung eines Kondoms? Das würde doch viele Krankheiten ersparen. Wozu haben wir Kondomautomaten?«

Lasse von Hallberg hörte interessiert zu. »Ein guter Einwand. Aber Kondome kosten Geld, und Geld ist etwas, was diese Frauen nicht haben. Da zählt jeder Pfennig.«

»Ich hörte mal davon, dass man die Kondome auswaschen und wieder benutzen kann«, erinnerte sich Alice.

»Dann ist der Schutz aber nicht mehr gewährleistet«, lautete die Antwort von Hallberg.

Merkwürdig, dachte Leni. Es war ihr gar nicht peinlich, mit einem Mann über solche Themen zu sprechen. Im Gegenteil, es fühlte sich völlig normal an.

Sie selbst war von ihrer Mutter aufgeklärt worden. Mit schlichten Worten hatte Margot ihr von Liebe, Sex und Kinderkriegen erzählt, und sie hatte ihr auch klargemacht, dass es durchaus üblich war, dass eine Frau ebenfalls Lust empfinden konnte.

»Es ist gut möglich, dass man dir bei der Heirat so einen Eheratgeber schenken wird«, hatte Margot gesagt. »Um Himmels willen, richte dich bloß nicht danach. Das ist alles Unfug. Darin steht, dass die Frau dem Manne untertan ist und er sich alles erlauben kann. Ich bin nicht für solche Regeln. Ich finde, dass Mann und Frau sich auf gleicher Höhe in die Augen blicken sollten.«

Leni hatte genickt und sich daran gehalten.

»Es ist nun mal so«, sagte von Hallberg. »Die meisten Männer bevorzugen den Verkehr ohne Kondom. Viele Frauen haben keine andere Wahl und nehmen lieber das Geld und eine Krankheit in Kauf, die der Mann aus Übersee mitgebracht hat, als auf das Geld zu verzichten. Und so geben sie es dann weiter an den nächsten Mann und den übernächsten. Sie nehmen es auch in Kauf, schwanger zu werden, und nicht wenige begeben sich in die Hände von Pfuschern, um die Schwangerschaften zu beenden.«

»Das ist schlimm«, meinte Alice besorgt. Sie blieben kurz stehen, um sich einige Trümmer anzuschauen, die die *Operation Gomorrha* angerichtet hatte. Immer wieder wechselten sich die Bars, die nach dem Krieg schnell und teilweise zwischen den Trümmern wieder zurechtgemacht und eröffnet worden waren, mit Schutt oder Gebäuden mit gähnenden Fensterlöchern ab. Leni fragte sich, ob in diesen Kellern die armen Frauen ihre Dienste anboten.

Sie begaben sich nun in die Seitenstraßen der Reeperbahn, hier wanderten sie über die Erichstraße und gingen weiter bis zur Großen Freiheit. Hier drängten sich die Kneipen dicht an dicht, die Menschen hatten improvisiert und teilweise einfach Holzbretter über die Mauern gelegt, um sich ein Dach zu schaffen. Es herrschte eine Art Aufbruchstimmung, die Menschen lachten und fühlten sich miteinander wohl, nur hier und da sah man ernste Gesichter, und vor manchen Lokalitäten lieferten sich Betrunkene ein Handgemenge.

»Das kommt vor«, sagte von Hallberg gelassen. »Solange sie nur die Fäuste benutzen, gehen wir eigentlich nicht dagegen an, kritisch wird es erst, wenn Glasflaschen zerspringen oder alte Kriegswaffen zum Einsatz kommen.« Er blieb stehen und drehte sich zu Leni und Alice um. »Bemerken Sie, wie Sie angeschaut werden? Zwei Frauen in Polizeiuniform, das ist schon was. Die Leute scheinen einen gewissen Respekt Ihnen gegenüber zu empfinden. Ich finde diesen Beschluss nach wie vor großartig.«

»Ich auch«, sagte Leni, und Alice nickte.

Sie sahen sich wieder um.

»Das ist die *Schwarze Katze*.« Lasse von Hallberg deutete auf ein heruntergekommenes Gebäude, das gerade so die Bombenangriffe überstanden zu haben schien. Gebückt stand es da und wirkte so, als hätte es gar keine Lust mehr, durchzuhalten, als sei es müde.

»Ist das so besonders?« Leni war neugierig.

»Nun, die Katze ist das Sorgenkind«, erklärte Lasse von Hallberg und sah die beiden ernst an. »Hier trifft sich alles, was in der Hamburger Unterwelt Rang und Namen hat, hier werden dubiose Geschäfte abgeschlossen, Huren akquiriert, mit Drogen gehandelt und so weiter. Hier trinken die Männer, denen man nicht im Dunkeln begegnen möchte. Und die will ich Ihnen beiden nun mal zeigen.«

KAPITEL 18

In der *Schwarzen Katze* herrschte dichtes Gedränge, und es gab kaum ein Vorwärtskommen. Zentimeterweise kämpften sich Lasse, Leni und Alice weiter vor. Die Luft hier war wie dicker Nebel vom Qualm der Zigaretten und Zigarren, und es roch nach Menschen, altem Bratfett und Rauch. Alice sah so aus, als wäre ihr übel.

»Geht es?«, wollte Leni fürsorglich wissen, und die Kollegin nickte. »Ich hasse Zigarettenrauch. Mein Mann raucht den lieben langen Tag und hält es nicht für nötig, mal zu lüften. Wenn ich nach Hause komme, steht die Luft. Ich habe Elsa schon gesagt, dass sie einfach mal die Fenster aufreißen soll, auch wenn er was sagt. Puh, ist das eng hier. He!« Sie drehte sich um und sah sich einem zahnlosen Seemann gegenüber, der sie lüstern begaffte. »Wenn du mir noch einmal an den Hintern grapschst, setzt es was! Dann grapsch ich zurück, und das willst du nicht erleben«, giftete Alice ihn an, und er schien jetzt erst zu bemerken, dass sie eine Polizeiuniform trug.

»Nix für ungut«, nuschelte er eingeschüchtert und empfahl sich.

Leni sah sich um, soweit das möglich war.

Die Schwarze Katze war eine sehr heruntergekommene Kneipe mit zusammengewürfeltem Mobiliar. Man saß auf wackeligen Stühlen an noch wackeligeren Tischen, steckte die Köpfe zusammen und brütete etwas aus. Huren lachten schallend, und nicht nur eine zeigte offenherzig ihre blanken Brüste, was potenzielle Freier johlend zur Kenntnis nahmen.

Einige Männer, die von oben bis unten schwarz gekleidet waren, saßen zusammen und hielten eine Art Kriegsrat, so sah es zumindest aus.

»Das sind Zuhälter«, erklärte Lasse von Hallberg. »Oder Luden, nennen Sie es, wie Sie wollen. Die vier sind auch an sämtlichen anderen Machenschaften beteiligt und in alles Mögliche verwickelt. Zuhälterei, Drogen, illegaler Handel. Auch mit Frauen. Einige werden hierher gebracht und gezwungen, sich zu prostituieren. Auch das gibt es hier leider.«

»Verstehe«, meinte Leni und runzelte die Stirn. »Wie gehen die denn mit den Damen um?«

Lasse hob die Augenbrauen, und das war Antwort genug.

»Du meine Güte, diese armen Frauen.« Alice sah traurig aus, während sie vorwärtsgeschoben wurden. »Wenn man ihnen nur helfen könnte.« Sie schaute sich nach einem freien Tisch um, aber das war Fehlanzeige.

»He, Lasse, auch mal wieder da?«, fragte einer der schwarzgekleideten Männer heuchlerisch. »Trinkst du ein Bier mit uns?«

»Bin im Dienst, Per«, erklärte von Hallberg knapp.

»Sind das die neuen Schwalben vom Kiez?«, fragte Per interessiert. »Man hört ja so einiges. Weibliche Schutzpolizei. Die sollen sich um die armen Weiber hier kümmern.« Er zwinkerte Leni und Alice zu, und die reagierten nicht, sondern blickten ihn starr an. »Na ja, mal schauen, wie lange die das aushalten. Ich finde ja, Frauen sollten das tun, was sie am besten können, findet ihr nicht auch, ihr kleinen Süßen?«

»Wenn ich das täte, was ich am besten kann, würden Sie

nicht mehr gerade stehen«, ließ Alice ihn dann süffisant wissen. »Also seien Sie froh, wenn ich mich zurückhalte.«

»Hoho!«, machte der schmierige Per. »Ich krieg es ja mit der Angst zu tun.«

»Dann haben wir ja heute Abend einen Erfolg zu verzeichnen.« Leni schaute auf Per hinunter. Noch nie hatte sie es so sehr genossen, größer als ein Mann zu sein.

Tatsächlich ging Per einen winzigen Schritt zurück.

»Ich will keinen Streit anzetteln«, sagte er und hob beide Hände. »Wollte nur höflich Guten Tag sagen. Ihr seid hier immer willkommen.«

Er zwinkerte ihnen zu.

Weder Leni noch Alice zwinkerten zurück.

»Gibt es hier eigentlich auch nette Männer?«, fragte Leni, und Lasse von Hallberg lächelte.

»Nein«, sagte er dann schlicht. »Die Netten halten sich hier nicht auf. Aber Sie müssen das hier kennenlernen, das ist mir wichtig. In vielen kommenden Schichten werden Sie allein unterwegs sein. Ich darf Ihnen raten, stets gerade und aufrecht zu gehen, machen Sie sich nicht klein, so wie eben gerade, Frau Lindenberg.«

»Ich hab mich klein gemacht?«, fragte Alice empört, und er nickte.

»Ja, Sie haben sich geduckt. Das ist kein gutes Zeichen. Vermitteln Sie Stärke und Selbstbewusstsein, auch wenn Sie es in dem Moment nicht fühlen.«

»Oh«, sagte Alice. »Das ist mir gar nicht bewusst gewesen.«

»Deswegen sage ich es ja. Frau Jacobsen ist ja von Haus aus groß, und der Größe begegnet man mit Respekt, aber Sie müssen den Kopf hoch und die Schultern zurücknehmen.«

Alice nickte. »In Ordnung. Danke, Herr von Hallberg.«

»Sehr gern.« Wieder lächelte er.

Himmel, ist dieser Mann gut erzogen, dachte Leni erneut.

Sie war neugierig, woher er stammte, wie seine Kindheit gewesen war. Von Hallberg hörte sich jedenfalls nach Gutshof an, nach vollen Pferdeställen und Gesinde, nach Ländereien und Wäldern, nach altem Geld.

Aber Leni fragte nicht. Sie kannte Lasse ja kaum. Aber neugierig war sie schon.

Sie gingen weiter, und Alice und Leni waren erstaunt, dass die *Schwarze Katze* noch viele kleine Räume im hinteren Teil hatte.

Langsam gingen sie einen engen Flur entlang, und das Stimmengewirr wurde etwas leiser.

»Hinter diesen Türen werden die ganzen verbotenen Geschäfte getätigt«, erklärte Lasse ihnen. »Geschäfte mit Drogen, mit Alkohol, mit Frauen. Hinter einigen wird Karten gespielt.«

»Das heißt, hinter dieser Tür wird vielleicht gerade eine Straftat verübt?«, fragte Leni, und er nickte.

»Wenn wir das doch aber wissen, warum gehen wir nicht rein und vergewissern uns?«

»Weil wir hierzu mehr Personal bräuchten. Sie sind nicht bewaffnet und eigentlich auch gar nicht für die Inverwahrnahme dieser Personen vorgesehen, sondern für die Betreuung der Frauen und Kinder. Das heißt natürlich nicht, dass Sie wegschauen sollen, wenn Ihnen etwas auffällt. Sie haben Ihre Trillerpfeife, mit der Sie Hilfe herbeirufen können.«

»Aber die Hilfe kommt ja dann auch nicht sofort«, gab Alice zu bedenken. »Wir wissen ja nicht, wo die bewaffneten männlichen Kollegen sich gerade aufhalten.«

»Ja, das ist ein guter Einwand«, erwiderte von Hallberg

ernst. »Ich glaube, dass sich hier noch einiges ändern muss. Aber noch stehen wir ja am Anfang mit den Frauen bei uns. Die Zeit wird zeigen, was man noch besser machen kann.«

Sie gingen in den Schankraum zurück und verließen die *Schwarze Katze*, Leni und Alice atmeten tief durch.

Während sie langsam weiter über die Große Freiheit patrouillierten und von vielen Leuten angestarrt wurden, bemerkte Leni eine junge, ausgemergelte Frau, die mit zwei kleinen Kindern gerade am Ende der Großen Freiheit um die Ecke verschwand.

Ob das eine der Frauen ist, die ihren Körper verkaufen müssen, um ihre Kinder durchzubringen?, fragte sie sich und hielt Ausschau nach der Frau, nachdem sie ebenfalls um die Ecke gebogen waren. Wenn Leni früher einmal hier gewesen war, hatte es immer würzig und nach fernen Ländern gerochen, hier hatte ein Menschengewusel geherrscht, Waren waren feilgeboten worden. Es hatte eine Wäscherei gegeben und viele kleine Geschäfte, in denen es alles mögliche Exotische zu kaufen gab. Liesel hatte sich entsetzlich erschrocken, als man ihr gebratene Katze angeboten hatte, und sich seitdem geweigert, nochmal ins Chinesenviertel zu gehen. Aber Leni war gern hier gewesen. Ihr Vater hatte sie öfter mal mit auf den Kiez genommen, um ihr zu zeigen, dass es auch Gewalt und Kriminalität auf der Straße gab. Auch später war Leni manchmal hier gewesen. Sie hatte die Menschen gemocht, den Geruch, der ihr das Gefühl vermittelt hatte, dass die Welt größer war als Hamburg.

Nun liefen hier nur einige verirrte Besucher der Vergnügungsmeile herum, und die meisten Häuser standen leer. Bomben hatten sie getroffen und unbewohnbar gemacht, nachdem die Bewohner abtransportiert worden waren. Leni bemerkte zwei Ratten, die durch die Trümmer liefen. Ihre Augen leuchteten rot.

Da hörte Leni ein Kind schreien. Es kam aus den Trümmern.

»Das Balg soll den Rand halten!«, hörten sie dann alle eine aufgebrachte männliche Stimme, und Leni lief weiter über Steine in ihre Richtung.

»Frau Jacobsen, kommen Sie bitte zurück«, sagte Lasse von Hallberg, aber Leni hörte nicht auf ihn.

»Kann doch nix dafür, dass der Kleine schreit, er kennt dich nicht«, hörten sie eine Frau sagen.

Da sah Leni eine einigermaßen intakte Steintreppe, die in den Keller des zerbombten Hauses führte. Langsam ging sie Stufe für Stufe hinab. Es roch modrig.

»Frau Jacobsen!«, rief Lasse ihr wieder hinterher. »Kommen Sie bitte zurück. Sie wissen nicht, wer da unten ist.«

Sie drehte sich um. »Doch, eine Frau, zwei Kinder und ein Mann. Sie haben doch selbst gesagt, dass die Frauen sich verkaufen müssen. Ich mache mir Sorgen um die Kinder.«

»Blödes Balg! Halt die Klappe!«, hörte sie den offenbar angetrunkenen Mann fauchen.

»Pscht, sch sch sch, Konrad, sei ruhig«, versuchte die Frau, ihren Sohn zu beruhigen, aber der fing nun lautstark an zu heulen.

»Nee, ich geh wieder, das ist mir nix, gib mir mein Geld zurück!«, keifte der Mann böse.

»Nein, das geb ich dir nicht«, sagte die Frau laut. »Du kriegst ja, was du möchtest, dauert nur noch einen Moment.« Wieder redete sie auf ihren Sohn ein, doch den scherte das nicht; er jammerte nur noch mehr. Offenbar hatte er Angst vor dem Mann, der nun anfing, herumzubrüllen.

Leni konnte nicht anders, sie lief rasch die Stufen hinab und begab sich in den dunklen Kellerflur. Hier roch es nicht nur modrig, sondern auch nach Menschen und ihren Hinterlassenschaften, nach undefinierbarem Essen und nach Schweiß.

Nun sah sie einen schwachen Lichtschein und ging mit festem Schritt auf ihn zu. Sie musste sich ducken, um nicht an die Kellerdecke anzustoßen. Und dann sah sie die Frau, den Mann und zwei Kinder.

Hier, in diesem, fast könnte man schon sagen Verlies, sah es unbeschreiblich aus. Auf dem Boden lagen unsagbar schmutzige, zerlöcherte Matratzen und zerschlissene Decken mit Brandlöchern darin. Zwei Kerzen brannten auf einer Holzkiste, es gab kein Fenster und somit auch keine Frischluft, und es war eiskalt.

Die Frau, die sie nun entsetzt anschaute, musste Anfang zwanzig sein. Sie trug nichts als Unterwäsche, und die beiden Kinder sahen so verwahrlost aus, dass es Leni im Herzen wehtat. Der kleine Junge, der ungefähr drei Jahre alt war, zog dauernd die Nase hoch. Er trug eine kurze Hose, ein Leibchen und keine Schuhe. Das andere Kind war noch kleiner, lag auf einer der Matratzen und spielte mit seinen Fingern. Es war nackt bis auf eine Stoffwindel.

»Ich bin Helene Jacobsen von der Weiblichen Schutzpolizei«, stellte Leni sich nun mit fester Stimme vor. »Wie lautet Ihr Name?«

»Ich bin Sigrid Janson«, sagte die Frau leise. »Das sind meine Kinder, Konrad und Katharina. Wir haben nichts Unrechtes getan.«

Leni würde einen Teufel tun und sie der Prostitution bezichtigen, sie sah den Mann, der eine Arbeitshose und ein unfassbar schmutziges Hemd trug, nur mit strengem Blick an, und der nahm seine Siebensachen und machte sich grummelnd davon.

»Was mit meim Geld?«, fragte er noch.

»Gehen Sie, bevor ich Sie festnehmen muss«, sagte Leni nun zum ersten Mal, und sie fühlte sich wunderbar dabei. Sie, Leni Jacobsen, hatte diesen Satz gerade gesagt. Egal, dass sie keine Schusswaffe mit sich führte, aber sie spürte, dass sie respektiert und geachtet wurde, jedenfalls hier unten in diesem schrecklichen Keller.

Nun ging sie in die Knie und sah den kleinen Konrad freundlich an.

»Du bist aber schon ein großer Junge«, meinte sie lieb. »Und du heißt Konrad? Das ist ein schöner Name.«

Er sah sie mit großen Augen an.

»Und das ist deine Schwester?«

Konrad nickte.

Leni stand wieder auf und blickte auf die Mutter.

»So können Sie mit den Kindern doch nicht wohnen und hier auch noch Ihre Kunden empfangen«, sagte sie leise.

Sigrids Augen füllten sich mit Tränen.

»Ich weiß nicht, wo wir hinsollen. Unsre Wohnung ist zerbombt, mein Mann ist fort, ich weiß nicht, wo, und wir haben keine Kleidung mehr, und jetzt haben wir Winter. Ich weiß nicht, wo wir hinsollen«, wiederholte sie kläglich.

Lenis Gerechtigkeitssinn machte sich wieder in ihr breit. So wie Sigrid Janson lebten wahrscheinlich Hunderte Frauen in Hamburg. Da musste doch geholfen werden.

»Warten Sie, ich bin gleich wieder da«, sagte sie und ging nach oben, wo Lasse von Hallberg und Alice warteten.

»Frau Jacobsen, das geht so nicht«, sagte Lasse und zeigte

nun tatsächlich so etwas wie eine Gefühlsregung. »Sie können nicht einfach unbewaffnet in einen Keller gehen, nur weil Sie da etwas gehört haben.«

Leni blitzte ihn an. »Ein Kind hat geschrien, da muss man doch nachsehen. Die Frau da unten lebt mit ihren beiden kleinen Kindern in untragbaren Zuständen! Noch schlimmer, als Sie es erzählt haben. Die Kinder haben kaum etwas an, die Frau steht da in ihrer Unterwäsche und bedient Kunden im selben Raum. Damit sie sich wenigstens ein bisschen was zu essen kaufen kann. Und da sagen Sie, das geht nicht. Wären Sie Vater, würden Sie anders denken.«

Lasse wurde rot. »Mäßigen Sie sich, Frau Jacobsen«, antwortete er laut. »Meine Familienverhältnisse gehen Sie nichts an.«

»Aber die Frau da unten, mit ihren Kindern, die sollte Sie etwas angehen. Wozu gibt's denn bitte eine Polizei, wenn die in solchen Situationen nicht hilft?«

»Hören Sie auf, sich so zu echauffieren. Sie wissen genau, dass wir zu wenig Personal haben. Vor allem zu wenige Männer, und deswegen sind Sie ja auch mit mir hier. Aber Sie gehen hier bitte nicht in Eigenverantwortung los und retten einzelne Schicksale.«

Leni war nun rot vor Zorn. »Darum geht es doch genau! Die Polizei ist doch auch für den einzelnen Bürger da. Die Polizei sollte nicht wegsehen. Gehen Sie doch bitte mal mit mir da hinunter, und schauen Sie, wie diese arme Mutter mit ihren Kindern lebt. Dann werden Sie sich für Ihre Worte schämen!«

Nun meldete sich Alice zu Wort. »Leni, bitte, mäßige dich ein wenig, Herr von Hallberg hat doch gar nicht gesagt, dass er nicht helfen will, er hat nur gesagt, dass es zu wenig Beamte gibt, um Einzelschicksalen zu helfen.«

»Ich möchte, dass wir zusammen etwas gegen diese Zustände unternehmen. Wir WPs sind doch für die Frauen da. Also wird da etwas getan. Man kann doch beispielsweise ein Haus finden, das von recht wenigen Leuten bewohnt wird, es herrichten für diese Frauen und ihnen eine menschenwürdige Unterkunft bieten. Vielleicht findet man ja eins, wo schon mehrere Frauen drin wohnen. Das baut man dann aus! Meine Großmutter versorgt in unserem Stadtteil Kinder mit einer warmen Mahlzeit, wir haben gute Kontakte zu den Briten, und …«

»Gute Kontakte zu den Briten?«, fragte Lasse von Hallberg nun merklich kühler. »Was müssen Sie denn für diese guten Kontakte tun?«, kam es dann im messerscharfen Ton.

»Meine Schwester arbeitet als Sekretärin auf dem Stützpunkt«, sagte Leni in nicht weniger scharfem Ton. »Viele Briten sind uns wohlgesonnen, vielleicht ist das noch nicht bis zu Ihnen durchgedrungen, Herr von Hallberg. Es gibt nicht nur schlechte Menschen bei den Besatzern.«

»Das habe ich auch nicht behauptet. Es hat nur einen merkwürdigen Beigeschmack, wenn eine deutsche Frau gute Kontakte zu den Besatzern hat.«

»Sie meinen, dass wir Liebchen sind?«, fragte Leni provokant. »Uns mit den Briten einlassen für eine bevorzugte Behandlung? Da will ich Ihnen was sagen. Meine Schwester ist tatsächlich mit einem Briten verbandelt, und nun stellen Sie sich mal das vor, er ist sogar ein Schwarzer. Er heißt James Evans und kommt aus Cornwall. Er ist unglaublich nett und hilfsbereit und unterstützt meine Oma dabei, die Kinder in unserem Viertel mit Essen zu versorgen. Meine Oma ist fast siebzig Jahre alt, stellt sich mehrmals die Woche hin und kocht in unserer Waschküche für die armen obdachlosen

Mädels und Jungen und auch für die, deren Eltern sich noch keine warme Mahlzeit leisten können. Das ist das Resultat des guten Kontakts mit den Briten. Sie sollten sich schämen mit Ihren Unterstellungen, Herr von Hallberg.«

Lasse stand da wie ein begossener Pudel. »Bitte, Frau Jacobsen, seien Sie doch nicht so laut. Ich habe das doch gar nicht so gemeint …«, versuchte er Leni zu beruhigen.

»Ich lasse mir so etwas nicht unterstellen!«, rief Leni nun. »Bitte, Herr von Hallberg, kommen Sie mit da runter, und schauen Sie, wie diese arme Frau mit ihren Kindern lebt. Sie und auch Herr Herbst haben selbst gesagt, dass wir Lösungen finden müssen, um die Kinder von den Straßen zu bekommen und die Kriminalität zu bekämpfen. Genau hier fängt es an. Erzählen kann man viel, aber ich wette, Sie haben noch nie eine solche Familie mit eigenen Augen erlebt.«

An Lasse von Hallbergs Gesichtsausdruck konnte man sehen, dass Leni ins Schwarze getroffen hatte.

Er sah sie nun an, und sie sah das Verstehen in seinem Blick.

»Sie haben recht«, sagte er dann und nickte. »Ich sollte mir ein eigenes Bild von der Situation machen. Ich nehme an, der Mann, der hier eben an uns vorbeigegangen ist, war ein Kunde?«

»Richtig, aber er ist unverrichteter Dinge wieder gegangen. Also kommen Sie. Alice, kommst du auch?«

Alice sah sie an und schüttelte fast unmerklich den Kopf, dann verdrehte sie die Augen. ›Du machst Sachen‹ oder so etwas Ähnliches sollte das wohl heißen.

»Natürlich komme ich mit«, sagte sie dann mit fester Stimme.

KAPITEL 19

Jochen Herbst sah nachdenklich aus, nachdem Leni zu Ende gesprochen hatte. Ganz offenbar hatten ihre Worte ihn berührt.

»Ich danke Ihnen erst einmal für Ihre Einschätzung«, sagte er. »Man muss diesen Frauen helfen, den Kindern erst recht, das ist klar. Ach, hätten wir doch mehr Mittel. Aber ich sage es Ihnen nochmals, Frau Jacobsen, versuchen Sie, die persönlichen Gefühle diesen Menschen gegenüber im Zaum zu halten. Sonst denken Sie irgendwann an nichts anderes mehr. Ich werde nachher in der Sitzung anregen, dass man sich Gedanken macht. Wie war denn Ihre erste Nacht sonst, Frau Jacobsen, Frau Lindenberg?«

Alice ergriff das Wort. »Wenn wir das Augenmerk auf die Frauen richten, was wir ja sollen, dann bleibt uns kaum mehr, als die Hände über dem Kopf zusammenzuschlagen. Wir haben viele minderjährige Kinder ohne Eltern herumlaufen sehen, in erbarmungswürdiger Verfassung, wir haben viele Prostituierte gesehen, teilweise sehr junge Frauen.«

Leni nickte. »Wir sind auch von misshandelten Frauen angesprochen worden. Auch hier muss etwas geschehen.«

»Wissen Sie was«, sagte Jochen Herbst. »Halten Sie noch durch bis zur ersten Tagesbesprechung? Dann können Sie selbst erzählen, wie Ihre erste Nachtschicht verlaufen ist.«

Sofort nickten Alice und Leni. »Natürlich. Nur zu gern.« Leni war richtiggehend froh. Sie hatte sich in diese Sache bereits verbissen. Es fühlte sich gut an, dass Jochen Herbst sie und dieses Thema ernst nahm.

»Oho.« Natürlich war es Aversen, der diesen süffisanten Ausruf von sich gab. »Natürlich, das musste ja kommen. Nur die Frauen sind arm dran. Denen muss geholfen werden. Den armen Kindern natürlich auch. Die Männer sind egal. Die, die einarmig Trümmer wegräumen, in Gefangenschaft sind oder von den Erlebnissen im Krieg Zustände haben. Um die geht es selbstredend nicht, natürlich nicht. Sondern nur um die Damen in der zerbombten Gesellschaft.«

»Mäßigen Sie bitte Ihren Ton, Aversen«, fuhr Jochen Herbst ihn an. »Wenn Sie nichts an Substanz beizusteuern haben, dann behalten Sie Ihre Meinung doch bitte für sich. Frau Lindenberg, Frau Jacobsen und Frau von Roth wurden hier eingestellt, um sich um die Kinder und Frauen hier im Viertel zu kümmern. Natürlich liegt ihr Augenmerk auf ihnen und nicht auf den Männern. Noch dazu hat niemand behauptet, die Verfassung der Männer dieses Landes, die mentalen und körperlichen Folgen, die der Krieg für viele von ihnen hatte, seien nicht von Bedeutung. Aber jetzt in diesem Moment geht es um die Situation junger, heimatloser Frauen sowie eltern- und wohnsitzloser Kinder. Die Damen haben da einen wunden Punkt berührt, denn natürlich ist es schlimm, dass gerade Kinder so leben, so hausen müssen.« Er sah Leni an. »Erzählen Sie doch bitte kurz von Ihrer Idee. Das Haus.«

»Ja, gern.« Leni sah in die Runde. Sie war nicht die Bohne müde, das Adrenalin hielt sie wach, sie war mit Feuereifer bei der Sache.

»Man könnte doch in nicht so stark bewohnten Häusern Unterkünfte für die Frauen mit ihren Kindern einrichten.

Auch für die Prostituierten, die nicht wissen, wohin. In vielen leerstehenden Häusern gibt's Kamine oder Öfen, damit können wir heizen und …«

»Aha.« Ein älterer Kollege, Ronald Gäbler, sagte das. »Womit denn heizen bitte? Briketts, Kohle und Holz sind knapp. Und wo sollen denn diese nicht so stark bewohnten Häuser sein?«

»Das müsste man natürlich herausfinden«, gab Leni zurück und erzählte dann kurz davon, dass die Briten durchaus bereit waren, zu helfen, soweit sie konnten.

»Dürfen die das denn überhaupt?«, fragte Gäbler, und Aversen mischte sich wieder ein.

»Die gnädige Frau hat bestimmt gute Beziehungen und zaubert Brennstoff für uns alle herbei. Vielleicht macht sie ihre Bluse dafür ein bisschen weiter auf.«

Leni ignorierte den letzten Satz.

»Natürlich wird es nicht einfach. Ich weiß, dass alles knapp ist. Zur Not muss es eben ohne gehen, dann brauchen wir aber Decken und warme Kleidung. Ich habe letzte Nacht zwei kleine Kinder gesehen, die kaum Kleidung am Leib trugen, in einem muffigen, feuchten, kalten Keller. Das wünscht man niemandem.«

»Man wünscht auch niemandem ein amputiertes Bein«, giftete Aversen weiter. »Meine Meinung ist, dass Frau Jacobsen sich hier zu viel herausnimmt. Der Krieg ist gerade mal zu Ende, und sie will alle retten. Nein, nicht alle, entschuldigen Sie bitte, nur Frauen und Kinder. Und Huren.«

Leni fuhr zu ihm herum. »Huren sind auch Frauen«, gab sie zurück. »Glauben Sie, diesen Frauen macht es Spaß, ihren Körper zu verkaufen? An jeden dahergelaufenen Widerling?« Provozierend schaute sie ihn an.

Aversen setzte sich auf. »Die werden ja nicht dazu gezwungen. Sie könnten einer anderen Arbeit nachgehen. Außerden gibt es auch noch die Witwenrente.«

»Ja, sicher. Viele wissen ja gar nicht, ob ihr Mann tot ist. Wie soll man denn da eine Rente beantragen? Außerdem dauert das doch momentan alles noch viel zu lange. Von was sollen sie denn in dieser Zeit leben?«

Leni wusste, wovon sie sprach. Ömchen war während Lenis Zeit in der Zeisestraße bei dem Amt für die Rente nicht weitergekommen. Dauernd wurde man vertröstet.

»Bei mir und deiner Mutter hat es auch so lange gedauert«, hatte sie gesagt. »Wenn es hart auf hart kommt, ist man auf sich gestellt. Die machen sich überhaupt keine Gedanken darüber, von was man leben soll, bis so ein Antrag mal durch ist.«

Nachdem Leni zurück war, war sie nochmals aufs Amt gegangen.

»Kann Ihnen nicht sagen, wann wir hier fertig sind«, hatte eine schlechtgelaunte Frau ihr mitgeteilt. »Wissen Sie, wie viele Witwen Hamburch hat?«

»Und wissen Sie, wie viele Kinder der Witwen Hunger leiden?«, hatte Leni entgegnet, doch die Frau hatte nur mit den Schultern gezuckt.

»Sind noch viele Anträge vor Ihrem«, hatte sie abschließend entgegnet, und Leni hatte auf einen Kommentar verzichtet. Nicht dass die Frau ihren Antrag aus Verärgerung extra nach hinten schob. Das wollte sie nicht riskieren.

Auch Aversen schien das Thema nicht zu berühren, er zuckte mit den Schultern, und Leni hätte ihn am liebsten gepackt und geschüttelt. Sie war zornig, doch sie zwang sich zu Ruhe und Bedacht.

»Was halten denn die anderen von unseren Vorschlägen?«, fragte sie nun in die Runde, und ein verlegenes Schweigen machte sich breit.

»Sie sind nicht dafür, diesen Frauen zu helfen?« Alice war fassungslos.

»Ich bin nicht dagegen«, sagte Ortwin Stanzel, einer der jungen Kollegen. »Aber ich finde nicht, dass das unser wichtigstes Problem ist.«

Nun mischte Lenis Mutter sich ein, die auch dabeisaß und mitstenografierte.

»Nicht am wichtigsten? Lieber Herr Stanzel, Sie haben die ausgehungerten Kinder mit ihren Eltern nicht gesehen, die meine Mutter verköstigt. Die Kinder, die jahrelang keine warme Mahlzeit und wenn, dann nur heißes Wasser bekommen haben. Die schon Blähbäuche vom Hunger hatten. Viele Säuglinge und Kleinkinder sind gestorben und sterben noch. Die Kinder können doch für diesen Krieg am allerwenigsten. Sie sind unsere Zukunft, außerdem sind Sie doch selbst fast noch eins.«

Der kleine Hieb saß. Stanzel sagte nichts mehr, sondern starrte auf die Tischplatte.

»Bitte lassen Sie es uns doch wenigstens versuchen«, sagte Leni.

Wieder sagte niemand etwas, was Leni absolut nicht verstehen konnte.

»Ich werde nachfragen, ob wir Mittel zur Verfügung gestellt bekommen, denn ich finde die Idee famos. Aber versprechen kann ich nichts.« Jochen Herbst nickte ihr abschließend zu.

»Danke«, sagte Leni und beschloss, schon heute, nachdem sie einige Stunden geschlafen hatte, nach einem geeigneten Haus Ausschau zu halten. Vielleicht wusste Ömchen ja auch etwas. Sie kannte so viele Leute, da sprach sich doch sicher auch auf dem Schwarzmarkt einiges herum. Dann würde sie das eben selbst in die Hand nehmen. Ohne die Mittel der Stadt. Aber vorerst sah sie noch nicht schwarz. Vielleicht konnte Jochen Herbst ja etwas bewirken. Ach, Leni hatte eine solche Lust zu helfen, etwas zu bewegen. Nützlich zu sein. Gerade für die Frauen und Kinder. Das war so wichtig, und es tat ihr im Herzen weh, wenn sie an die Armut dachte, in der so viele von ihnen lebten. Was sie tun konnte, das würde sie tun!

Nach der Morgenbesprechung verließen Leni und Alice die Wache und trafen auf Elsa, die seit sieben Uhr Dienst hatte und gerade von einem Rundgang zurückkam.

»Gut, dass ich dich noch antreffe«, begrüßte sie Alice. »Du, dein Willi macht mir Sorgen. Ist es normal, dass er im Schlaf schreit und durch die Wohnung geistert?«

Alice nickte. »Das tut er hin und wieder. Bestimmt, weil ich nicht da war. Sind die Kinder wach geworden?«

»Nein, zum Glück nicht, aber ich hab Momme und Tjamme ungern bei ihm zurückgelassen. Willi wirkt, als würde er eine große Last mit sich herumschleppen. Wenn er schreit, dann immer nur ›Nein, nein, nein‹ oder ›Bitte nicht‹. Als er wach war, habe ich ihn gefragt, was das zu bedeuten hat, aber er hat mich nur mit ganz stumpfem Blick angeschaut. Gut ist das nicht.«

Alice nickte traurig. »Das weiß ich doch. Mal habe ich das Gefühl, es wird langsam besser, aber dann kommen wieder diese Rückfälle. Aus heiterem Himmel. Ich bin sicher, es ist etwas Seelisches. Warum haben wir dafür nur so wenig Ärzte? Momentan kenne ich gar keinen. Oder weiß jemand von euch von einem Seelendoktor?«

»Leider nicht«, sagte Leni mitfühlend. »Wie leid mir das tut. Es muss schwierig sein für dich.«

»Das ist es.« Alice seufzte auf. »Nun, ich hoffe, ich kann jetzt ein paar Stunden schlafen, wenn ich die Kinder rasch in die Schule gebracht habe. Ich lass sie äußerst ungern bei Willi. Danke, Elsa, fürs Aufpassen.«

»Och, Tjamme und Momme sind lieb. Es ist eben Willi, der so verstört ist. Nun, vielleicht wird's ja noch besser.«

Leni traf Ömchen in der Waschküche, wo sie schon wieder eifrig am Werk war.

»Kindchen!« Ihr Gesicht war ganz rot vom Dampf der Suppe. »Wie war denn deine erste Nacht als Polizistin?«

»Ömchen, ich bin keine richtige Polizistin, ich bin eine Weibliche Schutzpolizistin. Das ist was anderes, auch wenn es Polizistin heißt«, sagte Leni. »Das ist doch etwas ganz anderes.«

»Och, macht nix. Für mich bist du Polizistin. Erzähle ich auch jedem. James war heut früh schon da und hat Suppenfleisch mit viel Fett dran gebracht. Fett brauchen wir, das ist gut für die Kinder. Du, James ist wirklich ein netter junger Mann. So höflich und zuvorkommend. So hab ich Männer selten erlebt. Er hat mir sogar einen kleinen Blumenstrauß mitgebracht. ›For se dschörmen Ömmschen‹ hat er gesagt und sich verbeugt. Als sei ich eine Prinzessin und keine alte Oma. Ich mag ihn.«

»Ja, er ist wirklich nett. Ömchen, sag mal, du kennst doch Gott und die Welt, da kennst du doch bestimmt auch ein Haus in unserer Gegend, das sich eignet.«

Ömchen musste gar nicht lange nachdenken.

»Vor ein paar Tagen hat mir jemand gesagt, dass man schon

längst damit habe anfangen wollen, die Häuser, unter anderem in der Erichstraße, also ganz in der Nähe der Davidwache, wiederherzurichten, dass aber noch keine Mittel von der Stadt genehmigt worden wären. In einigen von ihnen hausen die Leute richtiggehend menschenunwürdig. Da liegt so vieles im Argen. Aber ich hörte, dass auch noch Platz ist, weil einige Leute ihre eigenen Wohnungen wieder halbwegs hergerichtet haben. Warum willst du das wissen?«

In knappen Sätzen erklärte Leni, was sie vorhatte.

»Das ist eine gute Sache«, meinte Ömchen begeistert. »Die armen Frauen wissen doch mit ihren Kindern oder auch allein gar nicht, wohin. Dass die hohen Herren im Rathaus da nicht von selbst drauf kommen, ist eine Schande. Meinen Segen hast du, Seute. Soweit ich weiß, sind die Dächer in der Erichstraße zwar weggebombt worden, aber die Decken sind geblieben. Die Häuser haben fünf Stockwerke, wenn ich mich recht entsinne.«

»Wem gehört denn das Haus, von dem du sprachst?«, wollte Leni neugierig wissen.

»Es gehörte den Eltern einer Frau, die ich beim Trümmerschleppen kennengelernt habe. Friederike Schümann. Nun gehört das Haus ihr, aber sie kann nichts damit anfangen, weil sie kein Geld hat. So wie wir alle nicht. Bei der Stadt hat sie wohl angefragt, aber nie eine Antwort bekommen. Ich weiß nicht, was da momentan los ist.«

»Ich werde später mal dahin gehen«, beschloss Leni. »Mir das Haus angucken und dann diese Frau aufsuchen. Weißt du, wo sie wohnt?«

»Natürlich. Nur einige Straßen weiter im Winterhuder Weg.« Leni nickte. Dann verabschiedete sie sich von Ömchen. Es wurde Zeit, dass sie nach oben ins Bett kam. Die Müdigkeit war plötzlich angeflogen gekommen und hatte sich in ihr breitgemacht. Sie war froh, dass die Kinder in der Schule waren und Ömchen sich später um sie kümmern würde.

Sie zog sich aus und ihr Nachthemd an, zog die verschlissenen Vorhänge vors Fenster, ignorierte die Kälte in der Wohnung, legte sich ins Bett und war wenig später eingeschlafen.

KAPITEL 20

»Oh, Leni, endlich bist du wach.«

Leni blinzelte und sah in die großen Augen ihrer Schwester.

»Warum hast du mich geweckt?«, fragte sie verschlafen. Sie war doch eben erst ins Bett gegangen. Himmel, war sie müde!

»Es ist nach vier Uhr nachmittags. Ich muss mit dir sprechen. Es ist … sehr dringend.«

Leni setzte sich alarmiert auf und starrte Lotti an. »Lotti! Du bist doch nicht etwa schwanger!«

»I wo, Unfug, wo denkst du hin, ich bin weit davon entfernt, und ich erklär dir gleich, warum. Also entweder du stehst jetzt auf, oder ich leg mich zu dir.«

»Wo sind denn unsere Kinder?«

»Mit Ömchen an der Alster. Sie meinte, sie bräuchte mal einen Tapetenwechsel. Also hat sie alle geschnappt, Frau Dombrow von nebenan noch eingepackt, damit die auch mal was anderes sieht als ihre eigenen vier Wände, und dann sind sie abgeschwirrt und kommen nicht vor sechs zurück.«

»Da hätte ich ja noch herrlich schlafen können«, knurrte Leni genervt. »Ich bin erst spätmorgens ins Bett gekommen.«

Lotti ging gar nicht auf den Vorwurf ein.

»Kann ich nun zu dir kommen oder nicht?«

»Von mir aus.« Leni rutschte zur Seite, um Lotti Platz zu machen. Die kuschelte sich sofort an die große Schwester.

»Also, schieß los.« Leni gähnte.

»Die Sache ist die, Leni, dass ich und James, also James und ich. Also ich weiß gar nicht, wie ich anfangen soll, also dass wir beide ... hach!«

»Erzähl es doch einfach, du musst nichts beschönigen.«

»Gut.« Lotti stützte ihren Kopf auf eine Hand. »Es kommt nicht zum Äußersten. Genau gesagt kommt es zu gar nichts. James hat mich noch nicht ein einziges Mal geküsst. Also nicht richtig.«

Das verwunderte Leni sehr, und sie runzelte die Stirn. »Was? Warum denn nicht?«

»Das hat er mir gestern unter dem Siegel der Verschwiegenheit gestanden«, flüsterte Lotti. »Ich darf es auf gar keinen Fall weitererzählen.«

»Ja, du warst ja schon immer gut im Geheimhalten«, gluckste Leni. »Bei dir ist jedes Geheimnis sicher.«

Lotti stupste sie in die Seite. »Ach du. Es ist ernst. Denn die Sache ist die ...«

»Lotti ...!«

»James liebt Frauen über alles. Wirklich über, über alles!«

»Das ist doch schön. Und er liebt dich?«

»Ja, aber *anders*. Die anderen Frauen liebt er auch *anders*.«

»Anders?« Leni stand auf dem Schlauch. »Kannst du mir jetzt bitte einfach erzählen, was du erzählen willst?«

»Er liebt mich wie eine Schwester oder gute Freundin. Verstehst du es jetzt?«

»Nein.« Leni gähnte wieder. Wie schön wäre es, jetzt die Decke über den Kopf zu ziehen und weiterzuschlafen.

»Och Leni. James ist homosexuell. Er liebt Männer so, wie er eigentlich Frauen lieben sollte.«

Nun setzte sich auch Leni auf. »Was sagst du da? James ist ein 175er?«

»Ach, ich mag den Ausdruck gar nicht. Er ist eben homose-xuell«, konstatierte Lotti fast ehrfürchtig.

»Ja, aber … wieso ist er dann dein Freund?«

»Du solltest wirklich noch schlafen, du merkst ja gar nichts. Natürlich um das geheim zu halten, Leni. Das darf niemand erfahren.«

»Das hat ja gut geklappt.«

»Oh, du bist gemein. Irgendjemandem muss ich mich doch anvertrauen. Wer ist dafür besser geeignet als meine große Schwester, die berühmte Polizistin von der Reeperbahn.«

»Du bist wirklich eine Marke. Du weißt doch ganz genau, dass Homosexualität unter Strafe steht. Eigentlich müsste ich jetzt losgehen und deinen James bei seinen Vorgesetzten an-schwärzen.«

»Ömchen hat aber gesagt, das würdest du nie tun.«

»Ach, Ömchen weiß es auch schon? Du bist ulkig, Lotti, wer weiß es denn noch?«

»Nur ihr beide. Ihr müsst dichthalten.«

»Du aber auch, meine Liebe«, sagte Leni. »Wieso hat er denn überhaupt mit dir angebandelt?«

»Na, um den Schein zu wahren. Er mag mich wie eine gute Freundin oder Schwester. Sagt er. Und er hat sich auch bei mir entschuldigt. Weil er meine Verliebtheit ausgenutzt hat, so habe ich das jedenfalls verstanden. Ach, man kann ihm ein-fach nicht böse sein. Er ist ja auch so ein guter Mensch!«

»Moment mal. Aber du, du warst oder bist doch so verliebt in ihn.«

»Nun ja, am Anfang dachte ich das«, stellte Lotti klar und sah Leni mit ihren großen, ehrlichen Augen an. »Aber dann hab ich gemerkt, dass ich eigentlich am meisten in sein gu-tes Benehmen verliebt war, in seine Höflichkeit, in seinen Anstand. Deswegen hat es mir wahrscheinlich nichts ausgemacht, dass er mich noch nicht mal küssen wollte. Alles ist also gut, so wie es ist. Und ist es nicht viel wichtiger, einem lieben, guten Menschen, der nichts Böses an sich hat, bei seiner großen Lebenslüge zur Seite zu stehen? James kann ja nichts dafür, dass er Männer bevorzugt. Das muss man akzeptieren und respektieren. Außerdem gibt es da auch einen anderen Mann, oh, Leni, er sieht so gut aus. Er heißt Edward und ist wirklich nett. Leider muss er Hamburg aber schon bald verlassen und nach England zurück.«

»Manchmal hab ich wirklich das Gefühl, dass du noch ein Kind bist. Liebt dich der Eine nicht, gehst du zum Nächsten. Nun, ich teile jedenfalls deine Einstellung, und ich verstehe, was du mit Anstand und Höflichkeit meinst. Das hat unser James wirklich zur Genüge. Ich würde einem guten Freund auch helfen. Denn das ist James wirklich für uns alle geworden. Ein lieber, netter, hilfsbereiter und ehrlicher Freund. Wir werden sein Geheimnis sicher bei uns verwahren.«

»Das weiß ich doch«, jubelte Lotti. »Danke, Leni.« Sie drückte der Schwester einen Schmatzer auf die Wange. »Du bist die Beste. Da ist allerdings noch etwas …«

»Was?« Lotti hatte eine Angewohnheit, Dinge in die Länge zu ziehen, das zeigte sich gerade mal wieder.

»James hat mich gefragt, ob es möglich ist, dass er sich mit seinem Freund, der Deutscher ist, hier treffen kann. Er heißt Rudolf. Also ob er sich bei uns in der Wohnung treffen kann. In der Öffentlichkeit können sie sich ja nicht zeigen.« Verschwörerisch schaute Lotti ihre große Schwester an. »Das ist doch toll, oder? So können wir beweisen, dass wir hinter ihm stehen.«

»Lotti, das geht nicht. Das ist strafbar. Also zumindest ist es strafbar, dass diese beiden Männer überhaupt zusammen sind. Ich weiß nicht, ob es erlaubt ist, dass man zwei homosexuelle Männer in seiner Wohnung wissentlich homosexuelle Handlungen vornehmen lässt. Darüber musste ich mir auch noch nie Gedanken machen. Ich wüsste auch nicht, wen ich da fragen sollte, ohne mich zu verraten. Ich bin nicht dafür. Ich habe James gern, ja. Aber wir kennen diesen Rudolf auch gar nicht. Wir wissen gar nicht, ob der es wirklich ernst meint, oder ob das ein Spitzel ist.«

»Hach, Leni …« Lotti wirkte traurig. »Rudolf ist der netteste Mensch nach James. Und James hat so viel für uns getan. Wenn du Tagesdienst hast und die Kinder sind in der Schule oder werden von Ömchen betreut, ja, dann müsste Ömchen natürlich mit den Kindern aushäusig sein, aber dann ist ja auch Mutti weg und ich auch, dann kriegen wir das ja gar nicht mit, wenn James hier mit jemandem in der Wohnung ist.«

»Oh Lotti. Du kennst die Dombrow, du kennst die Kröger. Die hängen entweder den ganzen Tag am Fenster, wenn sie daheim sind, oder sie spionieren woanders herum. Für die beiden alten Schabracken wäre das doch ein gefundenes Fressen, wenn hier ständig zwei fremde Männer ein- und ausgehen, während keiner zu Hause ist. Luise Balduin stellt Homosexuellen ihre Wohnung zur Verfügung. Ich höre es schon alle sagen!«

»Ach Leni …«

Leni schnaubte auf. Sie hasste es, in die Enge getrieben zu werden.

»Ich denk mal drüber nach. Und jetzt lass mich noch ein Stündchen schlafen.«

Lotti schwang sich aus dem Bett. »Also sagst du Ja.«

»Ich sagte, ich denke drüber nach, du Nervensäge. Nun lass mich in Ruh. Da hast du ja mal wieder eine Idee!«

»Das war nicht meine Idee. Ömchen hat das vorgeschlagen. Rudolf ist nämlich unglaublich zuvorkommend zu ihr. Einer der alten Schule, sagt Ömchen, obwohl Rudolf noch recht jung ist.«

»Aha. Die beiden waren also schon hier?«

Lotti nickte. »Aber nur kurz.« Dann empfahl sie sich pfeifend, und kurz dachte Leni darüber nach, doch aufzustehen und noch in die Erichstraße zu gehen, um das Haus anzuschauen, aber sie war einfach zu müde. Heute hatte sie nochmal Nachtdienst, dann frei, dann Tagdienst. Sie würde es morgen machen. Sie sank zurück und schlief wieder ein, um gegen sechs Uhr von Ömchen geweckt zu werden.

»Kindchen, Aufstehzeit, du musst zum Dienst.«

Wie schnell die Zeit doch im Schlafen herumging.

»Da sind ja die beiden Damen ›Wichtig‹«, flötete Henning Aversen rotgesichtig und grinste Alice und Leni blöde an.

Warum ist er nur so, wie er ist?, fragte sich Leni. Wahrscheinlich hat dieser Freddy recht. Er war bei der Polizei nur genommen worden, weil Männermangel bestand, da durfte man nicht so genau hingucken. Bei sich und Alice hatte Leni allerdings das Gefühl, dass die Kollegen ganz genau hinschauten. So, als würden sie auf Fehler geradezu lauern, um sich daran ergötzen zu können.

»Ich wünsche Ihnen auch einen guten Abend, Herr Aversen«, entgegnete sie kühl, und Alice tat es ihr nach.

»Sag mal, Goldlöckchen, wie findest du es denn, dass ich heut Nacht auf dich aufpasse?«, redete Henning Aversen weiter und grinste sein dämliches, schmieriges Grinsen, während er sich ihnen in den Weg stellte. »Damit dir niemand an deinen hübschen Allerwertesten fasst und auch nicht woandershin.«

Schrecklich, dachte Leni. Dass ausgerechnet Aversen mit uns die Schicht hat. Das war furchtbar. Aber es nützte nichts, da mussten sie durch. Auch das gehörte dazu. Sie tauschte mit Alice einen kurzen Blick, mit dem sie sich wortlos verstanden, dann nahmen sie von Aversen die Trillerpfeifen entgegen.

»Damit die Kinder was zum Spielen haben«, grinste der. »Aber keine Angst, wenn's brenzlig wird, ist der gute Henning da.«

Ja, sicher, dachte Leni. Du bist doch der Erste, der bei Problemen Leine zieht.

Aber sie sagte nichts.

Die letzte Nacht lag Leni noch in den Knochen, auch das Gespräch mit Lotti über James hatte ihr zugesetzt. Sie tat sich schwer damit, ihrer Schwester diesen Wunsch abzuschlagen, denn Lotti hatte recht: James hatte viel für sie getan und tat das immer noch. Ob er das aus Kalkül tat oder aus Menschenfreundlichkeit, war letztendlich gleichgültig, eine Tatsache war aber, dass er half, wo er konnte, und immer formvollendet höflich war. Andererseits gab es nun einmal diesen Paragraphen, und Leni war sicher, dass Homosexualität auch in Großbritannien verboten war, sonst würde James ja kein Gewese darum machen.

Leni befand sich in einer Zwickmühle. Zu gern hätte sie jetzt Franziska bei sich gehabt, um mit der besten Freundin zu beratschlagen, was zu tun wäre, aber Franzi gab es nicht mehr, und Leni musste schlucken, weil sie direkt danach auch an Alfred denken musste.

Nein, nein, nicht gehenlassen.

Weiter, immer weiter.

»Wir finden das toll, dass ihr hier seid«, freute sich eine Hure um die Fünfzig, die Annerose hieß und etwas sehr Mütterliches an sich hatte. Sie hatten sie eben gerade auf dem Weg zur Großen Freiheit getroffen. Annerose war mittelgroß, hatte graues Haar, das sie zum Knoten zusammengebunden hatte, und trug ein kurzes Kleid, das in seiner Jugendlichkeit regelrecht grotesk an ihr wirkte. Es war ihr zu eng, obwohl Annerose dünn wie ein Strich war, und Leni vermutete, dass das Kleid einmal einem jungen Mädel gehört haben musste. Auf den schiefen Stöckelschuhen konnte Annerose kaum aufrecht stehen. Höchstwahrscheinlich ging sie sonst entweder barfuß oder war auf flachen Tretern unterwegs. Ihre Augen hatte sie mit dunklem Stift umrandet, die Lippen rot angemalt. Die Farbe war in die vielen kleinen Fältchen rund um die Lippen gewandert. Annerose war eine herzliche Frau. Sie rauchte ganz vornehm Zigarette mit Spitze.

»Klar redet man über euch, ist ja was Besonderes, jetzt Damen bei der Polizei zu haben. Wir freu'n uns wirklich.« Sie kam näher zu Leni und Alice. »Nur den Idioten da könnt ihr nächstes Mal zu Haus lassen. Niemand kann ihn leiden. Er hält sich für Graf Koks und will immer umsonst 'ne Nummer schieben. Nee, sagen wir alle. Mit dem geht keine mehr mit. Er hat uns schon so viel versprochen und nix davon umgesetzt. Wir sind ja nicht blöd inne Kiste hier oben.« Sie tippte sich an die Stirn. »Der Henning denkt, er weiß alles und kann alles und ist alles. Dabei weiß er nix, kann nix und ist nix. Den haben se bei der Polente nur genommen, weil se Mangel hatten. Ein guter Polizist wird das nie. Der ist viel zu schlecht is der.«

»Danke, Annerose«, sagte Leni freundlich. »Also, du weißt, wenn etwas geschieht, kannst du jederzeit auf uns zukommen.«

»Mpf«, machte Annerose. »Kann ich offen und ehrlich reden?«

»Sicher.«

»Ein paar Mädchen haben sich 'nen Tripper eingefangen oder weitergegeben und wiederbekommen oder wie auch immer. Es gibt hier einen Frauenarzt, aber der verlangt zu viel Geld. Zwei der Mädchen haben auch glaub ich was anderes. Die eine liegt seit Tagen rum und hat überall Schmerzen, und untenrum ist alles rot. Sie bedient aber trotzdem noch die Freier.«

»Du lieber Himmel, damit muss sie sofort aufhören«, rief Leni. »Das hört sich jedenfalls nicht gut an. Nehmt ihr denn keine Kondome?«

»Kondome sind teuer, mein Kind, die kann sich unsereins nicht so einfach leisten«, erklärte Annerose. »Wie gesacht, wär schön, wenn wir einen Arzt hätten und am besten keinen Halsabschneider.«

»Ich werde mich darum kümmern«, versprach Leni und ging mit Alice weiter.

Henning Aversen schien hier jeden zu kennen, und er blieb ununterbrochen stehen, um sich zu produzieren. Als drei junge Männer eine Prügelei wegen eines Mädels anfingen, ging er mit den Worten »Polizei! Auseinander! Ich bin das Recht und die Gewalt!« dazwischen, was Leni und Alice unsagbar peinlich und unangenehm war.

»Ein grässlicher Typ«, Alice schüttelte sich. »Ich habe noch nie einen unsympathischeren Menschen kennengelernt.«

»Mir geht es genauso«, nickte Leni, und da kamen schon wieder die nächsten Leute, die bei ihnen stehen blieben.

»Und so was Hübsches haben die hier bei der Polente«, sagte ein alter Hafenarbeiter, der kaum noch Zähne im Mund hatte. »Dreh dich mal um, seute Deern, dass ich dich mal richtig anschau'n kann.«

Alice hob drohend den Zeigefinger. »Hier wird nur geguckt, nicht angefasst.«

»Och, lass dem ollen Fiete doch seinen Spaß«, meinte der Arbeiter grinsend und sog an seiner Zigarre. »Bei mir ist da unten sowieso nüscht mehr zu holen. Aber gucken darf man ja wohl noch mal.«

Da musste Alice lachen. »Ja, Fiete, gucken darfst du.«

Heute war auf der Reeperbahn nicht annähernd so viel los wie am gestrigen Sonnabend, aber sie war dennoch gut gefüllt. Heute sah man mehr Pärchen als gestern. Hand in Hand flanierten sie an den Bars und andren Lokalitäten vorbei, blieben stehen und schauten sich die Fotos in den Schaukästen an, manche junge Frauen genierten sich sichtlich und wurden von ihren Freunden aufgezogen. Überall dudelte Musik, überall lachte man oder unterhielt sich lautstark.

»Da muss ich mal kurz rein«, sagte Aversen dann und deutete auf eine rote Tür, vor der ein grobschlächtiger Mann stand und brüllte, dass es hier die heißesten Frauen gebe.

»Das ist doch ein Bordell«, stellte Alice fest. »Was wollen Sie denn da?«

Er wird doch wohl jetzt nicht hineingehen und mit einer Dame aufs Zimmer verschwinden, dachte Leni fassungslos. Während wir hier draußen in der Kälte warten.

»Ja, stellen Sie sich vor, Püppi, das ist ein Bordell, ein Freudenhaus, ein Puff, wie auch immer. Ich krieg noch Geld von jemandem, hab was geliehen, das will ich jetzt zurück, und der ist schon im Verzug.«

»Kommense rein, die Damen, die hübschen, unsre neue Polizei ist uns immer willkommen, auch wennse die Beine nicht breit machen, aber mal kurz aufwärmen geht doch immer.« Der Grobschlächtige machte eine ausschweifende Handbewegung und riss die rote Tür auf. Aus dem Inneren taumelten zwei sturzbetrunkene Männer heraus, die mit Sicherheit gleich irgendwo hinfallen und vermutlich heute Nacht nicht mehr nach Hause finden würden. Aber das scherte Aversen nicht, er nickte dem Grobschlächtigen zu und betrat *Amors Lustgarten*.

Alice und Leni schauten sich kurz an, dann folgten sie ihm.

Das Erste, was Leni auffiel, war, dass hier die Farben Dunkelrot und Gold vorherrschten. Zwei Mohrenstatuen mit Turbanen standen rechts und links vor der nächsten Tür, und aus dem Inneren der Lokalität erklang Musik und Menschen lachten.

Ein Mann mit zurückgegelten Haaren kam aus einem kleinen Raum neben den Mohren.

»Henning. Dass ich dich mal wieder zu Gesicht bekomme. Wie geht's dir denn, Jung?«

»Es würde mir besser gehen, wenn du deine Schulden endlich begleichen würdest«, stellte Aversen fest, ohne eine Miene zu verziehen. »Ich warte nun schon vier Wochen.«

»Ach, weißte doch, Henning, die Geschäfte gehen schleppend. Der Krieg hat viel kaputt gemacht, auch die Geschäfte. Das läuft alles erst wieder an.«

»So lange will ich aber nicht warten«, sagte Aversen mit finsterem Blick.

»Weißte doch, Henning, du hast hier immer einen Schuss frei, wenn's juckt«, gröhlte der andere, der jetzt erst zu bemerken schien, dass noch zwei Frauen im Flur standen.

»Kommt doch erst mal rein und setzt euch«, sagte er dann. »Tach auch, ich bin Dieter. Fühlt euch wie zu Hause. Loreen,

Schatz, komm mal her und gib den dreien einen guten Tisch. Die sind heute meine Ehrengäste. Geht alles aufs Haus.«

»Das geht doch nicht, Herr Aversen«, flüsterte Leni ihm zu. »Wir können uns doch nicht einfach während unserer Arbeitszeit in ein Bordell setzen und was trinken.«

Er drehte sich um. »Och, mit dem Kollegen von Hallberg ging das doch auch, auch wenn das kein richtiger Puff war, sondern nur eine Amüsierbar. Aber hier sind andere Kaliber am Start, da träumen die Männer nur von. Falls Ihre Männer mal Abwechslung im Bett brauchen, können sie sich gern bei mir melden. Ich zeige ihnen dann die richtig guten Schuppen!«

»Vielen Dank für das zuvorkommende Angebot«, sagte Leni betont freundlich. »Aber der Mann von Frau Lindenberg ist vom Krieg schwer traumatisiert und hat wahrscheinlich gerade andere Probleme, als darüber nachzudenken, dass es ihm mit seiner Frau im Ehebett nicht genügt, und mein Mann ist tot, wie ich vor kurzem erfahren habe. An der Schwindsucht gestorben. In der Krankenbaracke eines Kriegsgefangenenlagers in Russland. Davon abgesehen bin ich sicher, dass er auf ein Kennenlernen mit Ihnen gern verzichtet hätte. Und der Besuch mit Herrn von Hallberg in der Amüsierbar hat nach unser beider Feierabend stattgefunden. Können wir nun weiter unserer Arbeit nachgehen, oder sollen wir vielleicht fünf Minuten auf Sie warten, denn länger wird es ja bei Ihnen sicher nicht dauern.«

Aversen sah Leni an, kaute auf seiner Unterlippe herum und wandte sich dann ab.

»Wir trinken hier ein Bier. Ist 'ne dienstliche Anordnung.«

Leni sah Alice an, die zuckte mit den Schultern, und sie folgten ihm weiter in das Innere des Freudenhauses.

Trotz des Sonntags war es gut gefüllt, was aufgrund des Männermangels geradezu beachtlich war. Auf samtbezogenen Barhockern saßen die leichtbekleideten Damen, rauchten und nippten an Getränken. Sie trugen knappe Kleidung und hohe Schuhe, einige sogar Netzstrumpfhosen, die Augen hatten sie verführerisch dunkel geschminkt. Eine dunkelhaarige Dame unterhielt sich mit einem Herrn, der offenbar ganz fasziniert von ihr war. Er himmelte sie geradezu an, und sie lachte perlend. Neben ihr saß eine Frau mit blonden Locken wie Alice, die ein durchsichtiges Kleid aus blauem Stoff trug. Wieder eine andere hatte einen Schlüpfer mit Rüschen an, dazu trug sie einen BH, der natürlich mehr zeigte als verbarg. Sie trank aus einer goldenen Sektschale und beobachtete lasziv die anwesenden Herren. Hinter dem opulenten Tresen liefen zwei fast genauso leichtbekleidete junge Frauen hin und her, sie spülten Gläser, mixten Drinks und füllten Nüsse in kleine Chromschalen.

»Manon, drei Bier!« Aversen schnippte mit den Fingern.

»Na sicher doch, Henning, kommen sofort«, gab Manon, eine nett wirkende Brünette, zurück.

»Ich trinke hier im Dienst kein Bier«, sagte Alice mit fester Stimme. »Wahrscheinlich wollen Sie dafür sorgen, dass wir wegen Vernachlässigung unserer Aufgaben und Alkoholgenuss während der Arbeitszeit entlassen werden. Aber da haben Sie sich feste geschnitten, Herr Aversen.«

»Ich werde das Bier trinken«, sagte Leni. »Immerhin sind wir zu zweit, Alice. Wir können jederzeit behaupten, dass Herr Aversen getrunken hat und wir nicht.«

»Haltet mal eure süßen Schnäbelchen«, meinte Aversen gelassen. »Hier wird niemand entlassen, weil er im Puff ein Bier trinkt. Das gehört hier auf dem Kiez bei uns dazu. Wir sind hier nicht im Kloster. Wir gucken, was in unsrem Revier so los ist, das kann uns wohl keiner verübeln. Nun habt euch mal nicht so und seid keine Spielverderber. Ich bin schon böse genug, weil Dieter mir noch nicht das Geld zurückgeben kann. Also, hebt das Glas und Prost.«

Notgedrungen stießen sie mit ihm an und wurden von den anwesenden Damen argwöhnisch bestaunt.

Sei es drum, dachte Leni und trank. Das Bier stieg ihr sofort in den Kopf. Dabei hatte sie sich doch geschworen, nach dem entsetzlichen Abend, an dem sie von Alfreds Tod erfahren hatte, nie wieder etwas zu trinken.

Sie wurde etwas lockerer und sah sich weiter um. Da ging einer mit einer Dunkelhaarigen die Treppe hoch, an der ein goldener Handlauf entlangführte und die mit rotem Teppich bedeckt war. Überall unterhielten sich Männer mit den Damen, es wurde geraucht. Erst jetzt entdeckte sie in einer kleinen Ecke einen alten Mann an einem Flügel. Mit Hingabe spielte er etwas schönes Klassisches, was Leni irgendwie fehl am Platz vorkam.

Aversen hatte sein Bier schon ausgetrunken.

»So, jetzt kommt mal mit, ihr beiden Hübschen, jetzt will ich euch was zeigen«, sagte er dann und rutschte vom Hocker. Leni und Alice folgten ihm in einen weiteren Raum. Hier gab es eine kleine Manege wie im Zirkus, und ringsum war eine Tribüne aufgebaut, auf der nun einige Leute Platz nahmen.

»Was wird das hier?«, fragte Alice, aber Aversen zuckte nur mit den Schultern.

Weil alle sich setzten, nahmen auch sie Platz, und Leni merkte, dass sie von den Leuten aufgrund ihrer Uniformen beäugt wurden.

Was würde hier gleich passieren?

KAPITEL 21

Sie mussten nicht lange warten, denn ein Mann und eine Frau betraten die Bühne. Beide waren splitterfasernackt, und das Publikum johlte.

Dann fingen die beiden an, vor den Zuschauern ein Liebesspiel zu beginnen.

Leni und Alice sahen kurz zu dem Paar, dann zu Aversen, der sie lüstern anlachte.

»Das ist ein anderer Schnack, was? So was gehört auch zum Kiez dazu. Wartet nur ab, da kommen gleich noch mehr, das wird noch bunt.«

Einvernehmlich standen Alice und Leni auf, sandten ihm einen mitleidigen Blick und verließen das Etablissement.

Draußen blieben sie stehen.

»Er ist ein Widerling, aber dass er so ein Widerling ist, das hätte ich nicht gedacht. Nimmt uns Frauen einfach mit da rein, und auf der Wache verkauft er das wahrscheinlich als Verletzung der Dienstpflicht oder so etwas.« Alice schüttelte den Kopf. »Aber weißt du, Leni, was mich am meisten beleidigt?«

»Was?«

»Dass er dachte, wir würden heulen oder schreiend weglaufen oder beides. Er hat richtig darauf gelauert, dass wir eine Gefühlsregung zeigen, die ihm gefällt. So ein Blödian. Als würde ich mich von einem kopulierenden Pärchen einschüchtern lassen. Auch nicht von vielen Kopulierenden.«

»Ja, da hast du recht.« Leni schüttelte den Kopf und dachte nach. »Weißt du was, Alice? Wir wischen ihm eins aus.«

»Wie denn?«

»Komm, lass uns weitergehen. Ich fühl mich heute nicht mehr in der Lage, mit Herrn Aversen Streife zu gehen. Wir kommen auch allein klar, wenn nicht sogar besser. Ich erzähl dir meine Idee.«

Während sie weiter durch die Straßen patrouillierten, hier und da grüßten, sich vorstellten und Kontakte knüpften, erzählte Leni der Kollegin ihren Plan.

»Das ist großartig«, giggelte Alice. »Genau so machen wir es, wenn wir in der Besprechung sind.«

Gut gelaunt gingen sie weiter.

»Du, lass uns doch mal nach Frau Janson schauen«, schlug Alice dann vor. »Mir tut die Frau so leid. Deinen Erzählungen nach muss sie da unten in schlimmen Zuständen hausen. Ich würde mir das gerne mal anschauen. Gestern bin ich ja nicht mit hineingegangen. Aber das Schicksal interessiert mich schon.«

»Das finde ich lieb von dir. Ja, lass uns in die Schmuckstraße gehen.«

Im Keller fanden sie Frau Janson, den kleinen Konrad und den Säugling, als Bündel verpackt. Sigrid Janson schaute sie mit leerem Blick an. »Sie ist tot«, sagte sie tonlos. »Kätchen ist tot. Sie ist heut früh gestorben. Ich hab keine Milch mehr, es kommt nichts mehr. Sie ist einfach verhungert.«

Sie stand auf und drückte Leni das tote Kind in die Arme. »Wo soll ich jetzt mit ihr hin? Wohin nur? Hab kein Geld, sie begraben zu lassen, hab ja noch nicht mal Geld für andere Milch gehabt.«

Nun sahen Alice und Leni, dass Sigrid Janson ganz verschwitzt war. Sie schien hohes Fieber zu haben und zitterte am ganzen Leib. Der kleine Konrad saß da und nuckelte an seinem Daumen.

»Du meine Güte.« Alice war entsetzt und sah sich um.

»So«, sagte sie dann. »Kommen Sie, Frau Janson, kommen Sie mit uns.«

»Aber ... wohin denn?«

»Kommen Sie einfach.« Alice nahm Konrad auf den Arm und hakte die Frau unter. »Leni, du trägst das Baby. So kann das nicht weitergehen.«

»So, hier können Sie erst mal bleiben. Hier ist es halbwegs warm, und ich bringe Ihnen Decken, Frau Janson.«

Vorsichtig legte Leni das leblose Kind auf den Ledersessel in Jochen Herbsts Büro. Das bleiche Gesicht der kleinen Katharina rührte sie zu Tränen, sie konnte nicht glauben, dass das Baby tot war. Aber es war eine bittere Tatsache. Katharina war nicht das einzige Baby, das sterben musste. Genau das würde sie Jochen Herbst nachher klarmachen. In Leni wuchs eine unbändige, reine Wut und der überbordende Wille, diesen Menschen, diesen Frauen mit ihren Kindern, allen Frauen hier, denen es schlecht ging, zu helfen, sie zu unterstützen. Ihr Herz blutete beim Anblick des toten Babys, und am liebsten wäre sie wieder rausgegangen und hätte alle obdachlosen Frauen und Kinder hierhergeholt, um sich um sie zu kümmern, ihnen Kleidung, ein warmes Essen und eine Unterkunft zu geben. Dass das unmöglich war, wusste Leni. Dennoch stellte sie sich vor, wie wundervoll das für diese armen Menschen sein würde.

»Möchten Sie sich vielleicht waschen?«, wollte Alice voller Fürsorge wissen. »Ich kann mit Ihnen in einen Waschraum gehen«, sagte sie dann. »Wir haben eine Toilette und ein Waschbecken für uns Frauen abgeteilt, kein Mann wird Sie sehen.«

»Nein, ich will bei Konrad bleiben.« Sigrid Janson zitterte immer stärker.

»Dann legen Sie sich jetzt mal hier auf das Sofa, und ich decke Sie zu. Ich nehme an, Konrad hat Hunger und Sie auch?«, fragte Leni und holte ihren Henkelmann hervor, in den Ömchen Kartoffeln mit Gemüse und Brühe gepackt hatte. Es war zum Glück noch lauwarm. Sie füllte etwas davon in die Verschlussschale und schob sie Sigrid Janson hin.

»Danke.« Sigrid begann langsam zu essen, und Konrad stand neben ihr und wurde ebenfalls versorgt.

»Sie sind sehr liebenswürdig«, bedankte sich Sigrid.

»Wir tun nur, was jeder rechtschaffene Mensch tun würde«, meinte Alice freundlich. »Hier sind Sie sicher und geborgen. Versuchen Sie, sich etwas auszuruhen. Bitte essen Sie nicht zu schnell, sonst bekommen Sie Magenschmerzen, das wissen wir aus bitterer Erfahrung.«

Sigrid nickte und wurde etwas ruhiger. Nachdem sie fertig gegessen hatte, ließ sie sich auf das Ledersofa sinken und schlief auf der Stelle ein. Konrad kringelte sich auf dem Sessel ein wie ein junger Hund und schloss die Augen. Leise verließen die beiden den Raum und begaben sich wieder nach draußen, um ihre nächste Runde zu drehen. Aversen war weit und breit nicht zu sehen. Das war gut so. Keine von ihnen vermisste die Anwesenheit dieses Holzklotzes.

Die Belegschaft schwieg und starrte das tote Kind an, das Leni einfach in die Tischmitte gelegt hatte.

»Ich weiß, dass wir alle schon viele Tote gesehen haben, auch tote Kinder«, erklärte sie ruhig. »Aber sind Sie nicht mit mir einer Meinung, dass es ganz entsetzlich ist, dass dieses kleine Baby vor unseren Augen kläglich verhungert ist? Dass die Mutter dieses Kindes sich prostituieren muss, um über die Runden zu kommen, weil wir nichts unternehmen? Sie ist mittlerweile so schwach, dass sie sich nicht mehr auf den Beinen halten kann, und muss dringend von einem Arzt behandelt werden. Ich weiß, dass es einige praktizierende Ärzte in Hamburg gibt, und hoffe hier sehr auf Hilfe von Ihnen allen. Wir brauchen einen Arzt, der sich um die Menschen hier auf der Reeperbahn kümmert, ohne sich eine goldene Nase daran verdienen zu wollen, doch vorerst brauchen wir jemanden, der bereit ist, diese Frau und ihren Sohn zu untersuchen. Notfalls bezahle ich ihn aus meiner eigenen Tasche.«

Sigrid Janson und Konrad saßen da und wirkten völlig eingeschüchtert, nachdem Leni sie kurzerhand mit in die Besprechung geschleift hatte. Jochen Herbst war erst gegen neun Uhr aufgetaucht und hatte sein Büro noch nicht betreten, deswegen hatte Leni sich dazu entschlossen, die kleine Familie einfach mitzunehmen. Die Überraschung war ihr jedenfalls gelungen. Die sonst so abgefeimten Männer sahen erschrocken und erschüttert aus, obwohl sie im Krieg einiges gesehen hatten. Aber ein verstorbener Säugling auf ihrem Konferenztisch war nun doch etwas anderes.

»Frau Jacobsen, Sie handeln hier weit über Ihre Befugnisse«, knirschte Jochen Herbst, und man sah ihm an, dass er sich darum bemühte, nicht loszubrüllen. »Ich möchte Sie direkt im Anschluss in meinem Büro sprechen.«

»Dafür habe ich keine Zeit, ich muss mich darum kümmern, dass dieses Baby angemessen beerdigt wird«, blaffte Leni ihn an, und alle in der Runde machten große Augen und hielten die Luft an. »Auch dass ein Arzt für diese arme Frau gefunden wird, ist wichtiger als ein Gespräch in Ihrem Büro.«

Nun wurde es Jochen Herbst zu bunt.

Er stand auf.

»Sie kommen auf der Stelle mit«, sagte er in gefährlich leisem Ton.

»Ich …«, fing Leni an, wurde aber von Alice, die neben ihr saß, auf den Fuß getreten. Auch ihre Mutter sah sie beschwörend von der anderen Tischseite aus an. Also stand sie auf und folgte Jochen Herbst.

Die Belegschaft schwieg immer noch.

Leni war ein Schweigen noch nie so laut vorgekommen.

»Das war es«, schnarrte Jochen Herbst, nachdem sie in seinem Büro angekommen waren. Er ließ sich in seinen Drehstuhl fallen und suchte seine Pfeife.

Leni war wütend. »Sicher, das müssen Sie ja sagen, Herr Herbst. Sie wollen mich nun entlassen, richtig? Das ist auch am einfachsten. Schnell weg mit der unbequemen Frau, die nur Unruhe stiftet, nicht wahr? Ich sage Ihnen was. Wenn Sie das machen, hat keiner mehr Achtung vor Ihnen. Weder ich noch sonst jemand. Lassen Sie sich das von mir gesagt sein. Nein!«, rief sie, als er sie unterbrechen wollte. »Glauben Sie, ich mache so etwas, weil es mir Spaß macht oder dass ich mir persönlich etwas davon verspreche? Ganz sicher nicht. Hier geht es um das Wohl der Kinder und der Mütter, der Frauen allgemein, die versuchen, in diesem Viertel zu überleben. Für sie wurden wir eingestellt, darum sind wir doch hier, wir WPs, oder nicht?«

Jochen Herbst stand auf. »Ich hätte Sie nie anfordern dürfen«, rief er nun wütend. »Mir hätte klar sein müssen, dass Sie nicht Dienst nach Vorschrift machen, das hat man ja an den beiden jungen Näherinnen und den Matrosen gesehen. Aber was tue ich, ich Ochse? Anstatt froh zu sein, dass ich Sie endlich los bin, läute ich bei der Stein an und frage, ob Sie zu uns zurückkommen können. Ich hätte Sie von dieser Ausbildung abhalten sollen, es war ja alles gut so, wie es war, und Sie eine gute Schreibkraft. Nun sind Sie wieder da und sorgen für Unruhe.«

Er stand auf und ging hin und her. Seine Augen blitzten.

»Aber das ist doch das, was wir tun sollen, Herr Herbst«, versuchte Leni zu erklären. »Wir sind hier, um zu helfen, und das genau haben Frau Lindenberg und ich in der letzten Nacht getan.«

Von Aversen und dem Bordellbesuch sowie von dem kurzen Abstecher in dieses peinliche Etablissement sagte sie nichts. Das war jetzt nicht wichtig. Hier ging es um mehr.

Ich muss ihn für mich gewinnen, dachte Leni. Und darf ihn nicht noch mehr reizen.

»Sie sind ein Nagel zu meinem Sarg, Frau Jacobsen. Wenn das so weitergeht, eine ganze Nagelpackung. Wie haben Sie sich das denn gedacht? Wollen Sie jetzt jede Nacht eine andere Frau mit kranken Kindern finden, herbringen und ihnen etwas zu essen geben?«

»Am liebsten wäre mir das«, entgegnete sie höflich. »Aber selbstverständlich werde ich das nicht tun, denn das ist nicht zielführend. Wir brauchen eine Anlaufstelle, an der sich die Frauen und Kinder für eine gewisse Zeit sicher fühlen können. Wo sie etwas zu essen bekommen, ein paar Stunden schlafen und sich in Sicherheit erholen können, aber leider sind ja keine Mittel da. Wir müssen dafür kämpfen, dass sich das ändert, aber dafür brauche ich Sie, denn das können wir WPs nicht allein schaffen. Die Menschen, die auf der Straße oder in heruntergekommenen, feuchten Kellern leben, werden es Ihnen danken.«

Jochen Herbst stand am Fenster und sah hinaus.

»Ich werde sehen, was sich machen lässt. Sie geben ja sonst keine Ruhe.«

»Das ist richtig«, bestätigte Leni mit fester Stimme. »Ich kann sehr hartnäckig sein, wenn ich mir etwas in den Kopf gesetzt habe – besonders, wenn es um Gerechtigkeit geht.«

Er drehte sich zu ihr um. »Stellen Sie sich vor, das glaube ich Ihnen sogar.«

»Ich werde mir nachher ein leerstehendes Haus in der Erichstraße ansehen und mit der Eigentümerin sprechen.«

»So weit sind wir noch nicht, Frau Jacobsen. Erst mal muss ich wegen der Mittel nachfragen. Das geht nicht so holterdipolter.«

»Ansehen kann ich es mir aber schon mal«, meinte Leni. »Selbst wenn Sie die Mittel nicht bekommen, werde ich tätig. Denn den Frauen muss geholfen werden.«

»Frau Jacobsen, Sie werden den Kiez nicht in einen Elbvorort verwandeln können«, sagte Jochen Herbst mit Nachdruck.

»Das will ich auch gar nicht. Aber ich will keine toten Kinder mehr sehen und keine verwahrlosten Mütter, keine Frauen, die von ihren Männern geschlagen werden, keine, die vergewaltigt werden, ich will keine Frauen sehen, die sich an Widerlinge verkaufen müssen, um über die Runden zu kommen. Wenn auch nur ein Bruchteil dieser Menschen auf die Füße kommt, ist schon eine Menge erreicht.«

Nun kam Jochen Herbst zurück an seinen Schreibtisch, setzte sich auf seinen Drehstuhl und sah Leni ernst an.

»Nun«, meinte er dann. »Ich tue wirklich, was ich kann.

Denn natürlich haben Sie recht, Frau Jacobsen, aber diese Alleingänge, das geht nicht. Das kann ich nicht dulden. Sie müssen sich an die Regeln halten. Ich muss vor allen Dingen auch mein Gesicht vor den Kollegen und Vorgesetzten wahren.«

»Ach, weil ich eine Frau bin?« Leni fragte das mit messerscharfer Stimme.

Er seufzte fast verzweifelt. »Ja. Auch weil Sie eine Frau sind. Das ist nun mal so.«

Leni stand auf und sah auf ihn hinab. »Ich verstehe. Wir waren nur vorgesehen, um ein bisschen herumzulaufen und die Jugendlichen vom Stehlen abzuhalten. Vor dem wahren Elend sollten wir die Augen verschlossen halten. Nun, das habe ich bei meinem Vater anders gelernt. Der hat sich in seinem Beruf als Polizist wirklich für vieles eingesetzt. Der hat seinen Beruf als Berufung gesehen.« Sie drehte sich um. »Ich hätte mehr von Ihnen erwartet«, sagte sie und verließ Jochen Herbsts Büro.

Der saß da und starrte ihr bedröppelt nach.

KAPITEL 22

Leni ging zurück in den Besprechungsraum, in dem Frau Janson nun fast allein mit Konrad und der kleinen Katharina saß. Nur Lenis Mutter war noch hier, alle anderen hatten wohl schnell das Weite gesucht. Leni ließ sich erst mal auf einen Stuhl fallen. Die Auseinandersetzung mit ihrem Vorgesetzten hatte sie sehr aufgeregt. Auch seine Einstellung. Das war doch nicht zu fassen. Da war ein totes Kind, das ihnen allen zeigte, wie es um die Menschen in der Stadt bestellt war, und Jochen Herbst stand nicht auf, schlug nicht auf den Tisch und setzte nicht alle Hebel in Bewegung, um Abhilfe zu schaffen. Was sie aber am meisten verärgerte, war die Tatsache, dass Jochen Herbst das alles von sich gegeben hatte. Auch weil sie eine Frau war … nie hätte sie das gedacht. Wichtiger war ihm, was andere – Männer – von ihm hielten. Leni war so enttäuscht. Dann atmete sie kurz durch und wandte sich Frau Janson zu.

»Wo sollen wir denn jetzt hin?«, fragte die junge Mutter müde, während Konrad so aussah, als würde er jede Sekunde einschlafen.

»Nimm Frau Janson erst mal mit zu uns«, schlug Margot Harding ruhig vor. »Lass sie und Konrad auf dem Diwan in der Wohnstube schlafen. Später kümmern wir uns um die Kleine.«

»Gut, Mama, danke. Kommen Sie, Frau Janson. Soll ich Konrad tragen? Er kann sich ja kaum noch auf den Beinen halten.«

Auf dem Gang trafen sie auf Lasse von Hallberg, der gerade seinen Dienst antrat.

»Guten Morgen«, begrüßte er sie nett. »Ich hörte schon von der Sitzung eben und was da los war. Ich bin heute etwas später, weil mein Fahrrad gestohlen wurde. Eine schlimme Geschichte mit dem toten Kind. Davon abgesehen, dass das wirklich entsetzlich ist, wie ist die Nacht denn sonst für Sie verlaufen?«

»Nun, wie es halt so ist, wenn man eine Nacht mit Henning Aversen verbringen muss«, ließ Leni ihn lakonisch wissen.

»Ist Ihnen etwas durch ihn passiert?«, fragte er und sah sie aus seinen großen Augen an. »Hat Aversen sich schlecht benommen?«

»Hilf Himmel, nein. Aber am besten lassen Sie mich mit Aversen in Ruhe«, bat Leni ihn. »Kann er überhaupt etwas anderes, als sich schlecht benehmen?«

Da fiel ihr ein, dass sie und Alice Aversen ja in der Besprechungsrunde eins hatten auswischen wollen. Nun, das konnte warten. Frau Janson war wichtiger.

»Wahrscheinlich nicht.« Lasse von Hallberg sah Frau Janson, Konrad und das kleine Bündel an. »Wo wollen Sie denn hin?«

»Ich bringe diese kleine Familie jetzt zu mir nach Hause«, ließ Leni ihn wissen. »Diese Nacht war sehr anstrengend, und wir müssen heute noch eine Beerdigung organisieren.«

»Aha.« Er fragte nicht weiter nach und nickte ihr zu.

»So, hier können Sie schlafen, Frau Janson. Ich mache Ihnen nur rasch zwei Wadenwickel. Meine Oma sagt immer, das wirkt Wunder bei Fieber, und die muss es ja wissen, sie hat viele Kinder großgezogen.«

»Sie sind so lieb, Frau Jacobsen.« Kraftlos ließ sich Sigrid Janson auf den Diwan sinken. Konrad war bereits im Ohrensessel eingeschlafen, Leni deckte ihn sanft zu.

Sigrid wiegte ihr totes Kind hin und her und starrte auf den Boden, während Leni ihre Schuhe und Strümpfe auszog.

Die arme Frau tat ihr so leid. Leni wusste, dass es noch einmal schlimm für sie werden würde, weil die kleine Katharina begraben werden musste.

»Lassen Sie mich Katharina nehmen, damit Sie schlafen können.«

»Nein.« Sigrid drückte ihre Tochter an sich. »Ich lass sie nicht allein.« Offenbar hatte die junge Mutter den ersten Schock, den der Tod ihres kleinen Mädchens ausgelöst hatte, überwunden, und die Trauer und Angst hatten sie nun eingeholt.

»Das sollen Sie doch auch gar nicht. Wir legen sie hier auf diesen Sessel, da haben Sie ein Auge auf sie. Später überlegen wir zusammen, was wir tun.«

»Nein, sie soll bei mir bleiben.« Sigrid Janson fing nun an zu weinen und schluchzte zum Gotterbarmen. Sie wiegte ihre tote Tochter hin und her und fing an, ein Lied zu summen.

»Sie schläft bestimmt nur«, sagte sie mit fiebrigen Augen. »Katharina schläft, sch sch sch, meine Kleine, ja, wir lassen dich schlafen.« Sigrid weinte weiter und küsste die Stirn ihres Kindes. »Ich lass sie nicht los, ich behalt sie hier bei mir.«

»Gut. Dann legen Sie sich doch schon einmal hin und Katharina neben sich. So, ja. Ich hole schnell Tücher und mache sie nass.« Leni drehte sich um und war froh, dass Sigrid Janson nicht sehen konnte, dass auch ihr Tränen in den Augen standen. Die Verleugnung, die fehlende Fähigkeit, das Geschehene zu akzeptieren – es war, wie es ihr mit Alfred gegangen war, und sie konnte und wollte sich nicht im Mindesten vorstellen, wie es schmerzen musste, eines seiner Kinder zu verlieren.

Gerade, als Leni in der Küche war, kam Ömchen nach Hause, und Leni teilte ihr mit, was es mit dem Besuch auf sich hatte.

»Die arme Frau.« Ömchen war traurig. »Oje, und ein totes Kind. Wir müssen einen Pfarrer holen. Ich gehe los zu Pfarrer Göpfert.«

»In Ordnung, Ömchen. Danke schön.«

Leni hielt zwei Leinentücher unter den Wasserhahn und ging dann zurück in die Wohnstube. Sigrid war schon eingeschlafen, ihre tote Tochter lag neben ihr.

Nachdem Leni der Schlafenden vorsichtig die Wadenwickel angelegt und den Stoff festgezogen hatte, blieb sie noch einige Minuten stehen und schaute die beiden an, dann Konrad, der auf dem Sessel schlief und noch im Schlaf traurig aussah. Was mussten diese Kinder in ihrem jungen Leben schon alles erleiden! Leni nickte.

Ja, sie würde helfen. Sie würde als Weibliche Schutzpolizistin dafür sorgen, dass es diesen Menschen besser ging. Es war, als würde sich alles zu einer Einheit fügen. Als sollte das so sein.

Langsam verließ Leni die Wohnstube und legte sich ebenfalls hin. Sie fiel sofort in einen tiefen, traumlosen Schlaf.

»Da haben Sie aber einiges vor«, sagte die Hausbesitzerin Friederike Schümann beinahe bewundernd zu Leni. »Ich sag es Ihnen ganz ehrlich, man unterschätzt uns Frauen. Hätte man uns an die Macht gelassen, wir hätten keinen Krieg angezettelt. Ich finde das prima, was Sie da auf die Beine stellen wollen. Ja, das Haus. Ich habe momentan nicht die Mittel zum Renovieren, hin und wieder liegen da die armen Bettler wie überall und Betrunkene im Haus herum, das ist natürlich auch nicht gut, andererseits, wo sollen die Leute denn hin? Gerade jetzt, wenn es kälter wird. Also kommen Sie, lassen Sie uns mal in die Erichstraße gehen, dann können Sie sich ein Bild von allem machen, wo ist denn meine Jacke, ach, da ist sie ja …«

Leni konnte Frau Schümann kaum folgen, die Mittvierzigerin sprach noch schneller als Jochen Herbst, und das sollte schon etwas heißen, allerdings mit einer viel sanfteren, freundlicheren Stimme.

Sie verließen Frau Schümanns Wohnung, und Leni bemühte sich, der kleinen, schmalen, drahtigen Frau zu folgen. Friederike Schümann hatte kurze graue Haare, wache grüne Augen, und sie schien über jede Menge Energie zu verfügen. Auf der Straße angekommen, eilte sie Richtung Erichstraße, als sei der Allmächtige hinter ihr her, um dann immer wieder abrupt stehen zu bleiben und Leute zu grüßen. Sie schien hier jeden Einzelnen zu kennen.

»Hansi, grüß die Mutti!«

»Gudrun, hast du was von Fritz gehört?«

»Wie geht es deinen Eltern, Berta?«

Einen strammen Fußmarsch und etwa eineinhalb Stunden später standen sie vor dem Haus, das Leni sich nach ihrer letzten Schicht und vor ihrem Besuch bei Frau Schümann kurz angeschaut und für gut befunden hatte. Sie erinnerte sich auch daran, dass in dieser Straße die Frau wohnte, mit deren Vorgang sie es an ihrem ersten Tag auf der Davidwache zu tun gehabt hatte. Der Fall von häuslicher Gewalt, bei dem Leni herausgefunden hatte, dass der Schläger vermutlich jemand anders als der Ehemann gewesen war, der ihren Kollegen aber als nicht wichtig genug erschienen war, um verfolgt zu werden. Wie es der Frau wohl ging? Wie hieß sie nur … Kordula? Karin? Nein, Karola. Karola Hauff. Vielleicht kannte Frau Schümann die Hauffs sogar, sie schien ja jeden zu kennen.

»Sagt Ihnen der Name Hauff etwas?«, fragte sie deshalb einfach, einem Impuls folgend. Frau Schümann blieb abrupt stehen. »Ach, kennen Sie die Geschichte?«

»Dass sie von ihrem Mann geschlagen wird, ja, ich habe auf der Wache ihre Akte ins Reine geschrieben«, meinte Leni. Was sollte sie denn sonst kennen?

»Eine üble Sache.« Frau Schümann hatte die Stimme gesenkt und schaute sich verstohlen um. »Die gute Karola, jeder hier mochte sie. Und ja, ihr Mann hat sie regelmäßig geschlagen. Aber dann ist etwas anderes passiert. Bei ihr wurde eingebrochen und alles durchwühlt.«

»Ach du liebe Zeit«, sagte Leni. »Und warum wurde deshalb bei uns auf der Davidwache keine Anzeige erstattet? Wir sind doch das zuständige Revier.«

»Pscht«, machte Frau Schümann. »Offenbar hatte Karola jüdische Freunde, für die sie einen Haufen Bargeld und Schmuck aufbewahrt hatte. Das hatte wohl jemand herausbekommen und wollte sich den Batzen gern holen. Schon einmal hatte er es versucht und hat Karola geschlagen, um an sein Ziel zu kommen. Ihr gedroht. Sie hatte eine solche Angst, dass er ihr etwas antun würde, und ihre Freundin hat sie dennoch gezwungen, zur Wache zu gehen. Da hat sie dann erzählt, dass ihr Mann sie geschlagen habe. Der hatte allerdings damals wirklich nichts damit zu tun. Jedenfalls …« Wieder schaute sie sich um. »Ist Karola seit dem Einbruch weg.«

»Weg? Was meinen Sie damit?«, fragte Leni alarmiert.

»Was bedeutet wohl weg? Fort, nicht mehr da, verschwunden. Keiner weiß, wo sie ist.«

»Und ihr Mann?«

»Der geht immer noch arbeiten, als ob nichts wäre, und er säuft, als gäbe es kein Morgen mehr. Es ist schon merkwürdig, das alles. Denn er hat auf einmal mehr Geld zur Verfügung als früher. Dabei ist er nur Hilfsarbeiter auf einer Werft. Da kriegt man nicht viel.« Frau Schümann beugte sich nun nach vorne und sah Leni verschwörerisch an. »Man vermutet, der hat mit den Ganoven, die das Geld und den Schmuck von den Juden wollten, also von Karola, gemeinsame Sache gemacht.«

»Sie meinen …« Leni dachte nach. »Er hat sich von denen sozusagen bezahlen lassen dafür, dass er dichthält, Karola aber nicht, und deswegen ist sie … verschwunden?«

Frau Schümann nickte hoheitsvoll. »So sagt man. Keiner von uns hat sie je wiedergesehen. Fragt man Arno, so kriegt man zur Antwort, dass er sie rausgeschmissen habe, weil er ihr ewiges Genörgel nicht mehr ertragen hat. Das stimmt natürlich vorne und hinten nicht. Arno weiß Bescheid.«

»Aber dem muss man doch nachgehen«, regte Leni sich auf und stand mit geballten Fäusten da.

»Der Arno wird nix sagen und auch sonst niemand, da geb ich Ihnen Brief und Siegel drauf. Karola liegt wahrscheinlich verscharrt im Wald oder in der Elbe. Da fragt aber keiner mehr. Die Leute haben Angst.«

»Das müsste doch aber zu uns auf die Wache durchgedrungen sein.« Leni überlegte. Ja, doch, das hätte sie mitbekommen müssen.

»Nein. Was nicht durchdringen soll, das bleibt im Geheimen«, sagte Frau Schümann freundlich. »Lassen wir es also bitte dabei.«

»Aber …«

»Nun habe ich zu dieser Angelegenheit nichts mehr zu sagen, ich hab Ihnen schon viel zu viel erzählt«, ließ Frau Schümann sie dann wissen. »So, nun wollen wir uns mal dem widmen, weswegen wir hier sind.« Sie holte einen Schlüssel aus ihrer Tasche und schloss auf. Leni hätte zu gern noch über Karola Hauff gesprochen, aber sie glaubte Frau Schümann – wenn hier nichts nach außen dringen sollte, war es zwecklos, zu fragen.

»Nur hereinspaziert.« Frau Schümann wirbelte voran. »Es sind große Wohnungen, ach, Sie hätten die mal sehen sollen, bevor die Nazis dieses Drama angezettelt haben, hier, sechs Zimmer mit Mädchenkammer, mal schauen, ob die Herde und Öfen noch funktionieren, ja, das war mal Parkett, und hier war Dielenboden, wissen Sie, in den Wohnungen, die um die Jahrhundertwende gebaut wurden, waren die vorderen Räume, in denen Besuch empfangen wurde, sehr edel mit Stuck und Fischgrätparkett ausgestattet, aber wenn man dann die Flure weiter nach hinten durchging, wurde das Pompöse immer weniger, weil das die Privaträume der Leute waren, tscha, ich versteh zwar nicht, warum die nicht auch pompös schlafen wollten, aber wir können sie nicht mehr fragen, ich geh nachher bei Olaf vorbei, er soll mal gucken, ob er die Klosetts wieder hinkriegt, die gehen nicht, ach, nix geht, müssen wir dann mal gucken, schauen Sie sich um, dazu sind wir ja hier, schön übrigens, dass Sie sich so kümmern, ich würde ja auch, aber ich komme zu nix, hab eine alte Mutter daheim und drei Kinder, und ich will ja schon die ganze Zeit was mit dem Haus machen, ich wusste nur nicht, was«, ratterte sie ohne Punkt und Komma, und Leni tat, was Frau Schümann sagte, und ging durch die einzelnen Räume der Wohnungen. Tatsächlich war die alte Pracht hier noch zu erkennen, hier und da standen noch Möbelstücke herum, Seidentapeten, zum Teil heruntergerissen, zierten die Wände in floralen Mustern, und in der geräumigen Küche stand ein alter Herd, der so aussah, als könnte er noch funktionieren. Es gab sogar zwei Klosetts in der Wohnung und nicht in den Hausgängen zwischen zwei Stockwerken. Das einzige größere Problem, jedenfalls soweit Leni es auf den ersten Blick erkennen konnte, waren die Fenster. Manche waren völlig intakt, aber bei vielen fehlten die Scheiben, oder es gab gar keine Rahmen mehr.

»Ja, das ist natürlich im Winter nicht so gut mit den Fenstern«, brabbelte Frau Schümann. »Aber wenn ich den Egbert hole, dann guckt der mal, ob er da was richten kann mit Holzplanken oder was anderem, da fällt uns schon was ein, was sagen Sie denn nun?«, fragte sie atemlos, nachdem der Rundgang beendet war. »Hier stehen zwei Stühle, setzen wir uns doch mal hin.«

»Ja, was soll ich sagen, Frau Schümann, es wäre natürlich ganz wunderbar, wenn wir hier die notleidenden Menschen unterbringen könnten«, sagte Leni, die völlig baff war.

»Ja, das denk ich mir, so was ist auch bitter nötig, hätt ich auch mal von selbst drauf kommen können. Aber nun haben Sie das ja für mich erledigt, das ist ja auch schön. Dass Sie dafür sorgen wollen, dass viele Frauen mit ihren Kindern eine Unterkunft haben, und die Waisenkinder auch, es gibt ja so viele, und …«

»Frau Schümann?«, unterbrach Leni sie. »Es gibt da noch einen Punkt, den ich mit Ihnen gern bereden würde.«

»Hm?« Interessiert wurde Leni von der agilen Frau angeschaut. Noch nicht mal auf dem Stuhl konnte sie sitzen, ohne in Bewegung zu sein.

»Wir, also meine Kolleginnen und ich, wir kümmern uns um alle Frauen. Also um alle. Nicht nur um die, die ihre Männer verloren haben, sondern auch um die, die mit Männern, also, ich weiß nicht, wie ich es sagen soll …«

»Liebes Kind, Sie meinen die leichten Mädchen?«, schoss es aus Frau Schümanns Mund heraus, und Leni nickte erleichtert.

»Ja, glauben Sie denn, ich wohne auf dem Mond? Natürlich weiß ich, was manche Frauen tun und tun müssen, ich bin ja nicht von gestern. Freilich sind diese Frauen hier auch willkommen. Ein Mensch ist ein Mensch, und ich würde nicht Friederike Schümann heißen, wenn ich nicht alle gleichbehandele, die Schutz und Hilfe brauchen!«

»Dann haben Sie also nichts dagegen?« Leni war froh.

»Dagegen? Natürlich habe ich etwas dagegen, dass diese armen Mädchen das tun müssen, aber ändern kann ich es nicht, und deshalb sollen sie wenigstens einen Ort haben, an dem sie sich zu Hause fühlen können.« Sie breitete die Arme aus. »Bei Rike sind sie alle gern gesehen.«

»Das ist wunderbar, Frau Schümann, und ein Anfang. Denn ich habe mir vorgenommen, zu helfen, wo ich kann. Dann müssen wir nur noch die Sache mit der Miete klären. Was haben Sie sich da vorgestellt?«

Friederike Schümann sah sie hoheitsvoll an. »Das habe ich nicht gehört.«

»Die MIETE«, sagte Leni nun lauter, und ihr Gegenüber lächelte und zwinkerte ihr zu.

»Mädchen, hören kann ich noch ganz gut, aber bin ich denn verrückt? Ich nehm doch kein Geld von Ihnen. Sie opfern Ihre Freizeit, um zu helfen, und dann kommt die Schümann und sagt, soundsoviel Reichsmark musst du mir aber geben? Nix da. Das ist mein Beitrag zum Wiederaufbau der Menschen, nicht der Stadt.«

Lenis Herz klopfte vor Glück. »Ist das wahr?«

»Oh ja, so wahr ich Friederike Schümann heiße.«

»Das ist wundervoll, ich danke Ihnen.« Am liebsten hätte Leni gejubelt.

»So, und nun hören wir auf mit dem ollen Gesieze. Ich bin Rike.«

»Ich bin Leni.« Fast förmlich gaben sie sich die Hand.

»Nun, Leni, dann leg mal los. Ich geh nun gleich mal bei Olaf und Egbert vorbei und sag den beiden, die sollen die Beine in die Hand nehmen und herkommen, damit das alles wohnlich hergerichtet werden kann. Ich hoffe nur, dass die Stadtleute da nicht ankommen und sagen, dass die das für wen auch immer brauchen. Von Enteignung haben wir ja langsam genug.«

Das hoffte Leni allerdings auch.

»Ich komme dann am besten mal mit meiner Mutter und meiner Oma vorbei, damit wir uns einen Plan machen können, was wann zu tun ist, und vor allen Dingen, wann die ersten Menschen einziehen können.«

Rike nickte. »Jo. Mach das so. Mich kannst du auch anläuten, ich hab eine funktionierende Leitung. Manchmal zumindest.«

»Wir leider nicht, aber ich kann um die Ecke zu einem Münzfernsprecher gehen«, sagte Leni. »Der funktioniert allerdings auch nicht immer. Aber zu dir ist es ja auch nicht weit.«

Sie standen auf.

»Danke, liebe Rike«, sagte Leni.

»Dafür nicht. Ist ja auch bald Weihnachten«, entgegnete Rike Schümann, und sie gingen ihrer Wege.

Zu Hause traf Leni auf ihre Mutter und den Pfarrer, Reiner Göpfert, einen hochgewachsenen, ruhigen Mann mit einer sicheren und sympathischen Ausstrahlung, den Leni schon ihr Leben lang kannte. Als es noch sonntägliche Kirchgänge gegeben hatte, war sie oft im Gottesdienst gewesen. Sie mochte die Stimme des Pfarrers und fühlte sich nach einer seiner Predigten immer wohl. Sie regten zum Nachdenken an und gaben Hoffnung.

»Leni«, begrüßte Reiner Göpfert sie. »Das hast du alles richtig gemacht. Die arme Frau Janson ist sehr krank.« Er erhob sich von Sigrid Jansons Krankenlager auf dem Diwan und sah Leni ernst an. Ömchen saß ebenfalls bei Sigrid und wischte ihr den Schweiß von der Stirn.

Sie gingen in die Küche, in der Charlottes Kinder saßen und mit Bauklötzen spielten.

»Was hat sie denn?«, fragte Leni erschrocken. Sie war sicher gewesen, dass die Frau nur unter leichtem Fieber litt.

»Ich bin kein Arzt, aber alles sieht nach Typhus aus«, sagte Reiner Göpfert leise. »Ich hab nach Doktor Hornef schicken lassen.«

»Ach, ich wusste gar nicht, dass er schon wieder arbeitet. Aber Herr Göpfert, sieht es denn schlimm aus?«

Der Pfarrer nickte. »Leider ja.«

Die Türglocke schellte, und Leni eilte in den Flur und öffnete dem Doktor die Tür. Abgesehen davon, dass er sehr abgenommen hatte, sah er aus wie immer. Groß, im schwarzen Anzug, mit Monokel und Schnurrbart stand er da, und er trug auch wie stets eine Krawatte. Leni hatte den Arzt nie anders gesehen.

»Wie gut, dass Sie da sind, Doktor Hornef«, begrüßte sie ihn.

»Ich bin gekommen, so schnell ich konnte, Leni. Nun zeigt mir mal die arme Kranke.«

Ömchen stand auf und machte Platz, nachdem sie alle die Wohnstube betreten hatten.

Sigrid Janson schwitzte stark und rief ständig Katharinas Namen.

»Liebe Frau Janson«, sagte Doktor Hornef sanft. »Ich bin Arzt und hier, um Ihnen zu helfen. Können Sie mir sagen, wo genau Sie Schmerzen haben?«

Sigrid hustete trocken.

»Hals tut weh, Kopf auch, Bauchschmerzen«, flüsterte sie matt und hustete wieder.

Während Doktor Hornef sie untersuchte, sah Leni, dass Konrad in den Ohrensessel gekauert dasaß und seine Mutter ängstlich anstarrte. Er weinte lautlos, und die Tränen kullerten über sein mageres Gesicht.

Leni ging zu ihm und strich ihm übers Haar. Unauffällig fühlte sie dabei seine Stirn. Glücklicherweise war die kühl. Er hatte sich also nicht bei seiner Mutter angesteckt, und das sollte auch so bleiben. Sie nahm ihn kurzerhand auf den Arm.

»Weißt du, Konrad, die Mama muss jetzt ein bisschen schlafen, wir gehen mal in die Küche, da kannst du mit anderen Kindern spielen. Wie findest du das?«

Konrad sah sie an. »Was ist spielen?«, fragte er dann, und Leni zerriss es fast das Herz. Das arme Kriegskind hatte noch nie gespielt, zumindest wusste es nicht, was das war. Das musste sich dringend ändern.

Sie verfrachtete den Kleinen in die Küche. Lina und Peter sahen auf.

»So.« Leni setzte Konrad auf einen Küchenstuhl. »Da sind

Bauklötze. Mit denen kann man einen Turm bauen«, erklärte sie und sah dann die beiden anderen an.

»Bitte kümmert euch ein wenig um Konrad. Seiner Mutter geht's nicht gut.«

»Was hat sie denn?«, wollte Lina neugierig wissen.

»Ach, nur ein bisschen Fieber. Es wird schon wieder besser werden.«

»Ja, wir passen auf ihn auf. Wie heißt du denn?«, fragte Lina, und Konrad antwortete, dann zeigte Lina ihm, was man mit den Klötzen alles machen konnte, und schon wenig später lag ein feines Lächeln auf Konrads Gesicht.

»Es sieht nicht gut aus«, bestätigte Doktor Hornef Reiner Göpferts Vermutung, als er mit seiner Untersuchung fertig war.

Alle sahen ihn erwartungsvoll an, nachdem sie die Wohnstube verlassen hatten und im Flur standen.

»Es ist Typhus.« Der Arzt schüttelte bedauernd den Kopf. »Wir haben keine Medikamente. Keine Antibiotika. Der Krieg und die Verletzten haben alle Reserven aufgebraucht. Nun stehen wir hier mit fast leeren Händen, und die Menschen sterben uns weg.«

»Was heißt das genau?« Ömchen war voller Sorge.

»Das weiß ich noch nicht. Fest aber steht, dass die junge Frau sehr geschwächt ist und wohl kaum Abwehrkräfte hat. Es liegt nicht in meiner Macht, eine klare Aussage für die Zukunft zu machen, aber ich glaube, ihre Chancen zu überleben stehen nicht gut.«

»Du meine Güte«, sagte Leni. »Die arme Frau.«

»In der Tat.« Der Arzt seufzte. »Geben Sie ihr viel Wasser zu trinken, und machen Sie weiter Wadenwickel, Frau Balduin. Leni, kümmert ihr euch um den Kleinen?«

»Sicher. Das ist selbstverständlich. Sagen Sie, wie hoch ist die Ansteckungsgefahr?«

Der Doktor hob beide Hände. »Nun, eine Ansteckung von Mensch zu Mensch ist selten. Typhus wird hauptsächlich durch kontaminiertes Wasser und Speisen übertragen. Nehmen Sie vorsorglich trotzdem ein Tuch vor den Mund, wenn Sie an die Kranke herantreten, und achten Sie auf Hygiene. Waschen Sie nach jedem Kontakt mit der armen Frau Ihre Hände.«

Mit diesen Worten verabschiedete er sich, und nun standen sie noch mit Reiner Göpfert zusammen.

»Da wäre noch die kleine Katharina«, sagte Leni. »Sie muss unter die Erde gebracht werden. Vielleicht kann man das ohne große Bürokratie regeln.«

»Natürlich«, sagte Göpfert, und sie gingen zurück in die Wohnstube, er nahm vorsichtig das tote Kind vom Diwan, was Sigrid, gefangen in ihrem Fieber, zum Glück nicht mitbekam.

»Ich werde ihr ein christliches Begräbnis organisieren«, versprach er leise. »Wenn die Mutter überlebt, werde ich ihr zu gegebener Zeit das Grab zeigen.«

»Ich danke Ihnen, Herr Göpfert.« Ömchen strich über seinen Arm. »Sie zögern wirklich nicht, sondern helfen. So ist es schon immer gewesen.«

Ernst sah er sie an. »Ich wünschte, im Krieg hätte ich noch mehr tun können.«

»Das denke ich mir. Aber ich bin sicher, Sie haben getan, was in Ihrer Macht stand.«

Er nickte. »So, nun werde ich mich um diesen kleinen Engel kümmern.«

Sie begaben sich zur Wohnungstür.

»Moment.« Leni blieb stehen. »Sollte Konrad sich nicht von seiner Schwester verabschieden?«

»Ich würde davon abraten. Er hat ohnehin Angst, dass er auch noch seine Mutter verliert. Das wird möglicherweise zuviel für ihn. Sagen Sie ihm, ein Engel sei gekommen und habe Katharina in den Himmel geholt. Das wird er verstehen, und damit wird er leben können.«

»In Ordnung, Herr Pfarrer.« Leni öffnete die Tür. »Danke, dass Sie hier waren.«

»Das ist meine Pflicht. Und ich tue sie gern.«

Damit empfahl er sich.

Der Heilige Abend kam, und James hatte tatsächlich eine kleine Tanne organisiert. Ömchen hatte gemeinsam mit den Kindern den Baum geschmückt, und es funkelte nur so vor Lametta, gebastelten Strohsternen und kunstvollen kleinen Gebilden aus glitzerndem Schokoladenpapier. Auch kleine Naschereien, die mit großen Augen von den Kindern betrachtet wurden, waren da. James hatte sein Versprechen gehalten und Süßigkeiten organisiert und mitgebracht.

Niemand fand es tragisch, dass auf Geschenke verzichtet wurde, zum einen, weil es fast nichts gab, was man schenken konnte, zum anderen eben wollten sie mit den anderen, die nichts hatten, solidarisch sein. Vor allen Dingen aber wollten sie ihr aller Zusammensein genießen, sie wollten reden, lachen und auch weinen, und genau das taten sie. Margot fing an, von Georg zu erzählen. Dass für ihn Weihnachten immer unglaublich wichtig gewesen war und dass er stets alles darangesetzt hatte, an Heiligabend frei zu haben. Wenn nicht, waren das Essen und die Bescherung entweder vorgezogen worden, oder man hatte nach seinem Dienst gefeiert. Lotti und Leni waren dann nachts einfach geweckt worden, wenn Georg vom Spätdienst nach Haus gekommen war, und so hatten sie um ein Uhr vor einem Braten gesessen und es herrlich gefunden.

»Wisst ihr noch, als Alfred mit den Karpfen nach Hause kam?«, erinnerte sich Lotti nun, während sie Kartoffeln für den Kartoffelbrei schälte. Ömchen nickte. »Oh ja. Keiner wollte die beiden töten. Letztendlich schwammen sie in der Wanne herum, und wir haben Würstchen gegessen und die Karpfen wieder ins Wasser gesetzt.«

»Und erinnert ihr euch, wie bei Franzi im ganzen Haus der Strom ausgefallen ist, und die ganze Familie musste zu uns kommen und mit uns feiern?«, rief Leni. Lotti nickte. »Wir haben gar nicht alle an den Tisch gepasst und mussten uns zusammenquetschen. Aber das machte nichts. Ich erinner mich auch, dass wir ganz viele Lieder gesungen haben.« Lenis Augen wurden feucht, weil sie an die Freundin und ihre Familie denken musste.

»Und viel getrunken«, sagte Margot. »Dann ist Franzis kleiner Bruder Rasmus dauernd um den Baum gerannt, weil er Lokführer gespielt hat, und dann …«

»… ist der Baum umgefallen«, sagten Ömchen, Margot, Leni und Lotti im Chor.

Die Kinder waren sprachlos. »Der ist umgefallen? Mit den Kerzen?«

»Ja.« Ömchen nickte. »Zum Glück hatte euer Opa immer einen großen Eimer mit Wasser hinter dem Baum stehen, und es ist nicht viel passiert, weil wir rasch alles aufgewischt haben. Dann tranken wir weiter, am nächsten Tag ging es mir schlecht wie nie, und ihr musstet mich pflegen wie eine alte Frau, weil ich nicht aus dem Bett gekommen bin.«

Kurz schwiegen sie – jeder hing seinen Gedanken an früher nach.

Wie schön es gewesen war vor dem Krieg, auch wenn sich in den Jahren davor schon abgezeichnet hatte, dass da was Böses im Anmarsch war.

Heute würde es wieder Würstchen geben, Ömchen war an keine Gans oder Ente gekommen. Aber das machte nichts. Hauptsache, man war zusammen an diesem ersten Weihnachten kurz nach Kriegsende.

Und Würstchen mit Kartoffelbrei und Erbsen aus der Dose liebten die Kinder.

Es klingelte. Ömchen schaute auf die Uhr. Halb eins mittags.

»Ich geh schon«, sagte Leni und verließ die Küche, um kurz darauf mit James wiederzukommen.

»Look!«, rief der fröhlich. »Fur Holy night. Eine goose! Hab ich gute ah, wie sagt ihr: Beziehüngän zu gute people. Jetzt kann Ömmschen mit apple füllen und dann lecker christmas-dinner.«

Sie waren platt, und Ömchen schlug die Hände überm Kopf zusammen. »James, was für eine happyness für me. Oh, oh, thank you so much.«

»Und hier hab isch ein Geschenk für nachher, aber nur fur Ömmschen, weil dschörman Ömmschen is best Ömmschen!«

»Du bist wirklich eine Marke, James!«, rief Lotti, umarmte ihn und gab ihm einen Kuss, woraufhin James mit ihr zu einem Weihnachtslied in der Küche tanzte.

»But für meine beautiful Freundin and her family I have this here. Aber erst later auspacken. So, I have to go now.«

»What? You are übergeschnappt, James«, sagte Ömchen.

289

»You stay here with us. I will cook the goose now. Sit here and drink a cup of coffee.«

James strahlte sie an. Offenbar hatte er gehofft, hierbleiben zu können. Er half beim Tischdecken und spielte dann mit den Kindern Mensch ärgere dich nicht, als Lotti durch die Wohnungstür hereingeplatzt kam. Alle waren überrascht, weil niemand bemerkt hatte, dass sie überhaupt fortgegangen war.

»James!«, rief sie. »Come on. Look, who ist there!«

Alle freuten sich darüber, dass Rudolf in der Tür stand, groß und freundlich und höflich. Er hatte dichtes schwarzes Haar und trug eine schwarze Hornbrille. Er sah so aus, als hätte er ganz hervorragende Manieren.

»Er wird mit uns feiern. Rudolf wohnt allein in einer kleinen Muffelbude bei einer giftigen Wirtin«, erklärte Lotti. »So kann man ja wohl nicht Weihnachten feiern. Nein, wir sind hier alle zusammen, und er gehört ja auch dazu.«

Alle nickten, und James war glücklich wie nie, ließ sich das aber vor den Kindern nicht anmerken. Keiner wollte noch mal Schwierigkeiten, weil eins der Kinder sich verplapperte und jemandem, der das nicht wissen sollte, erzählte, dass James und Rudolf sich umarmt oder einen Kuss gegeben hätten, auch wenn sie nicht verstanden hätten, was das bedeutete.

Alle saßen nun wieder beengt um den Küchentisch, aber man rückte zusammen, trank Kaffee, aß einen von Ömchens gebackenen Nusskuchen, und dann stellte Ömchen eine Flasche Schlehenlikör auf den Tisch.

»Die hab ich im Keller gefunden«, sagte sie froh. »Ein paar heile sind da auch noch.« Dann schaute sie Rudolf an. »So, und wir trinken jetzt Brüderschaft. Das olle Gesieze geht mir nämlich auf den Wecker. Ich bin also Luise.« Sie hob das Glas.

Rudolf sah sie liebevoll an. »Oh, was für eine Ehre. Ich bin Rudolf. Aber ich …«

»Ja?«, hakte Ömchen nach.

»Ach, es ist vielleicht unhöflich, das zu fragen, aber ich tu es dennoch. Dürfte ich denn auch Ömchen zu Ihnen … zu dir sagen?«

Ömchens Augen glänzten verräterisch. »Nur zu gern, mein Junge, nur zu gern.«

Dann tranken sie den Likör in einem Zug.

»Erzähl doch mal von dir, Rudolf«, bat Margot, nachdem alle miteinander beim Du angelangt waren. »Wir wissen nur, dass du ein höflicher junger Mann bist. Sonst nichts.«

Rudolf sah sie an.

»Ich komme aus Frankfurt«, begann er leise zu erzälen. »Mein Vater war in der Partei und das mit Leib und Seele. Hinter jedem Satz mussten meine Geschwister und meine Mutter Heil Hitler brüllen, und er hat uns gezwungen, sämtliche Nazi-Aktivitäten mitzumachen, obwohl mich das angeekelt hat. Dann ging es darum, dass ich eingezogen werden sollte. Meine Mutter hat meinen Vater angefleht, dass er alles dafür tun sollte, dass ich nicht losziehen musste, aber er hat sich geweigert. Er sei stolz, dass sein einziger Sohn für Deutschland kämpfen würde. Mir selbst ist natürlich schlecht geworden, wenn ich nur an den Krieg dachte. Ich war noch sehr jung, unerfahren dazu, und ich wollte zu Hause bleiben. Meine Mutter hat mich schließlich mit ihrer besten Freundin in einem alten, verlassenen Bauernhaus versteckt, das mal der Familie der Freundin gehört hatte. Von einem Tag auf den anderen war ich also weg, und mein Vater hat einen Tobsuchtsanfall bekommen, wie mir später meine Schwester erzählt hat. Er hat meine Mutter halbtot geschlagen, um herauszukriegen, wo ich war, aber sie hat nichts gesagt. Dann hat mein eigener Vater mich wegen Fahnenflucht angezeigt.« Er machte eine kurze Pause.

»Ich war fast drei Jahre in diesem Haus, habe mich versteckt, bin nur nachts ab und zu an die frische Luft gegangen und habe kaum eine Menschenseele zu Gesicht bekommen. Auch als der Krieg vorbei war, traute ich mich nicht gleich, von dort wegzugehen. Erst nachdem meine Tante kam und mir sagte, alles sei wirklich vorbei, bin ich herausgekommen. Tante Marie hatte traurige Neuigkeiten. Meine Mutter war in einem Luftschutzkeller umgekommen, zusammen mit zwei meiner Tanten. Mein Vater ist an einem Lungenleiden gestorben. Vorher aber hat er noch allen möglichen Menschen mitgeteilt, dass ich ein fahnenflüchtiger 175er sei. Keine Ahnung, wie er das erfahren konnte. Ich traute mich nicht, bei Frankfurt zu bleiben, sonden bin losgelaufen.«

»Bis nach Hamburg?«, fragte Margot atemlos, und auch alle anderen hatten die Luft angehalten.

Rudolf nickte. »Ja. Nette Menschen haben mich in ihren Scheunen oder auch in der Küche schlafen lassen und hatten auch etwas zu essen für mich. Insgesamt war es aber recht hart, sich bis hierher durchzuschlagen. Was aus meinen Großeltern geworden ist, weiß ich nicht, ich vermute, auch sie sind tot. Aber ich werde nochmal versuchen, sie ausfindig zu machen.« Er schluckte schwer, doch Leni konnte die Entschlossenheit in seinem Blick sehen.

»Nun also bin ich hier, hier kannte mich niemand, und das ist auch gut so. Ihr seid die Ersten und Einzigen, denen ich meine Geschichte erzähle, weil ich weiß, dass ich euch vertrauen kann. Ich habe meine Papiere gottlob noch alle beisammen und möchte hier gern Medizin studieren. Momentan arbeite ich als Hilfspfleger im Universitätskrankenhaus Eppendorf. Ich habe schon mit zwei Ärzten gesprochen, die mir helfen wollen. Es ist also alles auf einem guten Weg. Nur dass ich eben ein 175er bin, ist der schwarze Fleck in meinem Leben.«

Er sah in die Runde. »Ich bin sehr froh, dass ich heute und auch sonst bei euch sein kann«, sagte er dann leise. »Das bedeutet mir unglaublich viel.«

Ömchen, die ihm gegenübersaß, griff über dem Holztisch nach seiner Hand. »Du guter Rudolf«, sagte sie lieb. »Du wirst hier immer willkommen sein, das verspreche ich dir.«

»Is'nt Ömmschen great?«, fragte James mit seinem breiten, ehrlichen Lachen. »She is best Ömmschen forever!«

Die Gans war ein Traum. Ömchen hatte sie mit Äpfeln und etwas Gehacktem gefüllt. Die Soße war an Köstlichkeit nicht zu überbieten, und statt Kartoffelbrei hatten sie Klöße aus den Kartoffeln geformt. Sie waren wunderbar weich. Aus dem Keller hatte Margot Rotkohl im Glas hochgeholt, und es war ein reines Festmahl.

Als alle pappsatt waren, war auch nichts mehr von der Gans übrig, was Ömchen sofort wieder ein schlechtes Gewissen machte. »Wir leben hier in Saus und Braus, und meine armen Kinder unten auf der Straße haben nüscht!«

»What meint Ömmschen?«, fragte James, und Lotti brachte ihn auf den neuesten Stand. Da erhob er sich freudestrahlend vom Tisch und ging raus, um dann mit einem Sack, den er im Flur neben der Garderobe versteckt hatte, zurückzukommen.

»This is Fleisch for the poor kids«, sagte er. »Difficult Fleisch.«

Ömchen öffnete den riesigen Sack. »Ist es denn die Möglichkeit!«, rief sie. »Schaut euch das an.«

In dem Sack befanden sich Unmengen an eingepacktem Fleisch, an Dosen und an Tüten.

»Man hatte viel zu viel, und James dachte, dass es gut für die Kinder wäre«, erklärte Rudolf und sah stolz aus. »Teilweise sind es auch Reste von Braten und halbe Hähnchen, aber vieles muss noch gekocht werden.«

Ömchen stand auf. »Na, da weiß ich ja, was jetzt zu tun ist!«, rief sie. »Auf, alle packen mit an. Wir kochen jetzt das Weihnachtsessen für die Kinder und für die Damen in der Erichstraße.«

»Ach Ömchen. Jede andere Oma säße am ersten Weihnachten nach dem Krieg einfach so da und wäre dankbar, dass sie es erleben darf und die meisten ihrer Lieben um sich hat. Aber unser Ömchen ist wie immer die Tatkraft in Person!«, lachte Lotti. »Auf Kinder, ihr habt gehört, was Ömchen gesagt hat. Tisch abräumen, abwaschen, an die Arbeit geht's!«

Später klingelte es noch an der Tür, und da stand tatsächlich Rike Schümann mit einer Flasche Sekt.

»Ich hab mich allein zu Haus gemopst«, sagte sie entschuldigend. »Und ich dachte, hier sind bestimmt alle zusammen und haben es nett, also fragste mal, wegschicken können sie dich immer noch.«

»Du kommst sogar wie gerufen, Rike«, antwortete Leni lachend. »Wir können gerade jede helfende Hand gebrauchen.«

»Na dann ist ja alles gut«, sagte Rike und krempelte die Ärmel hoch. »Was auch immer es ist, ich bin bereit!«

Als es fast fünf Uhr in der Früh war, waren sie fertig, und obwohl alle hundemüde waren, saßen sie an diesem ungewöhnlichen Weihnachtsmorgen noch lange zusammen, sie tanzten um den Baum und hörten Schallplatten. Nur die Kinder waren irgendwann völlig erschöpft am Küchentisch eingeschlafen.

Nie würde Leni die Gesichter der Kinder und deren Eltern vergessen, als sie alles in den Keller zur Essensausgabe geschleppt hatten. So ein leckeres Essen hatten sie lange nicht gehabt. Fleisch, weich wie Butter, Kartoffelbrei, Möhren, Erbsen, Porree, Gänse- und Entenschlegel mit köstlicher Kruste, und dann auch noch Pudding mit Himbeersoße zum Nachtisch. Manch einer weinte vor Glück.

Die Menschen hier scharten sich um sie. Es war eine melancholische Stimmung, weil natürlich viele an ihre Familien dachten, an all die Gefallenen und die, von deren Verbleib man nichts wusste.

Leni und Lotti, Margot und Ömchen, James und Rudolf und Rike umarmten die traurigen Menschen, spendeten Trost und waren für alle da.

Es war ein wunderbares Weihnachten.

Nie, dachte Leni. Nie haben wir es besser gemacht.

KAPITEL 23

Am 27. Dezember hatte Leni tagsüber Dienst, was nach den anstrengenden Tagen und Nächten doch sehr angenehm war. Sie verließ mit ihrer Mutter um halb sieben in der Früh das Haus, sodass sie pünktlich um sieben mit ihren Rädern auf der Davidwache ankamen.

»Das tote Mädel war natürlich in aller Munde«, hatte die Mutter ihr mitgeteilt. »Viele der Kollegen haben sich unglaublich über deinen Auftritt aufgeregt.«

»Das glaube ich.« Leni hatte die Stimmung kurz nach Betreten der Wache schon bemerkt. Es schien, als wären alle ihr gegenüber reserviert.

Heute hatte sie mit Elsa gemeinsam Dienst.

»Alice hat mir schon erzählt, was ihr gemacht habt. Wirklich, Leni, war denn das nötig?«, fragte sie. »Du scheinst alle gegen dich aufgebracht zu haben.«

»Wenn wir heute zusammen durch die Straßen gehen und ich dir einiges zeige, wirst du anders darüber denken«, ließ Leni sie wissen. »Dann kannst du dir selbst ein Bild machen. Davon abgesehen sieht der Kiez nachts nochmal ganz anders aus.«

»Bitte echauffier dich doch nicht so«, sagte Elsa erschrocken.

»Doch, das tue ich. Ich weiß ja nicht, warum du zur Polizei wolltest, aber lass dir gesagt sein, ich wollte hierhin, weil mein Vater mich gelehrt hat, was Gerechtigkeit ist und was Hilfe bedeutet. Ich werde tun, was ich kann, um den armen Frauen und Kindern zu helfen, ohne dabei Rücksicht auf die verletzten Gefühle der Männer zu nehmen.«

»Ja, Leni. Das ehrt dich. Aber ist das nicht ziemlich einseitig? Was ist denn mit den Männern?«

Leni drehte sich nun zur Kollegin um. »Die wenigen Männer, die hier sind und Hilfe benötigen, haben in den allermeisten Fällen eine Frau, die sich um sie kümmert. Noch dazu ist diese ganze Wache voll von männlichen Polizisten, denen deren Wohl sehr am Herzen zu liegen scheint und denen niemand verbietet, sich für ihre gezeichneten Mitbürger einzusetzen. Aber wir, wir sind dafür eingestellt worden, uns um die Frauen und Kinder zu kümmern – um die straffälligen, aber eben auch um die schutzbedürftigen. Ich bin nämlich überzeugt, dass beides zusammenhängt. Wer nicht hungern und frieren muss, der muss auch kein Brot und keine Kohlen klauen. Und wer ein Dach über dem Kopf hat, der lungert nicht auf der Straße herum und muss seinen Körper verkaufen. Verstehst du jetzt, was ich meine? Es sieht einfach niemand den großen Zusammenhang!«

»Ja, sicher. Aber Leni ... du bist so ... so aggressiv.«

»Bin ich das? Gut möglich, dass du recht hast. Dann bin ich das eben. Mich macht das alles so wahnsinnig traurig, und ich bin wütend darüber, dass die Stadt die Augen vor dem Elend verschließt, so kommt es mir jedenfalls vor. Sie wollen die Kriminalität bekämpfen, aber nicht deren Ursache. Wenn wir es nicht schaffen, die kleinen Delikte einzudämmen, indem wir uns kümmern, dann werden wir nie genügend Zeit haben, um uns um die wirklich großen Fische zu kümmern.«

»Ich hab mitbekommen, dass Jochen Herbst nochmals fragen will, wegen Geldern. Das ist doch schon mal gut, oder nicht?«

»Sicher. Ich bin trotzdem schon tätig geworden und habe ein Haus organisiert, in dem die armen Frauen mit ihren Kindern zumindest eine Zeitlang wohnen können, bis sich für sie alles wieder ein wenig normalisiert hat. Es liegt in der Erichstraße.«

Elsa lächelte sie an. »Hätte ich mir denken können. Oh, guten Morgen, Herr von Hallberg.«

Lasse von Hallberg blieb stehen. »Guten Morgen, die Damen. Heute mal keine Nachtschicht, Frau Jacobsen?«

»Nein, heute werde ich mit Frau von Roth losgehen«, erklärte Leni, und er nickte.

»Da gibt es noch was, das ich Ihnen sagen möchte«, sagte Lasse von Hallberg dann leise. »Sie haben meine Hochachtung wegen Ihrer Tatkräftigkeit. Wirklich. Aber vielen ist das ein Dorn im Auge. Nicht jeder hier ist so engagiert wie Sie, und einige fühlen sich in ihrer männlichen Ehre verletzt, weil da plötzlich Frauen ankommen, die wirklich etwas bewegen wollen und ihnen scheinbar sagen wollen, wo es langgeht. Bitte beherzigen Sie meine Worte. Übertreiben Sie nicht, Sie bringen die Belegschaft nur gegen sich auf, und damit erreichen Sie nichts. Sosehr Sie das auch verabscheuen, Sie brauchen den Schutz und das Wohlwollen Ihrer männlichen Kollegen, wenn Sie hier auf der Wache und auf dem Kiez bestehen und weiter für das Gute kämpfen wollen.«

In Leni stellten sich schon wieder die Stacheln auf.

»Kein Grund, die Stimme zu senken, Herr von Hallberg«, sagte sie laut. »Ich stehe zu dem, was ich tue, und ich bin froh, dass ich etwas bewirken kann. Was die Kollegen denken, interessiert mich nicht, solange ich den Menschen da draußen unter die Arme greifen kann.«

Ein Kollege lief vorbei und spitzte die Ohren.

»Genau, Herr Hinrich, stets gut zuhören. Dann können sie das gleich weitergeben. Ich will etwas bewirken, ich wiederhole es auch gern noch dreimal. Mir reicht es nicht, mit einer Trillerpfeife loszulaufen und einem kleinen Jungen zu sagen, dass er doch bitte nicht klauen soll. Ich finde, jeder sollte hier seinen Beitrag leisten, und ich möchte damit anfangen.«

Hinrich wurde rot und ging weiter.

»Ich versuche Ihnen zu helfen«, wurde sie von Lasse informiert. »Kein Grund, gleich die Krallen auszufahren.«

»Ich …«, wütend schnaubte Leni auf und stiefelte davon. Sie sah, wie ihre Mutter die Augen verdrehte und hörte sie zu Lasse von Hallberg sagen: »Meine Tochter hat ihren Gerechtigkeitssinn von meinem Mann geerbt. Auch er fackelte nie lange und sagte immer, was er dachte. Genauso ist sie auch. Nehmen Sie es ihr nicht übel. Was Leni tut, das tut sie mit Leib und Seele. Dass sie so aufbrausend ist, zeigt, wie wichtig ihr diese Sache ist.«

Lasse von Hallbergs Antwort konnte Leni nicht mehr hören, denn da war sie bereits um eine Ecke.

Die erste Morgenbesprechung war recht kurz, es gab wenige Punkte. In zwei Geschäften war nachts eingebrochen worden, drei Frauen waren von ihren Männern verprügelt worden, was natürlich keine Konsequenzen hatte, eine minderjährige Prostituierte wurde aufgegriffen und mit auf die Wache genommen, und dann hatte es wieder Ärger mit Freddy Großmann gegeben, bei dessen Vernehmung Leni an ihrem ersten Tag dabei gewesen war. Diesmal ging es um Zuhälterei und Erpressung.

Leni dachte an die beiden finsteren Männer, die ihr an ihrem ersten Abend nach Dienstschluss aufgelauert hatten. Ob einer von ihnen dieser Freddy gewesen war? Zum Glück war so was nicht wieder passiert, aber es war ja auch noch nicht lange her, und sie war auch nicht mehr allein unterwegs gewesen, und wenn, dann im Hellen.

Sie versuchte, die Drohungen der beiden zu vergessen. Es war nicht gut, sich ins Bockshorn jagen zu lassen.

»Wir hätten dann noch einen weiteren Punkt, Chef«, sagte Henning Aversen, als die einzelnen Sachen besprochen worden waren.

Jochen Herbst, der schon aufstehen wollte, sah auf. »Bitte?«

»Es geht um unsere Damen hier, also nicht Frau Harding und Frau Rudinger, um die nicht, aber die drei sogenannten Weiblichen Schutzpolizistinnen.«

»Was ist mit ihnen?«, fragte Herbst knapp.

Aversen stand nun auf und deutete auf Leni. »Eigentlich geht's nur um die da, die stiftet die anderen mit an. Erst ein paar Tage sind die da, und schon versuchen sie, hier alles zu ändern. Schleppen Huren mit ihren Kindern an und versuchen, alles an sich zu reißen. Wir haben hier in Ruhe und Frieden auf unserer Davidwache gelebt, und jetzt ist so ein Zirkus. Was die alles anders machen wollen. Ein Haus für die armen Frauen und Kinder und Jugendlichen. Das kann die ja von uns aus in ihrer Freizeit machen, aber was hat denn das hier mit uns auf der Wache zu tun?«

Nun stand auch Leni auf. »Was genau werfen Sie mir denn vor, Kollege Aversen? Dass ich das tue, wofür ich ausgebildet wurde? Nämlich mich um Kinder und Frauen zu kümmern?«

Leni sah den Kollegen mit festem Blick an.

»Sie handeln zu eigenmächtig. Das würde sich sonst keiner erlauben.«

»Wie schade«, meinte Leni. »Dabei sind hier doch nur gestandene Männer, denen man bestimmt zuhört, wenn sie gute Vorschläge zur Bekämpfung von Armut oder Kriminalität haben. Oder?«

Aversen wusste nicht, was er darauf antworten sollte.

»Ich finde, Sie sind hier an der falschen Stelle«, mischte sich nun ein anderer Kollege ein. »Kommen hierher, wirbeln alles auf, wollen hier alles anders machen und besser. Sie hätten Schreibkraft bleiben sollen, dafür waren Sie gut.«

»Hat sonst noch jemand was zu sagen?«, fragte Leni, und tatsächlich meldeten sich noch zwei Beamte, die gleicher Meinung waren.

»Wie schade«, sagte Leni wieder. »Ich dachte, ich bin hier von Männern umgeben, die wirklich zu ihrer Aufgabe stehen, die etwas verändern wollen. Das ist sehr traurig. Aber Sie haben sich in den Finger geschnitten, meine Herren, wenn Sie glauben, dass ich nur wegen einiger böser Worte den Dienst quittiere. Ich bleibe.« Für einen Moment dachte sie über Lasse von Hallbergs Worte nach und fügte hinzu. »Ich möchte keinesfalls gegen Sie alle arbeiten. Das ist und war nie meine Absicht. Doch ich habe Missstände gesehen, und ich sehe uns in der Aufgabe, diese zu beheben. Wer, wenn nicht die Polizei, sorgt sich um die, die es allein nicht schaffen? Ich würde mir wünschen, dass Sie verstehen, was mein Ziel ist, und mit mir gemeinsam an diesem Strang ziehen. Ihnen geht es auch um die verwundeten und versehrten Männer? Gut, machen Sie Vorschläge, wie wir nicht nur den Frauen und Kindern, sondern auch ihnen helfen können.«

Sie setzte sich wieder hin. Innerlich zitterte sie, und ihr war eiskalt, aber das musste ja niemand wissen. Von Hallberg schaute sie an und nickte kurz lächelnd.

Leni lächelte zurück.

Natürlich war es nicht angenehm, so brüskiert zu werden, aber wie so oft musste sie nur an ihren Vater denken und an das, was er zu ihr gesagt hätte. »Das machst du richtig«, oder »Ich bin stolz auf dich.« Ja, so hätte er das gesehen.

Jochen Herbst stand nach Beendigung der Sitzung auf, ohne sich in den Gesprächsverlauf eingemischt zu haben. Leni wusste nicht so recht, was sie davon halten sollte. War das gut oder schlecht? Stand er auf ihrer Seite, oder dachte er doch wie Aversen und die anderen?

Der Gedanke ließ Leni nicht los, und so fragte sie Elsa nach ihrer Meinung, als sie wenig später gemeinsam in ihren blauen Uniformen über die Reeperbahn gingen.

»Ich glaube, er wusste einfach nicht, für wen er Partei ergreifen sollte. Vielleicht muss er erst nochmal über alles nachdenken. Du, das tote Kind, das hätte doch wirklich nicht sein müssen«, wiederholte sie dann.

»Bitte, Elsa. Hör schon auf. Du kapierst offenbar gar nichts. Das tote Kind war doch nur ein Beweis dafür, dass Hilfe nötig ist. Komm mal mit.« Sie zog die Kollegin in eine Seitenstraße, in der frierend die Huren standen und auf Kundschaft warteten.

»So«, befahl sie mit Nachdruck. »Jetzt bleibst du einfach mal mit mir hier stehen und schaust sie dir an. Einige von ihnen sind schätzungsweise fünfzehn oder sechzehn. Ich habe die Mädels bislang nur in der Nachtschicht im Vorbeigehen gesehen, jetzt ist doch eine gute Gelegenheit, um mal mit ihnen zu sprechen.«

Ein paar Minuten standen sie einfach da und beobachteten die Damen, hin und wieder kam ein Mann vorbei und begann zu feilschen, eine von ihnen ging mit ihm fort.

»Wohin gehen sie denn jetzt?«, wollte Elsa wissen.

»Oh, in einen verschimmelten Keller oder in ein ausge-
bombtes Haus, wo das Mädel sich einen Schlafplatz ergattert
hat. Vielleicht wohnt sie ja auch mit Mutter und Geschwistern in einem Rattenloch und muss die Familie durchbrin-
gen.«

»Leni«, sagte Elsa entsetzt. »Das ist ja furchtbar.«

»Sicher ist es das.« Leni sah Elsa an und stemmte die Arme
in die Hüften. »Wo würdest du denn wohnen, wenn du nicht
bei Alice untergekommen wärst?«

»Ich hätte bestimmt was gefunden.«

»Ja, Elsa. Vielleicht. Aber viele Häuser sind ausgebombt
oder es gibt sie nicht mehr. Viele Menschen müssen auf der
Straße leben, weil es schlicht und ergreifend keine Wohnungen gibt. Ich hatte Glück mit meinem Haus in der Erichstraße,
das ich ein wenig herrichten werde, damit wohnungslose
Menschen dort wohnen können. Du bist übrigens herzlich
eingeladen, zu helfen.«

»Das mache ich sehr gern, Leni. Wirklich. Oh.« Plötzlich versteckte sie sich hinter Lenis Rücken, denn ein weiterer Mann war des Weges gekommen und blieb gerade bei einer blonden Dame stehen.

»Was ist denn? Kennst du den Mann?«, wollte Leni wissen.

»Nein, ich … bin bei Männern eher vorsichtig«, gab Elsa
zu, und Leni bermerkte mit Verwunderung das kurze Zögern
in ihrer Antwort. Sie bekam das Gefühl, dass mehr dahinter-
steckte, ging für den Moment aber nicht näher darauf ein.

»Damit bist du nicht allein, aber so kommst du hier auf
dem Kiez nicht weit. So, nun gehen wir mal zu den Frauen
hin. Du musst keine Angst haben. Die beißen schon nicht.
Ich finde es wichtig, dass wir die Kiezbewohner kennenlernen.
Was hast du denn während der letzten Tage gemacht, während

du mit den männlichen Kollegen unterwegs warst? Du hast ja noch gar nichts von unserem Revier gesehen.«

»Wir sind nur ein bisschen durch die Straßen gelaufen. Du hast recht, ja, das ist bestimmt wichtig, dass ich das hier richtig kennenlerne«, sagte Elsa, als sie auf die Mädchen zugingen; und die lächelten sie freundlich an.

»Guten Tag, ihr kennt uns noch nicht«, sagte Leni laut und deutlich. »Wir sind Helene Jacobsen und Elsa von Roth. Wir gehören zur Weiblichen Schutzpolizei, und Sie können sich jederzeit an uns wenden, wenn Ihnen etwas passiert ist oder Sie anderweitig Hilfe oder einen Rat brauchen.«

Eine Dunkelhaarige, die ihnen am nächsten stand, ergriff das Wort.

»Hab schon von euch gehört. Ich find es gut, dass es euch gibt«, sagte sie. Diese Reaktion hatte Leni nun schon häufiger erlebt. »Eure männlichen Kollegen haben sich nicht so richtig an uns rangetraut, hatten wir das Gefühl.«

»Bis auf einen, der wollte immer umsonst … na, ihr wisst schon«, meinte eine andere und lachte kehlig auf.

Leni und Elsa schauten sich an und konnten sich schon denken, wer damit gemeint sein konnte.

Nun kamen die anderen näher.

»Was meint ihr denn mit Hilfe?«, fragte eine junge Blonde.

»Ganz einfach. Wenn ihr Sorgen habt, krank seid, wenn euch von den Männern etwas angetan wurde, euch jemand droht, ihr bestohlen wurdet, dann könnt ihr euch an uns wenden, und wir geben das weiter und kümmern uns um euch.«

»Wirklich?« Das konnten die Frauen kaum glauben. »Manche Männer, die feilschen so lange rum, das kann man gar nicht glauben. Einige haben uns danach auch das Geld wieder abgeknöpft. Zweimal waren wir wegen so was auf der Da-

vidwache, aber die haben nur gelacht und uns wieder wegge-
schickt.«

»Ich hatte mal von einem Freier ein blaues Auge.« Nun erzählte eine andere kleine Blonde mit kurzem Bubikopf. »Tagelang hatte ich Angst, dass ich nie mehr sehen kann. Hat auch
keiner was gemacht. Ist ja unsere Schuld, wenn wir auf den
Strich gehen, heißt es.«

»Sag mal, Mädchen, wie alt bist du denn?« Leni fand, dass
die Kleine sehr jung aussah.

»Ich … also … nee, das sag ich nicht«, bekam sie zur Antwort, und das war Leni genug. Sie schätzte das junge Ding
auf höchstens fünfzehn. Ein Unding. Und da hieß es von den
Kollegen, sie solle lieber wieder als Schreibkraft arbeiten. Es
gab mehr als genug zu tun hier.

»Wo wohnst du denn?«, fragte sie dann. »Ich finde übrigens, wir sagen alle Du zueinander. Einverstanden? Ich bin
also Leni.«

Die kleine Blonde nickte. »Ilka.«

»Also, Ilka. Wohin gehst du, wenn deine Schicht hier vorbei ist?«, fragte Elsa nun freundlich.

»Mit Hanna und Pauline geh ich ins Chinesenviertel, da
haben wir zwei Matratzen hingeschleppt.«

»Aha. Und du?« Elsa sah eine Rothaarige an.

»Ich bin Anneliese. Ich wohne mit meiner Mama und
meinen beiden Schwestern auf der Uhlenhorst. Meine Mama
ist krank seit dem Krieg und meine Schwestern noch sehr
klein.«

»Dein Vater?«

Anneliese zuckte mit den Schultern. »Wissen wir nicht. Er
hat sich seit dem Kriegsbeginn nicht gemeldet.«

Die dunkelhaarige Irmgard ging gemeinsam mit ihrer etwas älteren Schwester Ingeborg anschaffen; die beiden hausten in einer der Nissenhütten.

»Es ist besser, den ganzen Tag hier zu stehen, da kriegt man den Gestank nicht mit«, erklärte Irmgard. »Da sind zu viele Leute in so ner Hütte. Wir versuchen, nur zum Schlafen hinzugehen.«

Jede junge Frau hatte ihre eigene Geschichte, und keine davon war schön.

»Wir möchten euch unglaublich gern helfen«, sagte Leni. »Natürlich können wir auch nicht die Gesetze ändern und nicht alles gänzlich umkrempeln, aber wir wollen für euch da sein und euch zuhören. Sagt uns mal, was ihr am meisten vermisst.«

Das war ein Fehler, denn nun fingen drei Mädchen an zu weinen, und Leni hätte sich ohrfeigen können.

»Ich vermisse meine Mutter«, sagte eine.

Eine andere vermisste ihre gesamte Familie, und die dritte, eine dunkelhaarige Schönheit, erzählte, dass ihre Eltern in einem Konzentrationslager ermordet worden waren.

»Ich wurde bei Verwandten in Hannover versteckt«, erzählte Nora. »Ein Onkel und eine Tante. Aber die haben mich nach dem Krieg zurück nach Hamburg geschickt. Sie hätten mich lange genug durchgefüttert, haben sie geschimpft. Dabei weiß ich, dass Mamska ihnen ihren gesamten Schmuck und viel Geld gegeben hat. Jetzt bin ich hier und habe niemanden mehr. Ich vermisse ehrlich gesagt am meisten einen Platz, wo man nach der Arbeit hier hingehen kann, wo es warm ist und wo es vielleicht ein wenig zu essen gibt, wo ich mich sicher und zu Hause fühlen kann und wo nette Menschen auf mich warten.«

Ein neuer Plan formte sich in Lenis Kopf, es war, als ob

Puzzlestücke sich aneinandersetzten. Jochen Herbst würde sie für diesen Vorschlag lynchen wollen, aber das nahm sie in Kauf.

»Wir kommen bald wieder vorbei«, sagte sie zu den Huren.

KAPITEL 24

Gegen Mittag zeigte sich auf dem kalten Kiez die Sonne, was sehr angenehm war. Möwen flogen umher und wirkten im Sonnenlicht wie Paradiesvögel, und dann, auf einmal, fing es an zu schneien. Der Schnee kam in dicken Flocken vom Himmel und blieb sogar liegen. Er begrub all die Trümmer unter sich, bedeckte all das Übel, die Zerstörung, die Verluste mit einer makellosen weißen Decke.

Sie schlenderten vorbei an den Bars und Striptease-Lokalen, aus denen Musik schallte, sie hielten einen kurzen Schwatz mit Schlachter Janzen und seiner Frau und mit der netten Magda von einer Bäckerei, tauschten den neuesten Tratsch aus, und Magda ließ es sich nicht nehmen, ihnen zwei Franzbrötchen zu schenken, die ganz hervorragend schmeckten, auch wenn der Zimtgeschmack noch fehlte. Aber man konnte nicht alles auf einmal haben.

Sogar die *Schwarze Katze* hatte schon geöffnet, und sie gingen auch hier hinein und schauten sich um. Alles schien ruhig zu sein, es war wenig los, und niemand schien krumme Geschäfte machen zu wollen, was Leni wunderte. Wieso kam ihr das so merkwürdig vor?

Sie grüßte den Ober an der Bar und führte Elsa in den hinteren Teil der Lokalität, wo es auch absolut still war.

»Hier ist es ja gruselig und sehr dunkel«, fand Elsa. »Ich möchte hier weg. Mir gefällt es hier gar nicht.«

Aber Leni ging weiter. »Gleich«, meinte sie und öffnete

eine Tür. Dahinter standen gestapelte Stühle und Tische, es schien sich um einen Abstellraum zu handeln.

Sie schloss die Tür und öffnete die nächste. Auch hier war nichts Besonderes zu finden.

Aber als sie hinter die dritte Tür sah, traute sie ihren Augen kaum. Auf einem Stuhl in der Mitte des Raumes saß ein Mann. Blut lief an seinem Hals entlang und färbte sein weißes Hemd rot. Erst im zweiten Moment erkannte Leni, dass man ihn an den Stuhl gefesselt hatte. Die Augen des Mannes waren weit aufgerissen, und er schien höllische Angst zu haben. Zu Recht, denn wie Leni und Elsa feststellten, stand ein zweiter Mann mit einem Messer in der Hand hinter ihm, das er dem anderen an die Kehle hielt; offenbar war er zu weitaus mehr bereit als dem kleinen, wohl nicht allzu tiefen Schnitt, der sich bisher über die Kehle des Gefesselten zog.

»Hilfe«, krächzte der. »Bitte helfen Sie mir.«

»Halt die Fresse.« Der andere drehte sich zu den beiden Frauen um. »Macht, dass ihr Land gewinnt. Das ist hier eine Sache unter Männern.«

»Das sehe ich durchaus anders«, sagte Leni ruhig. »Machen Sie den Mann los.«

»'nen Teufel werd ich tun, du dumme Gans. Scher dich fort.«

»Ich sag es noch einmal, machen Sie ihn los.«

»Und wenn nicht? Pustest du dann in dein kleines Pfeiflein und holst die starken Männer mit den Pistolen, während du selbst keine haben darfst? Macht, dass ihr rauskommt, sonst setzt es was.« Den letzten Satz brüllte er beinahe.

Zu Lenis Überraschung trat Elsa beherzt vor und kniete sich vor den Mann auf dem Stuhl. »Wie geht es Ihnen?«

»Ich hab Bammel, ich will hier weg. Der will mich umbringen«, stöhnte der blutende Kerl.

Der andere lachte auf. »Ist doch nur ein Kratzer. Der stellt sich an!«

Elsa begann, die Knoten zu lösen, während Leni den anderen Mann weiter fixierte.

»Warum sind Sie gefesselt?«, wollte Elsa wissen.

»Hab angeblich nicht genug für was bezahlt. Dabei stimmt das nicht. Ich zahl immer genug und pünktlich.«

»Du lügst ja, wenn du nur das Maul aufmachst. Püppchen, hör auf, an den Seilen rumzufummeln. Ich bin mit dem noch nicht fertig.«

Elsa stand auf. »Ich bin nicht Ihr Püppchen, also hören Sie auf, mich so zu nennen, sonst vergess ich mich, Sie Knallkopp.«

Leni war erstaunt. So hatte sie Elsa noch nie sprechen hören.

»Glaubste, ich hab Angst vor dir?« Der Typ kam näher, und Leni hoffte, dass Elsa ihn nun nicht weiter provozieren würde, denn der Mann war groß wie ein Berg und breit wie ein Schrank, seine Arme waren so dick wie Lenis Beine. Außerdem sah er so aus, als würde er nicht lange fackeln, wenn etwas nicht nach seiner Nase ging. Was hatte er schon zu verlieren?

»Komm, Elsa, wir gehen«, sagte Leni schnell, doch in diesem Moment packte der Mann Elsa bei den Schultern. Was dann geschah, hätte Leni sich in ihren kühnsten Gedanken nicht träumen lassen. Elsa drehte sich einmal um die eigene Achse, dann vollführte sie einige zackige Handbewegungen, hob ein Bein und trat dem Typen in die Weichteile. Als er bereits schmerzerfüllt aufjaulte, setzte sie mit einem gezielten Handkantenschlag nach und der Hühne ging zu Boden. Stöhnend zusammengekrümmt drückte er sich seine Hände in den Schritt.

»Verdammtes Weibsbild, verdroschen gehörst du«, keuchte

er. »Potzblitz, wo hast du das denn gelernt?«, wollte Leni beinahe entsetzt wissen.

»Ach, das hat mir mal ein guter Freund beigebracht«, meinte Elsa ruhig und besonnen. »Dann können wir Sie ja jetzt losbinden«, sagte sie dann zu dem Gefesselten, und der sagte gar nichts mehr.

»Möchten Sie Anzeige erstatten?«, fragte Elsa ihn, aber er schüttelte den Kopf, beinahe panisch.

»Um Himmels willen, nein. Aber danke, dass Sie mir geholfen haben.« Er stand auf. »Wirklich, danke. War sehr nett. Aber ich zeig den nicht an. Ich will ja weiterleben.«

»Wir können Kollegen rufen, die sich um die Sache kümmern.«

»Nee, da ist keine Sache«, sagte er abwehrend. »Ist alles in Ordnung, alles in Ordnung. Danke.«

Ihm war wohl nicht beizukommen. Er machte, dass er davonkam, und auch Elsa und Leni begaben sich wieder aus den Räumlichkeiten.

Draußen angekommen, blieb Leni sofort stehen. »Nun sag mir bitte, woher du so etwas kannst. Das ist doch Kampfsport gewesen, das hab ich mal in einem Zirkus gesehen. Das hast du nicht während unserer Ausbildung gelernt, da haben wir ja nur ein paar Griffe erklärt bekommen.«

»Ja, es ist Jiu-Jitsu«, sagte Elsa gleichmütig. »Das ist die älteste japanische Kampfsporttechnik. Man kann seinen Gegner damit kampfunfähig machen und entwaffnen, ohne ihn dabei ernsthaft zu verletzen.«

»Du hast dem da unten aber zwischen die Beine getreten«, erinnerte sich Leni. »Ich glaube, das hat ihn durchaus ein wenig verletzt.«

311

»Och«, sagte Elsa. »Das war kein Jiu-Jitsu. Mir war einfach danach. Irgendwie hatte ich das Gefühl, er hat's verdient.« Sie lächelte Leni an, und die schüttelte den Kopf. Stille Wasser waren eben doch tief, dachte sie.

Der weitere Verlauf ihrer Schicht war ruhig, und bis zur Nachmittagsbesprechung im Revier gab es keine weiteren Zwischenfälle.

Als sie von ihren Erlebnissen erzählten, war Aversen natürlich der Erste, der schon wieder was dazu beizutragen hatte.

»Na bravo«, meinte er. »Die sollen doch auf dem Kiez rumlaufen und nicht in der *Katze* rumturnen. Aber hier wird ja offenbar alles auf eigene Faust gehandhabt. Wenn dann mal was passiert, ist das Geschrei groß. Aber erst mal wird sich ja alles erlaubt.«

Jochen Herbst widersprach ihm diesmal nicht. »Warum haben Sie die Schwarze Katze denn überhaupt betreten?«, wollte er wissen.

»Nur so, es gab keinen bestimmten Grund«, sagte Leni. »Ich wollte Frau von Roth die Hinterzimmer zeigen.«

»Und irgendwann kriegen Sie die Kehle durchgeschnitten, weil Sie sich in die ganzen Sachen einmischen, die Sie rein gar nichts angehen«, giftete Aversen weiter. »Ehrlich, Chef, das geht zu weit.«

»Herr Aversen, es liegt zwar nicht in Ihrer Kompetenz, das zu beurteilen, dennoch muss ich Ihnen hier recht geben. Vergessen Sie bitte nicht, Frau Jacobsen, dass Sie hier nicht den Status einer Beamtin haben«, ließ Herbst Leni wissen. »Sie sind für die Frauen und Kinder zuständig, nicht für das, was in den Hinterzimmern jeglicher Etablissements geschieht. Ich will dies nicht ständig wiederholen. Sie müssen endlich lernen, sich daran zu halten!« Seine Stimme wurde mit jedem Satz lauter.

»Aber …«, begann Leni, doch Herbst hob die Hand und unterbrach sie bestimmt.

»Ich meine es ernst. Alleingänge in die Katze oder andere Hinterzimmer finden nicht statt, es sei denn, für Frauen oder Kinder besteht akute Gefahr. Dann holen Sie bitte mit Ihren Pfeifen männliche Hilfe, bevor Sie sich in Gefahr begeben.«

Männliche Hilfe, dachte Leni. Als könnten wir gar nichts, doch sie widersprach nicht weiter und schluckte ihre Entgegnung herunter. Für heute würden sie vorerst Feierabend machen und sehen, was ihre Begegnung in der Schwarzen Katze für Folgen haben würde.

Und schon am nächsten Tag war es so weit. Leni traf mit Elsa in der Talstraße auf den Übeltäter vom Vortag. Nervös packte Leni ihre Kollegin am Handgelenk, und schon wollten die beiden die Straßenseite wechseln, aber da kam er direkt auf sie zu. Dieser Konfrontation konnten sie jetzt nicht mehr entgehen.

»Tach.« Er blieb direkt vor ihnen stehen.

Leni sagte nichts, und Elsa lächelte ihn selbstbewusst an.

»Geht's besser?« Leni bewunderte ihre Freundin für ihre Direktheit.

»Jo. Wollte nur sagen, nix für ungut. Hab Respekt vor Damen, die mir in die Eier treten und mir zeigen, wo's langgeht. Find's gut, dass ihr euch hier einsetzt.« Er tippte an seine Schiebermütze und ging dann weiter.

Einen Moment sahen sich die Frauen sprachlos an, dann lachte Leni laut auf. »Bei dem hast du einen Stein im Brett«, musste Leni zugeben, und Elsa stimmte in ihr Lachen ein.

So konnte es also auch gehen.

»Es ging ganz schnell.« Ein paar Tage später saß Ömchen da mit dem weinenden Konrad auf dem Schoß, als Leni von der Arbeit nach Hause kam.

Leni zog rasch ihre Jacke aus und setzte sich neben Ömchen auf das Sofa. Sie streichelte Konrad übers Haar.

»Na, mein Schatz«, sagte sie. »Magst du mal zu mir kommen, ich möchte dir was erzählen.«

Konrad nickte und breitete seine mageren Ärmchen nach ihr aus. Schluchzend ließ er sich von Leni auf deren Schoß ziehen und vergrub sein Gesicht in ihrer Halsbeuge.

»Weißt du, Konrad, die Mami, die ist jetzt ein Engel«, flüsterte Leni leise. »Sie ist jetzt ganz da oben im Himmel und fliegt herum. Mit goldenen Flügeln und einem ganz langen, weißen Kleid. Im Himmel sind ganz viele andere Engel, die mit deiner Mama herumfliegen.«

Konrad schaute sie an. »Warum kann die Mama denn nicht hier mit mir herumfliegen?«, fragte er dann traurig.

»Sie wird immer bei dir sein, wenn du nicht aufhörst, an sie zu denken. Sie ist dort oben in den Wolken und sieht auf dich herab und beschützt dich. Sie wird immer auf dich achtgeben. Und sie wird sehen, dass es dir gut geht. Sie ist jetzt bei deiner kleinen Schwester Käthe, die hat sie dringender gebraucht als du. Denn du bist ein großer, starker Junge.«

»Nur ich noch nicht. Ich will auch ein Engel sein«, schluchzte Konrad.

»Das wirst du auch«, versprach Leni ihm und strich ihm über die tränennasse Wange. »Aber das hat noch ganz viel Zeit. Erst einmal musst du hier unten auf der Erde Abenteuer erleben und die Welt entdecken.«

»Kann ich denn Mama und Katharina mal winken?«, fragte er verzagt.

»Na sicher.« Leni stand mit ihm auf und ging zu einem Fenster und öffnete die gesprungene Scheibe weit.

»Siehst du, der Himmel ist voller Wolken. Da sitzen die beiden jetzt und sehen uns zu. Wink nur.«

Konrad hob eine Hand und winkte in den Himmel, dann hob er auch die andere Hand und winkte und winkte.

Eine Wolke zog langsam weiter.

»Ich glaub, sie haben zurückgewunken«, sagte Konrad froh.

Leni mochte es gar nicht glauben, dass Konrads Mutter tot war. Fast hatte es so ausgesehen, als sei Sigrid auf dem Wege der Besserung, dann hatte ihr Zustand sich rapide verschlechtert, und seit gestern Abend war sie nur noch ein Schatten ihrer selbst und nicht mehr ansprechbar gewesen und schließlich eingeschlafen, ohne noch einmal das Bewusstsein erlangt zu haben.

»Wie leid mir das tut. Aber wie gut, dass wir Konrad ein wenig beruhigen konnten.« Leni hatte Konrad zu den anderen Kindern in die Küche gebracht und saß nun wieder bei ihrer Oma.

»Wo ist sie denn nun?«, fragte sie Ömchen.

»Sie wurde schon abgeholt. Von welchen von der Stadt. Ich weiß nicht, welchen Bestatter es noch gibt, also hab ich Lotti losgeschickt zum Rathaus, um da zu fragen. Das geht im Moment ganz ohne Bürokratie, man hat einfach nicht genügend Menschen.«

Da kam James in die Küche.

»Hello ladies«, sagte er. »How are you? Isch hab chewing gums und cookies für oisch. Hello Ömmschen, für disch isch hab wieder Lucky Strike and butter. Oh, warum ihr seid traurisch?«

»Konrad's mother is death«, sagte Leni leise zu James. »But thank you very much, for the sweets.«

»Oh my goodness, that's so sad. This cute little boy, I have chocolate for him.« James eilte in die Küche, um Konrad und die anderen Kinder dort zu versorgen, dann kam er zurück. »He had sisch gefroit«, sagte er. »Nuss-chocolate is wundervoll.«

»Ach James, du bist und bleibst ein guter Mensch«, sagte Leni froh und strich ihm über den Arm. »Was würden wir bloß ohne dich machen!«

»Och«, machte James. »Isch bin gern lieb. Ihr seid auch so lovely.«

»Bleibst du zum Essen?«, fragte Ömchen, doch er schüttelte bedauernd den Kopf. »Hab isch Dienst. Wollte nur kurz hello sagen und chocolate bringen. Und Lucky Strike für disch.«

Ömchen lächelte ihm zu, und James empfahl sich.

»Was wird nun mit Konrad?«, fragte Leni, als James gegangen und sie wieder mit ihrer Oma allein war.

»Ist das wirklich eine Frage?«, wollte Ömchen wissen. »Wenn es eine sein sollte, dann hast du hier die Antwort: Er bleibt natürlich bei uns. Ich könnte nicht mehr ruhig schlafen, wenn wir ihn in ein Heim geben würden. Nein, ich werde mich um alles kümmern, was da in die Wege geleitet werden muss. Konrad gehört jetzt zu uns.«

Leni lächelte. Sie hatte nichts anderes erwartet.

»Konrad bleibt natürlich bei uns«, ließ Ömchen später auch alle anderen wissen. »Wir können das Kind nicht in die Fürsorge geben, das würde mir das Herz brechen, und mein Gewissen wäre bis ans Ende meiner Tage schlecht. Also ist das beschlossen und verkündet.«

Margot verdrehte die Augen. »Du hast uns noch nicht mal gefragt, Mutti. Aber gut. Er bleibt. Ich mag ihn auch nicht weggeben.«

»Es fragt ja auch keiner nach ihm«, sagte Lotti.

»Einen mehr kriegt man immer satt«, schloss Ömchen, und somit war die Angelegenheit erledigt.

Schon wenige Tage später begannen die Arbeiten am Haus in der Erichstraße. Jochen Herbst hatte sie kurz nach seiner letzten Standpauke damit überrascht, dass er verkündet hatte, tatsächlich einige offizielle Mittel zu bekommen, worüber sich Leni sehr gefreut hatte. Er hatte ihr »Ich hätte mehr von Ihnen erwartet« wohl nicht auf sich sitzen lassen wollen. Nach dieser Nachricht wollte sie so schnell wie möglich loslegen.

Rike Schümann ließ ihr bei der Umsetzung freie Hand und mobilisierte Handwerker, starke Männer, arbeitswillige Frauen aus ihrem großen Bekanntenkreis und der Nachbarschaft.

Zusammen mit Alice und Elsa, Lenis Mutter, Lotti, Rike und Ömchen erstellte sie einen Wohnungsplan. Sie wollten, dass dieses Haus eine Unterkunft für alle Frauen und Kinder werden sollte, die nicht wussten, wohin sie gehen konnten, wenn sie ein Dach über dem Kopf, ein weiches Bett oder auch nur eine warme Mahlzeit brauchten. Den Frauen sollte außerdem geholfen werden, eine dauerhafte Bleibe zu finden.

»Also eine Art Obdachlosenasyl«, sagte Rike. »Aber wie ich dieses Wort hasse. Nennen wir es doch Zwischenwohnung.«

Leni nickte begeistert. »Das passt perfekt. Jede Frau und jedes Kind soll die Möglichkeit haben, hier Unterschlupf zu finden«, bestätigte Leni. »Aber eben nicht auf Dauer, da müssen dann andere Lösungen gefunden werden.«

»Wir sollten eine zentrale Küche einrichten, in der viel Platz zum Sitzen ist, in der wir immer heizen und in der täglich warme Mahlzeiten zubereitet werden können. So gibt es einen Raum, in dem alle zusammenkommen können«, schlug Margot vor.

»Mutti, das ist eine ganz wundervolle Idee. So können wir die anderen Küchen in den Etagen noch als zusätzliche Gästezimmer verwenden«, freute sich Leni.

»Ich werde kochen«, verkündete Ömchen. »James wird uns großzügig versorgen, und ich muss nicht mehr in der kleinen Waschküche stehen, in der ich kaum Platz habe, um meine Karotten zu schälen. Sicherlich kann James mit seinem Wagen auch einen Topf mit Essen für unsere Barmbeker Kinder von hier zu uns nach Hause transportieren, dann müssen wir das nicht mit dem Fahrradanhänger machen.«

Jetzt schaltete sich erneut Rike ein. »Ich würde vorschlagen, dass wir dafür die große Küche im Untergeschoss nehmen. Vielleicht können wir sie sogar noch etwas vergrößern, indem wir eine Wand entfernen, schließlich müssen alle Platz zum Essen haben.«

Voller Tatendrang legten sie los.

Natürlich würde es nicht möglich sein, die Wohnungen selbst richtig und umfangreich zu renovieren und das Haus wieder zu seinem ehemaligen Glanz zu bringen, dafür fehlten Zeit und Geld. Aber sie würden ihr Bestes tun, um es so wohnlich und gemütlich zu machen wie nur möglich.

Die Fenster wurden notdürftig gerichtet und mit Stoffresten oder wenn nötig auch mit Brettern abgedichtet, um Wind, Kälte und Regen draußen zu halten. Für die Schlafzimmer wurden aus den Ruinen rund um die Reeperbahn noch intakte Möbel und alte Bretter zusammengesucht, aus denen

Betten und Regale zusammengezimmert wurden. Gemeinsam schafften sie es sogar, etliche Matratzen und Decken zu finden und alle Räume auszustatten.

Eine Kusine von Rike war handwerklich sehr begabt und hatte mit ihren Freundinnen einen großen Tisch aus Sperrholz zusammengezimmert. Von überallher wurden Stühle geholt und um den Tisch gestellt. Sie fanden in einigen Schränken, die noch im Haus vorhanden waren, sogar etwas Geschirr. Einige Helfer brachten mit, was sie selbst zu Hause nicht mehr brauchten.

Leni lief wie besessen herum und sammelte alles zusammen, was sie finden konnte. Kein durchlöcherter Schal war ihr zu schäbig, kein Rock zu hässlich, keine Tasse zu gesprungen. Auch Alice und Elsa halfen mit, wo sie konnten, wobei eine von ihnen meistens bei Willi und den Kindern bleiben musste. Manchmal jedoch sprang eine Nachbarin ein.

»Ihr seid ja meschugge, wir brauchen die Sachen doch selbst alle«, hörten die drei oft, wenn sie unterwegs waren, oder »Was schert es mich, ich kenn die Leute ja nicht.«

Aber es kamen auch wohlwollende Äußerungen. »Wer Gutes tut, dem wird auch Gutes widerfahren«, sagte eine ältere Frau und stiftete ihr ganzes verbliebenes Ess-Service, das sie und ihr gefallener Mann zur Hochzeit bekommen hatten. Leni hatte die Frau spontan an sich gedrückt.

Auf den Dachböden verlassener Häuser wurden sie hin und wieder auch fündig. Sie nahmen alles mit, was sie gebrauchen konnten. Wer die Sachen jetzt noch nicht geholt hatte, der vermisste sie auch nicht mehr.

So entstand ein kunterbuntes Durcheinander an Tellern und Tassen, Platten und Gläsern.

Lotti, Leni, Elsa und Alice erstellten außerdem Hausdienstpläne. Denn immer sollte eine von ihnen anwesend sein. Um Streitereien zwischen den Bewohnerinnen zu vermeiden, aber natürlich auch, um Fragen zu beantworten, um bei der Wohnungs- und Arbeitssuche zu helfen oder einfach nur, um da zu sein, Wärme zu geben und ein offenes Ohr für alle möglichen Probleme zu haben.

Einige Wochen später, im Januar, wurde es so richtig kalt, und Hamburg wurde immer wieder von großen Schneestürmen heimgesucht. Das Haus in der Erichstraße war so gut wie fertig. Bei jeder Streife sprach Leni jetzt die Menschen an und informierte sie darüber, wo sie bald hingehen konnten, wenn sie Unterschlupf suchten. Ein paar waren schon zu früh gewesen und mussten unverrichteter Dinge wieder gehen, aber nun war der große Tag endlich da.

An diesem Sonnabend hatten sich alle vier jungen Frauen tagsüber freigenommen, weil sie unbedingt die Ankünfte der Menschen mitbekommen wollten.

Sie standen in der großen Küche, die über einen alten, großen Herd verfügte, der eine angenehme Wärme verströmte. Ömchens Eintopf köchelte köstlich duftend vor sich hin und wartete darauf, hungrige Mäuler zu stopfen.

Leni war hochzufrieden und stolz auf sich und ihre neuen Freundinnen. Gemeinsam hatten sie angepackt und etwas Großartiges geschaffen. Das hatte es noch nicht gegeben.

Und dann öffnete sich die Tür, und zusammen mit einem Schwall kalter Luft und wirbelnden Schneeflocken trat vorsichtig die erste Frau in die Küche, einen kleinen Jungen an der Hand. Doch ihr blieb nicht viel Zeit, sich lange umzusehen, denn schon drängten die Nächsten herein und schoben sie weiter in den Raum.

Da war die junge Frau Walther mit ihren drei Buben. Der Mann in Gefangenschaft, sie selbst hatte gebettelt, und keiner von ihnen hatte Schuhe oder einen Schal gehabt. Nun trugen sie Lederschuhe, die einer der britischen Schuhmacher für sie angefertigt hatte.

»Herzlich willkommen!«, rief Alice und nahm einer der Frauen einen Koffer ab, der mit einem Seil zusammengehalten wurde. »Kommt alle herein. Es wartet schon eine heiße Suppe auf euch. Und wir haben auch Spielsachen für die Kinder.«

Es wurde ein wunderbarer Tag.

Die Frauen und Kinder aßen und tranken, schauten sich die Unterkunft an, und manche fingen vor Dankbarkeit und Erleichterung an zu weinen.

Leni, Alice und Elsa hatten versucht, so viel Privatraum wie möglich zu schaffen. Mütter mit kleinen Kindern bekamen ein größeres Zimmer zugeteilt, die, die allein waren, mussten sich zusammentun und mit mehreren eines teilen, und wer mehr Kinder hatte, bekam auch mehr Platz. Hier kam es den Frauen zupass, dass die Zimmer Verbindungstüren hatten. So konnte man einen Raum zum Wohn- und den anderen zum Schlafraum umfunktionieren. Leni hatte in jeder freien Minute für »das Haus« gearbeitet, und nun waren sie tatsächlich fürs Erste fertig. In manchen der Öfen brannte ein Feuer, und Ömchen war wieder mal in ihrem Element. Seit Tagen war sie am Kochen und Backen, was das Zeug hielt, und sie würde auch erst einmal hier die Versorgung organisieren.

»Ich bin sehr stolz auf dich«, sagte Ömchen in einer freien Sekunde zu ihrer Enkelin.

»Und ich auf mich und auf dich, auf uns alle«, gab Leni freudig zurück. »Wir haben da etwas sehr Gutes auf die Beine gestellt. Ich glaube, unsere Männer da oben im Himmel, die gucken jetzt runter und freuen sich mit uns.«

»Ganz bestimmt.« Ömchen wischte schnell eine Träne weg.

»So, dann mal weiter. Wer hat noch kein Brot?«

»Leni.« Eine der neu angekommenen Frauen zupfte Leni am Ärmel. Man war übereingekommen, hier Du zueinander zu sagen.

»Ja bitte?« Sie drehte sich um. Da stand ein Mädchen, das sie vorher nur kurz gesehen hatte. Sie hatte sich auch gewundert, warum es ganz allein war.

Die Kleine war elf oder zwölf, keinesfalls älter, hatte schwarzes Haar, und sie sah Leni aus großen grauen Augen an. Sie trug nichts weiter als ein viel zu kleines, zerschlissenes Sommerkleid und hatte eine Spange aus glitzerndem Simili im Haar, was überhaupt nicht zu ihrem ärmlichen Äußeren passte.

»Ich weiß nicht, wohin ich soll«, wisperte die Kleine. »Ich … hab niemanden, ich bin vorhin einfach mit den anderen Frauen mitgegangen.«

»Wo sind deine Eltern?«

»Die waren plötzlich weg, als ich unten zum Spielen war, ich weiß nicht mehr genau.«

»Wann war das?«

»Da war ich fünf«, erklärte das Mädchen, und Leni wurde fast schlecht. »Jetzt bin ich elf.«

»Seitdem bist du allein?«

»Ja.« Das Mädchen sagte das schlicht und ohne Bitterkeit.

»Du meine Güte. Wie hast du denn den Krieg überstanden? Und wie heißt du überhaupt?«

»Ich heiße Ava«, sagte sie, und nun war Leni alles klar.

»Du bist Jüdin.«

Ava nickte. »Ja. Ich habe niemanden«, wiederholte sie mit dunkler Stimme.

»Also Ava, jetzt hast du jemanden, und zwar uns. Wir schauen mal, bei welcher Mutter und welchen Kindern wir dich unterbringen können. Hier musst du nicht mehr allein sein. Aber sag mir, wo hast du denn sechs Jahre lang unbemerkt leben können?«

Ava sah sie an. »Unter der Stadt, in den Kanälen.«

Lenis Herz setzte aus. Was für eine schreckliche Vorstellung!

Sie nahm Ava an die Hand und drückte sie fest, so als hätte sie Angst, wieder loszulassen.

Dieses arme Mädchen!

KAPITEL 25

»Ja, das wäre es. Wir sind alle sehr froh, dass wir helfen können«, beendete Leni ihre Berichterstattung auf der Davidwache. »Wer mithelfen möchte, kann das sehr gern tun, wir freuen uns über jede Hand, die zupackt.«

»Was gibt es denn da zu tun?«, fragte Lasse von Hallberg.

»Von Kochen über Waschen, Kohlen und anderes Brennmaterial besorgen und schleppen, Lebensmittel organisieren. Die Briten sind uns wohlgesonnen«, sagte Leni. »Die geben, was sie können, aber mehr geht immer.«

»Und Ihre Frau Schwester, die sagt dann auf ihre Art danke, oder was?«, fragte Aversen, und alle bis auf Lasse von Hallberg und Jochen Herbst lachten.

»Ach, da fällt mir ein, Herr Kollege Aversen, dass ich noch gar nicht von unserem gemeinsamen Ausflug in dieses Etablissement berichtet habe«, sagte Leni nun wie beiläufig. »In *Amors Lustgarten*. Der Kollege wollte uns zeigen, wie ein Liebesakt auf der Bühne aussieht, und wollte sogar mitwirken, leider aber ist es ja so, dass tote Vögel nicht fliegen. Ach, was red ich. Vögelchen. Nicht wahr, Herr Aversen?«

Der war bleich geworden. Ach, dachte Leni. Hab ich da einen wunden Punkt getroffen?

Nun lachten die Kollegen johlend auf.

»Das ist so gar nicht gewesen, ich wollte den beiden Neuen nur zeigen, wie es auf dem Kiez zugeht«, knurrte Aversen wütend.

Jochen Herbst stand auf. »Sie waren mit den beiden Kolleginnen im Bordell? Ohne Not?«

»Ja klar, die müssen doch wissen, wie es läuft.«

»Das ist ungeheuerlich«, regte Jochen Herbst sich auf. »Langsam habe ich die Faxen dicke mit Ihnen, Aversen. Davon mal abgesehen, dass Sie immer miesepetrig sind und nie was wirklich Gutes, Nützliches beizutragen haben, haben Sie auch keinen Funken Ehre im Leib. Sie machen jetzt erst mal sechs Wochen Innendienst. Im Archiv.«

Er setzte sich wieder, und Aversens Mund stand offen. Dann sah er böse zu Leni hinüber, die weder lächelte noch eine andere Gefühlsregung zeigte. Aber innerlich jubilierte sie, auch wenn sie vermutete, dass der Kollege es nicht dabei belassen und sich auf irgendeine Weise bei ihr rächen würde.

»Ich melde mich hiermit zum Freiwilligendienst an der Front«, ließ Lasse von Hallberg Leni nach der Besprechung auf dem Flur wissen. »Wir können auf meinen Dienstplan schauen und dann die Einteilung machen.«

»Nur zu gern«, sagte Leni froh. »Das ist mal was. Einer, der nicht nur rumredet, sondern auch was tut. Vielen Dank, Herr von Hallberg.«

»Darf ich Ihnen was sagen, Frau Jacobsen?«

»Natürlich, gern.« Erwartungsvoll sah sie ihn an.

»Seitdem Sie sich derart für die Frauen auf der Straße engagieren und damit Erfolg haben, haben Sie einen anderen Gesichtsausdruck. Sie wirken gelöster, fröhlicher, nicht mehr so in sich gekehrt. Das Lächeln steht Ihnen sehr gut.« Er errötete leicht. »Das wollte ich nur loswerden. Lassen Sie uns mal zu Ihrer Frau Mutter gehen, die ist auch für die Dienstpläne zuständig.«

Eine Viertelstunde später verließen sie Lenis ehemaliges Büro, in dem nun Frau Rudinger und Lenis Mutter saßen, und es stand fest, dass Lasse schon am nächsten Tag helfen konnte, weil er frei hatte, den Tag darauf ebenfalls. Wie sich herausstellte, hatte auch Leni keinen Dienst.

»Das heißt, dass wir zusammen in dem Haus sind?«, fragte er, und sie nickte.

»Das ist schön.«

Leni sah ihn an. »Ja, das finde ich auch. Wir werden sicher gut zusammenarbeiten.«

Er lächelte. »Davon bin ich überzeugt«, sagte er dann. »Das ist dann das erste Mal, dass ich eine Frau als Vorgesetzte habe. Mal sehen, wie ich damit zurechtkomme.«

»Oh, ich bin sicher, Sie werden das mit Bravour meistern«, gab Leni zurück und lachte. »Sie werden feststellen, dass Frauen sogar oft die besseren Chefs sind.«

»Ich bin gespannt«, sagte Lasse, während sie den Flur entlanggingen.

»Sie haben eine sehr nette Mutter«, meinte Lasse. »Sie hat Sie zu einem guten Menschen erzogen. Ihr Vater sicher auch.«

»Oh ja, das stimmt. Meine Eltern haben fast nie mit mir und meiner Schwester geschrien, sondern alles mit weisen Worten geregelt. Nur einmal hat meine Mutter gebrüllt, weil ich drauf und dran war, eine Kasserolle mit kochend heißer Milch auf meine kleine Schwester zu schütten. Aber sonst nicht. Wir haben viel geredet, sie haben uns eine Menge erklärt und uns keine Kopfnüsse gegeben, wenn wir nicht gespurt haben. Meine Eltern haben sich Zeit für uns genommen.«

»Mit einem guten Resultat.« Er blieb stehen. »So, ich muss dann mal wieder. Also sehen wir uns morgen?«

»Ja, morgen«, sagte Leni und freute sich immer mehr.

»Look, what I have!«, rief James, nachdem er das Haus betreten hatte. »For the ladies.« Er stellte einen Karton ab, und Leni und Lasse kamen neugierig angetrabt, um zu sehen, was er ihnen brachte.

»Das ist ja wunderbar.« Leni hatte die Kiste geöffnet und mehrere kleine Päckchen herausgeholt. »Kondome. James hat uns Kondome mitgebracht.« Sie legte die *Fromms Kondome* im Dreierpack auf einen Tisch. Das war herrlich!

»Ich hätte niemals gedacht, dass ich mich einmal so über eine Ladung Kondome freuen würde«, sagte sie und lachte in die Runde, und James, Lasse, Elsa und einige der Frauen lachten mit.

»Um euch zu schützen, solltet ihr auf die Benutzung eines Kondoms bestehen«, sagte Elsa zu den anwesenden Frauen. »Auf keinen Fall darf es mehrfach benutzt werden, dann kann es sein, dass der Schutz, egal ob vor Krankheiten oder einer Schwangerschaft, für die Katz ist. Denkt immer daran.«

Die Damen des horizontalen Gewerbes nickten ernst und nahmen jede einige Päckchen entgegen. Leni würde in Zukunft auch einige mit zum Dienst nehmen und an die anderen Frauen verteilen.

»Guten Tag«, sagte da eine männliche Stimme, und alle drehten sich um.

In der Tür stand ein hochgewachsener Mann mit silbernem Haar und einer ledernen Arzttasche in einer Hand.

»Ja bitte?«, sagte Leni.

»Mein Name ist Günther Walsdorf«, stellte sich der Mann mit dunkler, sympathischer Stimme vor. »Doktor Günther Walsdorf. Ich bin Arzt für Frauenheilkunde, und ich habe gehört, dass hier Hilfe gebraucht wird.«

»Oh, das ist aber schön«, freute sich Elsa. »Wir sind nämlich auf der Suche nach einem Frauenarzt.«

»Ja, genau das hat Jochen auch gesagt«, sagte Dr. Walsdorf. »Also hab ich mich auf den Weg gemacht. Hier bin ich.«

Leni war etwas überrumpelt. »Sie meinen, Herr Herbst hat Sie geschickt?«, fragte sie ungläubig. »Das ist aber sehr nett von ihm. Setzen Sie sich doch bitte. Möchten Sie ein Glas Wasser?«

»Nein, ich bin wegen der kranken Frauen hier«, meinte der Arzt ruhig. »Ich möchte helfen, aber ich habe viel zu tun. Ärzte sind gefragt. Deswegen wäre es mir lieb, wenn wir direkt loslegen könnten. Können Sie mir ein Zimmer zur Verfügung stellen, in dem es so etwas wie einen hohen Tisch gibt?«

»Äh, ja, der Küchentisch, der wäre glaub ich richtig«, beeilte sich Leni zu sagen. »Himmel, ist das wunderbar, dass Sie hier sind.« Noch immer konnte sie es nicht recht glauben, dass ihr Vorgesetzter sich für sie und die Frauen starkgemacht hatte. In Gedanken vergoldete sie Jochen Herbst. Der hatte das Herz doch auf dem rechten Fleck.

»Sind denn alle infizierten Damen hier?«, fragte er dann in die Runde.

»Nicht alle, aber einige.«

»Nun, bevor ich mit der Untersuchung beginne, möchte ich allgemein etwas zur Benutzung von Kondomen sagen. Denn wie ich sehe, sind Sie hier versorgt. Wenn Sie bitte alle näher kommen wollen.«

Neugierig traten die Damen heran.

»Wer von Ihnen hat schon einmal ein Kondom benutzt?« Lediglich zwei Frauen hoben die Hand.

»Das dachte ich mir.« Doktor Walsdorf nahm ein Kondompäckchen in die Hand.

»Es handelt sich hierbei um ein Kondom von Julius Fromm. Eine sehr gute Qualität. Ich erkläre Ihnen nun die Benutzung desselben. Sie müssen die Siegelfolie vorsichtig an der gekennzeichneten Stelle öffnen, also hier.« Er hielt das Päckchen hoch und deutete auf eine leichte Einkerbung. »Denn so kann die Siegelfolie sauber aufgerissen werden, ohne dass das Kondom beschädigt wird. Es ist anzuraten, keine Gegenstände mit scharfen Kanten und keine spitzen Fingernägel zum Öffnen zu verwenden, auch keine Nadeln oder Schmuck. Kondome sind nur dann frisch und somit lange haltbar, wenn das Siegelbriefchen nicht geöffnet oder beschädigt ist. An der Luft werden sie spröde, können dann bei Benutzung reißen und bilden somit logischerweise keinen Schutz mehr.« Er schaute die Frauen an, die interessiert nickten.

»Gut. Das Reservoir – dieser kleine Zipfel hier vorne – wird mit Daumen und Zeigefinger festgehalten, dass dort kein Luftpolster entsteht. Dann wird die Vorhaut am Glied des Mannes zurückgeschoben und das Kondom vom Reservoir her vollständig über den steifen Penis gerollt, bevor es zur ersten Berührung zwischen Penis und Vagina kommt. Lässt sich das Kondom nicht leicht abrollen, ist die Abrollrichtung falsch. Dann gilt: das Kondom nicht einfach umdrehen und erneut aufsetzen, denn nun war die Außenseite bereits in Kontakt mit dem Glied des Mannes. Es besteht die Gefahr des vorzeitigen Spermakontakts und natürlich der Übertragung der Krankheiten, wenn diese bereits berührte Seite anschließend in Kontakt mit den weiblichen Geschlechtsteilen kommt. Es muss also ein neues verwendet werden, wenn der Schutz gewahrt bleiben soll. Überprüfen sie am besten bereits vorher die Abrollrichtung, um nicht zu viele der wertvollen kleinen Dinger zu verschwenden! Nach dem Verkehr muss der Penis vor der Erschlaffung aus der Vagina entfernt werden. Ganz wichtig ist, das Kondom am Penisansatz festzuhalten, denn sonst besteht die Gefahr, dass es abrutscht. Haben wir hier einen dickeren Stock, eine Gurke oder Ähnliches?«

Elsa rannte in die Küche und kam mit einem Stößel wieder.

»Wunderbar, danke«, sagte Doktor Walsdorf ernst. »Nun wollen wir einmal ein wenig üben. Wie ich sehe, sind viele Kondome vorhanden, einige wenige davon können wir wohl entbehren und Ihnen den sicheren Umgang damit erklären.«

Die kommende Stunde verbrachte man damit, die Kondome über den Stößel zu ziehen und abzurollen, was mit viel Giggeln und Lachen vonstattenging. Für die Übung rollten sie einige der benutzten Kondome mehrmals wieder auf, um die Ressourcen zu schonen, begleitet von dem abermaligen Hinweis, dies niemals in der Realität und im tatsächlichen Gebrauch zu tun.

»Gut«, verkündete der Doktor schließlich wieder mit ernstem Gesicht, und Leni fragte sich, ob der Mann auch lächeln konnte. »Nun führe ich die Gespräche mit den einzelnen erkrankten Frauen. Ich bräuchte saubere Laken und genügend Licht. Hat die Küche Fenster?«

»Ja, hat sie.« Elsa nickte.

Er nahm seine Tasche und verließ den Raum. Alle sahen ihm hinterher.

»Wo hat man den denn aufgetrieben?«, fragte Yvonne, die Hure, die Leni an ihrem ersten Tag kennengelernt hatte.

»Das war mein Chef. Er hat seine Kontakte spielen lassen«, sagte Leni amüsiert. »Ich muss mich unbedingt bei ihm dafür bedanken, dass er uns allen Kondomunterricht hat erteilen lassen.«

Später am Tag verabschiedete sich der Arzt, und Leni bat ihn, recht bald wieder vorbeizuschauen.

»Ich will Ihre Hilfsbereitschaft nicht überstrapazieren, aber meinen Sie, Sie könnten regelmäßig herkommen und eine Art Sprechstunde hier stattfinden lassen? Vielleicht alle zwei Wochen oder einmal im Monat?«

Doktor Walsdorf nickte ernst. »Das lässt sich einrichten. Ich komme dann heute in zwei Wochen wieder. Immer für drei Stunden. Sie können diese Zeiten an die Damen weitergeben.«

»Sie sind ein Engel«, sagte Leni, und tatsächlich zeigte sich da der Anflug eines Lächelns im Gesicht des Doktors.

»Dann hat Doktor Walsdorf tatsächlich auch noch die passenden Medikamente für den, wie man so schön sagt, Tripper dabeigehabt. Gott weiß, wo er das herhatte. Aber mir soll's recht sein, Hauptsache, die Mädels und Frauen werden wieder gesund.«

Sie saßen alle beim Abendessen, als Leni erzählte. Die Kinder lagen bereits in ihren Betten. Konrad hatten sie als einen von ihnen aufgenommen, ohne lange darüber nachzudenken. Wie einfach es doch war, ein Kind zu sein.

Ömchen nickte. »Scheint doch ein guter Kerl zu sein, dein Herr Herbst.«

»Dass er sogar einen Frauenarzt kennt«, meinte Leni. »Das ist schon groß. Oder, Mutti, sag mal? Du kommst doch auch gut mit ihm zurecht, oder?«

»Ja, natürlich«, kam es wie aus der Pistole geschossen. »Er ist wirklich nett, und er bedankt sich immer, wenn man eine Arbeit für ihn erledigt hat. Es ist sowieso nett auf der Wache. Ich komme mit allen gut zurecht.«

Leni schaute die Mutter prüfend an, und die bemerkte das und errötete leicht.

»Mutti«, sagte Leni forschend. »Wie nett findest du denn Jochen Herbst?«

Margot sah ihre Tochter an. »Was ist denn das für eine Frage, Leni?«

»Eine neugierige.«

»Ich finde ihn äußerst nett und zuvorkommend. Letztens hat er Hanne und mir sogar zwei kleine Pflanzen für die Fensterbank mitgebracht. Sehr charmant.«

»Das ist aber schön, Mutti.«

»Ja, nicht wahr. Und der gute Doktor Walsdorf hat also die Damen behandelt?«

»Ja. Und sie nutzen jetzt alle Kondome – zumindest haben sie das vor. Ich bin gespannt, wie gut sie es umsetzen werden. James ist wirklich ein Goldschatz, er bringt das Richtige zur richtigen Zeit.«

»Ach, apropos James«, meinte Ömchen. »Er kommt morgen Vormittag, während ich in der Waschküche koche und die Kinder in der Schule sind. Er muss hier mit einem Freund einiges besprechen.«

Leni ließ ihr Messer sinken. »Ömchen, das ist aber nicht abgesprochen. Du weißt genau, warum James herkommt. Und auch, mit wem.«

»Sicher weiß ich das, Lotti hat ja alles erzählt. Deine Mutter weiß übrigens jetzt auch Bescheid.« Ömchen war die Ruhe selbst. »Irgendwo muss sich der arme Mann ja mit seinem Rudolf treffen.«

Leni schüttelte den Kopf. »Das geht nicht. Wir kommen in Teufels Küche, wenn das rauskommt.«

»Wir haben eine Wohnungstür. Was dahinter passiert, geht keinen was an.« Huldvoll guckend bestrich Ömchen sich ein Brot mit Schmalz und streute Salz darauf.

»Das ist nicht wahr. Es gibt den Paragraphen 175, und der besagt, dass homosexuelle Handlungen verboten sind.«

»Mich interessieren keine Paragraphen. Mich interessiert nur, dass zwei Menschen, die sich liebhaben, keinen Platz zum Turteln haben.«

»Ich sehe das aber wie Leni, Mutti«, mischte sich nun Margot Harding ein. »Wir begeben uns da auf ein gefährliches Gebiet. Außerdem denke ich, dass da mehr als Turteln ... passieren wird.«

Ömchen wurde zornig. »Was ist denn das für ein altertümlicher Paragraph? Wisst ihr, wie es im alten Rom zugegangen ist? Da waren die Menschen viel freizügiger. Oder in Ägypten. Ihr müsst euch nur mal diese Höhlen- und Wandmalereien anschauen, ich habe das mal in einer Illustrierten gesehen. Da schlackern einem die Ohren. Wir werden wohl nicht dem jungen Mann, der uns hier alle versorgt, verbieten, den Menschen zu treffen, den er liebt. Außerdem ist das immer noch meine Wohnung.« Sie blickte hoheitsvoll in die Runde. Leni schüttelte den Kopf.

»Wollen wir hoffen, dass das nicht rauskommt. Sonst blüht uns allen eine Strafe. Und Ömchen, du weißt ganz genau, wie die Nachbarinnen immer gucken und tratschen.«

»Deswegen kommen die beiden ja auch zu unterschiedlichen Zeiten«, kam es von der Küchentür her.

Da stand Lotti. »Danke, Ömchen, das hast du prima gemacht. Mir hätten die beiden es sicher verboten.«

»Was ist das bloß für eine Familie?«, sagte Leni resigniert.

»Deine, und die ist grandios«, wurde sie von Lotti informiert.

KAPITEL 26

»Ich möchte mich bei Ihnen bedanken«, sagte Leni höflich zu ihrem Chef. »Es war uns eine große Hilfe, dass Sie uns Doktor Walsdorf in die Erichstraße geschickt haben. Er hat uns anschaulich erklärt, wie man Kondome richtig benutzt und wie man sie über den Penis zieht.« Innerlich feixte sie, aber sie musste das einfach sagen. Es war zu schön zu sehen, wie der Chef rot wurde.

»Äh ... das freut mich aber.« Es war Jochen Herbst tatsächlich sichtlich unangenehm, dass Leni ihm das erzählte.

Allein wie er schaute, war göttlich.

»Ja, in der Tat, es war sehr lehrreich. Wussten Sie, dass man ein Kondom ...«

Er hob die Hände. »Es ist gut, Frau Jacobsen. Danke. Ich kann mir den Rest schon denken.«

»Ich wollte bloß nett sein.« Sie lächelte ihn an. »Dann wünsche ich Ihnen einen schönen Tag.«

»Ihnen auch, Frau Jacobsen.« Als sie sich an der Tür noch einmal umsah, sah sie, wie ihr Vorgesetzter lächelnd den Kopf schüttelte.

Auf dem Flur kam ihr Henning Aversen entgegen und starrte sie böse an. Er war wohl immer noch wütend wegen der Versetzung ins Archiv.

»Guten Morgen«, sagte Leni und nickte ihm zu. Er antwortete nicht. Auch gut.

Sie suchte Lasse von Hallberg, um ihm mitzuteilen, dass

sie beide abends im Haus helfen sollten, und sie fand ihn im Eingangsbereich, wo er mit drei jungen Frauen stand, die völlig aufgelöst waren.

Leni kannte sie. Es waren drei junge Prostituierte, die ihren Platz in der Davidstraße hatten. Frieda, Käthe und Maria.

»Aber da muss man doch etwas tun können«, hörte Leni Käthe sagen.

Sie ging zu den dreien und Lasse hinüber.

»Guten Morgen. Was ist denn passiert? Kann ich helfen?«

»Gut, dass Sie kommen, Frau Jacobsen. Die drei Damen hier sind von zwei Männern schwer misshandelt worden.«

»Ach Leni, wie gut, dass du da bist. Wir hatten schon nach dir, Elsa und Alice gefragt. Wir sind … also … da kamen zwei Freier, und die wollten uns alle drei mit auf ein gemietetes Zimmer nehmen, und da sagen wir nicht nein. Ja, und dann haben die dort gesagt, sie wollten keine Kondome benutzen, obwohl ja euer Doktor gesagt hat, das ist sicher«, erzählte Frieda aufgebracht. »Die beiden Männer sind wütend geworden und haben angefangen, auf uns einzuschlagen. Schau mal, mein Arm.«

»Ja«, nickte Maria. »Mir hat einer in den Bauch getreten. Und in die Kniekehlen, und als ich umgeknickt bin, auch in den Rücken. Ich habe starke Schmerzen.«

»In Ordnung«, sagte Leni zu Lasse von Hallberg. »Wir nehmen ein Protokoll auf. Haben wir ein freies Büro?«

»Ja, hier vorn das erste. Ich komme mit.«

»Ist es in Ordnung für euch, wenn ein Mann dabei ist?«, fragte Leni, und alle drei nickten.

»Es gibt ja zum Glück nicht nur die eine Sorte«, meinte Käthe beinahe schüchtern.

Eine Stunde später waren sie mit der Vernehmung fertig, und Leni, die alles mitstenografiert hatte, tippte es nun fein säuberlich ab. Sie war hochgradig zornig und wäre am liebsten sofort losgerannt, um die beiden Übeltäter dingfest zu machen. Aber erst musste das Bürokratische erledigt werden.

Nachdem die drei Damen ihre Aussagen unterschrieben hatten, verließen sie die Wache. Lasse von Hallberg geleitete sie hinaus.

»Könnt ihr euch heute nicht freinehmen?«, fragte Leni, aber die drei schüttelten entsetzt den Kopf.

»Geht nicht. Wir laufen doch jetzt für den Freddy.«

Leni hatte noch nicht allzu viel von den Zuhältern mitgekriegt, sie wusste nur, dass sie nun nach und nach aus ihren Löchern wieder auftauchten und sich die Frauen zur Brust nahmen, sie bedrohten, damit sie für sie anschaffen gingen. Meistens agierten die Luden im Hintergrund, nur manchmal sah man sie durch die Straßen laufen und nach »ihren« Huren schauen.

»Freddy Großmann?«, fragte Leni, und sie nickten.

»Da habt ihr euch aber einen ausgesucht«, stellte sie fest.

»Wir haben uns den nicht ausgesucht«, meinte Frieda leise. »Er hat uns ausgesucht.«

»Aha, er hat euch erzählt, was euch passieren wird, wenn ihr nicht für ihn anschaffen geht?«

Wieder Nicken. Lasse von Hallberg und Leni sahen sich an.

Leni seufzte. Das war auch so ein Punkt. Das Einschüchtern der jungen Frauen, um sie gefügig zu machen. Hin und wieder hatte sie so was aufgeschnappt, aber sie hatten noch nie Handlungsbedarf gesehen. Wenn es jetzt schon bis in die Wache vordrang, war die Gefahr groß, dass es ausarten und überhandnehmen würde, da war sich Leni sicher.

Ach, manchmal war es zum Heulen. In einer Sache hatte Aversen recht: Es gab einfach zu viele Baustellen.

»Gut, dann geht wieder und tut, was ihr tun müsst. Eure Anzeige liegt vor und eure Aussage auch. Mal schauen, was wir tun können.«

Als die Frauen gegangen waren, schaute sich Leni die Täterbeschreibungen an. Beide Männer mittelgroß, schlank – nun, das war keine Seltenheit in diesen Zeiten – beide ohne Bart und in Hose, Hemd und Pullunder gekleidet.

»Sie sahen so wie Männer aus, die Frauen und Kinder zu Hause haben«, hatte Käthe gesagt. »So … bieder.«

»Beide trugen einen Ehering«, wurde von Frieda vervollständigt.

»Einer war blond, der andere braunhaarig«, ging es weiter.

»Der Blonde hat noch einen anderen Ring getragen, am rechten Ringfinger. Golden mit einer blauen Fläche, in die was eingeritzt war.«

»Einen Siegelring?«, hatte Leni gefragt.

»Kenn ich nicht, aber blau eben«, hatte Maria gesagt.

Leni überlegte, ob diese beiden Männer im Krieg gewesen waren oder ob sie kriegswichtige Arbeit geleistet hatten. Vielleicht waren sie Reeder oder führten ein Kontor, das ihre Anwesenheit erfordert hatte. Dafür würde der Siegelring sprechen. Alte Familien, altes Geld, alte Pfeffersäcke. Viele hatten sich vor der Front drücken können.

Ein blauer Siegelring.

Sie biss auf ihrem Bleistift herum.

Lasse von Hallberg kam zurück, und sie schaute auf.

Was war denn das? Er hielt eine kleine Blume in der Hand.

»Frau Jacobsen«, sagte er nun formvollendet höflich, und sie legte den Bleistift zur Seite.

»Ja?«

»Frau Jacobsen, es ist so, dass ich … also ich … ich möchte Sie fragen, ob ich Sie einmal auf einen Kaffee einladen darf. Außerhalb der Wache. Und nicht in einer Bar«, fügte er dann noch hinzu.

Leni war verdattert.

»Äh. Warum denn?«, fragte sie dann völlig konsterniert.

Lasse runzelte die Stirn. »Weil ich Sie sehr mag«, sagte er dann ruhig wie immer. »Ich dachte, das beruht auf Gegenseitigkeit. Wenn nicht, dann natürlich, also dann entschuldigen Sie bitte vielmals, denn …«

»Halt, halt, so war das nicht gemeint«, beeilte Leni sich zu versichern. »Es kam nur so plötzlich …« Keinesfalls wollte sie Lasse von Hallberg brüskieren.

Die Gedanken wirbelten in ihrem Kopf herum. Durfte sie das? Sich mit einem anderen Mann treffen? Aber Alfred war tot, also vielleicht, jedenfalls behaupteten die Behörden das, und Leni wusste, was er sagen würde. Leb dein Leben, würde er sagen. Amüsier dich, du hast es verdient. Werde glücklich nach all der Zeit der Angst und des Verlustes.

»Gern, Herr von Hallberg«, sagte Leni nun, und sie spürte ihr Herz etwas schneller schlagen, als er sie anschaute und ihr freundlich zulächelte.

»Das ist aber schön«, meinte er dann, drehte sich um und ging mit raschen Schritten davon. Fast hatte Leni den Eindruck, er müsse sich davon abhalten, vor Freude in die Luft zu springen.

Leni hatte Dienst mit Alice, und wie üblich liefen die beiden auch heute über den Kiez. Mittlerweile kannten sie fast alle hier mit Namen, und immer wieder blieben sie stehen für einen kurzen Schnack, sie hörten sich an, was es Neues gab, halfen bei kleinen Problemen und großen Sorgen. Und dann hatte Leni eine Idee.

»Weißt du was?«, sagte sie zu Alice. »Wir beschreiben den Mädels hier, wie die beiden Männer aussahen, die die drei Kolleginnen so schwer misshandelt haben. Das lässt mir keine Ruhe.«

»Das machen wir.« Alice nickte. »Nein, heute nicht«, sagte sie dann zu einem Mann, der stehen geblieben war und gefragt hatte, ob sie Zeit hätte.

»Die kommen nämlich bestimmt wieder«, meinte Leni dann.

»Warte einmal. Du sagtest doch, die hatten ein Zimmer gemietet?«

»Ja, in einem Stundenhotel. Da war schon ein Kollege und hat gefragt, aber der Portier dort sagte nur, er frage nicht nach Namen. Aber die Beschreibung hat gestimmt. Die Männer hatte er vorher noch nie gesehen.«

»Vielleicht haben wir ja Glück«, hoffte Alice und strich ihre Locken zurück, die sich wild um ihren Kopf kringelten. »Wie ich immer aussehe, wenn die Luft feucht ist.«

»Ach, du siehst immer süß aus und gerade wie ein Rauschgoldengel«, ließ Leni sie wissen. »Ich kann mir gar nicht vorstellen, dass du keine Locken hast. Bleib einfach so, wie du bist.«

»Na gut. Ich will sie mir ja immer wieder abschneiden lassen«, sagte Alice. »Aber dann sage ich mir, wer hat schon solche Locken, und dann lasse ich es bleiben. Du«, sie blieb stehen. »Leni. Ich muss mal mit dir über was sprechen.«

Leni blieb ebenfalls stehen. »Über was denn?«

»Über Elsa. Sie ist so lieb und nett, aber so unglaublich

schreckhaft und ängstlich. Wenn ich mit ihr durch die Straßen gehe, guckt sie dauernd hin und her, so als ob sie vor irgendwas panische Angst hätte. Als ob sie glaubte, sie würde verfolgt.«

»Ja, das stimmt, und sie kann Kampfsport. Jiu Jutso oder so ähnlich. Es ist schon unglaublich, dass sie in einem Hinterzimmer der *Schwarzen Katze* einen Hünen zu Fall gebracht hat. So was habe ich noch nie erlebt.«

»Ich weiß, das ging ja durch die Wache wie ein Lauffeuer.«

»Und du hast recht. Sie ist sehr scheu und schreckhaft. Schwer aus der Reserve zu locken. Sie erzählt auch nie von sich. Wir wissen gar nichts über sie.«

»Nur dass sie während der Ausbildungswochen keinen Männerbesuch wollte.«

»Stimmt.« Leni erinnerte sich.

»Meinst du, sie hat was angestellt?«

»Was denn?« Leni konnte sich das kaum vorstellen.

»Ich weiß nicht. Vielleicht … jemanden bestohlen oder so?«

»Dann hat man doch keine Angst vor Männern. Ich glaube eher, es ist ein bestimmter Mann, vor dem sie Angst hat«, meinte Leni.

»Am besten, wir schnappen sie uns und fragen sie endlich einfach mal«, schlug Alice vor. »Soweit ich richtig gelesen habe, haben wir drei morgen tagsüber frei, und dann hab ich mit Elsa Nachtschicht.«

»Gut. So machen wir das. Hallo Wally, wie geht's denn so?«

»Geht so«, sagte eine ältere Dame, die auf Kundschaft wartete.

»Du, Wally, hör mal, du hast doch bestimmt mitgekriegt, was mit Käthe, Maria und Frieda passiert ist.«

Wally nickte. »Klar. Wissen wir alle. Mistsäcke. Denen gehört der … ihr wisst schon abgeschnitten, aber langsam.« Sie schnaubte auf. »Ich versteh einfach nicht, warum manche Männer so brutal sind, ich werd's wohl nie verstehen. Na ja, wir haben ja gesehen, zu was die Menschen fähig sind«, sinnierte sie an den vergangenen Krieg denkend. »Warum wundert einen da überhaupt noch was?«

Leni nickte. »Wally, wir brauchen eure Hilfe in der Sache. Wir beschreiben euch jetzt genau, wie die beiden ausgesehen haben, und wenn die euch auffallen, sagt ihr uns Bescheid.«

»Müsst ihr nicht. Ich weiß schon, wie die aussehen. Hat Käthe schon alles erledigt.«

»Prima, Wally.«

»Ihr könnt euch drauf verlassen, dass wir euch sofort holen, wenn wir die erwischen.«

»Hallo Leni, hallo Alice.« Da kam Maria die Davidstraße entlang.

»Maria«, sagte Alice freundlich. »Wie geht es dir denn, Mädchen?«

»Ich hab immer noch Schmerzen im Bauch«, gestand Maria, die auch sehr müde und mitgenommen aussah. »Aber ich kann nicht krank sein. Da dreht Freddy durch.«

»Freddy soll mal froh sein, dass dir nichts Schlimmeres passiert ist«, regte Leni sich auf. Immer wenn sie Freddy auf dem Kiez herumlungern sah, stellten sich ihre Stacheln auf. Sie konnte den Mann einfach nicht ausstehen.

»Freddy ist nur froh, wenn ich ausreichend Kohle anschaffe«, klagte Maria. »Da ist noch was, Leni.«

»Was denn?«

»Man findet, dass ihr hier auf dem Kiez zu viel herumlauft und zu viele Fragen stellt, und man findet, dass ihr die Leute hier in Ruhe lassen sollt.«

Leni zog die Augenbrauen hoch. »Wer sagt das?«

»So einige«, wich Maria aus.

»Aha. Verstehe, du willst keine Namen nennen.« Leni dachte an die beiden Männer, die sie ganz am Anfang ihrer Arbeit als WP bedroht hatten.

»Man sagt, dass hier alles wieder seinen normalen Gang gehen soll. Dass ihr euch nicht einmischen sollt mit dem Haus da und den Kondomen, das würde die Freier verscheuchen.«

»Ihr werdet krank ohne Schutz«, sagte Alice ernst, und Wally nickte.

»Ich mach nix mehr ohne. Bin doch nicht irre. Auf 'nen Tripper oder Syphilis hab ich keine Lust mehr in meinem Alter. Klar, sind weniger Freier, aber das nehme ich in Kauf.«

»Das machst du richtig, Wally.« Leni nickte der Älteren zu.

»Du weißt ja, Wally, in der Erichstraße kannst du dich melden, wenn du keine Unterkunft hast, oder einfach mal 'ne warme Mahlzeit brauchst.«

»Jo, weiß ich, aber ich schaff ab nächster Woche inne Herbertstraße an. Da hab ich ein Zimmer direkt hinter meinem Schaufenster, da kann ich auch schlafen.«

Die Herbertstraße war ein mit Sichtschutz abgetrennter Bereich auf dem Kiez, der etwa hundert Meter lang war. Rechts und links befanden sich Schaufenster, in denen die Damen saßen und die Freier koberten. Der Vorteil für die, die hier arbeiteten, war, dass sie nicht auf die Straße mussten und dass sie hier relativ geschützt waren und zusammenhielten.

»Das freut mich für dich«, sagte Alice.

»Ich bin dann keine Hure mehr, also nicht mehr richtig«, erzählte Wally stolz.

»Aha, sondern?«, fragte Leni, die sich etwas wunderte.

»Ich bin dann Domina«, sagte Wally noch stolzer.

»Oh«, sagten Leni und Alice beinahe ehrfürchtig. Sie hatten bereits davon gehört, dass es einige Männer gab, die es hinter verschlossenen Türen genossen, wenn eine Frau den Ton angab.

»Wenn mir einer blöde kommt, gibt's was mit der Peitsche«, ließ Wally sie wissen und hob ihren Arm, als ob sie gleich lospeitschen wollte.

»Nun«, meinte Alice und lächelte sie an. »Dann müssen wir uns ja um dich keine Sorgen machen.«

Wally schüttelte den Kopf. »Nee, um mich nicht. Aber ich mach mir Sorgen um euch. Passt mal auf mit denen aus der Katze und mit den Luden. Die lassen sich nicht gern in ihre Geschäfte reinreden.«

Maria nickte. »Sag ich doch. Wir wollen nicht, dass euch was passiert. Weil, wir mögen euch alle. Ihr tut so viel für uns, gerade du, Leni. Wir sind sehr dankbar.«

»Das freut mich, Maria. Ich versprech dir, ich passe auf mich auf.«

Wally war zufrieden. »Sonst kriegste von mir den Hintern versohlt.«

»Darauf wollen wir es nicht ankommen lassen«, sagte Leni augenzwinkernd.

KAPITEL 27

Als Leni heimkam, herrschte ein Tohuwabohu im Haus. Marianne Dombrow, die Nachbarin, stand im Hausflur und schimpfte wie ein Rohrspatz, und andere Nachbarinnen aus dem Haus und denen nebenan taten es ihr nach.

»Unmöglich, erst halten die es mit den Engländern, dann kommt der Schwatte fast jeden Tach und bringt denen alles Mögliche, während wir hier immer noch Wassersuppe schlürfen, und jetzt ist er sogar da, wenn alle ausgeflogen sind, und hat sich noch einen mitgebracht. Pfui Teufel, sag ich.«

»Ach Margit, hör doch auf, du bist ja bloß neidisch, dabei hab ich dir doch immer was abgegeben«, gab Ömchen von oben zurück. »Hör auf mit deinen Unterstellungen, sonst setzt es was!«

»Ja glaubst denn du, ich lass mich von dir bedrohen, Luise?«, giftete Frau Dombrow. »Nee, lass ich nicht. Ihr haltet es mit den Besatzern, das tut ihr. Und dann beherbergt ihr auch noch einen 175er. Pfui, sach ich, pfui!«

»Pfui!«, riefen auch die anderen Frauen, obwohl sie überhaupt nichts mit der Sache zu tun hatten.

»Sie sind Luise Balduin?«, fragte ein Polizeibeamter, und Ömchen nickte. »Die bin ich.«

»Das ist Ihre Wohnung?«

»Ja. Natürlich.«

»Stimmt es, dass ein gewisser James Evans sich hier mit einem Rudolf Meinken getroffen hat, um Unzucht zu treiben?«

»Guten Abend«, mischte Leni sich nun ein. »Um was geht es denn bitte?« Ihr war natürlich glasklar, um was es ging.

Sie wurde überhaupt nicht beachtet.

»Ich warte noch auf Ihre Antwort«, sagte der Beamte zu Ömchen, die sich fürchterlich aufregte, jedoch nicht auf seine Frage reagierte.

»Unzucht zu treiben, wenn ich das schon höre. Die kamen wegen der Schuhe. Die haben Schuhe für die Kinder gebracht.«

»Schuhe?«

»Meine Großmutter organisiert alles Mögliche für wohnungslose Kinder und Waisen«, erklärte Leni. »Ich bin übrigens Helene Jacobsen, Weibliche Schutzpolizei Davidwache. Was wirft man denn meiner Großmutter vor?«

»Erst mal müssen wir rauskriegen, ob die beiden Männer wirklich homosexuell sind«, sagte der Beamte. »Mayer mein Name, übrigens.«

»James Evans homosexuell? Der ist doch mit meiner Schwester liiert«, sagte Leni ruhig. »Und Rudolf Meinken wird Mr. Evans geholfen haben beim Transport. Er ist ein gern gesehener Gast in unserem Haus. Ist das nicht erlaubt?«

»Die Nachbarin hier glaubt, verdächtige Geräusche aus der Wohnung von Frau Balduin gehört zu haben, und hat uns alarmiert. Sie wusste auch, dass Mr. Evans zuerst und dann Herr Meinken die Wohnung betreten hat.«

»Aha. Das ist verboten?«

»Natürlich nicht«, meinte Herr Mayer. »Wir müssen der Sache nur nachgehen.«

Nun kam ein Kollege aus der Wohnung.

»Schöttler, guten Tag. Ich kann da drin nichts Verwerfliches erkennen«, informierte er seinen Kollegen.

»Doch!«, keifte Frau Dombrow. »Ich hab es genau gehört. Das waren unsittliche Geräusche.«

Nun kamen James und Rudolf aus der Wohnung.

»Ömmschen, is all okay? Woiß nisch, warum die Frau so exciting. Nothing happened. We put the leathershoes hierhin.«

»Das hab ich doch gesagt«, wiederholte Leni.

»Das sind 175er!«, schrie Frau Dombrow böse und sprang auf und ab. »Eingesperrt gehören die. Das ist unnormal, die sind unnormal, Abschaum sind die. Dann noch ein Schwatter. Pfui!«

»Du kommst noch mal und willst ein Stück Suppenfleisch oder eine Karotte von mir«, giftete Ömchen nun los. »Nichts kriegst du von mir, gar nichts.« Mit geballten Fäusten stiefelte sie die Treppe hinunter, um Frau Dombrow den Marsch zu blasen.

Die Dombrow sagte nun gar nichts mehr, sondern knallte ihre Wohnungstür zu. Ömchen kam wieder hoch.

»Diese Krähe. Die will noch mal was von mir. Nie wieder rede ich mit der ein Wort!«

Leni bedachte Ömchen mit einem »Hab ich es dir nicht gleich gesagt?«-Blick, aber Ömchen war sich keiner Schuld bewusst.

»Da tut man Gutes und wird dafür bestraft«, sagte sie enttäuscht. »Nun ja. Die Herren, möchten Sie hereinkommen und ein Schnäpslein auf den Schrecken trinken?«

»Danke, aber wir sind noch im Dienst«, sagten Mayer und Schöttler. »Ich glaube, wir sind hier fertig.«

»Glauben Sie mir, hier geschieht nichts Illegales«, versicherte Leni forsch, und die beiden nickten.

»Schon gut«, beschwichtigte Schöttler, und sie gingen ihrer Wege.

Leni schob alle in die Wohnung.

»Ihr seid wohl übergeschnappt, so laut zu sein. Ihr wart too loud! You have to be silent. Still. Meine Güte, das hätte böse ausgehen können.«

»Eins sag ich euch. Marianne Dombrow kriegt von mir nichts mehr, und wenn sie nur noch aus Haut und Knochen besteht«, sagte Ömchen nun wieder böse. »Warum habt ihr denn überhaupt die Tür aufgemacht, als die Olle geschellt hat?«

»Why did you open the door?«, fragte Leni.

»Wir dachten, dass Sie es sind«, sagte Rudolf, der wieder aussah wie aus dem Ei gepellt.

»Junge, ich wohn hier, ich hab doch einen Schlüssel«, regte Ömchen sich auf. »Also so was. Das macht ihr nicht nochmal. Die Tür bleibt zu.«

»Ömchen, du willst die beiden doch nicht weiterhin beherbergen?«, fragte Leni entsetzt.

»Jetzt glaubt der Dombrow doch keiner mehr, und der Kröger glaubt man doch sowieso nichts, die hat ja einen kleinen Riss oben in ihrem Dachstübchen. Die läuft doch ständig nur hin und her und sucht ihren Wellensittich.«

»Trotzdem ist es gefährlich, Ömchen.«

»Ömmschen is so nice«, sagte James. »So nice from her to give us the flat.«

»Wir sind ihr tief verbunden«, sagte Rudolf mit melodischer Stimme.

»Also gut, tut, was ihr nicht lassen könnt«, sagte Leni resigniert. »Ich mache mir jetzt erst mal einen Tee.«

»Ich brauche ein Schnäpslein auf den Schrecken«, sagte Ömchen. »James, will you einen zwitschern mit mir?«

James strahlte sein breites, sympathisches Lächeln. »Zwitschern mit dschörmen Ömmschen is great!«

Am nächsten Tag kam Leni zum ersten Mal in Alices Wohnung.

»Komm du am besten zu mir, dann gehen wir gemeinsam mit Elsa spazieren oder so«, hatte Alice vorgeschlagen, und so hatte sie es gemacht.

»Oh, ich wusste gar nicht, dass wir verabredet waren«, sagte Elsa, die gerade abwusch, als Leni die Küche betrat.

»Waren wir auch nicht, ich dachte, ich komme einfach mal vorbei.« Die Lüge ging Leni glatt über die Lippen.

Alice bot ihr einen Stuhl am Küchentisch an, wo Alices Mann Willi saß und Löcher in die Luft starrte. Er trug eine Pyjamahose und eine schmutzige Strickjacke, war unrasiert und sagte kein Wort.

»Willi, das ist meine Kollegin Leni. Elsa und ich arbeiten mit ihr auf der Davidwache«, sagte Alice.

Willi starrte Leni an, sagte aber nichts.

»Möchtest du ihr Guten Tag sagen?«, fragte Alice.

Wieder keine Antwort. Vor Willi lag ein Block, und er malte mit Bleistift lauter Ratten. Nur Ratten konnte Leni erkennen. Ratten in Gräben. In Schützengräben?

»Ich gehe jetzt mit Elsa und Leni spazieren«, sagte Alice. »Hast du das verstanden, Willi?«

Willi malte.

»Kaffee steht auf dem Herd, und im Ofen sind noch Kartoffeln«, erklärte Alice weiter, Willi reagierte noch immer nicht.

»Puh«, machte Leni, als sie die Wohnung verlassen hatten. »Da hast du oder habt ihr aber ganz schön was zu tun mit Willi. Er ist phlegmatisch.«

»Nur tagsüber. Nachts schreit er oft.«

»Warum malt er Ratten?«

»Ich nehme an, dass sie in den Gräben waren. Aber sicher bin ich nicht. Er spricht ja nicht. Mit niemandem.«

»Himmel, tut mir das leid«, sagte Leni und nahm Alice kurz in den Arm.

»Ach, schon gut, wir kommen zurecht. Ich bin nur froh, dass Elsa da ist. Sie hilft mir ungemein, auch mit den Kindern, und das Gute ist, dass ich jemanden zum Reden habe.«

»Ich mache das sehr gern«, sagte Elsa.

»Was haltet ihr denn davon, wenn wir mal runter zum Hafen gehen?«, schlug Leni vor. »Da war ich so lang nicht mehr.«

»Eine gute Idee.« Beide nickten, und kurze Zeit später standen sie an den Landungsbrücken und schauten auf das trübe, graue, strömende Wasser. Die Arbeit auf den Werften ging ihren gewohnten Gang, alles musste weitergehen. Geräusche der Maschinen und Kräne drangen zu ihnen herüber.

Vor dem Krieg war es hier turbulent zugegangen, gerade an den Wochenenden und in den Frühlings- und Sommermonaten war der Hafen ein beliebtes Ausflugs- und Einkehrziel gewesen. Nun musste sich erst einmal alles erholen. Aber Hamburg machte sich. Es ging voran.

Elsa stützte sich auf das Geländer und sah hoch zu den kreisenden Möwen.

Leni und Alice standen neben ihr.

»Du, Elsa«, fing Alice dann an.

»Hm?«

»Wir würden dich gern was fragen.«

Nun drehte Elsa sich um und stand mit dem Rücken zum Geländer, Alice und Leni sahen sich an und drucksten herum.

»Ich weiß«, sagte Elsa und lächelte. »Ihr wollt wissen, warum ich so bin, wie ich bin, und warum ich Angst vor Männern habe.«

»Äh, ja«, sagte Leni, die froh war, dass sie das nicht selbst fragen mussten.

»Ich komme aus Berlin«, sagte Elsa leise. »Dort war ich verheiratet. Mit jemandem, der nicht gut war. Nicht zu mir, nicht zu anderen. Er hieß Gernot und war in der Partei. Ich wollte nicht eintreten, und er wollte mich zwingen, aber niemals im Leben hätte ich mich zu den Nazis bekannt. Später war Gernot bei der Waffen-SS. Ein recht hohes Tier, er hat viel im Hintergrund gewirkt. Hat Reden geschrieben, hat beraten. Wir zogen um in ein schönes Haus nach Lichterfelde, hatten Geld im Überfluss. Ich hatte einen eigenen Wagen, konnte mir kaufen, was ich wollte.

Gernot hat mir Pelze geschenkt, Schmuck. Erst später habe ich erfahren, dass das alles den Juden weggenommen worden war. Auch das Haus, das schon eingerichtet war, als wir einzogen. Eines Tages bin ich dort auf den Dachboden gegangen und habe mich umgeschaut, habe viele Dinge gefunden, die auf den jüdischen Glauben hindeuteten. Dann habe ich gesehen, dass in den Pelzen Namensschilder eingenäht waren. Sarah Jungblut, Thea Hirsch. Diese Pelze hatten vorher anderen Frauen gehört. Ich hab sie nie wieder getragen. Gernot wollte, dass ich eine vorzeigbare Ehefrau bin, und hat mich mit Gewalt gezwungen, an entsetzlichen Empfängen und Feiern teilzunehmen, auf denen es vor Brillanten nur so glitzerte. Der Champagner floss in Strömen. Es gab Hummer und Filet, und überall hungerten die Menschen. Ich wollte das nicht. Eines Abends nach einem solchen Fest kam es zum Streit, und Gernot hat mich geschlagen. Da habe ich rotgesehen, habe den Schürhaken genommen und damit auf ihn eingedroschen. Immer und immer wieder, bis er reglos am Boden lag. Dann habe ich wirr ein paar Sachen gepackt und bin weggelaufen. Habe mich versteckt, zuerst in einer Pension, später bin ich nach Hamburg gegangen. Ich habe durch die Zeitung mitbekommen, dass Gernot überlebt hat, und ich weiß, dass er mich sucht, das hat mir eine Freundin erzählt, als sie hier in Hamburg war. Sie ist übrigens die Einzige, die weiß, wo ich bin. Ich habe den Mädchennamen meiner Großmutter angenommen, eigentlich ist es unmöglich, dass er mich findet. Aber man weiß nie, und so habe ich ständig Angst, ihm zufällig über den Weg zu laufen. Davon abgesehen hat er in Berlin zu meinen Freundinnen gesagt, dass er mich totschlägt, wenn er mich findet, und das glaube ich ihm auch. Ein Mann wie Gernot kann nicht verlieren, und ich habe ihn nicht nur schwer verletzt, sondern vor allem habe ich ihn verlassen und dem Gespött ausgeliefert. So bin ich also hier gelandet und habe mich, als es möglich war, bei der WP beworben. Und da bin ich. Vielleicht versteht ihr jetzt, warum ich keine Männer mag. Vielleicht versteht ihr auch, dass ich sehr vorsichtig bin. Dass ich Angst davor habe, ihm zu begegnen, von ihm gefunden zu werden. Als wir einmal unterwegs waren, da dachte ich, er ist es. Aber ich hatte Glück. Also – versteht ihr mich?« Sie sah die beiden aus ihren lieben Augen an.

»Ich verstehe vor allen Dingen, warum du diesen Kampfsport gelernt hast«, sagte Leni. »Danke, dass du uns deine Geschichte erzählt hast.«

Alice strich der Kollegin über den Arm. »Du tapfere kleine Elsa.«

Das war offenbar zu viel für die immer zurückhaltende Elsa. Sie sah Alice an, dann warf sie sich in ihre Arme und brach in Tränen aus, und Alice wiegte sie sanft hin und her.

»Ich wusste gar nicht, dass einige Cafés schon wieder so schön hergerichtet sind«, sagte Leni. Sie saß zusammen mit Lasse von Hallberg an einem Fensterplatz im Alsterpavillon.

Leni trug ein natürlich von Ömchen geschneidertes dunkelrotes Wollkleid, und Lasse von Hallberg eine schwarze Hose und ein hellblaues Hemd, das irgendjemand perfekt gebügelt hatte.

»Ja, Hamburg beeilt sich, um wieder auf die Füße zu kommen«, sagte er und bemerkte ihren Blick.

»Meine Wirtin war so nett«, sagte er schmunzelnd. »Ich selbst bin fürs Bügeln nicht so geschaffen. Einmal habe ich mich so verbrannt, dass ich eine Salbe und Verband brauchte. Seitdem nimmt sich Frau Krause meiner Hemden an. Ich bin ihr dafür sehr dankbar und revanchiere mich, indem ich die Kohlen aus dem Keller hole, wenn es mal welche gibt, und ich trage ihr den Müll runter.«

»Es ist mir nur aufgefallen«, sagte Leni. »In dieser Zeit keine Selbstverständlichkeit.«

»Haben Sie überlegt, ob meine Frau das gebügelt hat?«, fragte Lasse frei heraus.

Sie zögerte kurz, dann lächelte sie. »Ja«, gestand sie dann schlicht.

»Ich bin Witwer«, erklärte Lasse. »Meine Frau ist 1943 im Lager in Bergen-Belsen verstorben. Wahrscheinlich dort«, sagte er. »Ja, sie war Jüdin. Ihr Name war Lea.« Ein trauriges, aber liebevolles Lächeln umspielte seine Mundwinkel. »Oder besser gesagt jüdischen Glaubens. Viele haben immer noch vergessen, dass die Juden eine Glaubensgemeinschaft sind und keine Rasse. Das haben die Nazis gut hingekriegt. Eine Rasse wirkt ja auch gleich viel gefährlicher als ein Glaube.«

»Das tut mir unglaublich leid«, antwortete Leni, die nicht

wusste, was sie sonst sagen sollte. So viele traurige Schicksale gab es, so viele. So viele Menschen mussten mit diesen Schicksalen weiterleben. Es gab jede Menge einzelne Geschichten, die es zu bewältigen galt. So viele Erlebnisse. So viel Verlust und so viel Traurigkeit. So viel Trauer um gestorbene Menschen. So viel Leid.

»Manchmal denke ich, es wird besser, und ich bin drüber hinweg, aber es wird wohl immer etwas Trauer bleiben, und ich denke, das ist ganz normal.«

»Mir geht es auch so. Mein Mann Alfred ist im Juli in der Gefangenschaft in der Sowjetunion gestorben. Man hat mich erst kürzlich darüber informiert. Manchmal denke ich auch, ich habe den Verlust überwunden. Dann wieder glaube ich, ich habe es noch immer nicht realisiert, dass er wirklich nie mehr zurückkehren wird, rede mir ein, es muss ein Irrtum vorliegen. Wahrscheinlich haben Sie recht. Es wird nie ganz vorbeigehen. Haben Sie Kinder?«

Er schüttelte den Kopf. »Kinder waren Lea und mir leider nicht vergönnt. Oder vielleicht war es auch besser so, denn wer weiß, was ihnen widerfahren wäre«, erklärte er traurig.

Leni nickte mitfühlend und wissend. »Ob es besser war oder nicht, werden Sie nie erfahren«, sagte sie dann. »Es ist müßig, darüber nachzudenken. Zerbrechen Sie sich nicht den Kopf darüber. Ich spreche aus Erfahrung, dass zu viel Grübeln einen ganz verrückt machen kann.«

»Bestimmt haben Sie recht«, sagte Lasse und winkte einer Bedienung, die ihm ein Zeichen gab, dass sie gleich an ihren Tisch kommen würde.

Leni seufzte. »Ich habe drei Kinder, das wissen Sie vielleicht. Ich wohne mit ihnen, meiner Schwester und ihren Kindern, meiner Mutter und Großmutter zusammen. Als weibliches Kleeblatt sozusagen«, lächelte sie. »Auch wenn wir uns manchmal ein wenig auf die Füße treten, wir sind eine gute Gemeinschaft. Es funktioniert, und wenn wir zusammenrücken, frieren wir auch nicht so sehr.«

»Oh, dann ist für einen Mann wohl kaum Platz?«, fragte er und sah sie offen an.

»Och, doch, schon«, meinte Leni und erwiderte seinen Blick, und wieder klopfte ihr Herz etwas schneller.

Leb dein Leben, hörte sie Alfred in ihren Gedanken sagen.

»Es kommt immer drauf an, wer es ist.«

»Na, dann habe ich vielleicht ein wenig Hoffnung«, sagte Lasse von Hallberg.

Leni antwortete nicht gleich, da die nette Serviererin nun kam und nach ihren Wünschen fragte. Leni entschied sich für eine heiße Schokolade, Lasse für ein Kännchen Kaffee, und dann fragte Lasse nach ihren Kuchenwünschen.

»Ich kann den Herrschaften unsere Marzipantorte empfehlen, mit Kirschwasser. Und Buttercreme. Zufällig hatten wir mal alles dafür da. Die wird gerade von Verliebten gern genommen, sind nämlich Herzchen draufgemalt.« Verschwörerisch zwinkerte die junge Frau ihnen zu.

Leni wurde rot.

»Dann nehmen wir doch diese Torte«, sagte Lasse und nickte der Bedienung zu.

Leni schaute ihn an.

»Habe ich etwas falsch gemacht?«, fragte Lasse.

»Nein, nein. Es ist nur … ungewohnt.«

Er nickte. »Für mich doch auch. Ich sag es Ihnen ganz ehrlich, ich hätte nach Leas Tod nie gedacht, wieder einmal eine Frau nett zu finden und überhaupt in Erwägung zu ziehen, wieder auszugehen. Ich hab es mir sozusagen verboten. Aber dann kamen Sie, Leni. Sie waren so besonders, von Anfang an. Sagen, was Sie denken, haben Ihren Kopf durchgesetzt. Manchmal hab ich fast gehofft, Aversen würde was Dummes sagen, nur um Ihr Kontra zu hören. Das gefällt mir gut. Sie gefallen mir gut. Ich weiß gar nicht, wie ich es sagen soll, aber die Sache ist die, dass ich …«

Da kam die Bedienung mit einem Tablett, auf dem Kaffee, Schokolade und zwei Teller mit der Marzipantorte standen. Sie warteten, bis die nette Frau alles verteilt hatte, und dann nahmen sie die Gabeln und probierten. Leni hatte das Gefühl, noch nie eine so köstliche Torte gegessen zu haben. Das war feinster Biskuitteig mit Buttercreme und gemahlenen Haselnüssen, das war richtiges Marzipan, und die einzelnen Teigschichten waren mit Kirschwasser getränkt. Sie versuchte, den Kuchen nicht herunterzuschlingen, sondern sich Gabel für Gabel Zeit zu nehmen und zu genießen. Wie hätte das denn ausgesehen! Nein, sie schob sich immer nur kleine Stücke in den Mund und ließ sie auf der Zunge zergehen.

Lasse ging es ähnlich. Ein paar Minuten sagte keiner von ihnen etwas, erst wieder, als sie die Torte aufgegessen hatten. Nun probierte Leni die Schokolade, die ebenfalls göttlich schmeckte. Sie trug ein Sahnhäubchen, das schneeweiß auf dem dunkelbraunen Getränk schwamm! Wie lange hatte sie auf all dies verzichten müssen. Wie gut, dass es nun wieder voranging.

Sie versuchte, unauffällig zu Lasse zu sehen. Ob er den Satz zu Ende führten würde, bei dem er eben unterbrochen worden war?, dachte Leni gespannt und konnte nicht sagen, ob sie das richtig oder falsch finden würde.

»Leni …«, nahm Lasse nun tatsächlich den Faden wieder auf.

»Ja?«

»Leni. Ich habe mich in Sie verliebt.«

Er sah sie mit seinen ehrlichen, braunen Augen an, und ihr Herz machte einen Hopser. Trotzdem konnte sie ihm nichts erwidern, warum, wusste sie nicht. War es immer noch aus Respekt vor Alfred?

Er schien ihr Zögern sofort zu bemerken und fügte hastig an: »Keine Sorge, ich erwarte keine Antwort und auch keine Erwiderung dieser Gefühle, aber ich musste dies loswerden. Wir alle haben so viel verloren: Menschen, die wir lieben, Glück und vor allem Zeit. Es gibt keinen Grund, Dinge aufzuschieben, die wichtig sind. Und es war mir wichtig, dass Sie das wissen – ganz ohne Erwartungen.«

Dankbar für seine Ergänzung lächelte sie ihn warm an, griff nach seiner Hand und drückte sie einen kurzen Moment. Dann widmete sie sich ihrer Schokolade, und die Spannung, von der sie für einen kurzen Moment erwartet hatte, dass sie ihr Beisammensein nun zerstören würde, löste sich wie von selbst auf.

Sie wechselten das Thema, redeten über Belanglosigkeiten und über die Davidwache, ohne sich dabei verstellen zu müssen. Sie fühlte sich wohl in seiner Gesellschaft außerhalb der Davidwache und des Kiezes. Sie unterhielten sich über dieses und jenes, wunderten sich gemeinsam über Henning Aversen, und er lachte, wenn sie von ihrem übereifrigen Ömchen erzählte.

»So eine ähnliche Oma hatte ich auch«, sagte er dann. »Sie war nur glücklich, wenn sie in der Küche stehen und für die Familie kochen konnte. In der Weihnachtszeit hat sie so viele Plätzchen und Lebkuchen gebacken, dass jeder stets dachte, dass das nie aufgegessen werden würde, aber noch vor dem

Heiligen Abend war alles weggeputzt. Zimtsterne, Vanillekipferl, Orangentaler, Rumkugeln, Buttergebackenes, und dann ihre Weihnachtstorte. Sie können sich nicht vorstellen, wie die schmeckte! Oma hat immer gesagt, da steckt ihre ganze Liebe drin, das würde man schmecken. Und sie hat Tannenzapfen aus Schokolade gegossen und Kokosraspeln als Schnee verwendet. Auf der Torte standen kleine Reh- und Hirschfiguren, die sie aus Marzipan geformt hatte. Oma hätte mit dieser Torte einen Konditorpreis gewonnen, da bin ich ganz sicher. Wir Kinder haben uns immer draufgestürzt, als sei das unsere letzte Mahlzeit. Es waren schöne Zeiten vor dem Krieg.«

Später gingen sie an der Alster entlang, Leni hatte einen gestrickten schwarzen Poncho von Ömchen um die Schultern gelegt, Lasse trug einen dunkelbraunen Mantel über dem Hemd, dem man ansah, dass er schon oft umgearbeitet worden war. Die Alster glitzerte im Mondlicht, es war ein ruhiger Abend, fast hätte man ihn als romantisch bezeichnen können. Wären da nicht überall die Überbleibsel des Krieges zu sehen. Das machte die schöne Stimmung zum Teil kaputt. Aber Leni wollte nicht über die Vergangenheit grübeln, sie wollte nach vorn schauen.

Ja, es war schön, hier mit Lasse von Hallberg entlangzuflanieren.

Sie sagte Ja, als er sie fragte, ob sie zum Du übergehen wollten, und sie ließ es zu, dass er sie unter einem Baum sachte auf die Lippen küsste.

Verzeih mir, Alfred, dachte sie mit wehem Herzen, und dann sah sie Alfreds Gesicht und hörte seine Worte, die ihr abermals sagten, sie solle ihr Leben leben.

Danke, dachte sie. Danke. Ich werde es versuchen.

Sie sah Lasse an und er sie, und sie küssten sich erneut. Inniger diesmal, und heftiger. Zum ersten Mal seit Langem verspürte Leni wieder das Verlangen nach einem Mann, und kurz war sie traurig, weil sie kein Verlangen nach Alfred hatte, sondern nach Lasse, der sie mit starken Armen festhielt und ihr eine wunderbare Sicherheit gab.

Sie küssten sich weiter und weiter, und es war so wunderschön zu küssen. Am liebsten hätte sie überhaupt nicht mehr damit aufgehört.

Es war ganz anders als mit Alfred, und doch war es wunderschön. Sie ließ sich darauf ein, gab sich ganz dem Moment mit Lasse hin. Es fühlte sich gut an. Richtig.

Leni spürte in sich eine tiefe Ruhe und wusste, dass sie gerade alles richtig machte. Es war so wundervoll, Lasse zu küssen und von ihm geküsst zu werden. Sie genoss das Gefühl, im Arm gehalten zu werden. Wie lange hatte sie dies nicht mehr verspürt? Und sie liebte es, wenn er sie fest an sich zog und mit seinen kräftigen Armen umschlang.

So lange hab ich alles allein hinbekommen, dachte sie sehnsüchtig. So lange haben mich keine Arme mehr festgehalten. Ich möchte, dass es so bleibt, bitte.

Sie fuhr durch Lasses dichtes Haar, öffnete die Augen und sah ihn an, während sie sich weiterküssten. Sie sah in seinen Augen eine tiefe Zufriedenheit, und sie glänzten so wundervoll.

Sie wurde von einem lange nicht erlebten Gefühl durchströmt.

Ich bin glücklich, dachte sie verwundert. Wie schön das ist! Ich bin wirklich glücklich.

KAPITEL 28

»Hör mal, Freddy«, sagte Leni ganz ruhig zu dem aufgebrachten Zuhälter. »Du hältst jetzt mal schön deinen Rand, sonst ziehen wir hier andere Saiten auf. Wenn ich noch einmal mitkriege, dass du eins der Mädchen schlägst oder mit einem Messer ritzt, dann mach ich dasselbe mit dir.« Sie sah Freddy beinahe freundlich an, und der war ein wenig überfordert damit, dass er nicht angebrüllt wurde. Aber Leni hatte die Erfahrung gemacht, dass hier auf dem Kiez leise gesprochene Worte mehr verinnerlicht wurden als Gebrüll. Wahrscheinlich, weil Letzteres doch zu oft vorkam.

Trotzdem wunderte sie sich über sich selbst, über ihre Worte und darüber, dass sie es mit Freddy Großmann aufnahm, dem gefürchteten Kriminellen und Luden vom Kiez. Aber sie spürte eine innere Ruhe und eine innere Kraft. Auch weil sie merkte, dass er sie respektierte. Und dass er sie ernst nahm, obwohl er versuchte, das mit lauten Worten zu übertönen. Und mit verbalen Attacken.

Es war ein Sonnabend und schon nach 23 Uhr, der Kiez füllte sich merklich.

Freddy sah sie nun hasserfüllt an. »Ich lass mir von keinem Weibsstück was sagen und von dir schon gar nicht. Du glaubst, dass du was Besseres bist, nur weil du mit 'ner Trillerpfeife rumläufst. Pass auf, sag ich dir, und ich mein es ernst. Ich warn dich nicht nochmal. Was ich mit meinen Täubchen mache, geht nur mich was an, damit das klar ist.«

»Da irrst du dich, Freddy.« Alice war einen Schritt näher gekommen. Sie trug ihr blondes Haar heute offen und sah einmal mehr aus wie ein gerade vom Himmel geplumpster Engel in Uniform. »Wir sind nicht irgendwelche Weibsbilder. Wir sind die Polizei, und was du tust, ist Körperverletzung. Eine Straftat. Aber damit kennst du dich ja aus. Was meinst du eigentlich mit nicht nochmal? Hm?«

»Das weiß die Leni schon ganz genau«, sagte Freddy, und nun wusste Leni, wer ihr damals aufgelauert hatte.

»Ich hab dich im Blick, Freddy«, sagte sie nun langsam. »Denk dran.«

»Du …«, fing Freddy an, aber sie und Alice gingen einfach weiter.

»Hui«, sagte Alice bewundernd, als sie ein Stück entfernt waren. »Wie du mit Freddy sprichst, das würde sich auch keiner sonst trauen. Noch nicht mal ich mit meiner großen Klappe.«

»Och«, meinte Leni. »Ich hab schon früher gewusst, wie ich mit den großen Jungs reden muss. Wir müssen uns doch durchsetzen. Sonst tanzt man uns auf der Nase herum.«

»Bei Freddy müssen wir aber vorsichtig sein. Der kennt hier alle und wirklich jeden, ich glaube, du solltest dich ein wenig zurückhalten.«

Leni blieb stehen. »Alice! Schlimm genug, dass Frauen für ihn auf den Strich gehen und dann auch noch sagen, dass sie es freiwillig tun. Aber dass er sie misshandelt, wenn sie nicht genug Geld ranschaffen, das geht nicht. Das geht erstens gegen das Gesetz, und zweitens sind es doch die Frauen, um die wir uns hier kümmern sollen. Sie vertrauen uns und zählen darauf, dass wir uns für sie einsetzen. Was nützt das Haus in der Erichstraße, wenn sie hier bei der Arbeit dann doch nicht sicher sind?«

»Schon richtig, aber du willst alles immer sofort ändern«, sagte Alice mit Nachdruck und pustete eine Locke aus ihrem Gesicht. Sie schien gar nicht zu bemerken, dass sie von den Männern, die an ihnen vorbeiliefen, bewundernd und begehrlich angeschaut wurde. »Ich verstehe dich ja, und ich finde es wunderbar, was du auf die Beine gestellt hast, aber bitte, Leni, pass ein wenig auf. Mit den Jungs hier ist nicht zu scherzen. Manche Dinge brauchen Zeit und Geduld, damit sie gelingen und keinen Schaden anrichten.«

»Das weiß ich auch.« Sie gingen langsam weiter und bogen in die Seilerstraße ein. Hier war es ruhiger, und sie liefen eine Zeitlang schweigend nebeneinanderher.

»Du hast recht, Alice«, gab Leni schließlich zu. »Aber es fällt mir so schwer, mich zu mäßigen. Ich kann einfach nicht anders, wenn ich solcher Ungerechtigkeit begegne. Ich will etwas verändern, ich will später mal sagen können, ich habe was bewirkt. Einfach nur herumlaufen und ein bisschen herumpfeifen, wenn mir einer dumm kommt, kann jeder. Mich macht es auch rasend, dass wir noch immer keine Spur von den beiden Männern haben, die Käthe, Maria und Frieda so übel zugerichtet haben. Die sind wie vom Erdboden verschluckt. Wahrscheinlich meiden sie den Kiez jetzt erst mal, weil sie genau wissen, dass wir gerade die Augen offen halten.«

»Ja, das kann stimmen. Übrigens habe ich gehört, wie auf der Wache über dich geredet wurde«, meinte Alice. »Dass die Kiezkerle dich gar nicht gerne sehen, weil du immer Ärger machst und den Frauen, die für sie anschaffen, hilfst, und das wird nicht gern gesehen. Ich glaube, man will dich weghaben.«

Leni blieb stehen. »Ja, das weiß ich, aber sogar Jochen

Herbst hat uns einen Frauenarzt in die Erichstraße geschickt. So schlimm kann es also nicht sein, was ich tue.«

»Mäßige dich einfach etwas«, bat Alice sie noch einmal eindringlich. »Das ist alles.«

Leni schüttelte den Kopf. »Nein. Ich mache weiter und will noch viel mehr er…«

In diesem Moment kamen drei Männer aus einem Hauseingang und stellten sich Leni und Alice in den Weg, die blieben erschrocken stehen. Sofort war Leni klar, dass sie mit einer spitzen Zunge und schlagfertigen Antworten diesmal nicht weiterkommen würden. Sie spürte die Bedrohung, die von den Männern ausging.

Leni drehte sich um und umfasste Alices Handgelenk, um davonzulaufen, aber hinter ihnen hatten sich bereits zwei weitere Männer postiert, die drohend auf sie hinabblickten.

Sie hob die Trillerpfeife zum Mund und wollte pfeifen, aber einer der Kerle war schneller und schlug sie ihr aus der Hand. Alice stand völlig schockiert da und tat gar nichts.

»Lasst uns durch«, sagte Leni und bemühte sich um eine feste Stimme, was ihr aber nur halbwegs gelang.

In Sekundenschnelle schätzte sie die Situation genauer ein. Sie und Alice standen in einer unbelebten Straße, die von der Hauptstraße nicht einsehbar war, und die fünf Männer kesselten sie ein. Es gab für sie kein Entkommen. Das konnte nicht gut gehen. Es konnte ganz sicher nicht gut gehen. Leni drehte sich zu Alice um, die ebenfalls eingeschlossen war und sie Hilfe suchend anschaute. Was sollten sie jetzt tun?

Um Hilfe rufen? Ja, natürlich, um Hilfe rufen. Leni öffnete ihren Mund und wollte schreien, aber da legte sich eine Pranke über ihr Gesicht.

»Halt bloß die Klappe«, hörte sie eine Stimme knurren.

Du lieber Himmel. Wer war das, und was wollten die? Hatte Freddy sie geschickt? Sie bekam unter der großen Hand kaum noch Luft und wurde panisch, warf ihren Kopf hin und her, um diese raue, stinkende Hand abzuwehren, aber wer auch immer es war, drückte noch fester zu. Sie durfte hier nicht ersticken. Nein, so konnte sie hier nicht enden. Gurgelnd versuchte sie zu sprechen, denen klarzumachen, dass sie nicht schreien würde. Aber die Hand blieb.

Ein anderer trat nun vor und drehte ihr und Alice die Arme auf den Rücken, sodass sie, gedämpft von den Händen über ihren Mündern, vor Schmerz aufschrien. Dann klickten Handschellen, und ein weiterer Mann kam und zog ihnen dicke Säcke über den Kopf. Lenis Herz raste, und sie schnappte nach Luft. Endlich wieder atmen!

Aber dann merkte sie, wie dick der Stoff war, und verfiel wieder in Panik. Sie würde hier unter diesem Sack ersticken, ganz sicher. Sie musste an eine Nacht im Luftschutzkeller denken, als die Luft dort knapp geworden war und sie alle gedacht hatten, sie würden sterben. Sie musste diesen Sack vom Kopf kriegen und öffnete den Mund, sog gierig die Luft ein und bemühte sich, ruhig und besonnen zu bleiben. Aber das ging nicht. Sie fing unkontrolliert an zu zittern, und dann spürte sie, wie ihr die Tränen über die Wangen liefen. Was hatten diese Kerle nur mit ihnen vor? Bestimmt waren zwei von ihnen dieselben, die sie bedroht und gewarnt hatten. Ihre Gedanken drehten Purzelbäume. Sollte sie um Hilfe rufen oder still bleiben? Was war in dieser Situation das Richtige? Sollte sie schreien? Sollte sie versuchen, durch lautes Rufen aus dieser misslichen Lage …

»Wenn ihr schreit, seid ihr tot«, hörte sie einen der Männer leise sagen, als hätte er ihre Gedanken gelesen. Lenis Herz raste weiter, und sie gab keinen Mucks von sich.

Was hatten die bloß vor? Was nur, was?

Leni musste daran denken, dass man damals zu ihr gesagt hatte, dass sie als Päckchen in der Elbe landen könnte, und ihr Hals schnürte sich zu. Mit Sicherheit waren das hier dieselben Männer wie damals. Oder die Handlanger von ihnen. Sie hörte Motorgeräusche, dann hielt offenbar ein Wagen neben ihnen. Eine Tür wurde geöffnet.

»Kletter da rein, Beine hoch«, sagte einer der Männer mit dunkler Stimme. Leni tat, was sie sagten.

»Bitte lasst mich gehen!«, rief Alice nun wütend. »Lasst uns beide gehen. Das werdet ihr sonst bereuen! Ihr seid Mistkerle!«

»Halt den Mund!«, schrie Leni. Alice machte alles nur noch schlimmer. Das Beste würde sein, einfach zu schweigen. Wo würden die sie nun hinbringen?

Alice sagte auch nichts mehr, und Leni spürte, dass sie kurze Zeit später neben ihr saß.

Leni hatte nicht die geringste Ahnung, wo sie hinfuhren. Nach ungefähr zehn Minuten war die Fahrt auch schon zu Ende. Jemand nahm ihr den Sack vom Kopf, und sie sah, dass auch Alice befreit wurde.

Sie blickte sich um. Sie waren am Hafen.

»Spürst du das Messer?«, fragte einer der Typen, und Leni nickte, weil sie das Metall sehr wohl an ihren Rippen merkte.

»Ein Ton zu den Leuten hier, und ich stech dich ab. Und deine kleine Freundin dazu. Klar?«

»Klar.« Sie nickte, und nun gingen sie über die Landungsbrücken hinunter zu einem Anleger. Hunderte Menschen liefen hier herum. Fröhlich, lachend, Möwen fütternd. Familien hielten sich an den Händen, und hier und da hörte man eine Mundharmonika oder ein Akkordeon der Straßenmusikanten.

Sie gingen weiter wie eine Gruppe Passanten, die das Hamburger Hafenflair genießen wollten. Einige lächelten ihnen sogar zu. Leni lächelte vorsichtig zurück, um nicht aufzufallen. Immer mal wieder war das Messer ein wenig fester zu spüren.

Wenn ich mich losreiße und wegrenne, dann kriegen die mich in der Menschenmenge vielleicht nicht, dachte sie verzweifelt. Aber was würde dann mit Alice werden? Sie konnte die Kollegin hier ja nicht allein lassen.

Leni überlegte weiter. Was, wenn sie so tat, als würde sie ohnmächtig werden? Dann würden doch ganz viele Menschen herbeieilen und helfen wollen. Aber dann würden die fünf Männer bestimmt sagen, sie bräuchten keine Hilfe.

Sie könnte Alices Hand nehmen und über das Geländer in die Elbe springen, da, wo die Barkassen auf Ausflügler warteten. Und dann? Wären die fünf vielleicht schneller als sonst jemand da und würden sie wütend aus dem Wasser fischen. Mit Konsequenzen, an die Leni gar nicht denken wollte.

Oder aber sie würden sie schnappen, bevor sie sprangen. Dann wäre auch keine gute Laune garantiert.

Leni und Alice wurden weitergeschoben, bis sie zu einem Anleger kamen, an dem ein kleines Boot auf den Wellen der Elbe schaukelte. Man versetzte ihr und Alice einen Stoß, sodass sie an Bord stolperten.

Bitte, lieber Gott, betete Leni, lass das nicht das Ende sein. Und dann erkannte sie Freddy Großmann, der bereits in dem kleinen Gefährt saß.

»So«, sagte er großspurig zu Alice und Leni. »Willkommen an Bord. Ist das nicht schön, so ein kleiner Bootsausflug während der Dienstzeit?«

Er lächelte die beiden an, und niemand lächelte zurück.

»Ich könnte euch jetzt einfach ins Wasser stoßen. Aber ich

tu's nicht. Weil ich ein Menschenfreund bin. Das heißt aber nicht, dass es nicht doch mal passieren wird, und dann habt ihr keine Pfeife mehr, mit der ihr jemanden zu Hilfe trällern könnt.«

Leni und Alice saßen da und sagten keinen Ton.

»Ertrinken ist bestimmt nicht so schön«, sagte Freddy nun. »Haben wir uns verstanden?«

Die beiden nickten.

»Ich will das hören.« Freddy beugte sich nach vorn und hielt eine Hand hinter ein Ohr.

»Ja«, sagten sie gleichzeitig.

»Gut«, meinte Freddy. »Also, keine Kontrollen mehr in der *Schwarzen Katze* oder wo auch immer, und euer Haus da wird zugemacht. Ich brauch die Kontrolle über die Weiber, die sollen angekrochen kommen, wenn sie was wollen. Ist das klar?«

»Ja«, sagte Leni wieder.

Freddy sah zu Alice.

»Ja«, sagte auch die.

»Wenn nicht«, meinte Freddy. »Sehen wir uns bald wieder. Dann aber zum letzten Mal. Dann fahren wir mit diesem kleinen süßen Bötchen ohne euch zurück in den Hafen. Und ihr …«, er deutete auf die Bootsplanken. Da lagen große Steine und Seile. Leni wurde beinahe schwarz vor Augen.

Als Päckchen in der Elbe landen … besser gesagt auf dem Grund der Elbe – eine grausige Vorstellung.

Seine Kumpane saßen da und starrten die Frauen lüstern an. Leni hatte Angst, dass Freddy sie noch mehr demütigen wollte, indem er den Männern erlaubte, sich vor seinen Augen an ihnen zu vergehen.

Freddy erriet ihre Gedanken und feixte.

»Keine Angst, Mäuschen, die tun nix. Nur wenn ich es sage. Wir verstehen uns also.«

»Ja, sicher.«

»In Ordnung. Rudert sie zurück und lasst sie an den Brücken wieder raus«, sagte er zu den Männern. »Ich glaube, die beiden Täubchen haben ihre Lektion gelernt.«

Alice und Leni saßen mit Elsa zusammen in Alices Küche. Sie hatten Elsa vorsichtig geweckt, damit die Kinder und Willi nicht aufwachten. Eine Flasche Selbstgebrannter stand vor ihnen, und die drei Frauen gossen sich nach. Es war zwar mitten in der Dienstzeit, aber keiner würde mitkriegen, dass sie jetzt mal hier waren und auf den Schrecken einfach etwas trinken mussten.

»Wie furchtbar«, sagte Elsa. »Gegen so viele Männer hätte ich auch mit meinem Jiu-Jitsu nichts ausrichten können. Oh, das hätte schiefgehen können.«

Leni und Alice steckte die Angst noch immer in den Knochen. Das war ein entsetzliches Erlebnis gewesen, und sie hatten keine Ahnung, was sie jetzt tun sollten.

»Meine Hände hören überhaupt nicht mehr auf zu zittern«, sagte Leni. »Ich hatte solche Angst. Noch nie hatte ich solche Angst. Und ich dachte immer, schlimmer als in den Kellern während der Luftangriffe könnte es nicht mehr werden. Das hier war schlimmer.«

»Ich glaube, dass es eine andere Angst war«, sagte Alice und stützte den Kopf in beide Hände. »Wir hatten Todesangst, ja, die hatten wir in den Kellern auch, aber anders. Diesmal hatte der Tod ein Gesicht, und es hat uns angegrinst und hatte Spaß an unserem Leid. Zumindest bei mir war das so.«

»Um ehrlich zu sein, habe ich immer noch Angst«, erklärte

Leni ihr, die nun am ganzen Leib schlotterte. »Du meine Güte, Alice, wir müssen auch zurück zur Wache. Wir sind ja sozusagen noch im Dienst.«

Alice schüttelte den Kopf. »Ich gehe gleich runter zur Nachbarin und läute auf der Wache an. Wir haben uns entsetzlich den Magen verdorben.«

»Gut«, sagte Leni zitternd. »Gut, das ist eine gute Idee von dir. Ich glaube, ich höre nie wieder auf zu zittern. Dabei ist mir gar nicht kalt.«

»Das ist der Schock, mir geht's ähnlich. Leni. Hör mal. Gleich morgen schließen wir das Haus«, sagte Alice mit dünner Stimme. »Und werden kein Wort mehr zu den Huren und den anderen Frauen sagen. Sie nicht fragen, wie es ihnen geht, ihnen keine Unterkunft oder ein Gespräch anbieten. Gar nichts. Wir absolvieren unsere Dienste, patrouillieren durch die Straßen, und sonst machen wir nichts. Abgemacht?«

»Abgemacht«, sagte Elsa nickend.

Entsetzt schaute Leni hoch und die beiden an. »Nein«, sagte sie mit fester Stimme, aber immer noch schlotternd. »Ich lasse mich nicht einschüchtern. Was glaubt dieser Freddy, wer er ist? Er würde sich doch nie trauen, uns wirklich ins Wasser zu stoßen. Jeder auf der Davidwache wüsste, dass er es gewesen ist. Ich werde gleich morgen zu Jochen Herbst gehen und ihm von dem Vorfall berichten. Jeder soll es wissen. Damit klar ist, wer es war, wenn was passieren sollte. Aber ich werde nicht aufgeben.« Ihre Stimme war fest und klar.

»Leni! Ich bitte dich«, meinte Elsa entsetzt. »Du willst wohl nicht weitermachen!«

»Doch, natürlich. Das ist unser Job.«

»Nein, das wirst du nicht. Du bringst dich und uns in

größte Gefahr. Freddy meinte das ernst«, sagte Alice. »Der sah nicht so aus, als würde er scherzen.«

»Was haben wir denn dann noch zu tun auf dem Kiez?«, fragte Leni. »Jugendliche Straftäter festnehmen und belehren und den Kindern beim Klauen auf die Finger hauen? Den Zuhältern zulächeln und den Spielern und Drogenhändlern in der Katze oder sonstwo? Das ist dann alles?«

»Leni. Bitte. Du musst auch an uns denken«, sagte Alice. »Ich habe Kinder und du auch. Was ist, wenn denen etwas zustößt? Du weißt nicht, zu was diese Männer fähig sind.«

Leni stand auf und lief in der Küche auf und ab, kaute auf ihrer Unterlippe herum und lief weiter.

»Natürlich ist es gefährlich«, sagte sie dann. »Aber ich würde mir immer Vorwürfe machen. Vielleicht ist es sogar besser, wenn ich die Wache verlasse und auf eigene Faust weitermache. Ich suche mir eine andere Arbeit, und ihr habt nichts mehr mit mir zu tun.«

Elsa und Alice schwiegen. Sie wussten nicht, was sie darauf antworten sollten.

Dann räusperte sich Elsa. »Bitte denke über alles noch einmal nach«, sagte sie dann. »Wir haben doch als Schutzpolizistinnen viele Möglichkeiten zu helfen. Da müssen wir es nicht übertreiben. Wir verdienen hier unser Geld und können davon leben. Alles in Deutschland wird gerade besser. Bitte gib das nicht auf, Leni.«

Alice sagte gar nichts. Sie saß nur traurig da.

Leni kam zum Tisch zurück. »Ich glaube, wir sollten wieder zurück, bevor man uns vermisst«, sagte sie dann.

Später erzählte sie Jochen Herbst von dem Vorfall.

Er war entsetzt.

»Ich kann Ihnen nicht verbieten, dieses Haus weiterzuführen«, erklärte Jochen Herbst mit ernster Stimme und noch ernsterem Gesichtsausdruck. »Ich kann nur an Ihre Vernunft appellieren, Frau Jacobsen. Sie haben drei Kinder, vergessen Sie das nicht.«

»Ich bin sicher, dass man mir nichts tun wird und dass Freddy weiß, was ihm blüht, sollte man mich angreifen«, sagte Leni, deren Entschluss feststand. Sie würde sich ewig Vorwürfe machen, da war sie sicher. Nein, sie musste weitermachen.

»Sie werden jedenfalls ab sofort mit einem männlichen Kollegen unterwegs sein«, befand Jochen Herbst. »Und ich möchte keine Widerworte hören.«

Auch Ömchen war entsetzt. »In die Elbe wollte man euch stoßen? Du liebe Zeit, Kind! Was sind denn das für Zustände?«

»Ich weiß nicht, was ich machen soll, Ömchen«, gab Leni ermattet zu. »Einerseits will ich helfen und kämpfen, auch für die Frauen und Kinder, aber ich muss natürlich auch an meine Kolleginnen denken. Ich möchte keinesfalls, dass Alice und Elsa etwas passiert.«

»Ich bin dafür, dass du dort aufhörst und dir woanders eine Stellung suchst«, befand Ömchen und goss Milch in Lenis Kaffee. »Das ist zu gefährlich mit den ganzen Männern, die nur Unheil anrichten.«

»Aber ich habe schon so viel erreicht. *Wir* haben viel erreicht«, erklärte Leni resigniert und trank den guten, starken Bohnenkaffee. »Ich weiß wirklich nicht, was ich machen soll.«

»Ach, ach, Kind«, sagte Ömchen und schüttelte den Kopf. »Das tut mir so leid. Ach, da sind ja James und Rudolf.«

»Hi Leni«, grüßte James, und Rudolf lächelte sie an. »Guten Morgen.«

»Ihr habt hier sicher wieder zu tun«, sagte Leni, und die beiden nickten und verschwanden wieder.

Leni sah Ömchen an und sagte nichts. Darum konnte sie sich jetzt nicht auch noch kümmern.

Am nächsten Tag auf der Wache traf sie Aversen auf dem Flur. Der grinste sie an. »Na, war's schön auf der Elbe?«, fragte er dann leise im Vorbeigehen, und nun wusste Leni, dass er mit den Kriminellen unter einer Decke steckte. Sie antwortete nicht, ihr Herz raste. Ja. Er musste es wissen. Wie sonst sollte er auf die Elbe kommen? Er steckte mit Freddy und den anderen unter einer Decke.

Sollte sie es wirklich darauf ankommen lassen?

Sie war plötzlich unsicher.

Kurz nachdem Leni ihre Schicht beendet hatte, wartete ein Überraschungsgast auf sie. Rosamunde Pietsch war hier! Die Frauen freuten sich über das Wiedersehen.

»Ich bin mit zwei Kollegen hier, die einen Termin mit Herrn Herbst haben. Es geht um den Austausch unter den Wachen. Sobald es ging, hab ich mich fortgeschlichen und nach dir gefragt.« Rosamunde lächelte Leni an. »Du siehst so aus, als würde es dir hier gefallen.«

»Das tut es. Ich …« Da kam plötzlich Käthe, eine der Prostituierten, hereinspaziert.

»Leni … ich muss dich sprechen«, rief sie aufgeregt.

»Einen Moment, Rosamunde. Ja, Käthe, was gibt's denn?« Sie nahm die aufgeregte Frau am Ellenbogen und führte sie ein Stück von Rosamunde weg, um ihr ein gewisses Maß an Privatsphäre zu suggerieren. Schließlich wusste sie nicht, was Käthe ihr mitteilen wollte.

»Die beiden Männer, die vor einer halben Stunde oder so hier auf die Wache reingegangen sind, zusammen mit der Frau da.« Sie deutete auf Rosamunde.

»Was ist mit denen?« Leni sah sie auffordernd an.

»Das sind sie – die schnieken Herren, die uns so misshandelt haben«, sagte Käthe atemlos. »Der eine trägt auch wieder den Siegelring.«

In Leni schrillten die Alarmglocken. Rosamundes Kollegen waren die Übeltäter, nach denen sie suchten?

Was sollte sie jetzt tun?

In diesem Moment wurde eine Tür am Ende des Flurs geöffnet, und zwei Leni unbekannte Männer traten in Begleitung von Jochen Herbst heraus. Käthe versteckte sich voller Angst hinter Lenis Rücken und wandte das Gesicht ab.

Verflixt, sie gingen. Leni musste nachdenken. Sie musste sich vor allen Dingen mit Alice und Elsa beraten, wie man die beiden Männer überführen konnte! Denn wem würde man mehr glauben? Den Frauen oder den Polizisten?

KAPITEL 29

»Du kennst meine Einstellung, Leni. Ich gehöre nicht zu den Männern, die glauben, dass Frauen nicht stark sein können, sich nicht behaupten oder durchsetzen, aber in diesem Fall bin ich dafür, dass du sofort die Notbremse ziehst. Freddy und die anderen sind nicht zu unterschätzen.«

Leni und Lasse saßen in Lasses kleiner Wohnung. Sie war von seiner freundlichen Wirtin, die auch seine Hemden bügelte, herzlich begrüßt worden.

»Ach, eine Kollegin«, hatte sie gesagt. »Eigentlich sollte ich ja keinen Damenbesuch erlauben, aber bei dem lieben Herrn Hallberg mach ich eine Ausnahme. Der ist ein ehrenwerter Mann.«

»Sie ist wirklich so nett«, hatte Lasse gesagt, nachdem er die Wohnungstür hinter ihnen geschlossen hatte. »Und die Wohnung ist hübsch und die Miete günstig, ich bin froh, ein Dach über dem Kopf zu haben. Außerdem hat sie mir das Fahrrad ihres verstorbenen Mannes geschenkt. Das kam mir natürlich wie gerufen, da musste ich nach dem Diebstahl von meinem kein neues besorgen.«

»Das glaube ich, dass du froh bist, uns geht es genauso«, hatte Leni entgegnet.

Nun saßen sie hier und tranken Tee; Leni hatte ihm alles von ihren Zweifeln erzählt.

»Ich weiß nicht, was ich tun soll, Lasse«, gestand sie tonlos.

»Das verstehe ich. In erster Linie musst du an dich und

deine Familie denken. Wenn ich dir einen Rat geben darf, der von Herzen kommt, dann schließe die Augen und drehe deine Runden, mach das, was du tun sollst, und nicht mehr. Dann wird dir nichts passieren. Aber der Polizist in mir sagt, dass du kämpfen sollst. Du hast schon jetzt und kannst noch so viel Gutes bewirken. Dennoch kann ich dir dazu nicht raten. Das wäre sehr unklug. Bitte vergiss bei allem nicht, dass du eine Frau bist. Die eingesessenen Haudegen respektieren euch nicht als Teil der Polizei, für sie seid ihr Weiber, wie es ihre Mädchen auch sind. Herbst hat recht, wenn er dir jetzt immer einen männlichen Kollegen zur Seite stellt.«

»Ja.« Sie seufzte. »Ich könnte Herbst fragen, ob ich woanders unterkommen kann, aber ich weiß schon, dass es keine freien Plätze gibt. Tauschen wird auch niemand mit mir, die Reeperbahn ist kein begehrter Arbeitsplatz für Frauen. Ach, Lasse, soll ich jetzt alles aufgeben?«

Er überlegte kurz, dann nickte er. »Tu, was die sagen. Du bist sonst nicht sicher. Denk an dich, deine Mutter, deine Großmutter und vor allen Dingen an die Kinder.«

»Du hast natürlich recht«, sagte Leni. »Aber es würde mir unglaublich schwerfallen, jetzt aufzugeben. Ich kann mich einfach nicht dazu durchringen.«

Dann erzählte sie Lasse von Aversen und seiner Bemerkung, und Lasse schüttelte den Kopf. »Dass der Dreck am Stecken hat, das wissen wir alle. Aber wir können ihm nichts beweisen. Nur, dass er ein Mistkerl ist. Versuch einfach, dich von ihm fernzuhalten.«

»Das mache ich«, versprach Leni, die auf einmal von einer bleiernen Müdigkeit überfallen wurde. Sie lehnte sich nach hinten und schloss die Augen. Nur ein paar Minuten dösen. Es war gerade alles zu viel für sie.

»Ich weiß, dass das unhöflich ist, Lasse, aber kann ich nur ein Weilchen vor mich hindusseln?«, bat sie ihn leise, ohne die Augen zu öffnen.

»Natürlich«, hörte sie ihn wie aus weiter Ferne, dann bemerkte sie, wie eine Decke über sie ausgebreitet wurde, ehe sie hinüberglitt in einen traumlosen Schlaf.

»Da bist du ja wieder«, sagte Lasse sanft, als Leni zögerlich die Augen aufschlug. »Hat das Nickerchen gutgetan?« Er stand in der Tür zur Küche und blickte zu ihr herüber.

Leni gähnte und nickte. »Oh ja. Danke, dass du mich hast schlafen lassen.« Sie schaute auf die Uhr über der Tür. »Oh, zwei Stunden hab ich geschlafen?«

»Ja, und es war schön, dir dabei zuzusehen.« Seine Stimme klang liebevoll, und nun setzte er sich neben sie aufs Sofa.

Sie schauten sich an, und Leni sah, wie seine Augen eine wundervolle Wärme und Sicherheit ausstrahlten. Langsam kam er näher, und sie küssten sich erst zart, dann wurden sie fordernder, leidenschaftlicher, und ihre Hände waren überall. Schließlich stand Lasse auf und hob Leni vom Sofa hoch, ging einige Schritte ins andere Zimmer und legte sie sanft auf sein Bett. Sie hielt ihn mit den Armen umschlungen, als ob sie ihn nie wieder loslassen wollte. Sie sahen sich minutenlang an, und er zog mit dem Zeigefinger die Konturen ihres Gesichts nach, dann machte er bei Nase, Lippen und Augen weiter. In ihr kribbelte es wohlig, und sie seufzte. Wie schön das war. Wie wunderbar. Und wie es sie erregte. Lasse roch auch so gut, fiel ihr dann auf. Schon beim ersten Kuss hatte er so gut gerochen. So herrlich männlich, frisch und herb gleichzeitig. Wie gut, dass sie ihn gerne roch.

Sie musste an Lotti denken, die ihr mal erzählt hatte,

dass sie einen Mann deswegen nicht geküsst und auch sonst nichts von ihm gewollt hatte, weil er nicht gut roch. Aber Lasse roch einzigartig wunderbar. Leni spürte, wie das Kribbeln sich nun über ihren ganzen Körper verteilte, und als Lasses Lippen näher kamen, schloss sie die Augen und spürte beim Kuss, dass das Kribbeln nun auch über ihr Rückgrat kroch. Es war, als würden süße, heißkalte Eiswürfel sie durchziehen. Leni konnte plötzlich nicht genug von Lasses Küssen bekommen. Nie, nie, nie wieder sollte er aufhören. Sachte zog er kurze Zeit später ihren Pullover hoch und bedeckte ihren Bauch unter dem Leibchen mit Küssen. Leni schloss die Augen und spürte kleine Stromstöße durch ihren Körper ziehen. Sie fühlte sich wie von innen mit Glück gefüllt.

Er sollte bitte für immer so weitermachen …

»Ich will dich …«, sagte Lasse heiser und sah sie an.

Küsste sie erneut. »Ich will dich ganz!«

Sie keuchte. »Ich dich auch, Lasse, ich dich auch …«

Abends saß Leni mit Lotti und ihren Kindern zusammen, und sie spielten *Mensch, ärgere dich nicht*, während Ömchen Tee kochte und Margot Harding aushäusig war.

»Ich habe eine Verabredung«, hatte sie gesagt und ihr bestes Kleid angehabt, als sie in die Küche gekommen war.

»Aha«, hatte Leni geantwortet und gewusst, mit wem, denn Margot hatte ihr einen Blick zugeworfen, der alles erklärte. Sie hatte der Mutter zugelächelt und ihr einen schönen Abend gewünscht.

Leni hatte das Gefühl, dass ihr jeder ansehen konnte, was passiert war. Sie und Lasse hatten sich geliebt, stundenlang. Leni glaubte, dass man das doch bestimmt merken musste.

Ihre Wangen waren von Lasses Bartstoppeln gerötet, seine sachten Bisse in ihren Hals hatten kleine rote Flecke hinterlassen, und außerdem sah sie anders aus seitdem. Sie hatte in Lasses kleinen Spiegel geschaut, der über seinem Waschbecken hing, und den Eindruck gehabt, eine völlig andere Frau würde sie ansehen. Die Haare verwuschelt, die Augen glänzend, die Wangen rot, die Lippen geschwollen von den vielen Küssen. Leni fand, dass sie richtig schön aussah, obwohl sie nicht zur Selbstverliebtheit neigte.

Lasse war hinter sie getreten. Er sah genauso zufrieden und glücklich aus, wie sie sich fühlte.

»Wir sehen aus wie zwei Katzen, die gerade Sahne bekommen haben«, lachte er und küsste sie auf den Hals. Sie hatte sich umgedreht und ihn umarmt, und langsam waren sie wieder zurück zu seinem Bett gewankt. Irgendwann, eine Million Küsse und mehrere Höhepunkte später, hatte Leni auf die Uhr geschaut. Himmel! Sie musste nach Hause. Es war schon viel zu spät. Die Kinder warteten sicher schon auf sie.

Lasse hatte darauf bestanden, ihr eine Taxe zu bestellen. »Nach allem, was passiert ist, lasse ich dich nicht allein bei Dunkelheit herumfahren«, hatte er gesagt.

Zuhause angekommen, hatte sie sich erst einmal frisch gemacht, dann war sie zu Ömchen in die Küche gegangen.

Die war wieder irgendwas am Schnippeln und schaute auf.

»Aha«, sagte sie dann nur.

»Aha?«, fragte Leni.

Ömchen lächelte. »Ich bin nicht blind, Kind. Du hattest vor gar nicht allzu langer Zeit schöne Stunden …«

Leni wurde rot. »Mpf«, machte sie. Man sah es also wirklich – oder zumindest Ömchen tat es.

»Ich gönn dir das von Herzen, Kind«, meinte Ömchen

dann und drückte die Enkelin einen Moment an sich. »Die Kinder sind im Wohnzimmer.«

»Ha, ich hab dich weggeschubst!«, freute sich Hannes, und Greta schmollte. Leni war unkonzentriert, weil sie dauernd an Lasse und ihr Zusammensein denken musste. Es war so unglaublich gewesen, so …

In diesem Moment schellte es an der Tür.

»Wer kann das sein, um diese Uhrzeit?«, fragte Ömchen, die nun auch bei ihnen saß. »James und Rudolf sind es nicht, die haben ja einen Schlüssel. Außerdem waren sie nachmittags schon da. Am besten, wir machen einfach nicht auf. Späte Klingelei hat selten etwas Gutes zu bedeuten.«

»Natürlich gehen wir nachschauen«, sagte Lotti, die viel zu neugierig war. »Vielleicht ein Vagabund oder jemand, der nach Kohlen oder Essen fragt. Du hilfst sonst doch auch immer, Ömchen.«

»Schon gut, schon gut«, sagte Ömchen, während es erneut klingelte.

»Doch, das ist bestimmt James. Er wollte mit Rudolf nochmal vorbeikommen«, sagte Lotti. »Vielleicht hat er seinen Schlüssel vergessen. Er hat neuen Stoff für dich, Ömchen, aus dem du Decken nähen kannst.«

»Das ist aber lieb«, sagte Ömchen vom Sofa her, auf dem sie saß und Strümpfe stopfte.

Lotti stand auf und verließ die Wohnstube, um eine halbe Minute später wieder in der Tür zu stehen.

»Äh, äh … äh, also … Leni …«

Leni schaute auf. »Ja?«

»Ich glaube, du solltest mal mitkommen«, sagte Lotti nun atemlos.

Leni stand auf. »Was ist denn passiert?«

»Komm einfach mit. Nein, ihr bleibt hier«, sagte sie zu den neugierigen Kindern, die schon aufgesprungen waren.

Stirnrunzelnd ging Leni mit ihrer Schwester in den Flur. Die Wohnungstür war nur angelehnt.

»Sind es doch nicht Rudolf und James?«, fragte sie.

Lotti schüttelte den Kopf. »Nein.«

Sie zog die Tür auf, und Lenis Herz blieb stehen, als sie sah, wer dort stand und sie aus großen Augen ansah. Das konnte nicht sein, das war unmöglich. Sie musste sich unbedingt setzen, aber hier war kein Stuhl. Leni krallte ihre Finger ins Holz der Wohnungstür und sagte kein Wort.

»Da bin ich«, sagte nun eine Stimme, und Leni hörte sie wie von weit entfernt. Der Raum um sie begann zu schwanken, sie konnte nicht mehr scharf sehen. »Ja, ich bin es wirklich.«

Aber das war doch nicht möglich!

Das konnte nicht wahr sein!

Das ging doch nicht!

Ihr wurde schwarz vor Augen.

Ich bedanke mich bei Stefanie Zeller von Lübbe und Christiane Branscheid, die dieses Buch wunderbar lektoriert hat. Außerdem bei meiner wunderbaren Agentin Petra Hermanns sowie den netten Mitarbeitern im Polizeimuseum Hamburg und der Davidwache.

Der Traum von goldenen Zeiten

Stephanie von Wolff
FRÄULEINWUNDER
Goldene Zeiten
Roman

416 Seiten
ISBN 978-3-7857-2798-0

Hamburg, 1953. Vor Elly, Tochter einer angesehenen Kaufmannsfamilie, liegt ein Leben in Wohlstand. Auch der richtige Ehemann ist schon gefunden. Doch Elly hat andere Pläne. Als sie Peter kennenlernt, der beim jungen NWDR arbeitet, ist sie fasziniert von der neuen, bunten Fernsehwelt. Gegen den Widerstand ihrer Familie arbeitet sie dort als Redaktionsassistentin und macht sich bald unentbehrlich. Ihr großer Traum, eine eigene Talkshow, scheint zum Greifen nah. Doch die Männerbünde halten zusammen, und auch die Liebe ist mit einer Karriere schwer zu vereinen. Muss Elly sich entscheiden?
Eine junge Frau zwischen Karriere und Liebe zu Zeiten des Wirtschaftswunders

Lübbe

Ab jetzt heißt es: Damenwahl!

Stephanie von Wolff
FRÄULEINWUNDER
Damenwahl
Roman

352 Seiten
ISBN 978-3-7857-2842-0

Hamburg, 1955. Als Elly Mutter wird, während Peter auf See verschollen ist, zerreißt man sich im Sender das Maul über sie. Auch mit der Idee einer Spielshow beißt sie zunächst auf Granit, die Männerbünde halten zusammen. Es wird sogar behauptet, die Show sei gar nicht Ellys Idee gewesen. Doch sie setzt sich zur Wehr, und so startet die erste deutsche Spieleshow, live aus den neuen Studios des NWDR. Für Elly scheint nun alles möglich, sogar ein Besuch der jungen Romy Schneider in ihrer neuen Talkshow winkt. Bis plötzlich ihr Vater zusammenbricht. Das Familienunternehmen steht vor dem Ruin, er braucht Hilfe. Muss Elly nun doch ihren großen Traum aufgeben ...?

Lübbe